W0352226

BASTEI
LÜBBE

BASTEI LÜBBE

FRAUEN

Eva Völler

# Neulich im Bett

BASTEI-LÜBBE-TASCHENBUCH
Band 16195

Originalausgabe
Copyright © by Bastei Verlag Gustav H. Lübbe GmbH & Co., Bergisch Gladbach
Printed in Germany, Oktober 1999
Einbandgestaltung: K. K. K.
Titelfoto: Image bank
Satz: hanseatenSatz-bremen, Bremen
Druck und Verarbeitung: Ebner Ulm
ISBN 3-404-16195-5

Sie finden uns im Internet unter
http:/www.luebbe.de

Der Preis dieses Bandes versteht sich einschließlich der gesetzlichen Mehrwertsteuer.

## Stahlmänner und Hohlköpfe

Der Mann keuchte und stöhnte und grunzte. Er bewegte sich auf und ab, das Gesicht schweißüberströmt und vor Anstrengung verzerrt.

»Ja«, stieß er ein ums andere Mal hervor, »Ja, ja, ja!« Dann ging er über zu »Pfff! Pfff! Pfff!«

Amanda stand in der offenen Tür und betrachtete ihn. Er barst förmlich vor Muskeln, ein wahres Prachtexemplar von Mann, das da unter einer Kraftmaschine lag und stemmte, was das Zeug hielt. Sein schweißfeuchtes Hemd war strategisch günstig geschnitten, es ließ die schwellenden Bizepse und den Waschbrettbauch frei. Die Radlershorts waren (absichtlich?) mindestens eine Nummer zu eng.

Der ganze Kerl platzte beinahe vor Kraft. Die Gewichte, die er aufgelegt hatte, hüpften nur so auf und nieder.

Diana trat von hinten an Amanda heran. Sie hatte sich umgezogen und trug Jeans und Lederjacke. Das Sportzeug hatte sie in der voluminösen Umhängetasche verstaut, die über ihrer Schulter hing. Ihr kurzes rotes Haar stand widerborstig hoch und war noch feucht vom Duschen.

»Sieht echt toll aus, der Typ, oder?«

»Nicht übel«, bejahte Amanda mit Blick auf den gutaussehenden Burschen. »Wie Mister Universum persönlich.« Amanda konnte ihre Blicke kaum von ihm wenden. Es war Ewigkeiten her, daß sie das letzte Mal einen knapp bekleideten, gutgebauten Mann gesehen hatte. Sie konnte sich nicht einmal daran erinnern, wann und wo sie überhaupt zuletzt einen knapp bekleideten und gut gebauten Mann gesehen hatte. Hier in der Gerätehalle jedenfalls nicht. Normalerweise stand Diana immer schon draußen am Eingang, wenn Amanda sie zu ihrem allwöchentlichen Weiberabend abholte.

Diana war, was Männer betraf, keine Kostverächterin. Sobald ein gesundes, ansehnliches, verfügbares Exemplar ihren Weg kreuzte, hatte sie keine Hemmungen, ihn abzuschleppen, weshalb sie auch andauernd davon zu berichten wußte, wie es mit diesem oder jenem Typen neulich im Bett gewesen war. Über den hier hatte Amanda allerdings noch nichts gehört.

»Das ist Enrico«, sagte Diana. »Er kommt fünfmal die Woche zum Trainieren her.«

»Und da hast du noch nicht ...?«

Diana schüttelte den Kopf. »Vergiß es. Der verpowert seine ganze Männlichkeit an den Maschinen. Außer Muskeln ist da nix.«

»Das ist nicht dein Ernst!«

»Doch, du kannst es mir glauben. Der Enrico ist wie all diese Muskeltypen. Überall hart wie Kruppstahl, nur an einer Stelle nicht.«

Amanda starrte auf die hautengen Radlerhosen. »Du meinst ...?«

»Genau. Ein wandelnder Testosteronklops mit Schrumpfhoden und murmelgroßem Gehirn. Der schluckt soviel Pillen wie andere Leute Gummibärchen futtern.«

Diana wußte, wovon sie sprach. Sie arbeitete seit drei Monaten in diesem Fitneßcenter und wußte inzwischen bestens Bescheid. Sie kannte die Problemzonen der Hausfrauen, die vormittags Hanteln stemmten, und sie war im Bilde über die Muskelsucht der schwächlichen Bürohengste, die nach Feierabend ihren Körper zur Stromlinienform quälten.

»Wo wir schon von futtern reden«, sagte Diana, Amanda unterhakend und zum Ausgang ziehend, »mir hängt der Magen bis zu den Schuhen. Wenn ich nicht bald was zwischen die Kiemen kriege, mußt du mich tragen.«

Sie gab sich betont lässig wie immer, doch während sie zusammen den kurzen Fußweg zu ihrem Stammitaliener zurücklegten, spürte Amanda, daß es in ihrer Freundin brodelte.

»Ist irgendwas nicht in Ordnung?« fragte Amanda im *O Sole mio* vorsichtig, nachdem sie Chianti und die üblichen Spaghetti Alfredo bestellt hatten.

»Ich bin sauer«, erwiderte Diana, so laut, daß Marco, der Kellner, der gerade den Wein brachte, zusammenzuckte und die Gäste am Nachbartisch sich zu ihnen umdrehten.

»Was war denn los?« fragte Amanda besorgt.

»Frag mich lieber, was nicht los war! Ich hatte wieder Ärger mit dem Greif.«

Ferdinand Greif vermietete die heruntergekommenen Apartments seiner abbruchreifen Mietskaserne zu horrenden Preisen, und zwar vorzugsweise an alleinstehende, möglichst handwerklich unbedarfte junge Frauen. Die maroden Installationen, klemmenden Türen und rostzerfressenen Rohre seines Anwesens dienten ihm als Vorwand, ständig um seine Mieterinnen herumzuwieseln, wobei er seinem Namen alle Ehre machte. Diana bewohnte die Mansarde und mußte sich nicht nur mit tropfenden Wasserhähnen, undichten Fenstern und kaputten Heizkörpern herumplagen, sondern auch mit Herrn Greifs permanenten Übergriffen. Er wohnte im Erdgeschoß und war Hauswirt, Klempner, Dachdecker, Elektriker und Lustgreis in Personalunion. Trotz aller Vermeidungsstrategien seiner Mieterinnen brachte er es immer wieder fertig, sie mit allerlei Gefummel und Getätschel zu beglücken und als Dreingabe eine Überdosis seines bestialischen Mundgeruchs an den Mann beziehungsweise die Frau zu bringen.

»O nein, nicht schon wieder!« rief Amanda mitfühlend aus.

»Doch. Er hat's jedenfalls probiert. Aber ich hab ihm gezeigt, wo der Hase herläuft. Ich hätte gern noch ein Glas, Marco!« rief Diana laut zur Theke hinüber.

Marco lächelte und formte mit Daumen und Zeigefinder ein O. »Kommte gleiche!« versicherte er.

»Der Durchlauferhitzer im Bad war mal wieder kaputt«, erzählte Diana. »Da hab ich den Kerl angerufen. Was soll ich machen? Ich kann mir keinen Installateur leisten. Außerdem ist der Vermieter dafür zuständig. Ich sag also: Herr Greif, mein Durchlauferhitzer ist kaputt, könnten Sie bitte heute noch einen Installateur bestellen? Sagt er: Nicht nötig, das sehe ich mir gleich doch mal selber an.«

Marco kam mit einem frischen Glas Wein und zwei dampfenden Tellern Spaghetti.

»Danke, Marco«, sagte Amanda liebenswürdig. »Bringst du mir dann bitte auch noch einen Chianti?«

Diana schaute auf seinen Hintern, während er zurück zur Theke ging. Marco stammte aus Sizilien und sah aus wie eine fleischgewordene Statue von Apoll. Leider war er schwul.

Diana trank sofort das zweite Glas zur Hälfte leer und fiel dann wie eine Verhungernde über die Spaghetti her.

»Also, der Typ kommt ins Bad, macht sich an die Arbeit, schraubt das Ding auseinander und zerlegt alles in eine Million Einzelteile, die er auf den Boden schmeißt, bis das Badezimmer aussieht wie ein explodiertes Ersatzteillager. Das dauert etwa zwei Stunden. Ich gehe rein und sage: Herr Greif, Sie sind jetzt schon seit zwei Stunden hier zugange, und ich müßte mal dringend mein Bad benutzen.«

»Du meinst, du mußtest aufs Klo?«

»Exakt. Ich hab ihn gebeten, mal kurz rauszugehen. Hat er auch brav gemacht, aber kaum hab ich gesessen, als er auch schon wieder reinkam. Du weißt ja, daß das Badezimmerschloß schon ewig kaputt ist.«

Amanda war empört. »Dieser Spanner! Hat er ... Ich meine, ist er ...?«

»Dazu kam es nicht«, sagte Diana mit vollem Mund. »Ich hab ihm vorher eine gedonnert.«

Ihr Blick fiel auf Marco, der gerade mit einem weiteren Glas Wein an den Tisch kam. Sein verschüchterter Blick ließ darauf schließen, daß er Dianas letzte Worte gehört hatte. Er wußte, daß Diana Kampfsportlehrerin und Fitneßtrainerin war. Jeder, der sie kannte, war sich darüber im klaren, daß dort, wo sie hinlangte, kein Gras mehr wuchs.

»Und was ist dann passiert?«

»Nichts«, sagte Diana. »Oder besser, nicht viel. Er saß auf dem Boden, röchelte und hielt sich die Nase. Ich sagte zu ihm: Herr Greif, ich hatte Sie doch nach dem letzten Mal gewarnt. Wissen Sie noch, wie ich zu Ihnen sagte, ich würde Ihnen eine scheuern, wenn Sie mich noch mal belästigen? Und ich habe Ihnen auch gesagt, daß ich den Schwarzen Gürtel in Karate hab. Hab ich das gesagt oder nicht?«

»Hat er dir gekündigt?«

»Nicht direkt gekündigt«, sagte Diana ungerührt. »Es war eigentlich genauso wie beim letzten Mal. Er sagte: Sie werden schon sehen, was Sie davon haben, Frau Hansen. Dann ist er mit eingekniffenem Schwanz abgezogen.«

Sie trank ihr Glas leer und beäugte dann angewidert die Neige, in der ein paar winzige Krümel Kork schwammen. Mit spitzen Fingern fischte sie einen davon heraus und zerquetschte ihn zwischen Daumen und Zeigefinger. »Irgendwie sind die Kerle alle gleich, oder? Wenn's drauf ankommt, sind sie sooo klein mit Hut.«

## Schicksals- und andere Schwierigkeiten

Marlene hockte im Schneidersitz neben ihrem Enkel auf dem Teppich und legte Karten. Sie hatte bereits Runen geworfen, das Pendel befragt und versucht, dem *I-Ging* Antworten über Amandas nähere Zukunft zu entringen, doch das Schicksal wollte nicht in die Richtung, die Marlene gern gesehen hätte. Ständig kamen irgendwelche üblen Omen und dunkle Interpretationen heraus, sosehr sie sich auch bemühte, den Aussagen einen freundlicheren Sinngehalt zu unterstellen.

Neben ihr hockte Nico auf dem zerrupften Flokati und bemühte sich nach Kräften, die pädagogisch wertvolle, hundert Prozent schadstofffreie Holzeisenbahn zu zertrümmern, indem er mit der Lok auf die anderen Waggons und die Schienen hieb. Er spielte eine Art Schlacht nach, die er im Fernsehen gesehen haben mußte. Marlene überlegte trübsinnig, daß die Medien heutzutage nur so strotzten vor Gewalt. Sogar die Kindersendungen. Neulich erst hatte Marlene eine, wie sie meinte, kindgerechte Sendung für Nico eingeschaltet. Es lief ein reizender Cartoon mit einer gelbhäutigen Familie namens Simpson, bestehend aus dem Vater Homer, der Mutter Marge, dem Sohn Bart, der Tochter Lisa und dem Baby Maggie.

Marlene hatte sich nur für ein Minütchen zu Entspannungszwecken in ihre Meditierecke zurückgezogen, und als sie das nächste Mal aufblickte, hatte sich die Zeichentricksendung unvermutet in die reinste Horrorshow verwandelt.

Bart und Lisa Simpson hockten in ihrem Cartoonwohnzimmer auf dem Cartoonsofa und sahen im Cartoonfernsehen einen Cartoon, die sogenannte Itchy- und Scratchy-Show, deren Hauptpersonen ein Cartoon-Kater und eine Cartoon-Maus waren.

Wie reizend, hatte Marlene erfreut gedacht, ein Cartoon im Cartoon! Doch die Freude wich Befremden, als Itchy plötzlich eine Kettensäge zückte, und das Befremden ging nahtlos in nacktes Grauen über, als die nette kleine Cartoon-Maus begann, den freundlichen Cartoon-Kater in Scheiben zu zersägen. Der zu Hack zerlegte Scratchy spritzte durch die Gegend, und der Cartoon-Bildschirm triefte nur so von Blut. Lisa und Bart Simpson krähten vor Vergnügen. Der dreijährige Nico saß vor dem wirklichen Bildschirm und krähte mit. Seitdem fragte er ständig nach den Simpsons, und das Sandmännchen und die Sesamstraße wurden von ihm boykottiert.

Marlene überhörte die Kampfgeräusche ihres Enkels und widmete sich den Karten. Soeben hatte sie zum dritten Mal in Folge die Unglückskarte aufgedeckt.

Sie schob energisch die Karten zu einem Stapel zusammen und gab es auf, zumindest für den Augenblick. Das Schicksal konnte man nicht zwingen, man konnte höchstens versuchen, es ein bißchen zu beeinflussen.

»Du solltest in der nächsten Zeit vielleicht einige neue Unternehmungen planen«, riet sie ihrer Tochter.

Amanda, die hinter dem Regal-Raumteiler an ihrem Schreibtisch saß, hörte kaum hin. Sie brütete über der Gestaltung einer Schlüsselszene in ihrem Drehbuch.

»Hast du gehört?« insistierte Marlene. »Neue Pläne für die unmittelbare Zukunft.«

»Sehr schön«, murmelte Amanda desinteressiert.

»Die Karten sehen wirklich ganz gut für dich aus«, hob Marlene hervor.

»Das ist fein«, erklärte Amanda geistesabwesend.

»Und mit dem *I-Ging* steht es auch zum Besten.«

»Das freut mich«, meinte Amanda zerstreut.

Marlene seufzte und blickte zu den Kristallen auf, die an Nylonfäden in der Vorhangschiene hingen und funkelnd die Julisonne reflektierten. Sie fragte sich, ob und wie sie Amanda von der Kontaktanzeige erzählen sollte. Immerhin sollte sie schon morgen erscheinen, und Amanda wußte immer noch nichts von ihrem Glück. Marlene hatte sie möglichst schonend von der Sache unterrichten wollen, doch irgendwie hatte sie bis jetzt keine Gelegenheit dazu gefunden. Sie hatte sich gesagt, daß sie nur den richtigen Zeitpunkt abwarten müsse, um Amanda in einem günstigen Moment zu erwischen. Doch diesen Moment hatte es im Laufe der letzten Woche nicht gegeben. Immer war etwas dazwischengekommen. An diesem Nachmittag schien es wieder nicht zu klappen. Marlene legte sich im Geiste zwanglose Formulierungen zurecht, etwa: *Ach, du, übrigens habe ich eine Kontaktanzeige aufgegeben, und zwar für dich. Weißt du, seit vier Jahren hast du keinen Mann mehr angeguckt, und das ist für eine Frau von sechsundzwanzig Jahren nicht normal, auch nicht für eine, die schrecklich enttäuscht worden ist. Und da dachte ich mir, ich nehme diese Sache mal für dich in die Hand, weil du doch soviel zu tun hast ...*

Marlene seufzte abermals. Es hatte keinen Sinn. Nicht, wenn Amanda auf diese Weise in die neuesten Verwicklungen ihres Drehbuchs vertieft war. Ihre Tochter war nicht zu Plaudereien aufgelegt. Wenn Amanda in ihre Schreiberei versunken war, konnte nichts auf Erden sie ablenken, nicht einmal kindliches Gebrüll.

Nico warf die Lok in hohem Bogen gegen die Wand. »Hansi will raus«, teilte er seiner Großmutter in entschiedenem Ton mit.

»Vielleicht will Hansi sich lieber noch ein bißchen ausruhen«, meinte Marlene hoffnungsvoll. Doch dem war nicht so. Hansi, der mit ungemein scharfen Ohren ausgestattet war, hatte seinen Namen gehört und kam wie auf Kommando aus der Diele ins Wohnzimmer geschossen. Er warf sich mit einem Bodycheck gegen Marlene, die daraufhin rücklings auf den Flokati plumpste und sich das linke Ohr an der dort liegenden Holzlokomotive prellte. Hansi stemmte die Pfoten auf ihre Brust und leckte ihr begeistert das Gesicht ab. Marlene erduldete es stumm, machtlos gegen achtzig Kilo verspielten Neufundländer. Eigentlich war es noch zu früh, um rauszugehen. Normalerweise machte sie sich mit Nico und Hansi erst auf den Weg, wenn Amanda zur Galerie aufbrach. Marlene war der Meinung, daß ältere Menschen und kleine Kinder von eins bis drei Mittagsruhe halten sollten. Sie ordnete sich selbst mit ihren achtundfünfzig Jahren nicht unbedingt in die Kategorie *ältere Menschen* ein, war aber dessenungeachtet mittags nach drei bis vier Stunden Kleinkindbetreuung extrem ruhebedürftig. Genauer gesagt, hatte sie jeden Mittag das Gefühl, vor lauter Müdigkeit tot umfallen zu können. Es gab keinen Zweifel: Die Last der Verantwortung, sich den ganzen Vormittag um einen temperamentvollen dreijährigen Knaben kümmern zu müssen, war dazu angetan, eine Frau in der Blüte ihrer Jahre abrupt altern zu lassen, zumal besagter Knabe keinen Deut darum gab, daß seiner Großmutter von Rechts wegen eine Mittagspause zugestanden hätte. Dieses Kind schien auf wundersame Weise gegen jegliche Form der Ermattung gefeit zu sein. Für den Hund galt dasselbe, wenn auch in leicht abgewandelter Form. Sobald Hansi das Wort *Gassi* in Verbindung mit seinem Namen hörte, gab es kein Halten mehr. So wie jetzt.

»Hansi will raus!« rief Nico gebieterisch. »Und ich auch. Wir wollen beide raus. Jetzt sofort!«

Hansi kläffte zustimmend.

Marlene ergab sich in ihr Karma und rappelte sich hoch. Sie entfernte die Hundehaare von ihrem regenbogenfarbenen Kaftan und rückte die Kette aus großen, ungeschliffenen Bernsteinen auf ihrer voluminösen Büste zurecht.

»Na gut, dann gehn wir halt jetzt schon spazieren«, sagte sie mit Opfermiene in Richtung Amanda. Doch die war taub für das, was um sie herum vorging. Sie nahm kaum zur Kenntnis, daß Nico in der Diele mit Getöse den Inhalt des Schuhschranks gegen die Wände schleuderte und unter frenetischem Gebrüll verlangte, die Gummistiefel anziehen zu dürfen, obwohl es seit Wochen keinen Tropfen geregnet hatte. Erst recht nicht hörte sie Marlenes zaghafte Anregung, doch bitte, bitte die Sandalen zu nehmen, *es ist doch draußen sooo heiß, und die Omi kauft dir auch ein schönes Eis*.

Der Wecker auf Amandas Schreibtisch war auf fünfzehn Uhr gestellt, damit sie ihren Nachmittagsjob nicht verpaßte, und bevor er nicht klingelte, würde sie nicht im Traum daran denken, sich durch solche Nichtigkeiten vom Schreiben ablenken zu lassen.

Mit der Entwicklung der Story war Amanda kurz vor dem ersten Plot Point angelangt, dem bedeutsamen Wendepunkt am Ende des ersten Akts. Amanda hatte autobiographische Details in ihre Stoffsammlung eingeflochten, denn in dem Seminar, das sie im vergangenen Jahr in *Creative Writing* belegt hatte, war ihr beigebracht worden, daß Geschichten mit eigenen Erlebnissen am authentischsten wirkten. Der Seminarleiter, dessen Vokabular nach zehn Jahren Autorentätigkeit in Hollywood zu mindestens siebzig Prozent aus Amerikanismen bestand, pries Authentizität als die goldenste aller goldenen Regeln des Autorengewerbes, und die wahre Kunst sei, *the own story* immer wieder zu erzählen, aber so, daß niemand es merkte. *Everybody kann tell eine story,* pflegte er zu sagen, *aber you have to realize, daß eine story ist leider not enough for a good author.*

Amanda hatte für ihren Plot die Geschichte einer alleinerziehenden, vom Kindsvater verlassenen Mutter gewählt. Dabei hatte es ihr keinerlei Mühe bereitet, die Schauplätze detailgetreu darzustellen, etwa die permanente, unvorstellbar schlampige Unordnung in der viel zu engen Zweieinhalbzimmerwohnung, doch in ihren Augen ließ der Spannungsbogen der ganzen Geschichte noch zu wünschen übrig. Die Biographien ihrer Figuren wirkten bei näherem Hinsehen ziemlich nichtssagend, um nicht zu sagen öde. Nur von der weiblichen Hauptfigur hatte sie einigermaßen genaue Vorstellungen. Ihre Heldin sollte am Ende des ersten Aktes auf spektakuläre Weise aus ihrem Alltag ausbrechen, sozusagen ins Abenteuer starten, und Amanda hatte auch schon verschiedene Ereignisse, die als dramaturgisch passende Wendepunkte in Frage kamen, aufgelistet und für ihr Treatment durchdacht. Sie tendierte dazu, der Protagonistin einen schweren Schicksalsschlag zuzufügen und dann im zweiten Akt darzustellen, wie die Ärmste an allen Ecken und Fronten ackern und rotieren mußte, um wieder Fuß zu fassen. Als Alternative bot sich an, der Hauptfigur eine dringende Verpflichtung aufzubürden, die sie unbedingt erfüllten mußte, damit ihr Leben wieder ins Lot kam.

Amanda schwankte seit zwei Wochen zwischen *schwerem Schicksalsschlag* und *dringender Verpflichtung*. Das Treatment machte keine Fortschritte, weil sie sich nicht entscheiden konnte. Am besten wäre zweifelsohne eine Kombination aus beidem, doch Amanda wollte kein Ereignis einfallen, daß diese Komponenten in sich vereinte.

Eine Krankheit? Ein Unfall? Ein Mann?

Die einschlägige Literatur für Drehbuchautoren half ihr auch nicht weiter. Sie hatte zwar gelernt, daß keine Spannung ohne Drama und kein Drama ohne Konflikt entsteht, doch irgendwie wollte sich in ihrem Skript weder das eine noch das andere einstellen. Und das schlimmste war, daß Amanda nicht wußte, ob es am mangelnden Konfliktpotential der Figuren oder der fehlenden Dramatik der Handlung lag.

Jedenfalls dräute der zweite Akt, der immerhin doppelt so lang sein mußte wie der erste, als gähnend leerer Seitenkomplex vor ihr, das papierene Äquivalent von einer Stunde Filmzeit, von der Amanda bisher noch nicht die leiseste Idee hatte, wie sie szenisch auszufüllen wäre. Ganz zu schweigen von dem dritten und letzten Akt, weitere dreißig Filmminuten, in denen alle Fäden zusammenlaufen und sich am Ende wieder auflösen sollten.

Sie fragte sich, warum sie nicht weiterkam. In den beiden Drehbuchseminaren hatte sie stets aufgepaßt wie ein Luchs, sie hatte jedes einschlägige Sachbuch gelesen, sie hatte an diversen Workshops mitgewirkt.

Sie traute es sich zu!

Bedauerlicherweise schien sie da die einzige zu sein.

Sie hatte sich noch während ihrer Ausbildung zur Autorin das Jahrbuch der Film- und Fernsehproduzenten angeschafft, ein halbes Dutzend vielversprechender Adressen angeschrieben und kleine Stoffvorschläge geschickt, die indessen alle bis auf zwei ignoriert worden waren. Ein Produzent hatte zurückgerufen und gefragt, ob sie schon mal Stoffe für Vorabendserien entwickelt hätte. Hatte sie nicht. Ob sie sich vorstellen könnte, den *Storyliner* für eine *Daily* zu machen. Konnte sie nicht (zu dieser Zeit wußte sie noch nicht, was *Storyliner* oder *Daily* bedeuteten). Der Produzent hatte schlagartig jedes Interesse verloren.

Der zweite Produzent, der sich auf ihr Anschreiben hin gemeldet hatte, war an einem längeren Treatment im TV-Movie-Format zu ihrem Stoffvorschlag interessiert. Sie solle doch da einfach mal was machen. Amanda, die in ihrer Begeisterung vergessen hatte, das Vertragliche anzusprechen, verfiel augenblicklich in einen Taumel der Schaffenskraft und lieferte nach wochenlanger, unermüdlicher Arbeit ein, wie sie fand, rundum gelungenes, mehrseitiges Exposé ab. Die Geschichte handelte von einer alleinerziehenden, vom Kindsvater verlassenen Mutter.

Auch in diesem Falle war Amandas ganze Mühe nicht nur kostenlos und unverbindlich gewesen, sondern leider auch umsonst. Sie hörte nie wieder was von dem Typen. Monate später erfuhr sie auf Umwegen über einen Bekannten, der mit ihr zusammen einen Workshop besucht hatte, daß die Firma in Konkurs gegangen war und daß besagter Producer jetzt bei einer anderen Firma als Storyliner für eine Daily zugange war.

Amanda hatte nach diesem Debakel spontan beschlossen, die Film- und Fernsehwelt ohne Vorankündigung mit einem fertigen Drehbuch für einen abendfüllenden Spielfilm im Kinoformat zu überraschen, einer Story, die so gnadenlos gut war, daß alle Welt sich darum schlagen würde. Die Produzenten würden auf den Hintern fallen vor Begeisterung und einander überbieten, um sich den Stoff unter den Nagel zu reißen, Amanda würde das Filmband in Gold gewinnen und mindestens hundertfünfzigtausend für die Rechte einstreichen, Wiederholungshonorare nicht eingerechnet. Und danach ... Vielleicht Hollywood?

Der Wecker begann ohrenbetäubend zu rasseln. Amanda drückte den Knopf nieder, klappte widerwillig die Kladde mit ihren Notizen zu und stand auf, um zur Arbeit zu gehen.

## Malerei und Kuckucksei

Die Galerie befand sich in guter Lage, sie war das, was man in Kunstkreisen eine feine Adresse nannte. Amanda, die seit etwas über zwei Jahren für Yves Cacher arbeitete, war an drei Nachmittagen in der Woche von halb vier bis halb sieben in der Galerie Mädchen für alles. Sie fotografierte und katalogisierte die Gemälde und Plastiken, bereitete Unterlagen für die Buchhaltung vor und bediente das Telefon. Sie machte die Empfangsdame, wenn der Meister nicht im Laden weilte, sie spulte wie ein Wasserfall kunstsinniges Blabla ab, wenn Kunden über die Hintergründe eines der ausgestellten Werke mehr zu wissen wünschten.

Und sie gab sich redlich, aber vergeblich Mühe, Yves von seiner Meinung abzubringen, daß Amanda nach so vielen männerlosen Jahren reif für eine Beziehung sei.

Und zwar mit ihm.

Seine Stimme vibrierte jedesmal vor Enthusiasmus, wenn er Amanda zu überzeugen versuchte, daß er die Lösung all ihrer weiblichen Probleme war.

*Isch bin Franzose. Die verste'en was von der Liebe*, pflegte er anläßlich solcher Gelegenheiten zu betonen, seine Hand auf Amandas Schulter, ihrer Hüfte (einmal sogar auf ihrem Schenkel, er hatte sich neben sie gesetzt, als sie gerade Aufnahmen für einen neuen Prospekt sortieren wollte) oder, ganz der unwiderstehliche Sugardaddy, auf ihrem Scheitel: *Warum willst du es nischt mal versuchen, hein?*

Oder zornig:

*Isch begehre disch so, und du kannst misch nischt ausste'en!* Oder, mit weinerlicher Stimme: *Isch begreife wirklisch nischt, was du gegen misch 'ast! Ah, isch weiß, du 'aßt meinen Körper! Du kannst mein Äußeres nicht ertragen! Du findest misch dick und gräßlich mit diese Pickel, n'est-ce pas?*

Das war vielleicht ein wenig übertrieben, doch im Kern kam sein Vorwurf der Wahrheit ziemlich nahe. Yves besaß ungefähr soviel Sex-Appeal wie ein Röhrchen Valium. Auf seinem Gesicht blühte nicht nur eine hartnäckige Akne, er hatte auch in figürlicher Hinsicht nicht das geringste mit solchen Männern wie Enrico oder Marco gemein. Er verfügte eher über die Statur einer vollreifen Birne: Schmale Schultern und ein schwächlicher Brustkorb gingen über in eine breit ausladende Mitte, und kein noch so diskret geschneiderter

Maßanzug vermochte diesen in Yves' Augen himmelschreienden Makel zu überdecken. Nichtsdestotrotz schien ein innerer Zwang ihn anzutreiben, ständig aufs neue seine Männlichkeit unter Beweis zu stellen, wobei ihn die Tatsache, daß er etwa doppelt so alt war wie das zentrale Objekt seiner Begierde, weniger zu stören schien als seine körperlichen Unzulänglichkeiten.

Amanda schob bei solchen Gelegenheiten stets gelassen seine Hand weg und erklärte in möglichst diplomatischem Ton, daß sie überhaupt nichts gegen seinen Körper hätte, weshalb denn auch. Aber insgesamt betrachtet sei sie eben nicht bereit für eine Beziehung, was ihr echt leid täte, aber es sei nun mal nicht zu ändern, wahrscheinlich sei sie bindungsunfähig.

Eine deutlichere Ablehnung, etwa im Stile Dianas, verkniff sie sich, denn sie brauchte den Job. Nachmittagsstellen waren dünn gesät, und die Arbeit in der Galerie war leicht zu erledigen und dabei recht interessant. Die Beschäftigung mit Kunst war eine vielseitige, manchmal sogar aufregende Tätigkeit. In jedem Fall machte sie mehr Spaß als ihr Vormittagsjob, der Amanda oft an einem einzigen Morgen mehr schlauchte als eine ganze Woche in der Galerie.

Es hätte sogar perfekt sein können, wenn Yves nicht immer wieder mit seiner nervtötenden Anmache angefangen hätte. Andererseits war es nicht allzu schwierig, ihn sich vom Hals zu halten. Würde er beim Ausstellen ihrer Gehaltsschecks nur dieselbe Inbrunst an den Tag legen wie bei seinen Annäherungsversuchen, hätte Amanda längst einen neuen Wagen kaufen, eine größere Wohnung mieten und ihren Vormittagsjob an den

Nagel hängen können. Aber beim Geld hörte offenbar alle Freundschaft auf.

Yves gab jedesmal vor, kurz vorm Konkurs zu stehen, wenn sie ihn um eine Gehaltserhöhung anging. Wenn sie, was zwei-, dreimal vorgekommen war, von Tariflöhnen und Mindeststundensätzen sprach, flüchtete er sich in nervöse Herzbeschwerden und mußte sich auf der Stelle hinlegen. Einmal hatte er sogar von ihr verlangt, daß sie den Notarzt rufen solle.

An diesem Nachmittag war Amanda allein im Laden. Yves hatte sich in eines der beiden Hinterzimmer zurückgezogen, von denen eines als Lager und das andere als Büro- und Besprechungsraum diente. Vielleicht telefonierte er, wahrscheinlicher aber war, daß er sich auf einem der Sofas im Büro ausgestreckt hatte und ein Nikkerchen machte.

Sie überlegte, ob sie die Bestellisten für neue Rahmen eine Weile beiseite legen und statt dessen rasch die Kladde aus ihrer Handtasche holen sollte. Ihr waren vorhin ein paar Gedankenblitze zu einer ihrer Nebenfiguren gekommen, die sie unbedingt notieren wollte. Sie wollte schon aufstehen, als die Glocke an der Ladentür ein dezentes Klingeln von sich gab. Ein Kunde betrat die Galerie, ein kleiner, aber ungeheuer breit gebauter Mann um die Vierzig. Seine kastenförmige Gestalt steckte in einem allem Anschein nach maßgefertigten Designeranzug. Auf seiner knolligen Nase saß eine Brille im Pop-Art-Stil, schreiend tigerfleckig gerahmt, mit dunklen Gläsern, die wie Taubenflügel geformt waren und bis über die Schläfen reichten. Er nickte einen kurzen Gruß in Amandas Richtung, dann ging er im Stechschritt die Wand zu seiner Linken ab und betrachtete flüchtig die dort ausgehängten Gemälde. Yves hatte für diesen Monat eine impressionistische Stilrichtung gewählt und aus den Werken dreier aufstrebender junger Maler sehr geschickt die derzeitige Ausstellung komponiert. Die etwa zwanzig Bilder erinnerten teils an Monet, teils zeigten sie Ähnlichkeit mit Arbeiten van Goghs. Fünf der Bilder waren schon verkauft, ein ausgezeichneter Schnitt für die bisherige Dauer der Ausstellung. In einer der Ecken der Galerie stand auf unterschiedlich hohen Podesten eine kleine Gruppe filigraner Metallplastiken, deren sanft geschwungene Formen dem Auge wohltaten und die vortrefflich mit den Gemälden harmonisierten. Dem Dicken schienen sie indessen nicht sonderlich zu gefallen. Er beendete nach wenigen Augenblicken seine Inspektion und kam zu Amanda herüber. Aus der Nähe betrachtet wirkte er noch kompakter und noch gedrungener, beinahe zwergwüchsig. Er reichte Amanda kaum bis zur Schulter und war fast so breit wie hoch.

»Mein Name ist Amanda Stegmann«, stellte sie sich höflich vor. »Was kann ich für Sie tun?«

Anscheinend wollte er nicht kaufen, sondern verkaufen. Unter seinem rechten Arm klemmte eine großformatige Mappe, wie sie zum Transport von Bildern verwendet wurden.

Er musterte Amanda durch die dunkle Tigerbrille und schwieg.

»Mein Herr?« fragte Amanda nach einer kurzen Weile. Vielleicht war er schwerhörig. Oder zerstreut.

»Der Franzmann«, sagte der Mann mit rauher Stimme. Es klang, als würde Putzwolle über eine Schiefertafel gerieben. »Ich will ihn sprechen. Sagen Sie ihm, der Krallwitz ist da.«

»Wie bitte?« fragte Amanda, in der sicheren Überzeugung, sich verhört zu haben.

»Ich will den Franzosen sprechen. Ist der Kerl hier oder nicht?«

Amanda war platt. Sie hatte schon mit diversen flippigen Kunstkennern zu tun gehabt. Nicht wenige Kunden der Galerie waren extravagant, extrovertiert, experimentell, exzessiv, existentialistisch, exklusiv, exaltiert ...

Aber dieser hier war von einem anderen Kaliber. Wenn er überhaupt irgendwas mit ex war, dann höchstens extrem. Und zwar extrem ungehobelt. Dieser Typ gehörte definitiv nicht eine anspruchsvolle Galerie wie diese. Er war schlicht ein Kuckucksei.

(Tatsächlich kannte man ihn, was Amanda nicht ahnte, in eingeweihten Kreisen als Harry die Kralle.)

Er beugte sich drohend näher. »Wo ist der Franzmann, häh?«

»Eine Sekunde bitte«, sagte Amanda zuvorkommend, während sie fieberhaft über eine effektive Methode nachsann, diesen Klotz möglichst schnell und unauffällig wieder loszuwerden.

Ihr wollte nichts einfallen. Sie beschloß, daß Yves sich dieses Problems annehmen müsse. Schließlich war er der Chef, oder? Sie zog sich mit einer gemurmelten Entschuldigung in Richtung Büro zurück, klopfte kurz und betrat den Raum. Yves hatte es sich auf seinem Hydrauliksessel hinterm Schreibtisch bequem gemacht, die Füße hoch gelegt und über einem Stoß verrutschter Broschüren und Kataloge ausgestreckt. Er unterbrach sein leises Schnarchen und öffnete blinzelnd ein Auge, als Amanda zu ihm trat und an seiner Schulter rüttelte.

»*Ah, quelle femme jolie!* Du bist zu mir gekommen, *mon amie amoureuse!*«

»Laß den Quatsch. Da draußen steht ein Kunde. Ein merkwürdiger Typ. Ich glaube, er hat Bilder dabei.«

»Wieso kümmerst du disch denn dann nischt um ihn, hein?« klagte Yves.

»Weil er zufällig dich persönlich sprechen will.«

»Woher weißt du das?«

»Weil er's gesagt hat. Das heißt, genau genommen hat er gefragt, wo der Franzmann ist. Das bist doch wohl du, oder? Also mach schon, ja?«

Sie wandte sich um und prallte gegen den Mann, der ihr gefolgt war. Ein dünnes Lächeln stand auf seinen Lippen. In Verbindung mit der stumpfen Nase verlieh ihm dieses Grinsen den Charme eines Haifischs.

»Ich bin's«, sagte er zu Yves.

»Rischtisch«, rief Yves. »Sie 'atten ja angerufen! Na so was! Mein lieber, guter 'err Krallwitz! Sie kommen früher, als isch dachte!« Er sprang auf und sackte gleich darauf wieder auf seinem Chefsessel zusammen. Offenbar waren ihm die Füße eingeschlafen. Das kommt davon, wenn man mit den Beinen auf dem Schreibtisch einpennt, dachte Amanda nicht ohne Schadenfreude.

Yves zog sich unbeholfen hoch, wankte steifbeinig ein paar Schritte auf seinen Besucher zu und drückte ihm die Hand.

»Laß den Scheiß«, sagte der Mann.

Amanda schluckte.

»Schmeiß die Tussi raus, aber dalli.«

Amanda war versucht, sich die Nase zuzuhalten, um mit ein wenig Druck ihre Ohren zu belüften. Das konnte er nicht wirklich gesagt haben. Oder doch?

»Du kannst für 'eute Feierabend machen, *ma chère*«, säuselte Yves.

Amanda zog die Brauen hoch. Yves las ihre Gedanken. »Gegen Bezahlung natürlisch«, versicherte er rasch. »Und schließ ruhig schon ab.«

Amanda zuckte die Achseln, holte ihre Handtasche und ging.

## Körperkontakt und Kontaktanzeigen

Amanda träumte, daß der Kunde namens Krallwitz mit seiner großen Mappe ausholte und ihr einen schmerzhaften Schlag auf die Nase verpaßte, weil sie für seinen Geschmack nicht schnell genug das Büro verließ. Sie kam mit einem Brummschädel zu sich und erkannte, daß wirklich irgend etwas ihre Nase getroffen haben mußte. Der Urheber war unschwer auszumachen. Es war ihr Söhnchen Nico. Der Kleine lag neben ihr, den zerzausten Blondschopf in ihrem Kopfkissen vergraben, die Beine auf ihrem Bauch. Und den Ellbogen auf ihrer Nase. Amanda überlegte wehmütig, daß er das einzige männliche Wesen war, das mit leidenschaftlicher Beharrlichkeit seit drei Jahren das Bett mit ihr teilte. Meist wachte er nachts zwischen zwei und drei Uhr auf, kletterte aus seinem Gitterbett und krabbelte in seinem Verlangen nach mütterlicher Wärme unter Amandas Decke. Was als friedliches Gekuschel anfing, wurde im Laufe der Nacht zu einem – zumindest für Amanda – ungemütlichen Gerangel. Nico hatte ein starkes Bedürfnis, sich auszubreiten, vor allem auf ihrer Bettseite. Er schob und drängte und warf sich auf der Suche nach Körperkontakt unablässig herum.

Und er keilte mit Händen und Füßen aus. Amanda hatte nicht selten Alpträume, in denen unsympathische Zeitgenossen sie vertrimmten. Sie wachte häufig auf, entweder von Nicos Püffen oder aber aus der unerklärlichen Gewißheit heraus, daß seine Windel übergelaufen war. Oder mit der Befürchtung, daß er sich freigestrampelt und seinen Schlafanzug hochgeschoben hatte und daß sein kleiner Rücken bloß und schutzlos der kühlen Luft ausgesetzt war, wenn sie ihn nicht augenblicklich zudeckte.

An eine ungestörte Nachtruhe war schon ewig nicht mehr zu denken. Seit geraumer Zeit sagte Amanda sich, daß es so nicht weiterginge. Daß eine größere Wohnung mit einem eigenen Kinderzimmer für sie und Nico die Lösung sei und daß sie deswegen endlich, endlich, endlich irgendwie zu Geld kommen müsse, um für sich, ihren Sohn, ihre Mutter und ihren Hund ein vernünftiges Zuhause schaffen zu können.

Doch Marlene behauptete, daß jedes Kind in diesem Alter zu seiner Mutter ins Bett wolle, und seien auch noch so viele Türen dazwischen. Amanda hatte dasselbe von anderen Frauen gehört, mit denen sie sich gelegentlich beim Mutter-Kind-Turnen unterhielt. Auf ihre zaghafte Frage, in welchem Alter denn das ungefähr aufhören werde, hatten mehrere der Frauen nur müde abgewinkt. Eine wußte zu berichten, daß ihre Tochter erst in dem Moment nicht mehr in Muttis Bett gewollt hatte, als sie anfing, mit ihrem Freund zu schlafen.

Eine andere hatte gemeint, ihr Sohn sei jetzt schon auf dem Gymnasium, aber vor jeder Lateinarbeit käme er immer noch zu ihr unter die Decke gekrochen.

Amanda hatte spontan beschlossen, Nico auf einer Waldorf-Schule ohne Latein anzumelden.

Sie betrachtete ihren Sohn für einige endlose, wunderbare Augenblicke, von tiefer, fast schmerzhafter Liebe durchströmt. Dann stand sie auf, deckte den Kleinen sanft zu und verließ barfuß und auf Zehenspitzen ihr Schlafzimmer. In der Diele stolperte sie über das übliche Chaos aus Hundeknochen, Legoklötzen, halbvollen Teefläschchen, Schuhen und Matchboxautos. Sie fluchte unterdrückt, als sich ein spitzer Gegenstand in ihre Fußsohle bohrte, den sie bei näherem Hinsehen als einen von Marlenes Kristallen erkannte. Sie hob ihn auf und nahm ihn mit in die Küche, wo ihre Mutter schon vor ihrer dampfenden Teetasse saß und die Zeitung vor sich ausgebreitet hatte. Amanda gab Marlene einen Kuß auf die Stirn, wünschte ihr einen guten Morgen und goß sich ebenfalls Tee ein. Hansi kam von seinem Platz neben der Heizung zu ihr herüber und drückte freundlich hechelnd seinen dicken Kopf gegen ihre Knie. Amanda tätschelte ihn und setzte sich zu ihrer Mutter an den Frühstückstisch.

Marlene trug eines ihrer üblichen farbenfrohen, selbstgenähten Gewänder, die sie in größerer Anzahl und für alle möglichen Gelegenheiten besaß. Heute hatte sie eine weit fallende Bluse in einem warmen Orangegelb gewählt. Marlene war der Meinung, daß jeder Tag eine andere Farbe habe und daß man sich dazu passend kleiden müsse, um in innerem Einklang mit sich selbst und mit der Natur zu bleiben.

Sie raschelte mit der Zeitung, räusperte sich und fragte: »Möchtest du den Lokalteil, Liebes?«

Amanda hatte den vagen Eindruck, ihre Mutter sei vielleicht ein wenig nervöser als sonst, hinterfragte es aber nicht. Sie nahm dankend die Zeitung entgegen und überflog flüchtig die regionalen Kurzmeldungen, während sie nebenher eine Scheibe Toast mit Butter und Marmelade bestrich.

Sie las den Bericht über einen schweren Unfall, bei dem ein örtlicher Unternehmer seinen nagelneuen, mit zahlreichen Extras hochgerüsteten S-Klasse-Daimler an einer im Weg stehenden Verkehrsinsel zu Schrott gefahren hatte, wie durch ein Wunder jedoch bis auf einen Beinbruch und einige Prellungen keine schweren Verletzungen erlitten hatte. Der Sachschaden wurde laut Angaben der Polizei auf hunderttausend Mark geschätzt. Auf einem an Detailfreude nicht zu überbietenden Foto war der zum Format einer Briefmarke zusammengequetschte Wagen abgebildet. Kaum vorstellbar, daß dieser Blechhaufen mal ein Auto gewesen war! Und daß darin ein Mensch überlebt hatte! Amanda schauderte es bei dem Anblick. Der Mann mußte einen Schutzengel gehabt haben!

Unter der Überschrift *Tote im Wald* las Amanda über den grausigen Fund, welchen die Kriminalpolizei von M. zu vermelden hatte. Spaziergänger hatten im Unterholz eines Wäldchens eine Frauenleiche entdeckt, die man bisher noch nicht hatte identifizieren können, weil ihr Körper mit gräßlichen Schnitten und Verätzungen bedeckt war. Außerdem fehlte ihr der Kopf. Die Kripo wollte noch keine Stellung zu der Frage nehmen, ob der Fall möglicherweise Parallelen zu einem ähnlichen Leichenfund vom vergangenen Jahr aufwies.

Eine weitere Kurzmeldung war einem Kunstdiebstahl gewidmet. Amanda las es mit gewissem berufsbedingten Interesse. Der oder die Täter hatten sich unbefugt Zutritt zum Landesmuseum verschafft und zwei äußerst wertvolle, aus dem siebzehnten Jahrhundert stammende Ölgemälde entwendet, niederländische Landschaften eines Malers aus der Schule Rembrandts, die professionell aus ihren Rahmen geschnitten worden waren. Da es keine Spuren für ein gewaltsames Eindringen gab, vermuteten die Behörden, daß der oder die Täter sich dort tagsüber versteckt haben mußten und sich dann bewußt hatten einschließen lassen.

Zuletzt las Amanda einen kurzen Artikel über Geschäftsgründungen. Die Industrie- und Handelskammer wußte zu berichten, daß auch im vergangenen Quartal die Anzahl der neu eröffneten Unternehmen wieder um einige Prozentpunkte gestiegen sei. Leider werde diese erfreuliche Bilanz überschattet durch die mindestens ebenso hohe Zahl derjenigen Betriebe, welche im selben Zeitraum in Konkurs gegangen seien, vor allem Kleinunternehmen seien von diesem traurigen Trend betroffen.

Amanda seufzte. In der letzten Zeit hatte sie selbst oft den Impuls verspürt, sich auf eigene Füße zu stellen. Warum sollte sie sich mit zwei schlechtbezahlten Teilzeitjobs herumplagen, die ihr kaum genug für die Miete, den altersschwachen Wagen und das Nötigste zum Leben eintrugen? Warum nicht in eigener Regie und in die eigene Tasche wirtschaften?

Die Vorstellung von einem freischaffenden Dasein

geisterte neuerdings immer häufiger durch ihren Kopf. Dabei war Amanda jedoch keineswegs so vermessen, sich die Führung einer Galerie zuzutrauen. Von der dafür nötigen Eignung war Amanda Welten entfernt. Das überließ sie lieber Yves.

Man konnte über Yves sagen, was man wollte, aber für Kunst hatte er einen Blick und vor allem ein Händchen. Sein Gespür für wertvolle Originale und sein Wissen über unzählige Künstler aus den unterschiedlichsten Stilepochen waren fast immer unfehlbar. Dabei kam auch die praktische Seite nicht zu kurz, denn einen großen Teil seiner Aufmerksamkeit richtete Yves auf die Erben reicher Leute oder die direkten Nachkommen bekannter Sammler. Er reiste häufig zu Auktionen und begutachtete Nachlässe. So manches beachtliche Stück konnte er auf diese Weise mit Verhandlungsgeschick und Überredungsgabe in seinen Besitz bringen und gewinnträchtig am Markt plazieren.

Zwar handelte er überwiegend mit zeitgenössischer Malerei, doch seine eigentliche Liebe galt den Klassikern. Er hatte sogar ein paar Semester Kunstgeschichte an der Sorbonne studiert – zumindest behauptete er das, und Amanda sah keinen Anlaß, ihm das nicht abzukaufen.

Yves brachte darüber hinaus ein weiteres, nicht zu unterschätzendes Kapital in seinen Betrieb mit ein: Eine fast dreißigjährige Berufserfahrung. Er kannte in der Kunstszene viele Leute von Rang und Namen, er bewegte sich souverän in der Welt der Auktionen, Vernissagen und Museen.

Nein, das war nicht Amandas Ding, genausowenig wie der Fotografenjob, mit dem sie sich an drei Vormittagen die Wochen für ihren anderen Chef Arnold herumplagte.

»Du liest ja gar nicht die Anzeigen«, sagte Marlene.

»Wozu denn? Von den Wohnungen, die da angeboten werden, können wir uns sowieso keine leisten. Außerdem laufen die fast alle über Makler. Es würde also noch ein Vermögen an Courtage dazukommen.«

»Ich dachte eigentlich nicht an die Wohnungen.«

»Die Autos?« Amanda runzelte die Stirn. »Wir hatten doch ausgemacht, daß wir die alte Kiste so lange fahren wollten, bis sie auseinanderfällt.« Sie faßte für Marlene unter Zuhilfenahme ihrer Finger rechnerisch ihrer beider Finanzlage zusammen. Viele Finger brauchte sie nicht dafür. »Es ist eine Frage von Soll und Haben, Mama. Ein Job auf sechshundertdreißig-Mark-Basis, einer schwarz, dann deine Rente und das Kindergeld, macht summa summarum zweifünf. Bleiben nach Abzug von Miete, Strom, Telefon, Versicherungen und Fernsehgebühren allerhöchstens fünfzehnhundert netto. Und da haben wir noch keinen Happen gegessen und keine Pampers gekauft.«

Marlene zeigte Anzeichen von Verzweiflung. »Das weiß ich doch, Kind.«

»Du sollst mich nicht immer Kind nennen, Mama.«

»Ja, aber du bist doch mein Kind.«

»Was ist los mit dir?« fragte Amanda mißtrauisch. »Hast du schlecht geschlafen oder was?«

»Ich will, daß du die Kontaktanzeigen liest«, platzte Marlene heraus.

Amanda registrierte zu ihrem Erstaunen, daß ihre Mutter die Augen niederschlug und rot anlief. Ohne zu zögern blätterte sie die Zeitung bei den Kleinanzeigen wieder auf und studierte die Spalten unter *Bekanntschaften*.

»Du brauchst dich doch nicht zu schämen, Mama«, erklärte sie lächelnd. »Ich finde das ehrlich gesagt total mutig von dir. Der Entschluß ist dir bestimmt nicht leicht gefallen, oder?«

Marlene hüstelte verlegen. »Alles andere als leicht, in der Tat.«

»Also wirklich, Mama«, tadelte Amanda ihre Mutter. »Dachtest du etwa, ich versteh das nicht? Schau mal, Papa ist jetzt tot seit ... warte mal ... sind es vier oder schon fünf Jahre? Nein, im August sind es schon fünf Jahre. Und du warst die ganze Zeit allein.«

»Ich hatte ja euch«, sagte Marlene tapfer.

»Aber das ist nicht genug für eine Frau in den besten Jahren«, widersprach Amanda.

»Ich bin froh, daß du dieser Meinung bist.« Marlene rang nach Worten. »Amanda, Kind, um die Wahrheit zu sagen ...«

Amanda hob die Hand. »Moment. Sag nichts. Ich will mal sehen, ob ich es selbst finde.«

Amanda tippte zuerst auf *Ungezähmtes Rasseweib in den besten Jahren sucht Dompteur*, doch dann tendierte sie eher zu *Jugendliche Mittfünfzigerin, naturverbunden, tierlieb, sucht liebevollen Löwe-Mann*. Oder war es vielleicht: *So lange war ich einsam und sehnte mich nach einem lieben, einfühlsamen Menschen, der mich umarmt?* Nein, dann schon eher *Wer wie ich (Witwe, Ende 50, vollschl., blond, NR) eine neue Partnerschaft anstrebt, schreibt mir unter Chiffre. Nur Bildzuschriften erbeten.*

Ja, das paßte zu Marlene. Sie würde niemals die Katze im Sack oder den Mann ohne Bild kaufen!

Amanda klopfte mit dem Finger auf die Anzeige und las sie laut vor. »Die hier ist es, oder? Gut formuliert, finde ich. Ein bißchen zu konventionell vielleicht. Aber fürs erste Mal echt toll.«

Marlene holte tief Luft. »Es ist die zweitletzte in dieser Spalte.«

Amandas Zeigefinger fuhr über die Anzeigen nach unten. *Junge Frau m. Kind, blond, attrakt., NR, will nach großer Enttäuschung noch mal ihr Glück probieren. Bitte nur ernstgem. Bildzuschr. ungeb. Herren unter 40.*

Amanda las es verblüfft. Sie wußte zwar, daß Marlene sich selbst für eine ungemein jugendliche Person hielt, doch ihr war bisher nicht klar gewesen, wie weit diese Einstellung ging.

»Muß er denn so jung sein?« wagte sie zu fragen. »Du liebe Güte, Mama, was hast du denn vor? Willst du etwa in den Spuren von Liz Taylor wandeln?«

»Ich ... ähm ...«, stammelte Marlene.

»Und ich finde es auch nicht gut, wie du darauf herumreitest, daß du ein Kind hast. Diese Tatsache macht dich nicht jünger, weißt du. Nicht mehr, wenn das Kind längst erwachsen ist, und schon gar nicht in deinem Alter.«

»In meinem Alter?« fragte Marlene mit einem Anflug von Beleidigung in der Stimme.

»Du mußt doch zugeben, daß unter vierzig einfach zu jung ist. Und zwar viel zu jung!«

»Für mich vielleicht.«

»Für dich? Was soll das schon wieder heißen?«

Marlenes ohnehin schon gerötete Wangen färbten sich noch eine Schattierung dunkler.

Amanda bemerkte es, zog den naheliegenden Schluß und schnappte nach Luft.

»Nein«, hauchte sie erschüttert. »Das ist nicht wahr!«

»Es ist wahr.«

»Das kannst du doch nicht machen!«

»Du siehst doch, daß ich es kann.«

Amanda raufte sich die Haare. »Was hast du dir dabei bloß gedacht, Mama?«

»Wahrscheinlich dasselbe, was sich jeder Mensch denkt, der eine Kontaktanzeige schaltet.«

»Aber warum, um Himmels willen? Und jetzt erzähl mir bloß nicht irgendwas von einem Scheißkarma oder so!«

»Ich möchte ganz einfach, daß du glücklich bist«, sagte Marlene schlicht.

Amanda wollte auf die Schnelle keine Entgegnung einfallen, doch nach ein paar Sekunden der Besinnung konnte sie ihrer Mutter die Vorwürfe gar nicht so schnell an den Kopf werfen, wie sie ihr in den Sinn kamen. Kuppelei, Bevormundung, Eigenmacht, Gemeinheit, Hinterlist ... Sie wußte kaum, womit sie anfangen sollte.

Als zwei Minuten später Nico in die Küche kam, vom Schlaf zerzaust und mit triefender Windel, waren seine Mutter und seine Großmutter in einen handfesten Krach über das Für und Wider besagter Annonce vertieft. Erst nachdem Nico lautstark sein Verlangen nach Pommes, Cola und den Simpsons kundgetan hatte, fand die Debatte ein vorläufiges Ende. Außerdem war Amanda spät dran und mußte sich sputen, um rechtzeitig zur Arbeit zu kommen. Immerhin ließ sie sich nicht nehmen, beim Verlassen der Wohnung über die Schulter zurückzurufen: »Nein! Nein! Und nochmals nein. Das ist meine unwiderrufliche Entscheidung!«

Zu Amandas heftigem Unbehagen behielt jedoch Marlene das letzte Wort, indem sie ihrer Tochter nachrief: »Ich bitte dich nur, drüber nachzudenken. Mehr nicht.«

## Eine Arbeit zum Abgewöhnen

Als Amanda um halb neun beim Fotostudio ankam, war Arnold schon da und wartete auf sie, was ihrer Laune einen zusätzlichen Dämpfer versetzte. Wie immer meckerte Arnold sie sofort an. Sie konnte sich nicht erinnern, daß er jemals eine freundliche Begrüßung zuwege gebracht hatte.

»Wie schön, daß Madame sich auch endlich herbequemt«, sagte er bissig.

»Ebenfalls schönen guten Morgen«, fuhr Amanda ihn an. Sie war in der passenden Stimmung, ihm Kontra zu geben.

Mit Arnold stand sie ohnehin auf Kriegsfuß. Sie wußte selbst nicht, warum sie immer noch für ihn arbeitete. Es konnte nur am Geld liegen, obwohl er weiß Gott nicht viel davon ausspuckte. Egal, wieviel sie schuftete, am Monatsende kamen nie mehr als die vorschriftsmäßigen sechshundertdreißig Mark zusammen. Sie hatte ihm eine Neuregelung auf der Basis von Fahrtkosten- oder Essenszuschüssen vorgeschlagen, doch Arnold hatte sofort behauptet, solche Sachen hätte sein Steuerberater ihm verboten. Überhaupt war alles verboten, was Arnolds

Geld kostete. Erlaubt war hingegen alles, was Arnolds Freizeit verlängerte.

Zum Beispiel hatte Arnold nicht das geringste dagegen einzuwenden, daß Amanda mehrmals im Monat ausgedehnte, ermüdende Fahrten über Land unternahm, um in allen möglichen Kindergärten und Schulen im Kreisgebiet nervtötende Gruppen- und Einzelaufnahmen anzufertigen, während er selbst sich die schönsten Hochzeiten vorbehielt. Es machte Arnold auch rein gar nichts aus, daß Amanda an den Vormittagen ganz allein den Laden schmiß. Anfangs hatte er sie bei jedem Handgriff beargwöhnt, doch schon nach ein paar Wochen war er dazu übergegangen, sich vornehm zurückzuziehen, wenn Amanda im Geschäft war.

Sie hatte keine Ahnung, was er trieb, während sie arbeitete. Wahrscheinlich hing er in irgendeiner Kneipe beim Frühschoppen herum. Vielleicht ging er aber auch bloß einkaufen. Ab und zu brachte er Tüten mit neuen Klamotten aus der Stadt mit. Ob er zum Shoppen oder Schoppen wegging, Amanda war es herzlich egal. Wenigstens brauchte sie sich bei ihm keine Gedanken darüber zu machen, daß er ihr zu nahe treten könnte. Er war aus Überzeugung schwul, konnte aber, anders als die meisten Schwulen, Frauen per se nicht ausstehen. Er hielt alle Frauen für Blondinen, sprich für blöde, und zwar unabhängig von ihrer Haarfarbe. Amanda, deren Haar nicht nur von einem ziemlich hellen Naturblond, sondern zu allem Überfluß auch noch schulterlang war, fungierte in Arnolds Augen folglich als Paradebeispiel weiblicher Unbedarftheit. Daran erinnerte er sie ständig, indem er ihr jeden neuen Blondinenwitz erzählte. Was

Blondinenwitze anging, war Arnold ein wandelndes Humoristenlexikon.

Auch sonst war der Job bei Arnold alles andere als eine Freude. Die Arbeit dort war einfach zum Abgewöhnen. Amanda war zwar kein Profi, dafür aber seit Jahren begeisterte Hobbyfotografin mit einem instinktiven Gespür für die richtige Blende, das optimale Licht und den geeigneten Winkel für Porträts. Als sie kurz nach Nicos Geburt Arnolds Suchanzeige gelesen hatte, hatte sie spontan geglaubt, daß dies ihre Chance sei. Doch zwischen ihren Hoffnungen und der Realität klaffte eine kilometerbreite Schlucht. Das Studio war klein, miefig, schlecht geheizt und so zugig, daß sogar der steinalte Sternenvorhang, den sie als Hintergrund für Kinderporträts ausrollten, in den unpassendsten Augenblicken in Schwingungen geriet und einen penetranten Geruch nach muffigem, mottenzerfressenem Samt verbreitete. Vermutlich stammten auch andere Teile der Ausrüstung noch aus den Anfängen der Fotografie. Was das Stativ und die Scheinwerfer betraf, so hegte Amanda nicht den leisesten Zweifel, daß Arnold sie von einem Pionier des letzten Jahrhunderts geerbt haben mußte. Ständig ging irgend etwas daran kaputt.

Soviel zu den Erfolgsaussichten von Suchanzeigen, dachte Amanda säuerlich, während sie ihre Jacke und ihre Handtasche in dem winzigen Gelaß neben dem Atelier deponierte, das nicht nur als Garderobe und Lager für Filme, Bürobedarf, Accessoires für Porträtaufnahmen sowie diversen, in Jahren angesammelten Schrott diente, sondern zugleich auch als Ruheraum für die Angestellten, von denen es außer Amanda noch zwei weitere Frauen gab, eine Reinigungskraft und eine

Laborantin. Das Labor befand sich in einem Kellerraum des Hauses, zu dem jedoch ein eigener Eingang führte. Die meisten Aufnahmen wurden ohnehin zur Entwicklung weggegeben, weil das billiger war und Zeit sparte. Nur bei den Hochzeitsbildern und den teuren Einzelporträts legte Arnold noch selbst Hand an.

Am Ende des Kabuffs ging noch eine weitere Tür ab, hinter der sich die Angestelltentoilette befand. Amanda konnte nur ahnen, wie es dort aussah. Nicht gut, dem fauligen Gestank nach zu urteilen. Es hätte Amanda nicht erstaunt, dort eine offene Kloake oder eine verweste Leiche vorzufinden, falls sie mal nachsehen sollte. Sie war Gott sei Dank nie in die Verlegenheit gekommen, das Klo benutzen zu müssen.

Von der anderen Seite des Ladens führte eine Tür in den Cheftrakt. Wenn Arnold nicht gerade auf Achse war, um seine Bierfahne oder sein Outfit aufzufrischen, hielt er sich in seinem Büro auf, wo er meist dasselbe tat wie Yves, nämlich dösen. Außerdem hatte er hier seinen eigenen Waschraum, seinen eigenen PC, seinen eigenen Kühlschrank und sein eigenes Telefon. Und nicht zu vergessen sein eigenes Sofa zum Ausruhen.

Arnold schob seinen kurzgeschorenen Kopf durch die Tür.

»Was sucht eine Blondine in der Ketchup-Flasche?«

Amanda tat so, als hätte sie ihn nicht gehört. Arnold wieherte hämisch, er mußte dermaßen lachen, daß sein ganzer Körper in Zuckungen geriet und seine Hamsterbäckchen wabbelten. Er konnte sich kaum soweit beruhigen, daß er sich selbst die Antwort auf seine blöde Frage geben konnte. »Heinz!« brüllte er entzückt. »Sie sucht Heinz! Ist das nicht Wahnsinn? HEINZ!«

Damit hatte er sich anscheinend in die richtige Stimmung gebracht, Amanda einen unsittlichen Antrag zu machen. »Hör mal«, druckste er, »die Tülay ist krank. Sie hat angerufen, daß sie heute nicht kommen kann.«

Tülay war die zweite sechshundertdreißig-Mark-Frau, die bei Arnold in Lohn und Brot stand. Sie kam dreimal die Woche zum Saubermachen.

»Willst du damit zum Ausdruck bringen, daß ich vielleicht hier putzen soll?« fragte Amanda höflich, aber eisig.

»Äh ... ja.«

»Ich könnte darüber nachdenken.«

»Na, dann hätten wir das ja«, sagte Arnold erleichtert.

»Sagen wir, für fünfzig Mark würde ich es machen.«

»Fünfzig!« schrie Arnold.

»Fünfzig. Und zwar für einmal putzen.«

Dafür würde er lieber selber putzen, erklärte Arnold sofort empört.

»Dann mach's doch«, empfahl ihm Amanda.

Er versuchte, sie auf zwanzig runterzuhandeln, doch damit biß er bei ihr auf Granit. Sie einigten sich bei achtunddreißig und eine zusätzliche freie Stunde für Amanda.

Zehn Minuten später besaß Arnold den Anstand, sich zu einem Stadtbummel oder sonstwohin zu verziehen, und Amanda machte sich an die Arbeit. Sie listete die Bestellnummern der Waren auf, die sie zur Ergänzung ihres kleinen Verkaufssortiments benötigten. Anschließend sichtete sie einige Layouts und sortierte danach fertig entwickelte Außenaufnahmen vom letzten Kindergarten, die sie außerdem nach den Namenslisten der Kinder mit Adreß- und Preisaufklebern versah.

Wenig später betrat die erste Kundin den Laden. Sie benötigte neue Paßfotos.

»Aber bitte nicht solche Zombiebilder wie beim letzten Mal«, sagte sie.

»Wir machen nie Zombiebilder«, erwiderte Amanda.

Sie komplimentierte die Kundin aufs Podium und den Schemel.

»Jetzt bitte den Kopf ein bißchen runter.«

Die Kundin stierte in den Scheinwerfer. »Ich will den Kopf nicht so weit nach unten, da sieht man mein Doppelkinn.«

»Nur ein bißchen. Das sieht einfach besser aus. Rekken Sie einfach das Kinn noch mehr vor, das strafft den Hals und die Wangenpartie.«

»Das kann ich mir nicht vorstellen. Außerdem wirkt dann die Nase viel länger.«

Amanda zählte bis fünf. »Wenn Sie den Kopf so hoch halten wie jetzt, sieht man die Nasenlöcher. Von mir aus können wir das so machen. Aber dann sind die Nasenlöcher mit drauf.«

Nasenlöcher wollte die Kundin nicht. Sie senkte den Kopf um ungefähr einen halben Millimeter. »Jetzt besser?«

»So bleiben«, rief Amanda. Exakt in dem Moment, als sie abdrückte, zwinkerte die Kundin. Fehlschuß.

»Das war leider nichts«, sagte Amanda. »Sie haben geblinzelt.«

»Tut mir leid.«

»Macht nichts«, log Amanda.

Die ganze Prozedur begann von vorn. Die Nase der Kundin fing an zu glänzen wie eine Speckschwarte, und sie mußten unterbrechen, um abzupudern.

Dann bekam die Kundin Schluckauf und schaute drein wie ein Karpfen, ständig in der Erwartung, daß sie im unpassenden Moment hicksen mußte.

Als der Schluckauf nach massivem Einsatz von Mineralwasser vorbei war, vergewisserte sich die Kundin, ob ihre Pickel auch wirklich auf dem Foto nicht zu sehen wären.

»Davon habe ich nichts gesagt«, erklärte Amanda.

»Wieso? Soll das heißen, ich bin auf dem Bild pickelig?«

»Also, zwei, drei kleine Pickel ...«

»Moment. Ich wollte aber ein Foto ohne Pickel. Machen Sie das hier nicht?«

»Die Sache ist die: Das hier wird ein normales Paßfoto, kein Porträt. Es ist in zwei Stunden fertig. Wenn Sie ein Porträt wünschen, können wir das natürlich auch machen. Das dauert allerdings länger. Auf dem Porträt wird dann auch retuschiert, falls Sie das bestellen.«

»Na gut, dann machen wir das eben.«

»Das kostet allerdings mehr«, meinte Amanda.

»Wieviel?« wollte die Kundin mißtrauisch wissen.

Amanda sagte es ihr, und die Kundin griff haltsuchend in den morschen Sternenvorhang. Amanda wedelte die aufsteigenden Staubwolken weg.

»Ich finde, die Paßfotos sind schon teuer genug«, klagte die Kundin. »Für soviel Geld kann ich doch wohl erwarten, daß ich nicht aussehe wie eine Pickelziege, oder?«

Du siehst aber aus wie eine, hätte Amanda am liebsten gebrüllt. Sie war mit den Nerven am Ende, als die Dame endlich im Kasten war und verschwand. Die Bilder würden grausig werden, soviel war jetzt schon sicher, mit riesigen, gestochen scharfen Pickeln, Nasenspitze in Hochglanz und debil gesenkten Lidern.

Als nächstes kam eine Mutti mit zwei Kleinkindern von zwei und vier Jahren, der Junge mit Matrosen-, das Mädchen mit Spitzenkrägelchen. Amanda holte ein Schaukelpferdchen und ein Schemelchen aus dem Kabuff und plazierte die Kinder sorgfältig. Sie sprangen sofort wieder auf und rannten zu ihrer Mutter, die sich abwartend im Hintergrund postiert hatte. Amanda, ganz die erfahrene Mama, holte ihre Handpuppe, ein schon ziemlich zerrupfter Ernie, den sie wie das Original lachen lassen konnte.

»Guckt mal, wer euch guten Tag sagen will«, rief sie.

»Ernie!« brüllten die beiden Kleinen.

»Ernie will ein Foto von euch machen!«

Das überzeugte sie. Die Mutter der beiden nickte beifällig.

»Ernie soll lachen!« verlangte der Junge.

»Ernie lach!« quietschte seine kleine Schwester.

»Chchchch«, machte Amanda gehorsam. Der gute Ernie half denn auch tatkräftig mit, daß seine zwei kleinen Bewunderer brav in die Kamera guckten. Dafür mußte Ernie allerdings pausenlos sein beliebtes Kichern ertönen lassen. Sobald es aufhörte, wurde Protest laut.

»Ernie lacht nicht mehr!« jammerte der Knirps.

Dem kleinen Mädchen stürzten Tränen aus den Augen. »Ernie LACH!!!«

»Chchchchchch!« röchelte Amanda mit letzter Kraft. Sie litt bereits unter akutem Sauerstoffmangel. Ernie war kurz vorm Exitus.

Dann fragte der Junge, wo Bert blieb.

»Will Bert!« erklärte seine Schwester sofort.

»Bert ist gerade mal weg«, behauptete Ernie.

Das war ein Fehler. Der Junge wollte wissen, wann Bert wiederkäme, und das Mädchen stieg vom Schemel und fing an, nach Bert zu suchen und dabei »WILL BERT! WILL BERT!« zu kreischen.

Die Mutter meinte, so lange hätte sie aber nun auch wieder nicht Zeit, und vielleicht würde sie morgen oder übermorgen noch mal wiederkommen, und ob es Amanda recht wäre, wenn sie für heute erst mal abbrechen würden.

Es war ihr sogar sehr recht.

## Chronische Probleme

Diana betrachtete wütend die sterblichen Überreste ihres Durchlauferhitzers. Der Greif hatte sich aus naheliegenden Gründen nicht mehr blicken lassen, und da er unter einer chronischen, unheilbaren Krankheit namens Geiz litt, war bis jetzt auch noch kein Installateur bestellt worden. Die auseinandergeschraubten Teile lagen nach wie vor wild verstreut auf dem Fußboden.

Diana konnte zwar im Fitneßcenter duschen, aber das war kein Dauerzustand. Sie hatte ein Recht auf einen funktionierenden Boiler, verdammt und zugenäht! Schließlich mußte sie den größten Teil ihres sauer verdienten Geldes für die Miete verplempern, und das bei diesem Loch von Wohnung!

Diana verpaßte der Wand einen Karatetritt. Ein paar Mörtelbrocken lösten sich mit einem befriedigenden Knacken und fielen zu Boden. Das tat gut!

Als wenige Augenblicke später das Telefon klingelte, hatte sie sich zumindest soweit beruhigt, daß sie sich höflich melden konnte. »Hansen hier.«

»Hier auch«, sagte die Stimme ihrer Mutter.

»Hallo«, erwiderte Diana kühl. Sie war erstaunt, daß ihre Mutter anrief. Sie hatte seit drei Monaten nichts mehr von ihren Eltern gehört, seit dem großen Krach im Frühjahr.

»Wie geht es dir, Diana?«

»Prima«, sagte Diana wortkarg.

»Hast du ...«

»Ja, ich hab genug Geld, genug zu essen, genug zum Anziehen, und eine Arbeit hab ich auch. Du siehst also, daß ich keinen Pfennig von eurem Scheißgeld brauche.«

»Es besteht kein Grund für diesen Ton«, wies ihre Mutter sie scharf zurecht.

Was du nicht sagst, dachte Diana verbittert. Sie würde nicht so schnell vergessen, was zwischen ihnen stand. Einen Großteil der Schuld trug sie sicher selbst, das stellte sie gar nicht in Abrede. Sie war sechsundzwanzig und hatte nichts weiter vorzuweisen als zwei abgebrochene Studiengänge (zwei Semester Germanistik, ein Semester Pädagogik), einen voll austrainierten Körper, ein hübsches Gesicht, einen Schwarzen Gürtel in Karate, eine enorme Klappe und einen beeindruckenden Männerverschleiß. Es waren höchstwahrscheinlich die beiden letzten Eigenschaften, die ihr zum Verhängnis geworden waren, soweit es das Verhältnis zu ihren gebildeten, kultivierten, stinkreichen Eltern betraf. Vorgeschoben wurde natürlich ihre mangelnde Bereitschaft, den Ernst des Lebens zu erkennen *(Wann wirst du endlich mal etwas zu Ende bringen,*

*Diana?)*, ihre Verschwendungssucht *(Glaubst du eigentlich, das Geld wächst auf Bäumen? Dein Vater und seine Angestellten müssen sehr hart für unseren Wohlstand arbeiten, Diana!)* und ihre Ziellosigkeit und Unfähigkeit, ihr Leben selbständig zu gestalten *(Wir haben dich wirklich nicht ungern um uns, doch längerfristig solltest du über Alternativen nachdenken, Diana!)*.

Das hatte etwas in ihr mit einem Riesenknall zum Platzen gebracht, und bevor sie ihre Sachen packte und auszog, hatte sie ihren Eltern entgegengeschleudert, sie könnten sich ihr Scheißgeld, ihre Scheißvilla und ihre Scheißansichten sonstwohin stecken. Das war der Stand der Dinge. Der Kontakt war abgebrochen, und beide Seiten waren unversöhnlich. Wenn es nach Diana ging, würde sich daran so schnell nichts ändern. Ihre Eltern konnten ihr gestohlen bleiben.

Wieso, zum Teufel, liefen ihr dann jetzt die Tränen übers Gesicht?

»Was willst du überhaupt?« fragte sie absichtlich grob.

»Zacharias hatte einen schweren Unfall«, sagte ihre Mutter. Das Zittern in ihrer Stimme war nicht zu überhören.

»Um Gottes willen«, schrie Diana, »er ist doch nicht ...«

»Nein, er ist nur verletzt. Es geht ihm schon wieder besser. Sein Bein ist gebrochen, und er hat eine Menge Prellungen. Er liegt im Krankenhaus. Ich dachte nur, du wolltest ihn vielleicht besuchen.«

»Ja, natürlich will ich das«, stammelte Diana. »Was ist denn überhaupt passiert?«

»Ein Autounfall. Es stand doch heute ganz groß in der Zeitung. Sogar mit Bild.«

»Du meinst ... Dieser total zerquetschte Wagen? Er hat *da* drin gesessen? O Gott!«

»Dein Bruder hatte einen Schutzengel.«

»Nicht nur einen«, murmelte Diana. Sie war immer noch schockiert, aber nicht so sehr, daß sie nicht brüsk die Einladung ihrer Mutter, doch mal zu Hause vorbeizuschauen, zurückgewiesen hätte.

»Wenn ihr glaubt, daß es wie früher wird, täuscht ihr euch. Ich lebe jetzt mein eigenes Leben. In meiner eigenen Wohnung und mit meinem eigenen Geld. Es geht mir blendend, klar? Ich brauche euch nicht, und das bleibt auch so.«

## Ein Mann verschwindet

Seit ein paar Tagen wurde Amanda aus Yves nicht mehr schlau. Wenn Kunden kamen und seine fachkundige Beratung wünschten, wirkte er fahrig und unkonzentriert. Er zuckte beim leisesten Geräusch zusammen wie ein neurotisches Kaninchen. Zwischen seinen Pikkeln wucherte flusiger Stoppelbart, er hatte dunkle Ringe unter den Augen, seine Krawatte zeigte ungewohnte Flecken, an seinem Sakko fehlte ein Knopf, und das alles, obwohl er für gewöhnlich doch so penibel auf sein Äußeres bedacht war.

Während er sonst immer auf seine flippige Art um sie herumgetänzelt war und ihr Avancen gemacht hatte, hing er jetzt nur noch in seinem Büro herum, und zwar, was Amanda besonders verwunderte, hinter verschlossener Tür, als hätte er Geheimnisse vor ihr. Einmal – er hatte anscheinend nicht daran gedacht, abzuschließen – fand sie ihn vor, wie er über einer ausgerollten Leinwand stand und sie anglotzte, als könnte sie ihn beißen. Amanda konnte von der Tür aus nicht sehen, was für ein Bild es war, und im nächsten Moment pflaumte er sie auch schon an, sie solle sich verziehen. Dann schloß er sofort hinter ihr die Tür ab und vergaß es seitdem nicht wieder.

Amanda nahm all das zwar zur Kenntnis, sah jedoch noch keinen besonderen Anlaß zur Sorge. Jeder hatte mal einen schlechten Tag. Oder zwei oder drei. Vielleicht kam er ja auch in die Wechseljahre. Erst neulich hatte Amanda gelesen, daß nicht nur Frauen, sondern auch Männer eine Art Menopause durchmachten. Das war nur gerecht, fand Amanda. Warum sollten Männer es besser haben als Frauen? Wie kamen sie dazu, einen zweiten Frühling für sich in Anspruch zu nehmen, während Frauen im selben Alter höchstens die Auswahl zwischen Hitzewallungen oder Depressionen hatten? Die Wissenschaft hatte endlich nachgewiesen, daß Männer sich etwas vormachten, wenn sie sich einbildeten, ab vierzig immer jünger zu werden. Bestätigt wurde diese neue Erkenntnis der Forschung durch die Natur selbst. Die sorgte nämlich für den nötigen biologischen Nachdruck, mit vergrößerter Prostata und schrumpfender Libido.

Vielleicht war Yves ja jetzt soweit, endlich einzusehen, daß es ihn genauso traf wie die Frauen in seinem Alter.

Weitere Gedanken verschwendete Amanda nicht an sein merkwürdiges Verhalten, zumal sie seit ein paar Tagen selbst nicht besonders gut drauf war. Sie hatte ebenfalls das Gefühl, langsam alt zu werden. Heute morgen beim Frühstück hatte sie angefangen zu heulen, weil alles so schrecklich war. Ihr armes Kind mußte ohne Vater aufwachsen und über weite Strecken auch ohne Mutter, weil die gezwungen war, sich alle Beine auszureißen, um das tägliche Brot zu verdienen, welches so karg war, daß höchstens noch die armen Menschen in der Sahelzone schlimmer dran waren. Kein Schwein interessierte sich für sie, niemand rief sie an, abgesehen von Diana, die sich in den letzten Tagen aber auch nur einmal gemeldet hatte.

Und dabei war sie auch kein Trost gewesen, weil sie noch schlechter drauf war als Amanda (soweit das überhaupt möglich war), denn ihr Bruder Zacharias war vorige Woche verunglückt und lag im Krankenhaus. Er war der Unternehmer, der in dem Briefmarkenauto überlebt hatte. Diana rannte täglich an sein Krankenbett und hielt Händchen bei ihm, und ihre arme, vom Schicksal gebeutelte beste Freundin mußte selbst sehen, wie sie klarkam.

Aber Amanda kam nicht klar!

»Ich halt's nicht mehr aus«, hatte sie heute früh geschluchzt, untermalt von Hansis mitfühlendem Gejaule. Der Hund hatte ein Herz, das weich wie Butter war. Ganz im Gegensatz zu Marlene. Die hatte bloß ungerührt gefragt, ob Amanda ihre Tage bekam. Zugegeben, sie bekam sie gerade, aber nicht jeder Kummer konnte einfach auf das prämenstruelle Syndrom geschoben werden. Heutzutage mußte PMS für alles herhalten, was im Leben einer Frau schieflief.

Dabei waren die Ursachen so vielfältig, daß man sie bald gar nicht mehr alle aufzählen konnte. Es war so ungerecht! Das ganze Leben war so ungerecht! Am ungerechtesten war, daß ihr blödes Drehbuch steckengeblieben war. Wo blieb der Wendepunkt? Ohne Wendepunkte konnte man kein Drehbuch schreiben! Es mußte mindestens zwei davon geben, das war das Wenigste. Das vorgeschriebene Minimum. Besser noch wären drei oder vier oder fünf. Und unerwartet mußten sie sein. Waren sie vorhersehbar, taugten sie nicht viel. Welcher Teufel hatte sie letzte Woche geritten, als sie in einem Anfall von geistiger Umnachtung den ersten, fertig entwickelten Teil in einen Umschlag gesteckt und an eine Hamburger Produktionsgesellschaft geschickt hatte? Wo sie doch nicht den geringsten Schimmer hatte, wie es nach dem Ende des ersten Akts weitergehen sollte?

Amanda saß hinter der Mahagonitheke in der Galerie und brütete über ihrer Kladde. In ihrer Verzweiflung hatte sie bereits in Erwägung gezogen, der Heldin eine Querschnittlähmung zu verpassen, was ja wirklich ein extrem *schwerer Schicksalsschlag* war, und ihre *wichtige Verpflichtung* hätte darin bestanden, den Chefarzt der Rehaklinik zu betören, um wieder Spaß am Leben zu kriegen.

Ein Paar mittleren Alters betrat den Ausstellungsraum und interessierte sich für eine der Metallplastiken. Amanda gesellte sich zu ihnen und ließ ein paar Sprüche vom Stapel, die sie sich für solche Fälle zurechtgelegt hatte. Sie konnte einiges zu dem Objekt erzählen, aber nicht soviel wie Yves, der den Künstler persönlich sehr gut kannte und für den Kaufpreis einen gewissen Verhandlungsrahmen festgesteckt hatte, von dessen genauer Höhe Amanda jedoch keine Ahnung hatte.

Amanda klopfte an der Bürotür, doch drin regte sich

nichts. Sie klopfte abermals, die pikierten Blicke der potentiellen Käufer im Rücken spürend.

»Yves?« rief sie mit gedämpfter Stimme. Du liebe Zeit, er konnte doch nicht schon wieder schlafen!

»Yves, könntest du bitte mal kurz rauskommen?« Sie räusperte sich und rief etwas lauter: »Es geht um eine der Plastiken!«

Keine Antwort.

Amanda wandte sich entschuldigend an das Paar und meinte lahm, Herr Cacher sei wohl gerade in einer wichtigen telefonischen Besprechung und deshalb unabkömmlich. Ob sie ihre Telefonnummer hinterlassen wollten? Herr Cacher würde dann umgehend zurückrufen.

Die Kunden trollten sich, ohne ihre Nummer zurückzulassen.

Amanda wurde wütend. Sie donnerte mit der Faust gegen die Tür zum Büro, bis ihre Knöchel wehtaten. Langsam begann sie, sich ernstliche Sorgen zu machen.

Die Tür öffnete sich, und Yves kam heraus. Seine Augen starrten ins Leere, und seine Gesichtszüge waren schlaff.

Unter seinem Arm klemmte die Kunstmappe, die der komische Tigerbrillen-Kunde neulich hergebracht und dagelassen hatte.

Yves blieb mit hängenden Schultern neben Amanda stehen. Er sah aus, als hätte er einen Geist gesehen.

Amanda berührte seine Schulter, was er unter normalen Umständen bestimmt als Aufforderung zum sofortigen Liebesspiel aufgefaßt hätte. »Yves?«

Doch die Umstände waren anscheinend alles andere als normal.

»Amanda«, flüsterte er heiser, »'ast du schon einmal in deinem Leben vor einer Entscheidung gestanden, von der alles ab'ing? Die dein ganzes Leben umgeworfen 'at? Kennst du dieses Gefühl der Unausweichlichkeit, wenn die Würfel einmal gefallen sind?«

Amanda gab auf Yves' Frage keine Antwort, denn sie hatte irgendwie das Gefühl, daß er eher mit sich selbst als mit ihr sprach. Abgesehen davon interessierte es ihn wahrscheinlich ohnehin nicht, daß sie tatsächlich einmal vor einer solchen Entscheidung gestanden hatte. Daß sie sich entschieden und das Richtige getan hatte.

Plötzlich straffte sich Yves' ganze Gestalt, seine Augen begannen fanatisch zu glühen, und seine Pickel rot zu leuchten, ein Zeichen vermehrter Durchblutung, sprich wachsender Erregung – die sich aber ausnahmsweise nicht auf Amanda bezog. Es war eher eine Erregung, in die sich eine Spur Angst zu mischen schien.

Amanda hatte keine Ahnung, welche Art von richtungweisender Entscheidung Yves soeben getroffen hatte. Eins aber konnte sie mit Gewißheit sagen: Er hatte sich bestimmt nicht zu irgendwelchen profanen Dingen durchgerungen, etwa wohin er diesen Sommer in Urlaub fahren oder welches Auto er als nächstes kaufen würde, nicht mal, welchen Künstler er demnächst ausstellen wollte.

Es mußte etwas wirklich immens Wichtiges sein, etwas, das ihn vollkommen aus der Bahn warf, so, wie er sich jetzt aufspielte.

»Adieu«, sagte er, den Blick auf ferne Horizonte gerichtet. Dann marschierte er los, stapfte mit festen Schritten durch die Tür und verschwand.

# Noch ein Ei, aber mit Cola

Ich will ein Ei«, sagte Nico.

»Selbstverständlich«, erklärte Amanda. Sie sagte es nicht zu Nico, sondern zu dem Produzenten, dessen Stimme wie durch ein Wunder durch die Telefonleitung an ihr Ohr drang und der ihr soeben erklärte, daß er ihren Stoff vielversprechend fände und gerne mehr darüber hören würde, weshalb er sie ganz gern persönlich sprechen würde. Ob sie denn mal vorbeikommen könne?

»Ich kann jederzeit kommen«, sagte Amanda aufgeregt. »Hamburg? Null problemo. Kein Thema.«

Es war nicht zu fassen! Da sollte doch mal jemand sagen, es gäbe auf der Welt keine Gerechtigkeit! Ihre Entscheidung, den ersten Akt ihres Drehbuchs an diese Hamburger Firma zu schicken, war mindestens so bahnbrechend gewesen wie die von Yves, was immer er sich auch vorgenommen haben mochte.

»Ich will ein Ei«, rief Nico. »Mit Salz und Becher und Brot.«

Mit einer Hand hielt Amanda die Sprechmuschel zu, mit der anderen Nicos Mund. Er biß sie in die Hand, und Amanda verkniff sich einen Aufschrei.

»Ein Treatment vom Rest der Story? Oh, ja, ich bin so gut wie fertig. Ich bin sozusagen in den letzten Zügen ... ähm, Szenen.«

»Ein Ei, ein Ei, EIN EI!« skandierte Nico brüllend.

»Verdammt, sei still!« zischte Amanda an der zugehaltenen Muschel vorbei. »Da ist ein total wichtiger Onkel dran!«

Der Onkel kriegte zum Glück gerade ein Gespräch

auf der anderen Leitung rein und mußte kurz unterbrechen, was Amanda die Gelegenheit verschaffte, Nico um Geduld anzuflehen.

»Ich will aber Ei essen!« quengelte er.

»Das weiß ich doch, Liebling«, sagte sie beschwörend. »Wenn du jetzt noch einen Moment leise bist, koch ich dir ein ganz tolles Ei!«

»Mit Cola zu trinken?«

»Okay.«

Sie hatten überhaupt keine Cola vorrätig, das hatten sie nie, doch dies war nicht der Zeitpunkt, auf so einer unbedeutenden Kleinigkeit herumzureiten. Wieso mußte dieser Mensch aus Hamburg auch ausgerechnet jetzt anrufen? Hätte er nicht noch eine halbe Stunde warten können, bis Marlene heimkam und ihr Nico abnahm? Ihre Mutter war mit Hansi zum Kaffeeklatsch bei einer ihrer esoterischen Bekannten und vergeudete wahrscheinlich gerade ihre Zeit mit dem üblichen Karma-und Chakra-Krimskrams, während Amanda die Chance ihres Lebens an der Strippe hatte!

Der Producer beendete sein Gespräch auf der anderen Leitung und fragte Amanda, ob sie vielleicht am Donnerstag in der übernächsten Woche kommen könne, da hätte zufällig auch der Dramaturg Zeit, und sie könnten alle zusammen ein kleines Brainstorming machen.

»Ein Brainstorming!« sagte Amanda glückselig.

»Ein Ei«, warf Nico böse ein.

»Ich koch ... äh, komme gern!«

Während Amandas neuer Mentor – sein Name war Krüger – gerade in seinem Terminplaner nachforschte, welche Uhrzeit ihm am besten paßte (er wollte es lieber gleich klarmachen, weil er am Montag wieder mal für zehn Tage in die Staaten mußte), fing Nico an, an der Telefonschnur zu ziehen und sie um Amandas Bein zu wickeln. Der Apparat rutschte vom Dielentisch und knallte auf den Boden. Es schepperte und klirrte, und aus dem Hörer klang anhaltendes Knacken und Rattern. Als es endlich wieder aufhörte, war die Leitung tot und der Produzent weg.

»Mist«, fluchte Amanda.

»Das sagt man nicht«, rügte Nico.

Amanda rannte sofort los, um ihr Produzenten-Jahrbuch zu holen und die Nummer rauszusuchen. Die nächste halbe Stunde war sie damit beschäftigt, sie anzuwählen. Es war andauernd besetzt. Zwischendurch flitzte sie in die Küche und setzte Wasser für ein Ei auf. Als sie das einzige noch vorrätige Ei hineinlegte, zerplatzte es und das Eiweiß quoll in Mengen heraus.

»Scheiße«, schimpfte Amanda.

»Das darf man auch nicht sagen«, erklärte Nico. Er lugte über den Topfrand. »Das Ei ist kaputt.«

»Ich weiß. Tut mir leid, es ist geplatzt.«

»Ich will ein richtiges Ei.«

»Das ist ein richtiges Ei.«

»Es ist gekracht.«

»Schon. Aber es schmeckt trotzdem.«

»Das Ei soll aber ganz sein.« Ein Schreikrampf erster Güte bahnte sich an.

Endlich kam Amanda bei der Produktionsfirma durch, nur um bei einem Anrufbeantworter aufzulaufen, der ihr mitteilte, daß sie leider außerhalb der Geschäftszeiten anrief und es in dringenden Fällen per Fax versuchen solle.

Dies war ohne jeden Zweifel ein ungeheuer dringender Fall, doch wie sollte sie ohne Faxgerät ein Fax schicken? Also würde sie sich wohl notgedrungen bis morgen gedulden müssen. Sie biß sich die Fingerknöchel wund, als sie das zur Unkenntlichkeit ausgekochte Ei mitsamt seinen Auswüchsen aus dem Wasser fischte und abschreckte. Hoffentlich konnte der Typ sich morgen überhaupt noch an sie erinnern! Ach du Schreck, morgen war ja Samstag, da war er bestimmt überhaupt nicht im Büro! Jetzt würde sie bis Montag warten müssen, und da war er in Amerika! Für zehn Tage! Das war zu lang! Ein Produzent mußte alles mögliche im Kopf behalten, er mußte ständig darüber nachdenken, wie er die Geldquellen am Sprudeln und den Regisseur bei Laune halten konnte. Wie er am effektivsten die Egos der Hauptdarsteller polierte, passende Sets auftat, potente Verleiher anbaggerte. Da konnte man nicht erwarten, daß er sich auch noch um den Autor kümmerte. Wer war schon ein Autor? Ein notwendiges Übel, das die Produktionsgesellschaften am liebsten mit Stumpf und Stiel ausgerottet hätten. Autoren waren eine Plage. Sie verlangten nur Geld. Viel zuviel Geld für die paar Blatt Papier, die sie beisteuerten. Geld, das bitter benötigt wurde für höhere Gagen, bessere Kostüme, flottere Tricks, mehr Komparsen, einen vernünftigen Kameramann.

Amanda klaubte die hervorgetretenen Stellen vom Ei ab. Als sie es mit dem Messer köpfte, war außer dem Kochwasser und ein paar krümeligen Dotterbrocken so gut wie nichts mehr drin.

Nein, keine Frage, wenn der wichtige Onkel aus Amerika zurückkäme, wäre Amandas interessanter Stoff längst Schnee von gestern. Genauso gut hätte ihr Gespräch mit diesem Menschen vor einer Million Jahren stattfinden können.

Sie servierte Nico das verstümmelte Ei im Becher, mit Salz und Brot, aber leider ohne Cola.

Das erwies sich sofort als kapitaler Fehler.

Nico warf das Ei an die Wand und sich selbst auf den Boden, wo er blau anlief und Luft für einen gewaltigen Schrei sammelte.

Amanda ließ sich niedergeschmettert auf einen Küchenstuhl fallen und starrte aus dem Fenster, während Nico langsam, ausdauernd und in höchster Phonstärke sein Trotzgebrüll über alle Tonlagen zum Diskant steigerte.

Die Kristalle, die malerisch zwischen den kugeligen kleinen Kakteen auf der Fensterbank lagen, brachen in allen Farben das Sonnenlicht, doch Amanda hatte keinen Blick für dieses nette, heimelige Bild.

Als Marlene eine Viertelstunde später zusammen mit dem Hund von ihrem Nachmittagsausflug zurückkehrte, kam sie gerade rechtzeitig, um ihren vom Brüllen restlos erschöpften Enkel und ihre in Tränen der Verzweiflung aufgelöste Tochter in die Arme zu nehmen.

## Topf und Pendel

Marlene saß im Schneidersitz in ihrer Meditierecke und hielt mit geschlossenen Augen das Pendel. Sie glaubte fest an die magische Kraft, die von irgendwoher (sie persönlich tendierte zu der Annahme, daß sie aus dem flüssigen Erdinneren käme) in ihren Körper strömte, den Weg durch ihren Arm in ihre Hände fand und schließlich einen Fingerzeig auf die Zukunft lieferte, indem sie dem Pendel eine bestimmte Richtung vorgab.

Dazu war es natürlich erforderlich, ganz unvoreingenommen und für alles offen an die Sache heranzugehen, was Marlene in diesem speziellen Fall allerdings ziemlich schwierig fand. Nicht nur, weil sie selbstverständlich all die Briefe, die vor ihr ausgebreitet auf dem Flokati lagen, längst gelesen hatte und daher über alle Aspiranten im Bilde war, sondern auch wegen Nico, der keine Gelegenheit ausließ, diesen Akt der Kontemplation und Konzentration zu sabotieren. Er hatte Hansi überredet, mit ihm Cowboy zu spielen. Hansi war das Pferd, Nico der Vormann. Die Hundeleine war das Lasso und Marlene die Kuh.

Es ließ sich schlecht pendeln, wenn einem dauernd eine Hundeleine an den Kopf geschmissen wurde. Außerdem hatte sie seit einer Weile Zahnschmerzen, ein verwachsener Weisheitszahn, der sich hin und wieder mit einer Entzündung in Erinnerung rief und den ihr Zahnarzt ihr schon seit ungefähr zwanzig Jahren ziehen wollte. Marlene argwöhnte, daß diese Störung ihres körperlichen Wohlbefindens einen nicht unerheblichen Teil zum Scheitern des Pendelvorhabens beitrug. Der Weisheitszahn ließ sich nicht ignorieren. Wie sollte sie ihre Mitte finden, wenn sie ständig an ihren blöden Zahn denken mußte? Von einem Zustand des ganzheitlichen In-sich-Ruhens konnte keine Rede sein. Die Nadel wollte über keinem der Briefe richtig zur Ruhe kommen.

Marlene hätte es gern mit den Fotos ausprobiert, doch die hatte Nico rettungslos durcheinandergeworfen, als sein Viehtrieb zur Stampede geriet und ihm sein Pferd durchging. Jetzt befand Marlene sich zu allem Überfluß in der beklagenswerten Situation, daß sie nicht mehr wußte, welches Foto zu welcher Zuschrift gehörte. Marlene verstand nicht viel von Mathematik, doch in ihrer Vorstellung betrug die Anzahl aller möglichen Kombinationen auf jeden Fall mindestens eine Million. Die Chance, zu einem Bild den jeweils dazugehörigen Brief zu finden, war somit ungefähr gleich Null. Und selbst wenn es die richtige Kombination gewesen wäre – Marlene hätte es ja nicht gewußt! Der nette, zuverlässig aussehende Typ mit den lachenden Augen gehörte womöglich zu dem stupiden Pamphlet mit den dreiundzwanzig Rechtschreibfehlern. Oder der Fettsack mit der Zahnlükke war vielleicht der Verfasser dieser rundum gelungenen, herrlich humorvollen Zeilen.

»Ich will Pampers«, erklärte Nico.

»Möchtest du es nicht lieber mal auf dem Klo versuchen?« fragte Marlene betont freundlich.

»M-m«, schüttelte Nico den Kopf.

»Warum denn nicht?«

»Darum nicht«, erwiderte Nico, offensichtlich erstaunt über die blöde Frage.

»Ich mach dir auch Musik an«, bot Marlene ihm großzügig an. »Oder ich lese dir ein schönes Buch vor, wenn du auf dem Töpfchen sitzt.«

Nico machte Anstalten, wütend zu werden, also schob Marlene rasch die Briefe zur Seite und stand auf, um Nico eine von den extragroßen Junior-Pampers anzulegen. Sie würde nie begreifen, warum Nico statt ins Klo lieber in die Windel machte. Nachts war er noch nicht trocken, das war für ein dreieinhalbjähriges Kind noch vertretbar, aber tagsüber konnte er schon ziemlich lange seine Ausscheidungen soweit koordinieren, daß er rechtzeitig vorher ankündigte, wann es soweit war. Er strullerte auch anstandslos in den Topf oder ins Klo, doch für sein großes Geschäft verlangte er eine Windel. Und zwar jedesmal. Er ließ sie sich stets mit der größten Selbstverständlichkeit anziehen, verzog sich ins Bad, donnerte die Tür hinter sich zu und kam nach der üblichen Zeitspanne wieder zum Vorschein, um die volle Windel entfernen und seinen Hintern säubern zu lassen.

Marlene hatte verschiedentlich gehört, daß manche andere Kinder dieselbe Marotte pflegten, und sie war erleichtert gewesen, daß ihr herrlicher, intelligenter, anbetungswürdiger Enkel kein angehender Neurotiker war. Der Kinderarzt hatte Marlene empfohlen, es einfach zu übergehen.

»Wie soll ich übergehen, daß er Stuhldrang hat?« hatte sie den Arzt angefaucht. »Soll ich ihn vielleicht in die Hose machen lassen?«

»Bieten Sie ihm das Töpfchen als Alternative an. Sie können ihn dabei Musik hören lassen oder ihm ein Bilderbuch vorlesen. Und wenn das nicht hilft, ziehen Sie ihm in Gottes Namen die Windel an. Jeder unangebrachte Druck würde das Kind nur traumatisieren.«

»Ich versteh das nicht!« hatte sie gejammert. »Dabei ist der Junge so unglaublich intelligent und weit für sein Alter!«

»Gerade intelligente Menschen wollen Macht über andere Leute ausüben.«

Das hatte ihr die Sprache verschlagen. Wie es schien, war Nicos Weigerung, in den Topf zu scheißen, nur der Beweis für seinen überragenden Intellekt.

Auf ihre entnervte Frage, wie lange das wohl noch dauern könnte, hatte der Arzt grinsend geantwortet: »Das ist abzusehen. Irgendwann geht jeder aufs Klo, glauben Sie mir. Oder haben Sie in Ihrem Bekanntenkreis Leute, die sich zum Scheißen eine Windel anziehen?«

Nico kam mit einer Rolle Klopapier zurück und legte rücklings auf den Flokati, mitten auf den Briefestapel.

Mit spitzen Fingern entsorgte Marlene den ziemlich flachgedrückten Windelinhalt. Ein Teil davon flutschte ihr vom Klopapier. Sie war eben nicht mehr die Jüngste. Kinderpopos fielen, rein generationstechnisch betrachtet, eigentlich nicht mehr in ihren Zuständigkeitsbereich. Ein paar der Briefe verströmten hinterher ein unangenehmes Odeur, und da sie wegen der nutzlosen Fotos sowieso nicht mehr viel wert waren, überlegte Marlene, ob sie nicht einfach besser auf den nächsten Schwung Zuschriften warten sollte. Gleich morgen früh könnte sie in der Zeitungsredaktion vorbeischauen. Sicher hatten sich noch eine ganze Menge hoffnungsvoller Kandidaten gemeldet.

Doch dann entschied sie, daß man nichts anbrennen lassen dürfe. Wer garantierte ihr denn, daß unter diesem Stapel nicht der Mann fürs Leben lag? Ihr künftiger Schwiegersohn, unter einem Haufen Scheiße begraben, sang- und klanglos in der Versenkung verschwunden! Und Amanda würde für den Rest ihres Daseins männerlos bleiben! Das durfte nicht sein. Nicht ihre mit Schönheit, Charakter und Begabung gesegnete Tochter!

Schon gar nicht, nachdem es Marlene unter ungeheuren Mühen gelungen war, Amanda das Versprechen abzuringen, sich auf ein paar *Blind Dates* einzulassen, die

Marlene für sie arrangieren wollte. Zugegeben, Amanda war nicht ganz bei sich gewesen, sie hatte mitten in diesem Heulkrampf gesteckt und ihre Tage gehabt, doch wenn sie einmal etwas zugesagt hatte, hielt sie ihr Wort. Sie würde hingehen, das stand fest. Deshalb würde Marlene das Eisen schmieden, solange es heiß war.

Sie betrachtete eingehend den Stapel Briefe und konzentrierte sich erneut. Dann strafte sie ihren wütend pochenden Zahn mit Verachtung, schloß die Augen, atmete tief in ihr Sonnengeflecht hinein und griff wahllos zu.

## Überall rothaarig!

Die Frau musterte den Mann, der vor ihr im Bett lag, mit klinischer Gründlichkeit. Sie hatte einen geschulten Blick für Männerkörper, in allen Formen, Größen und Farben. Und in allen Stadien der Nichtbekleidung. Dieser hier unterschied sich nicht wesentlich von den anderen Exemplaren seiner Gattung, er war lang, schlaksig und an den richtigen Stellen gut bestückt. Außerdem wies er ziemlich viele Sommersprossen auf, doch selbst das war nicht besonders bemerkenswert.

Das Besondere an diesem Mann war die Haarfarbe. Sie war von einem seltenen, flammenden Rot, und das pikante daran war, daß er überall rothaarig war. Dieser Anblick wurde einer Frau nicht alle Tage geboten, deshalb konnte sie gar nicht aufhören, hinzusehen.

Der Gute bäumte sich auf, ächzte laut und quälte sich sichtlich, zu einem Ende zu kommen.

»Kommt's glcich?« fragte sie interessiert.

»Ja doch!« stieß er hervor. »Könnten Sie vielleicht woanders hingucken? Und ihre Hände da unten wegtun?«

»Von mir aus. Aber dann müssen Sie schon achtgeben, daß nichts daneben geht.« Ihre Stimme nahm einen drohenden Tonfall an. »Sonst muß ich Sie wieder katheterisieren.«

Nur nicht wieder der Katheter! Zacharias stöhnte herzzerreißend und verdoppelte seine Bemühungen, und siehe da, es klappte! Sein Urin landete in der Flasche, in welche die Schwester sein bestes Ding gesteckt hatte, und endlich wurde er wieder zugedeckt.

»Das haben Sie fein gemacht, Herr Hansen«, lobte ihn der weißbekittelte Drache, den das auf die Brust geheftete Namensschildchen als *Schwester Lieselotte* auswies. Zacharias biß die Zähne zusammen und unterdrückte einen Fluch.

*Fein gemacht!* Der Drache Lieselotte hatte ja keine Ahnung, vor welche Probleme ein Mann gestellt wurde, der gezwungen war, im Liegen zu pinkeln!

Sie hatte ihm sogar, als sei dies das Normalste der Welt, das Angebot unterbreitet, zur Beseitigung seiner Ladehemmung das Wasser im Bad anzudrehen!

Es war einfach unnatürlich! Es gab nichts, was entwürdigender gewesen wäre! Höchstens noch, im Liegen zu scheißen. Die Bettpfanne war der reinste Horror. Er hatte sie bisher nur einmal benutzt und danach entschieden, es nie mehr zu tun.

Lieselotte hatte ihm allerdings für den Fall, daß er nicht binnen drei Tagen abermals abführen würde, einen Einlauf angedroht.

Sie schob unaufgefordert seine Schultern nach vorn

und zog das Laken glatt, schüttelte das Kissen auf, prüfte, ob das eingegipste Bein auch sicher und in der vorgeschriebenen Position in der Halterung hing und kontrollierte den Tablettenvorrat. Soviel wie in den ersten Tagen mußte Zacharias nicht mehr schlucken, denn die Schmerzen wurden allmählich erträglich. Das Klopfen in seinem Schädel ließ langsam nach, die Prellungen schwollen ab und sein Bein war auf dem Wege der Heilung. Er fieberte dem Tag entgegen, an dem er endlich den heißersehnten Gehgips verpaßt bekäme und den ersten Gang zum Klo antreten würde. Oder den Weg hinaus auf den Flur und in die Freiheit. Zwei Wochen Krankenhaus, ans Bett gefesselt wie ein Invalide, ständig umsorgt von Damen, deren höchstes Vergnügen darin zu bestehen schien, ihn von Kopf bis Fuß mit einem nassen Waschlappen abzureiben, ihm Bettpfannen unterzuschieben, Flaschen über seine Männlichkeit zu stülpen oder Spritzen in den Allerwertesten zu jagen – mehr brauchte es nicht, um einen Mann in erstaunlich kurzer Zeit in den Irrsinn zu treiben.

Als besonders nervtötend empfand er die Langeweile, die durch nichts unterbrochen wurde außer den Besuchen seiner Mutter oder seiner Schwester. Ansonsten gab es für ihn zur Ablenkung nur die tägliche Krankenhausroutine, wie das Servieren der Mahlzeiten, die Arztvisite und das Bettenmachen. Seine Mutter hatte ihm stapelweise Zeitschriften und Bücher mitgebracht, doch Zacharias litt unter einer lähmenden Lethargie, die es ihm unmöglich machte, sich auf eine Lektüre zu konzentrieren, zumindest nicht auf eine, die höhere Anforderungen stellte als ein Comic oder eine Schlagzeile. Er fühlte sich völlig deplaziert, und er kam sich lächerlich vor in diesem Engelhemdchen, das er wegen des verletzten Beins anstelle eines vernünftigen Pyjamas tragen mußte, mit einer Schleife am Hals und hinten offen.

Er dachte pausenlos: Wann komme ich hier raus?

Schaun wir mal, sagte der Chefarzt seit einer Woche auf diese Frage.

Allmählich bekam Zacharias eine Vorstellung, wie sich ein Knacki fühlen mußte. Bitter war für ihn auch die Erkenntnis, daß sein Laden anscheinend bestens ohne ihn lief. Die täglichen Kontrollanrufe bei seinem Prokuristen brachten ihm außer dessen Beteuerungen, daß alles blendend klappte, nichts ein. Die Zahlen stimmten, es gab keine Reklamationen, keine Unfälle, keinen Ärger. Fast schien es so, als hätte sich die Welt gegen Zacharias Hansen verschworen, als hätten dunkle Mächte ihm diesen Unfall beschert, um ihm die Unwichtigkeit und Entbehrlichkeit seiner Existenz vor Augen zu führen.

Niemand vermißte ihn wirklich. Bis auf ...

Die Tür ging auf, und seine Schwester kam herein, einen kleinen blonden Knirps an der Hand hinter sich herziehend. Sie kam zu Zacharias' Bett, beugte sich über ihn und gab ihm einen Kuß auf die Wange. »Wie geht es meinem Lieblingsbruder?«

»Toll, jetzt, wo du da bist. Ich hab übrigens gerade an dich gedacht. Wen hast du denn da mitgebracht?«

»Das ist Nico. Der Kleine von meiner Freundin Amanda. Nico, gib meinem Bruder Zacharias die Hand.«

Zacharias nahm die kleine Patschhand, während Diana berichtete, daß Amanda arbeiten mußte, und daß Nicos Oma, die sonst immer auf den Kleinen aufpaßte, beim Zahnarzt war und Nico es kategorisch abgelehnt hatte, mitzugehen.

»Kann ich verstehen«, sagte Zacharias. »Zahnärzte sind nicht jedermanns Sache. Dann schon lieber ein Besuch im Krankenhaus.«

»Warum hängt dein Bein da dran?« fragte Nico.

»Es ist gebrochen und muß gestreckt werden, damit's nicht schief zusammenwächst.«

»Tut das weh?«

»Es hat ziemlich weh getan, aber jetzt geht's wieder.«

»Bist du die Treppe runtergefallen?«

»Nein, viel schlimmer. Ich bin mit meinem Auto gegen eine Verkehrsinsel geknallt.«

»Au weia! Ist das Auto kaputt?«

»Das kann man wohl sagen«, warf Diana trocken ein. Sie zog sich einen Stuhl ans Bett und setzte sich, während Nico durchs Zimmer stromerte und die Einrichtung inspizierte.

»Wie läuft's so bei dir?« fragte Zacharias Diana liebevoll.

»Alles paletti, wie immer.«

Das war es ganz und gar nicht. Zacharias kannte seine Schwester gut genug, um zu merken, daß ihre lässig hingeworfenen Worte nichts weiter waren als Schönfärberei. Er hatte das Loch gesehen, in dem sie seit ein paar Monaten hauste, er wußte, daß sie ihre Brötchen in dem technisch hochgetrimmten, freudlosen Ambiente dieses nach Raumspray und schweißigen Socken stinkenden Sportcenters verdiente, und er ahnte, daß ihre Welt nach dem großen familiären Eklat vollständig aus den Fugen geraten war. Sie hatte sich geweigert, bei ihm zu wohnen, obwohl in seinem Haus mehr als genug Platz für sie gewesen wäre, ebenso wie sie es abgelehnt hatte, Geld von ihm zu nehmen. Mehr noch: In der Zeit seit ihrem Auszug bis zu seinem Unfall hatte er bis auf ein, zwei kurze Stippvisiten und einige noch kürzere Anrufe nichts von ihr gesehen oder gehört.

Sie hatte sich von ihrer Familie abgenabelt und wollte es allen zeigen.

Er war acht Jahre älter als sie und mit seinen Eltern einer Meinung, daß es höchste Zeit für diesen Schritt gewesen war; allerdings war diese Erkenntnis eine Sache; eine ganz andere war es, mit anzusehen, wie hart seine kleine Schwester sich ihre Selbständigkeit täglich aufs neue zu erkämpfen hatte.

Nico kam aus dem Badezimmer, in der einen Hand eine Flasche Hugo Boss, in der anderen die Bettpfanne.

»Was ist das?« wollte er wissen.

»Mein Rasierwasser«, antwortete Zacharias amüsiert.

»Nein, ich meine den Topf.«

»Das ist eine Bettpfanne.«

Nico überlegte kurz und zog einen naheliegenden Schluß. »Müssen die kranken Leute sich das Essen hier selber kochen?«

Zacharias konnte sich das Lachen nicht verkneifen. »Nee, dafür ist das Ding nicht gerade gedacht.«

»Wofür denn dann?«

Diana knuffte ihren Bruder. »Also, Zacharias ...«

»Warum soll er's nicht erfahren?« grinste Zacharias. »Ich kriege es ans Bett gebracht, wenn ich mal muß. Ich kann nicht aufstehen, weißt du? Dafür ist die Pfanne da.«

»Ist das ein Töpfchen für Erwachsene?«

»Ein Töpfchen für Erwachsene, genau. Ein schreckliches Teil. Macht keinen Spaß, da drauf zu sitzen. Du kannst dir nicht vorstellen, wie unangenehm das ist.«

Das konnte Nico durchaus, doch dieses sensible Thema mied er tunlichst. Eins wunderte ihn allerdings: Wie es schien, fand der Mann mit den roten Haaren am Topf genauso wenig Gefallen wie Nico. Warum also entschied er sich nicht einfach für die wesentlich komfortablere Lösung und verlangte nach einer Windel?

## Ausgesperrt

Amanda arbeitete an diesem Nachmittag nicht. Sie hatte Marlene zum Zahnarzt und Nico zu Diana gefahren und war danach wie immer pünktlich und im formellen Kostümchen in der Galerie erschienen. Genauer gesagt, *vor* der Galerie, denn hinein konnte sie nicht. Sie hatte zwar einen Schlüssel für die Tür, doch nicht für das Rollgitter, das vor der ganzen Ladenfront heruntergelassen war. Normalerweise wurde das Rollgitter nur übers Wochenende oder während der Betriebsferien geschlossen.

Probehalber rüttelte sie an dem Gitter, mit der vagen Vermutung, es könnte sich vielleicht aus der Aufhängung gelöst und einfach herabgefallen sein. Doch das Gitter ließ sich nicht bewegen.

Amanda stieg wieder in ihren Wagen und fuhr weiter bis zur nächsten Telefonzelle, von wo aus sie die Nummer der Galerie anrief. Es klingelte ein paarmal, dann ertönte ihre eigene Stimme vom Band, mit der Ansage der täglichen Geschäftszeiten und der Bitte, in dringenden Fällen eine Nachricht auf Band zu sprechen oder ein Fax zu hinterlassen. Amanda wartete den Signalton ab, dann sagte sie: »Hier ist Amanda. Bist du da, Yves? Dann geh doch bitte sofort dran, ja?« Sie wartete ein paar Sekunden, doch nichts passierte. Das Band lief weiter bis zum Ende der vorgesehenen Sprechzeit, ohne daß jemand abhob.

Amanda rief unter Yves Privatnummer an, doch auch dort meldete sich niemand. Jetzt geriet sie in Unruhe. Wo war er bloß? Ob ihm was passiert war? Hatte er das Unaussprechliche gemeint, als er von einer wichtigen Entscheidung gesprochen hatte? Um Himmels willen, hatte er etwa Hand an sich legen wollen? Es vielleicht sogar schon längst getan?! Für ein paar Sekunden überlief es Amanda eiskalt. Er hatte so entschlossen gewirkt!

Doch dann dachte sie noch einmal gründlich über das nach, was er zuletzt zu ihr gesagt hatte, und sie kam zu dem Schluß, daß er höchstwahrscheinlich nicht vorgehabt hatte, aus dem Leben zu scheiden. Allenfalls aus der Stadt.

Nur hatte er anscheinend die Kleinigkeit übersehen, daß er eine Angestellte hatte, die heute ihren Gehaltsscheck bekommen sollte und verzweifelt auf jeden Pfennig ihrer Einkünfte angewiesen war.

Die niederschmetternde Wahrheit lautete: Kein Yves, kein Geld.

Amanda ballte die Hände zu Fäusten. Wo, zum Teufel, steckte diese elende Kreatur? Wie kam er dazu, einfach abzuhauen, ohne ihr Bescheid zu sagen? Und ohne sie zu bezahlen?

In ihrem Inneren standen die Zeichen auf Sturm.

Sie fuhr zurück zu Dianas Wohnung, traf sie aber

nicht mehr an. Anscheinend war sie mit Nico schon zum Krankenhaus gefahren, um ihren Bruder zu besuchen. Im Hausflur stieß Amanda auf ein vertrocknetes Individuum im Hausmeisterkittel. Dem infernalischen Mundgeruch zufolge mußte es Greif, der Vermieter sein.

Sie hielt die Luft an, hob die Hand vor die Nase und wich einen Schritt zurück. Eine weniger robuste Frau wäre wahrscheinlich sofort ins Koma gesunken. Offensichtlich hatte er das Verlangen, Amanda in eine Unterhaltung zu verstricken, er fragte, ob sie vielleicht ein Zimmer suche, eine nette Mansarde vielleicht, demnächst würde hier im Haus was frei.

»Mit der jetzigen Mieterin hab ich nichts als Ärger«, vertraute er Amanda an.

»Warum? Was hat sie denn getan?«

Er befühlte seine Nase. »Sie ist ... cholerisch. Gewalttätig, wissen Sie. Verprügelt andere Leute und so. Ich war schon beim Anwalt, der ist gerade dabei, die Kündigung für diese Ziege aufzusetzen. Fristlos.«

»Fristlos«, echote Amanda. Sie traute ihren Ohren nicht.

»Genau«, meinte Greif. »Dann wäre die Mansarde wieder frei. Mit dieser Wohnung würden Sie den echten Glücksgriff tun. Sie ist voll möbliert und trotzdem sehr günstig. Und das beste ist: Wenn's mal irgendwo klemmt, lege ich selbst Hand an. Jederzeit.«

»Davon bin ich überzeugt«, murmelte Amanda.

»Die Axt im Haus erspart nämlich den Zimmermann.«

»Und was sind Sie? Der Zimmermann? Oder eher die Axt?«

Greif stand auf der Leitung. »Häh?«

»Ach nein, ich sehe schon, was Sie sind«, meinte Amanda ungerührt. »Ein Arsch mit Ohren.«

Sie ließ ihn stehen und fuhr weiter zum Krankenhaus, wo sie sich zu einem Herrn Hansen mit Beinbruch durchfragte. Sie platzte gerade in dem Moment ins Zimmer, als Nico sich mit einer Fontäne Hugo Boss überschüttete und Diana und Zacharias entsetzt wie aus einem Mund ausriefen: »Nicht aufmachen!«

»Zu spät«, sagte Amanda lakonisch und nahm Nico die leere Flasche weg. Sie gab dem rothaarigen Mann die Hand, ließ sich von Diana vorstellen und erkundigte sich höflich nach seinem Befinden. Diana holte derweil eine Papierserviette aus dem Bad und begann, Nico abzutupfen, um den betäubenden Geruch zu mildern.

»Du liebe Güte«, sagte sie, »er riecht wie ein Freudenhaus! Ich glaube, da hilft nur Umziehen. Tut mir leid, Amanda. Ich hätte nicht gedacht, daß er die Flasche überhaupt aufkriegt.«

»Was ist ein Freudenhaus?« fragte Nico.

»Nichts für kleine Jungs.«

»Nichts für ungut«, sagte Amanda, »aber würdest du mir mal für einen Moment zuhören? Ich hab 'ne schlechte Nachricht für dich.«

Ohne die interessierten Blicke von Dianas Bruder zu bemerken, setzte Amanda sich auf den Stuhl, den ihre Freundin vorhin geräumt hatte. Sie faltete die Hände wie zum Gebet und durchforstete ihren Wortschatz krampfhaft nach einer möglichst schonenden Umschreibung für: *Du fliegst demnächst fristlos aus deiner Wohnung*. Nein, das war zu hart. Vielleicht: *Du mußt damit rechnen, daß dir in Kürze gekündigt wird?* Amanda änderte ihre Absicht und beschloß statt dessen, Diana deren trübe Zukunftsaussichten lieber unter vier Augen mitzuteilen.

Zacharias und Diana schauten sie abwartend an.

Amanda holte tief Luft. Irgendwas mußte sie jetzt sagen, oder?

»Ich hab deinem Vermieter gesagt, daß er ein Arsch ist.«

»Das hast du echt getan?« fragte Diana gerührt.

»Donnerwetter«, meldete Zacharias sich. Er war von der Freundin seiner Schwester in mehr als einer Hinsicht beeindruckt.

»Ich hab sogar *Arsch mit Ohren* gesagt.«

»Arsch sagt man nicht«, mischte Nico sich ein.

»Manchmal doch, mein Kleiner.« Diana hob ihn hoch und gab ihm einen schmatzenden Kuß. »Denn was wahr ist, muß wahr bleiben.«

## Unternehmen Schwiegersohn

Marlene war nicht zum Debattieren aufgelegt. Sie tastete mit der Zunge nach dem gewaltigen Krater, wo gestern noch ihr Weisheitszahn gesessen hatte. Mit der einen Hand tätschelte sie Hansis Kopf, in der anderen hielt sie den Brief, aus dem sie Amanda gerade ein paar hoffnungsvolle Passagen vorgelesen hatte.

Der Zeitpunkt war dafür allerdings nicht allzu günstig, das mußte selbst Marlene einräumen. Nico schlief zwar schon und ließ sie daher notgedrungen in Ruhe, doch Amandas Laune befand sich in der Nähe des Gefrierpunkts, und es war keine Besserung zu erwarten, solange sie nicht erfuhr, wo dieser französische Kretin abgeblieben war. Sie waren dringend auf das Geld angewiesen, das er Amanda jeden Monat zahlte.

»Wiederhol noch mal den letzten Satz«, sagte Amanda.

»Und so hoffe ich, mit einer gleichgesinnten Partnerin noch einmal einen neuen Anfang riskieren zu können. Ihr sehr ergebener Horst Klawuttke.«

»Nein, das davor. Das mit der Enttäuschung.«

»Meinst du das hier? ... *erlitt ich im Laufe der letzten zehn Jahre nichts als Enttäuschungen bei meinen Kontakten mit dem weiblichen Geschlecht?*«

»Ja, die Stelle hab ich gemeint. Ihr sehr ergebener. Welcher Typ schreibt so was? So ... gestelzt. Und dann *weibliches Geschlecht*. Das ist in meinen Ohren kein Synonym für Frauen, sondern eins für Schamgegend. Was hast du gesagt, wie alt er ist?«

»Neununddreißig. Knapp unter der Grenze.«

»Ich wette, der hat mindestens fünf Jährchen oder so abgezogen. Und Klawuttke. Was ist das überhaupt für ein Name?«

»Dafür kann er doch nichts«, sagte Marlene begütigend. Die Sache ließ sich schwieriger an, als sie es sich vorgestellt hatte.

Amanda sortierte ohne das geringste Anzeichen von Begeisterung die vor ihr liegenden Fotos und versuchte zu ergründen, welches davon wohl Horst Klawuttke zeigte. Ein paar nette Typen waren darunter, das ließ sich nicht leugnen. Keine Models, sondern ganz normale, alltägliche, freundlich aussehende Typen. Aber auch einige Herren, die weniger von der Natur begünstigt waren. Drei oder vier waren sogar regelrecht zum Abgewöhnen. Einer hatte Pferdezähne bis zum Kinn, ein anderer Ohren, die waagerecht vom Kopf abstanden, und einer schaute tückischer drein als jeder Serienmörder. Dann gab es noch einen Dicken, dessen Zahnlücke so breit war, daß bequem eine Lok hätte durchfahren können.

»Eins verstehe ich nicht«, murrte sie. »Von den fünfen, die du rausgesucht hast, steht dieser Horst an letzter Stelle. Warum soll ich den dann zuerst treffen?«

»Das ist doch ganz logisch. Weil du dann viel besser Vergleiche anstellen kannst, darum.«

Amanda zog mißfällig die Brauen zusammen. »Ach so. Du meinst, daß mich vier Dämlacke in die Stimmung für den fünften bringen sollen, dem ich dann willenlos um den Hals falle, bloß weil er nicht ganz so dämlich ist wie die anderen. Oder was dachtest du, wie ich vorgehen soll? Nach der Ene-mene-muh-Methode?«

»Du darfst nicht mit so vielen Vorurteilen an die Sache rangehen. Er ist mit Sicherheit ein lieber, netter Kerl, der einfach ein bißchen schüchtern ist und der sich nach einer Frau sehnt. Und er hat Geld. Viel Geld sogar, wenn man ihm glauben darf.«

»Wenn«, murmelte Amanda.

»Du hast es mir versprochen.«

»Ich muß einen geistigen Aussetzer gehabt haben.«

»O nein, den hattest du nicht. Du hattest einen sehr klaren Blick bei deiner Zusage, dich mit ein paar netten Männern zu treffen.«

»Da wußte ich noch nicht, was die alle für'n Blödsinn schreiben.«

»Das ist nicht wahr«, widersprach Marlene vehement. »Dieser Richard Knöpfel zum Beispiel hat einen ganz wunderbaren Brief verfaßt. Schon beinahe lyrisch.«

»Wahrscheinlich ist er Hobbyautor oder so was. Diese Sorte hat mir gerade noch gefehlt, ehrlich. Oder er ist der Typ mit den Ohren.« Amanda stand auf und lief ziellos durchs Zimmer, sie wanderte von einer Ecke in die andere, eine Angewohnheit, die sie sich schon als Kind zugelegt hatte und die in Marlene jedesmal das Verlangen wachrief, ihre Tochter irgendwo anzubinden.

»Schau«, sagte sie friedfertig, »ich weiß, daß dir tausend Dinge im Kopf rumgehen und daß du alles andere als wild darauf bist, dich jetzt mit Männern zu befassen. Aber es gibt für alles eine Lösung. Manchmal kommt sie aus ganz unerwarteter Richtung.« Sie machte eine bedeutungsvolle Pause. »Überleg doch nur mal, wie viele wertvolle Anregungen du sammeln kannst, wenn du dich mit all diesen Männern triffst. Bestimmt machst du dabei ungeheuer wichtige Erfahrungen. Du bekämst dadurch sicher viele neue Eindrücke. Verstehst du?«

Amanda bedachte sie mit verdrossenem Blick. »Was gibt's da groß zu verstehen?«

»Das fragst du noch? Fremde Männer! *Viele* fremde Männer! Ganz frisch und unverbraucht! Neue Charaktere! Unbekannte Pfade, Amanda, authentische Erlebnisse! Das Ganze wäre sicher die reinste Fundgrube für wichtige Wendepunkte.« Sie holte tief Luft. »Für dein Drehbuch!«

Das war ihre Trumpfkarte gewesen, und sie hatte sie mit Bedacht ausgespielt. Amanda blieb stehen. Ihre Augen weiteten sich, und Marlene erkannte triumphierend, daß ihre Taktik aufgegangen war. Die Saat war auf fruchtbaren Boden gefallen. Das Unternehmen Schwiegersohn konnte beginnen.

# Die Ohrfeigenfalle

Carlo Manzetti hatte es ziemlich unbequem. Er saß zwar in seinem komfortablen Chefsessel, doch seine Bewegungsfähigkeit war nahezu vollständig eingeschränkt. Sein ganzer Oberkörper einschließlich der Arme war mit Klebeband umwickelt, das zugleich auch um die Sessellehne gewunden war, so daß er steif und aufrecht dasaß. Zusätzlich waren seine Füße mit dem Band an der Standvorrichtung des Stuhls befestigt.

Nur seinem Kopf blieb noch Spielraum. Der flog nämlich wie ein Metronom von links nach rechts beziehungsweise umgekehrt, bei jeder Ohrfeige, die ihm der auf der Schreibtischkante hockende Quälgeist verpaßte. Der Quälgeist hörte auf den ebenso schlichten wie zutreffenden Namen Zwerg.

Zwerg maß etwa einsvierzig und versuchte diesem bedauernswerten Zustand abzuhelfen, indem er Schuhe mit eingearbeiteten Plateausohlen trug und in seiner Freizeit das Hobby des Stelzenlaufs pflegte. Zwerg war ein gepflegter kleiner Mann mit blonden Löckchen und dem Gesicht eines Cherubs; nicht selten wurde er für ein Kind gehalten, ein Umstand, der nach Carlos Einschätzung der Psyche des Zwergs schlimmeren Schaden zufügte als die mangelnde Körpergröße. Allerdings wurde Zwerg nicht selten Gelegenheit geboten, seine Minderwertigkeitsgefühle zu kompensieren, etwa indem er andere Leute, die ihm an Statur und Intelligenz weit überlegen waren, mit Kilometern von Klebeband verschnürte. Oder ihnen mit seinen zarten Kinderhändchen ganze Batterien brutaler Backpfeifen verabreichte.

Ermöglicht wurden ihm diese Übergriffe durch seinen

Boß, der die Aktion mit milden Amüsement überwachte. Und mit einer Kanone, die fast so groß war wie Zwerg. Harald Krallwitz lümmelte in Carlos Besuchersessel, ein Bein über das andere gelegt, die Fünfundvierziger nachlässig auf den Knien. Er hatte nicht von ungefähr Zwerg als Handlanger und Schatten ausgewählt; es gab nicht allzu viele Kriminelle, die kleiner waren als Harry die Kralle und daher zu ihm aufschauen mußten. Zwerg war einer davon und erfreute sich daher der uneingeschränkten Loyalität seines Chefs.

Er hörte mit den Ohrfeigen auf, aber nur, um sich die Handflächen zu massieren. Carlo hätte für sein Leben gern dasselbe mit seinem glühenden Gesicht gemacht, doch seine Hände waren irgendwo hinterm Stuhl. Jedenfalls vermutete er sie da. Er spürte sie schon seit einer Ewigkeit nicht mehr.

»Siehst du, Carlo, mein lieber guter Freund«, erklärte Krallwitz leutselig, »das gibt dir einen kleinen Vorgeschmack auf das, was dich erwartet, wenn du die Frist nicht einhältst. Nur einen ganz kleinen, zugegeben, denn Zwerg kann auch anders.«

Zwerg ließ seine Fingerknöchel knacken.

»Ich weiß«, sagte Carlo demütig. Das Sprechen fiel ihm schwer. Seine Backen fühlten sich an wie zwei gegarte Grilltomaten.

»Das freut uns«, meinte Krallwitz. Er musterte Carlo durch seine alberne Tigerbrille und beugte sich angeregt über den Schreibtisch. »Übrigens, weißt du, wie ich auf die Idee mit den Ohrfeigen gekommen bin?«

»Keine Ahnung. Wenn ich mich recht erinnere, hast du früher immer so 'ne Art Elektroden dabeigehabt.«

»Scheiße, das war'n noch Zeiten«, schwärmte Zwerg.

»So gesehen hast du direkt Glück«, räumte Krallwitz ein. »Ich will's dir sagen. Neulich hab ich ein tolles Buch gelesen, es hieß *Das fliegende Klassenzimmer*, und da kam das mit den Ohrfeigen vor. Das fand ich einfach total cool und hab mir gleich vorgenommen, es bei der nächsten Gelegenheit auszuprobieren.«

Carlo wußte seit einem gemeinsam mit Krallwitz hinter schwedischen Gardinen verbrachten Urlaub bestens über dessen Lesegewohnheiten Bescheid. Krallwitz verkonsumierte mit dem größten Eifer alle Jugendbücher, deren er habhaft werden konnte. Neben seiner Pritsche waren ganze Stapel *Fünf-Freunde*, *TKKG, Die drei???* und andere Abenteuerbücher aufgetürmt, die er mit leuchtenden Augen verschlang. Seine Begeisterung beschränkte sich nicht allein auf Knabenromane. Er vertiefte sich auch beseligt in die Geschichten von *Pucki* und *Hanni und Nanni*, und wehe dem, der es wagte, sich darüber zu mokieren. Carlo hatte die Überreste von zwei oder drei der beklagenswerten Burschen gesehen, die das versucht hatten. Abgesehen von seiner Vorliebe für kindgemäße Bücher war Krallwitz alles andere als infantil. Er wuchtete seine kurze, kastenartige Gestalt aus dem Sessel, umrundete den Schreibtisch und schob die Mündung des Schalldämpfers in eins von Carlos Nasenlöchern. Carlo hielt die Luft an. Wenn Krallwitz abdrückte, würde es nicht lauter klingen als eine zerplatzende Kaugummiblase. Niemand würde es hören, nicht mal Waltraud. Doch deren Gehör war momentan sowieso außer Betrieb. Vorhin, als Harry die Kralle unangemeldet hier in sein Büro geschneit war, hatte ihr blondtoupierter Kopf auf ihrem Schreibtisch gelegen, dicht neben einer fast leeren

Flasche Marillenlikör. Sie hatte heute einen ihrer schlechteren Tage.

»Der Franzmann war *dein* Tip, Carlo. War doch so, oder? Korrigier mich, wenn's anders war.«

Carlo schüttelte vorsichtig den Kopf. Er atmete den Geruch von Waffenöl und Tod durch die Nase ein.

»Ich würde sagen, die ganze Sache wäre nicht der Rede wert, schließlich hast du für den Kerl nicht die Hand ins Feuer gelegt. Aber es war ja kein kostenloser Tip unter Freunden, wie er an und für sich zwischen uns beiden selbstverständlich gewesen wäre. Nein, du wolltest mich dafür abzocken. Du hast gesagt, du kümmerst dich drum, und dann hast du was von Spesen und Unkosten gelabert. Und was habe ich dann gemacht, Carlo? Weißt du's noch?«

»Du hast mir den Auftrag gegeben«, flüsterte Carlo.

»Richtig«, sagte Krallwitz. »Ein Auftrag. Du sagst es. Ich wußte genau, daß du längst jemanden im Auge hattest, aber nein, du wolltest einen Auftrag. Weil du ja Detektiv bist und so. Es sollte ein richtiger Auftrag sein. Mit richtiger Kohle. Und du hast beides gekriegt. Schon vergessen?«

»Nein«, krächzte Carlo.

»Als wir uns das nächste Mal trafen, sagtest du *Probier's beim Franzmann, Harry.*«

»Ich konnte doch nicht ahnen, daß der Kerl mit den Bildern abhaut«, wandte Carlo weinerlich ein. Schweiß lief ihm über die Stirn. Er blickte dem Tod ins Auge, als Krallwitz die Waffe entsicherte.

»Du erwartest doch nicht, daß ich mich damit abfinde?« Krallwitz bohrte die Mündung tiefer. Carlos Nase paßte sich mit bedenklichem Knirschen der Form des Schalldämpfers an.

»Hnghng«, stöhnte Carlo.

»Was hast du gesagt? Daß es dir leid tut?«

Carlo neigte seinen Kopf in Zeitlupe um etwa einen Millimeter, was ein Nicken signalisieren sollte.

»Es tut dir also leid, häh? Nun ja. Was soll ich dazu sagen? Vielleicht: Ich vergebe dir, lieber guter Carlo? Ich könnte mich echt dazu verleiten lassen, das zu machen. Ehrlich. Aber erst, wenn die Bilder wieder da sind. Du hast dir dein Geld verdient und einen Hehler gefunden. Das war klasse. Jetzt ist der Wichser weg. Das ist scheiße. Du findest ihn wieder, *mit* den Bildern, und wir sind quitt. Bezahlt ist schließlich bezahlt. Betrachte es also ruhig als offene Verbindlichkeit deiner Firma.« Krallwitz sicherte die Pistole wieder und schob sie nachlässig hinten in seinen Hosenbund.

»Nicht vergessen«, sagte er, während er mit Zwerg zur Tür ging. »Ein Monat. Sonst ...«

## Keine Höhepunkte

Diana lag mit ihrem Chef im Bett und ärgerte sich schwarz, daß sie sich mit ihm eingelassen hatte. Sie hatte damit gleich gegen zwei ihrer Maximen verstoßen. Die eine war, es niemals mit einem Vorgesetzten zu tun, die andere, sich nicht mit verheirateten Männern zu treffen.

Achim war beides. Diana kam seit zwei Jahren in seinen Fitneßclub, erst zum Privatvergnügen, später zum Geldverdienen. Sie rechnete ihm hoch an, daß er ihr auf Anhieb den Job gegeben hatte, als sie dringend auf ein eigenes Einkommen angewiesen war, aber es ließ sich nicht leugnen, daß sein Einfluß auf sie in eher unerfreulicher Weise gewachsen war. Früher hatte er individuelle Muskelaufbauprogramme für sie ausgetüftelt, heute stellte er ihren Arbeitsplan auf. Statt wie damals mit speziellen Geräten ihr Lungenvolumen zu messen, rechnete er jetzt wie ein Krämer die von ihr geleisteten Arbeitsstunden zusammen. Er verfügte über ihre Zeit, indem er sie einfach für bestimmte Aufgaben einteilte, zum Hausfrauen-Aerobic, als Gerätetrainerin oder als Lehrerin für die Kampfsportgruppen. Es hieß nur noch *Diana hierher, Diana dorthin*, ob es ihr nun gefiel oder nicht.

Er war der Chef und sie das Mädchen für alles. Das hatte Achim neuerdings wörtlich genommen. Kurz: Er hatte es bei ihr probiert. Da Diana an ihre gelegentlichen Amouren keine überzogenen Ansprüche stellte und fand, daß Achim ein recht gut aussehender Bursche und außerdem ganz sympathisch war, hatte sie sich darauf eingelassen. Und es schnell bereut.

Er war nicht der zärtliche, einfühlsame Liebhaber, als den sie ihn sich insgeheim vorgestellt hatte, sondern er kam im Bett schnell zur Sache und war noch schneller fertig. Sobald er wieder zu Atem gekommen war, fing er an, über seine Frau zu reden, die ihn nicht verstand, zuviel Geld ausgab, sich für noch mehr Geld den Busen straffen lassen wollte, ein Alkoholproblem hatte und ihn höchstwahrscheinlich mit dem Steuerberater betrog, dem er sowieso schon jedes Jahr Tausende in den Rachen schmeißen mußte.

Sie lagen nebeneinander auf der Matratze in Dianas schäbiger Bude. Achim rauchte und schüttete Diana dabei sein Herz aus.

»Ich bin sicher, sie tun es«, klagte er. »Auf der Umsatzsteuererklärung vom letzten Quartal habe ich Flecken gefunden, und ich bin zu neunzig Prozent sicher, daß es Sperma war. Ich habe schon überlegt, ob ich es nicht mal labortechnisch untersuchen lassen sollte. Was denkst du darüber?«

»Ich hatte vorhin keinen Orgasmus.«

»Auf der anderen Seite kostet so was bestimmt einen Haufen Geld. Und selbst wenn dabei rauskommt, daß es Sperma ist – rein theoretisch wäre dann immer noch nicht erwiesen, daß es seins ist. Es könnte von sonst jemandem sein. Vielleicht von dem Anwalt, der mit diesem Kerl seit letztem Monat eine Bürogemeinschaft hat.«

»Ich hab mal nachgerechnet«, sagte Diana. »Ich hab alles in allem fünf Mal mit dir geschlafen. Zweimal nach Feierabend in deinem Büro auf dem Schreibtisch, einmal auf der Matte im Geräteraum, einmal in deinem Wagen und einmal hier. Gerade eben.«

»Andererseits hab ich mir überlegt, daß es die Investition vielleicht wert ist. Wenn bei der Laboruntersuchung rauskommt, daß es von ihm ist, könnte ich zur Kompensation vielleicht so 'ne Art Aufrechnung mit den Gebühren vornehmen, die er demnächst wieder bei mir abzokken will. Das wird bestimmt wieder an die zehntausend oder so. Drunter tut er's ja nie.«

»Auf Schreibtischen ist das immer so eine Sache«, meinte Diana. »Ich kann mich nicht entsinnen, daß ich überhaupt schon mal auf einem Schreibtisch gekommen bin. Na gut, Schwamm drüber. Dann die Matte. Das macht auch nicht jeden an. Der Gummigeruch und so. Manche fahren voll auf Gummi ab, aber ich weniger. Im Gegenteil. Okay, war wieder nichts. Nicht deine Schuld.

Dann im Wagen. Überall sind Ellbogen und Knie im Weg, die blöde Laterne leuchtet rein, es könnte ja auch jemand kommen. Ein Sexgangster zum Beispiel, etwa wie dieser Typ, der die Frauen zerschnibbelt und verätzt und dann köpft. Also: Nix zu wollen. Und dann vorhin die Sache hier.«

»Ich müßte mir natürlich eine Speichelprobe oder so von dem Arsch besorgen, zum Vergleich. Am besten wär sicher Blut. Ich hab mir überlegt, daß ich ihn vielleicht verdreschen und mir ein Taschentuch mit ein paar Flekken von seinem Blut mitbringen lasse. Es gibt doch immer Leute, die sich gerne ein paar Mark nebenher verdienen. Arbeitslose. Oder ein paar Russen. Was hältst du davon?«

»Hier im Bett hätte es eigentlich hinhauen müssen. Man hat Zeit, kann sich konzentrieren, es langsam angehen lassen, wenn du verstehst, was ich meine.«

»Wovon redest du überhaupt?«

Diana rollte sich zur Seite und stützte sich auf einen Ellbogen. »Ich war schon drauf und dran zu glauben, es wäre vielleicht Ejaculatio praecox oder so was. Aber da fehlen mir die Erfahrungswerte. Außerdem hätte es dann vorhin genauso schnell ablaufen müssen wie die ersten vier Male. Ist es aber nicht. Im Gegenteil. Es ist eine Tatsache, daß du ihn gerade eben kaum hochgekriegt hast. Könnte es vielleicht sein, daß du dem Erfolgsdruck in einem stinknormalen Bett nicht gewachsen bist?«

Es dauerte zwar ein paar Sekunden, bis Achim diese Information richtig eingeordnet und verdaut hatte, doch dann war die Wirkung um so nachhaltiger.

Er verschluckte sich an seiner Zigarette, sprang auf

und suchte seine Klamotten zusammen. Als er eine Minute später durch die Tür stürmte, rannte er um ein Haar Herrn Greif über den Haufen. Während Achim die Treppe runterpolterte, kam Greif näher. Er schaute dem fliehenden Besucher hinterher und trat dann mit dem Absatz die Zigarette aus, die Achim hatte runterfallen lassen. »Wieder mal einen fertiggemacht, was?« fragte er süffisant.

Diana stand auf, die Bettdecke um sich gerafft, die Haare in allen Richtungen abstehend. Sie sah aus wie ein kleines Mädchen, was ihren Noch-Vermieter anscheinend dazu trieb, alle Vorsicht in den Wind zu schlagen und sich auf Tuchfühlung zu begeben. Er schwenkte einen weißen Briefumschlag in der Hand und musterte Diana unverschämt.

»Raten Sie mal, was ich hier habe!«

Diana ballte die freie Hand zur Faust und hielt sie ihm dicht unter die Nase.

»Raten Sie mal, was *ich* hier habe!«

Er streckte ihr unbeeindruckt den Brief entgegen. »Damit können Sie mir nicht mehr angstmachen. Mein Anwalt hat mir geraten, ein ärztliches Attest einzuholen und Strafanzeige zu stellen, wenn so was noch mal vorkommt. Hier, bitte sehr. Das ist eine Kündigung. Von meinem Anwalt verfaßt.«

»Sieh mal an, wir sind zum Anwalt gerannt.« Diana nahm den Umschlag, riß ihn auf, holte den Brief heraus und überflog mit unbewegter Miene den Inhalt. »Wegen Gewalttätigkeit, soso. Fristlose Kündigung, sofortige Räumung. Strafrechtliche Schritte vorbehalten, aha. Schmerzensgeldforderungen demnächst klageweise geltend machen, na so was!«

»Ich bräuchte dann noch Ihre Unterschrift auf der Zustellungsbescheinigung«, erklärte Greif mit deutlicher Genugtuung. »Das hat mir mein Anwalt empfohlen.«

Diana musterte das vorgefertigte Formular, das er ihr zusammen mit einem Kugelschreiber hinhielt. »Verstehe. So 'ne Art Quittung, stimmt's? Warum haben Sie nicht gleich gesagt, daß Sie eine Quittung wollen? Im Erteilen von Quittungen bin ich ganz groß!«

Als Greif Augenblicke später mit blutender Nase zur Tür wankte, gab Diana ihm den praktischen Rat mit auf den Weg, sich beim Arzt nicht nur ein Attest, sondern auch gleich ein wirksames Mittel gegen seinen Mundgeruch zu besorgen. Zum Beispiel Salzsäure oder Rohrfrei.

## Krücke mit Prothese

Horst Klawuttke saß an dem vorbestellten Tisch des Nobelrestaurants, ein Glas Rotwein vor sich, mit sehnsüchtigen Augen auf die Tür stierend. Amanda erkannte ihn sofort. Er war der Dicke mit der Zahnlücke und hatte nicht nur fünf Jährchen abgezogen, sondern mindestens zehn. Armer Kerl. Kein Wunder, daß er nur Enttäuschungen mit Frauen erlebt hatte. Wahrscheinlich hatte keine sich weit genug überwinden können, um mit ihm intim zu werden. Und wenn doch, hatten sie bestimmt nicht das Bedürfnis nach einer Zugabe gehabt.

Nur mit Mühe widerstand Amanda dem Impuls, auf dem Absatz kehrtzumachen und so tun, als hätte sie sich im Lokal geirrt.

Kneifen gilt nicht, befahl sie sich. Nicht etwa, weil sie es Marlene versprochen hatte. Nein, weil der Einfall, auf diese Weise Wendepunkte für ihr Manuskript zu sammeln, von derart bestechender Genialität war, daß sie eine ausgemachte Idiotin gewesen wäre, wenn sie nicht ausgiebig von dieser Möglichkeit Gebrauch gemacht hätte. Wenn der Hamburger Onkel, Herr Krüger, sich nach seinem Amerika-Aufenthalt noch einmal wegen des Brainstormings meldete *(wenn!?)*, hätte sie vielleicht sogar schon so viel Stoff, daß es für drei neue Treatments reichte.

Überhaupt war der Komplex *Blind Dates* eine verlokkende, reizvolle Variante für eine Beziehungskomödie. Zugegeben, da gab es schon einige bekannte Filme, zum Beispiel die gleichnamige Komödie mit Bruce Willis und Kim Basinger; dennoch war das Thema keineswegs abgegrast. Es gab mehr als genug her, um entsprechend variiert oder aus anderer Sicht sogar ganz neu erzählt werden zu können.

Amanda brachte ihren Mantel zur Garderobe, durchquerte das gut besuchte Restaurant und trat an den Tisch. »Herr Klawuttke? Ich bin Amanda Stegmann. Sie haben auf meine Annonce geantwortet.«

Er starrte sie an wie ein Gespenst, dann öffnete er den Mund wie ein gestrandeter Fisch und schnappte nach Luft.

»Sie ... ah ... Sie sind ...?«

Amanda nickte. »Amanda Stegmann.«

Er besann sich auf seine Manieren, sprang auf, schüttelte ihr die Hand, rückte ihr den Stuhl zurecht und fiel grinsend wie ein Honigkuchenpferd wieder auf seinen Platz zurück. Er blickte sie an wie das achte und neunte

Weltwunder zusammen und konnte sein Glück nicht fassen.

Der Ober kam und nahm ihre Bestellungen auf. Amanda entschied sich vorsichtshalber bloß für einen Salat. Der war schnell serviert und schnell aufgegessen. Man konnte nie wissen, ob man nicht vielleicht in Eile aufbrechen mußte, nicht wahr? Zum Beispiel, wenn man es trotz aller guten Vorsätze beim besten Willen nicht mehr aushielt, von diesen glubschenden Augen nackt ausgezogen zu werden.

Horst Klawuttke wählte Steak, orderte weiteren Wein und begann dann ohne Umschweife, seine schlechten Erfahrungen mit anderen Frauen zu beklagen. Eine war schlimmer als die andere gewesen. Sie hätten immer nur sein Geld gewollt, lauter Nattern, die er an seinem Busen genährt hatte, und die sich samt und sonders, kaum, daß sie sich vollgesogen hatten, aus seinem Dasein geschlängelt hatten.

»Ich habe nämlich schon vor Jahren eine recht ansehnliche Erbschaft gemacht«, sagte er in aller Bescheidenheit.

»Wie schön«, sagte Amanda höflich. Der Wein wurde serviert, und kurz darauf der Salat. Amanda trank ihr Glas leer und pickte ab und zu mit der Gabel auf ihrem Teller herum. Für Horst Klawuttke wurde Rumpsteak mit Zwiebeln gebracht. Mit einem ganzen Gebirge von Zwiebeln. Er aß und trank und schwitzte, ohne seine Lebensbeichte zu unterbrechen.

»Zum Glück besteht die Gefahr ja bei Ihnen nicht«, meinte er froh.

»Welche Gefahr?«

»Daß Sie sich von meinem Äußeren abgestoßen fühlen. Sie haben ja mein Foto gesehen und wußten daher, was Sie erwartet.« Er zermalmte einen gewaltigen Bissen Fleisch zwischen den Zähnen und beugte sich vertraulich vor. »Wissen Sie, ich glaube nämlich, daß mein Aussehen der wahre Grund ist.«

»Der wahre Grund wofür?«

»Für die Ablehnung, auf die ich bei Frauen häufig stoße.«

»Ich weiß nicht«, log Amanda. »Das kann ich mir eigentlich gar nicht vorstellen.«

Er saugte einen Zwiebelring durch die Zahnlücke. Bratensaft tropfte herab, lief über sein Kinn und tränkte seine Krawatte.

Amanda lenkte sich ab, indem sie eifrig dem Rotwein zusprach, der vom Kellner diskret nach jedem noch so kleinen Schlückchen nachgeschenkt wurde.

»Amanda«, sagte Horst Klawuttke mit vollem Mund, »ich darf Sie doch Amanda nennen, oder?«

»Bitte.« In ihrem Hirn nahm langsam eine Änderung ihres Drehbuchs Gestalt an. Man mußte dafür den bisherigen Gang der Handlung leicht umgestalten, doch was machte das schon. War ja in Nullkommanix passiert. Sie war ja noch gar nicht so weit vorangekommen mit ihrem Manuskript. Die neue Geschichte würde sich wie von selbst schreiben: Die Hauptdarstellerin war eine Autorin auf der Suche nach dem Mann fürs Leben und geriet bei diversen *Blind Dates*, zu denen sie sich zwecks Behebung ihres männerlosen Zustands aufmachte, an die komischsten Figuren. Zum Beispiel an einen, der aussah wie Alfred E. Neumann im Seniorenalter und mit dreißig Pfund Übergewicht.

Amanda fischte ein Crouton aus dem Salat und zerbiß es knirschend. Sie spülte mit Rotwein nach. Von Wein verstanden die hier was. Sie trank rasch noch ein paar Schlucke. Ein guter Tropfen. Wirklich lecker. Die *Goldene Reblaus* war nicht umsonst das erste Haus am Platze.

»Ich muß Ihnen was gestehen«, sagte Alfred E. Klawuttke verlegen. »Nur für den Fall, daß Sie bestimmte Erwartungen an unsere Beziehung hegen.«

»Lassen Sie mich raten«, fiel Amanda ihm ins Wort. »Sie sind in Wahrheit eine Frau.«

»Äh?« fragte er. Der Mund blieb ihm offenstehen, ein Stück Zwiebel fiel heraus und landete in seinem Weinglas.

»Entschuldigung.« Sie kicherte. Komisch, ihr Glas war schon wieder voll. Irgend jemand hier in der Gegend hatte Ahnung von wunderbarer Weinvermehrung. Ach ja, richtig, der Ober mit der Flasche. Jetzt kam er schon wieder und füllte ihr Glas auf. Bis obenhin. Dem konnte abgeholfen werden! Sie nahm einen Riesenschluck und rülpste dezent. »Das mit der Frau sollte ein Scherz sein. Ich meinte natürlich Ihr Alter. Sie sind in Wahrheit ein paar Jahre älter als neununddreißig. Stimmt's?«

Er senkte beschämt den Kopf. »Sie haben recht. Ich bin bereits neunundvierzig.«

»Darauf sollten wir einen heben«, sagte Amanda. »Prost!«

Vom weiteren Verlauf der Unterhaltung blieben nur Bruchstücke in ihrem Gedächtnis haften. Zum Beispiel der Teil, als ihr Gastgeber mit hochrotem Gesicht einräumte, daß er mit dem angekündigten Geständnis nicht auf sein Schummeln bei der Altersangabe hinausgewollt hätte, sondern auf etwas ganz anderes.

»Worauf denn dann?« fragte Amanda zerstreut und mit undeutlicher Stimme.

»Ich trage seit zwei Jahren eine Prothese«, erklärte er unglücklich. »Und ich will Ihnen lieber gleich darüber Bescheid sagen, damit es später nicht zu peinlichen Fragen kommt. Es ist in der Ausführung nämlich nicht so geworden, wie ich es mir vorgestellt hatte.«

Amanda lächelte krampfhaft und bemühte sich, nicht auf seine Zahnlücke zu blicken, während sie mit nachdrücklichem Nuscheln versicherte, daß sie gegenüber Prothesenträgern keine wie auch immer gearteten Vorurteile hege.

Doch Horst Klawuttke gestand leise und mit vor Aufregung piepsiger Stimme, es handle sich nicht etwa um ein Gebiß oder ein Holzbein, sondern um ein Penisimplantat.

Amanda spie eine Fontäne von Rotwein über den Tisch.

»Wahnsinn!« rief sie völlig perplex aus. »Ein Penisimplantat!«

Das Stimmengemurmel im Hintergrund brach schlagartig ab. Alle Besucher des Restaurants drehten sich wie auf Kommando in ihre Richtung.

»Oh«, machte Horst Klawuttke schwächlich und duckte sich.

»Oh«, stimmte Amanda peinlich berührt ein.

Horst Klawuttke schaute sich verzweifelt nach allen Seiten um, sprang auf und verließ fluchtartig die Stätte seiner Schande, hakenschlagend wie ein Hase auf der Hatz. Amanda blieb auf einer schwindelerregend hohen Rechnung sitzen und fand, daß sie es verdient hatte.

# Engpässe

Eine Woche später mußte Amanda sich ernstlich überlegen, wie es finanziell weitergehen sollte. Yves blieb verschwunden, und mit ihm ihr Nachmittagsjob nebst dazugehörigem Verdienst.

Ein berufliches Fortkommen auf der Filmseite war ebenfalls nicht in Sicht. Der Hamburger Producer hatte sich nicht mehr gemeldet, und auf ihren Anruf hin teilte ihr eine ungeduldige Assistentin mit, daß Herr Krüger die ganze nächste Woche in München weilte, um dort Dreharbeiten zu beaufsichtigen. Nein, sie hätte keine Ahnung, ob und wann Herr Krüger vorhätte, sich mit Amandas Projekt zu befassen, darüber sollte man vielleicht nächsten Monat noch mal reden.

Amanda begrub bis auf weiteres ihre großen Hoffnungen und begann sich statt dessen konkrete Gedanken zu machen, womit sie den nächsten Monat über die Runden kommen sollten. Ganz sicher nicht mit der schmalen Witwenrente ihrer Mutter oder den paar Kröten, die Arnold ihr fürs Fotografieren zahlte.

Noch vor einem halben Jahr hätte sie keine Hemmungen gehabt, Diana um Geld anzupumpen, doch die war selbst klamm, seit sie sich mit ihren Eltern überworfen hatte. Außerdem war ihr wie erwartet die Wohnung gekündigt worden. Und ihr Job, nach dem Reinfall, den sie neulich im Bett mit Achim erlebt hatte – eine *Neulich-im-Bett*-Geschichte mit Nachspiel statt Vorspiel.

Diana hing zur Zeit genauso in der Luft wie sie selbst, oder vielmehr, fast: In Amandas Augen gab es einen ganz entscheidenden Unterschied. Diana hatte immer noch ihre Eltern und ihren Bruder, für den Fall der Fälle.

Sie hatte zwar behauptet, soweit würde es nie kommen, eher würde es in der Hölle schneien, aber Amanda fand, daß allein die Gewißheit, im Krisenfall aufgefangen zu werden, viel wert war. Diana balancierte über einem sicheren Netz. Unter Amanda gähnte hingegen der Abgrund.

Selbst Marlene, ungewohnt kleinlaut seit Amandas Debakel mit Horst Klawuttke, wußte keinen Rat mehr. Sie pendelte, legte Karten, warf Runen. Schließlich zog sie ihr *I-Ging*-Buch zu Rate, das normalerweise nie versagte, wenn es galt, die Wege des Schicksals zu erforschen. Nach einer Weile klappte sie es zu, blickte auf und sagte mit ernster Stimme, daß sie nur einen Weg sehe.

»Welchen?« wollte Amanda wissen.

»Den zum Sozialamt.«

Amanda konnte nicht umhin, ihrer Mutter beizupflichten, doch sie mußte sich erst aufraffen, um tatsächlich hinzugehen. Im Gang vor den Räumen des Amtes für Soziales wimmelte es nur so von Leuten. Amanda zog eine Wartenummer aus einem eigens dafür vorgesehenen Kasten und lehnte sich an die Wand. Die Stühle waren alle besetzt, von Menschen, die wie sie selbst nur aus einem Grund hergekommen waren: Sie waren arme Schweine. Die Luft war förmlich aufgeladen mit Sorgen, Bitterkeit, unterdrückter Wut, Hoffnungslosigkeit.

Kleinkinder plärrten, alte Leute blickten stoisch zu Boden, in einer Ecke stand ein junger Mann, der verstohlen aus einer mitgebrachten Bierflasche trank.

So schnell geht das, dachte Amanda. Draußen lebte die Welt im Überfluß. Die Leute fuhren teure Autos, trugen Designerklamotten spazieren, bauten Eigenheime, buchten Luxusreisen, aßen Schlemmermenüs. Und hier saßen die Menschen, die jeden Tag nur zuguckten. Die höchstens mal schnuppern durften am Duft der großen weiten Welt. Die sich ganz klein machen und demütig mit einer Nummer warten mußten, bis ihnen Almosen gewährt wurde.

Es war zum Heulen. Sie gab ihre Nummer einer jungen Frau, die ein Baby auf der Hüfte trug, und ging.

## Bruder Besserwisser

Mehr als anbieten kann ich es dir nicht«, sagte Zacharias.

»Ich weiß«, sagte Diana. »Und ich bin dir ja auch dankbar. Aber das kommt für mich nicht in Frage.«

Zacharias war den ersten Tag wieder zu Hause und noch etwas unbeholfen mit seinen beiden Krücken und dem brandneuen Gehgips, der ihm bis übers Knie reichte und sein Bein zur Steifheit zwang.

Sie saßen in Zacharias' edel gestyltem Wohnzimmer in edlen Ledersesseln und tranken aus edlem Porzellan Tee. Für Diana war das alles nichts Besonderes. Zu Hause bei ihren Eltern herrschte ein ähnlicher Überfluß, mit dem Unterschied, daß Zacharias eine moderne Variante von Luxus bevorzugte, während ihre Eltern eher einen gediegenen Stil pflegten. Hier Bauhaus, dort Biedermeier.

Bei ihr selbst Bruchbude. Und auch die war demnächst weg. Der Greif würde schon dafür sorgen, daß die Räumung durchgezogen wurde, dann konnte sie sehen, wo sie blieb.

»Du legst da einen ganz falschen Stolz an den Tag«, meinte Zacharias. Er schob den Stiel seines Teelöffels in den schmalen Spalt zwischen Gips und Bein und versuchte, so gut es ging, sich zu kratzen. Seit Tagen hatte er das Gefühl, daß seine Haut unter dem Gehgips mit Abermillionen von Krätzmilben oder vergleichbarem Ungeziefer bevölkert war. Er hätte sich nie träumen lassen, daß es solchen Juckreiz gab. »Ich hab doch auch nicht bei Null angefangen. Papa hat mir damals ganz schön was vorgelegt. Ohne sein Geld hätte ich meine Firma nie zu dem machen können, was sie heute ist.«

»Da bin ich nicht sicher. Oder vielmehr andersrum: Ich bin ganz sicher, daß du es auch ohne Papas Geld geschafft hättest. Vielleicht nicht so schnell und so weit nach oben, aber geschafft hättest du es. Hundertprozentig.«

Trocken erwiderte er: »Eine Autovermietung mit fünf Filialen fällt nicht einfach so vom Himmel. Ohne ordentliches Startkapital geht das nicht. Du ahnst ja nicht, wieviel Geld man für so was braucht.«

»Vor zehn Jahren war's bloß eine einzige Filiale. Und wenn du das Geld nicht gehabt hättest, wäre jetzt irgendeine andere Firma da, die genauso erfolgreich laufen würde«, beharrte Diana.

Er schenkte ihr Tee nach. »Da ist vielleicht was dran«, gab er zu. »Ich würde es immer wieder tun. Mich selbständig machen, meine ich. Da geht nichts drüber.«

Diana seufzte. »Daran hab ich auch schon oft gedacht.«

»Die Selbständigkeit ist das einzig Wahre«, bekräftigte er. »Es liegt außerdem bei uns in der Familie. Geschäftsleute und Freiberufler seit drei Generationen, unsere nicht mitgezählt. Man arbeitet härter als andere, hat weniger Zeit, mehr Verantwortung. Aber man ist sein eigener Herr.«

»Und hat mehr Geld.«

»Richtig«, lächelte er. »Aber das wird nach einer Weile ganz nebensächlich, glaub mir.«

»Das sieht man anders, wenn man erst mal pleite und arbeitslos ist«, versicherte sie ihm.

Er nickte ernst. »Wenn du schon kein Geld nehmen willst, dann wohne wenigstens bei mir. Außer mir und der Putzfrau stört dich hier niemand. Du kannst von mir aus das ganze Souterrain für dich haben.«

Diana gab keine Antwort. Stumm trank sie ihren Tee.

»Worauf willst du denn noch warten?« drängte er. »Darauf, daß der Gerichtsvollzieher aufkreuzt und deine Sachen auf die Straße schmeißt? Und dazu kommt es früher oder später, soviel ist sicher. Zieh lieber freiwillig aus.«

»Ich denk drüber nach.«

»Tu das. Du kannst übrigens auch bei mir arbeiten, wenn du willst.«

»Wo? In einer Filiale von dir? Was soll ich da machen? Die Autos zählen? Mir die Nägel lackieren? Deine Angestellten nerven, die alles prima im Griff haben und sich wahrscheinlich jede Minute fragen würden, wann diese dämliche Ziege endlich abhaut? Hör bloß auf! Da kann ich ja gleich wieder bei Mama und Papa einziehen, das wäre kein großer Unterschied!«

Er überraschte sie mit einem Themenwechsel. »Wieso

habe ich eigentlich deine hübsche blonde Freundin nicht schon früher kennengelernt?«

»Amanda?« fragte Diana verdutzt. »Die ist nichts für dich.«

»Was willst du denn damit zum Ausdruck bringen?« fragte Zacharias gekränkt.

»Sie hat in ihrem Leben wirklich genug Sorgen. Da braucht sie nicht auch noch solche Typen wie dich«

»Wie mich? Bin ich etwa Quasimodo oder was?«

»Soweit es Amanda betrifft, auf jeden Fall«, erklärte Diana kategorisch. »Sie ist nicht so.«

»Ist nicht wie?«

»Wie deine zahlreichen anderen Weiber.«

»WAS?« Zacharias war ehrlich entrüstet. Seine Schwester, seine *promiskuitive* Schwester, wagte es allen Ernstes, ihm Vielweiberei vorzuwerfen? Er war seit fünf Jahren geschieden und hatte seither vielleicht ebenso viele Affären gehabt, das war sicher bei weitem nicht der Schnitt, den Diana vorzuweisen hatte!

»Diese dämlichen Sylt-Hühner«, sagte Diana verächtlich. »Die haben doch alle nichts im Hirn außer den angesagten Feten.«

»Du mußt es ja wissen«, sagte Zacharias aufgebracht. »Du warst ja oft genug selber dort.«

Die Spitze traf und tat weh. Diana stellte ruckartig ihre Tasse ab, bedankte sich höflich für den Tee und ging.

# Wenn Männer zu sehr nerven

Die Freundinnen saßen im *O Sole mio* und zogen Bilanz. Sie kamen übereinstimmend zu dem Schluß, daß das Leben hart war, und sie bestellten deshalb bei Marco eine neue Flasche Chianti. Diana hatte trotz Ebbe im Portemonnaie darauf bestanden, nachdem sie spontan beschlossen hatte, gleich morgen früh ihr flottes Golf-Cabrio zu verscherbeln und gegen ein gebrauchtes Billigfabrikat einzutauschen, eins von der Sorte, die Amanda fuhr. Damit, so behauptete sie, wären ihrer beider marode Finanzen auf Monate hinaus konsolidiert.

Amanda hickste. »Ich hatte mir eigentlich vorgenommen, keinen Alkohol mehr zu trinken.«

»Wir brauchen aber welchen«, jammerte Diana.

Amanda nickte bedrückt. »Noch nie war er so wertvoll wie heute.«

»An allem sind bloß die Männer schuld«, folgerte Diana messerscharf.

»Du hast recht.«

»Wen interessiert denn noch, wie es mit dem oder dem neulich im Bett war?« klagte Diana.

»Diese andauernden Neulich-im-Bett-Geschichten sind langweilig«, bestätigte Amanda.

»Jawohl! Ist ja doch einer wie der andere!«

»Genau.«

»Wenn's keine Männer gäbe, wär das Leben viel besser. Dann müßten wir uns nicht betrinken.«

Dem konnte Amanda nur zustimmen. Das Leben würde zwangsläufig nur halb so viele Probleme aufwerfen, wenn eine Hälfte der Menschheit weg wäre. Allerdings wäre dann auch Arnold weg, und mit ihm ihre letzte Einnahmequelle.

»Wenn Männer zu sehr nerven«, erklärte Diana, »bleibt Frauen nur eine Möglichkeit.«

Amanda wartete darauf, daß Diana damit herausrückte, doch es kam nichts. Bloß Marco mit der neuen Flasche Chianti. »Habte Probleme?« wollte er mitfühlend wissen. »Mußte viele trinken, eh?«

»Es sind die Männer«, vertraute Amanda ihm an.

Marco erklärte, davon könne er ein Lied singen.

Richtig, er war ja schwul. Damit stand er nicht im feindlichen Lager, sondern spielte sozusagen in ihrer eigenen Liga. Die der Benachteiligten, Gedemütigten, Schwächeren und Ausgenutzten.

»Also?« fragte Amanda ihre Freundin.

»Also was?« fragte diese trübselig zurück, die Nase tief in ihr Glas getunkt.

»Was für eine Möglichkeit haben Frauen, wenn Männer zu sehr nerven?«

»Eben wußte ich's noch. Jetzt hab ich's vergessen. Nein, warte, da fällt's mir wieder ein. Kaltmachen. Ratzfatzpeng.«

»Du meinst ... umbringen?«

Diana kicherte angeheitert. »Klar. Warum denn nicht. Es gibt solche gräßlichen Ekelpakete, da wär's direkt ein sehr gutes Werk, die um die Ecke zu bringen. Ich könnte dir auf Anhieb ein halbes Dutzend von dieser Sorte aufzählen, bei denen es sich wirklich lohnen würde.«

Amanda kicherte ebenfalls. »Und dabei hättest du keine Skrupel?«

»Nicht die Bohne.«

»Und wie würdest du's machen? Mit einem gut gezielten Karatetritt vielleicht?«

»Das wär 'ne Idee. Wozu hab ich den Schwarzen Gürtel? Oder ich nehm 'ne Knarre. Wir haben ein paar davon zu Hause. Wußtest du, daß ich früher mal zusammen mit Papa im Schützenverein geschossen hab? Gewehr und Pistole. Ich war echt gut. Ich war sogar Juniorenmeisterin. Ich könnte einem Typen auf zweihundert Meter direkt zwischen die Augen schießen. BUMM!«

»Ach, ich weiß nicht«, seufzte Amanda. »Eigentlich ist Umbringen keine Lösung.«

»Vielleicht nicht unbedingt in jedem Fall«, räumte Diana großmütig ein.

Amanda schüttelte den Kopf. »Ich finde, man müßte es den Typen richtig zeigen.«

»Wie denn? Sie bloß beleidigen? Oder verprügeln? Hab ich alles schon probiert. Hilft nix. Davon werden die Greifs und Achims dieser Welt niemals aussterben.«

»Das meine ich auch nicht, obwohl's bei manchen bestimmt nicht schadet. Nein, man sollte sich selbständig machen. Sein eigenes Geschäft haben. Weit und breit kein nervtötender Kerl in Sicht, der einen anmacht oder rumscheucht. Selbst ist die Frau.«

»Komisch, daß du das sagst. Erst letztens hab ich mit meinem blöden Bruder über das Thema geredet.«

»Wieso ist er blöd?«

»Weil er ein Mann ist.«

»Ach so.«

Sie tranken Chianti und hingen ihren Gedanken nach. Nach einer Weile meinte Diana mit schwerer Zunge. »Alles klar.«

»Was?« nuschelte Amanda. Ihr war überhaupt nichts klar, bis auf die Tatsache, daß sie unleugbar alkoholisiert war. Dianas Gesicht vor ihr begann sich bereits phasenweise zu verdoppeln.

»Ich wär dabei«, teilte Diana ihr mit.

»Wobei?«

»Einen Laden aufzuziehen. Mit dir zusammen.«

»Aber wir können doch nix Richtiges«, gab Amanda zu bedenken. Ihre ganze Qualifikation bestand in einem so gut wie nutzlosen Vordiplom in Pädagogik. Danach war schon Nico gekommen und mit ihm das berufliche Aus.

»Das stimmt gar nicht«, widersprach Diana. »Ich kann Karate, und du kannst toll schreiben und fotografieren.«

»Du hast recht«, gab Amanda nach einigem Nachdenken zu.

»Spitze. Laß uns eine eigene Firma gründen.«

»Okay.« Damit schien alles gesagt und alles bestens. Endlich war wirklich alles klar. Oder? Nein, irgend etwas störte noch. Amanda strengte ihr benebeltes Hirn an, dann kam sie darauf. »Was für eine Firma?«

## Vor Ihnen steht die Lösung Ihrer Probleme!

Das war exakt der Moment, auf den Carlo gewartet hatte. Das heißt, genau genommen hatte er gar nicht gewartet, jedenfalls nicht bewußt. Er hatte eigentlich nur wie immer hier seine Lasagne essen und dazu ein gepflegtes Pils trinken wollen. Dabei konnte er allerdings nicht umhin, das blöde Geschwätz der beiden Schnepfen am Nebentisch mit anzuhören. Die zwei hatten schon ordentlich was weggebechert und ließen kein gutes Haar an den Männern.

Du lieber Himmel, was sollte *er* denn sagen? Wenn die wüßten, was Frauen sich manchmal leisteten, dann hätten sie die Klappe gehalten. Seine erste Frau beispielsweise. Die hatte allen Ernstes versucht, ihm sein Herz rauszuschneiden. Weil er angeblich sowieso keins hatte und auch sonst ein Schwein war. Die Narbe sah man noch heute. Dann hatte er mal eine gekannt, die war mit allem abgehauen, was er hatte. Fünfundachtzig Riesen. Dafür hatte er volle drei Wochen lang Tag und Nacht in einem Tunnel gehockt, gebuddelt und Dreck geschluckt, bevor er zum Tresorraum der Bank vorgestoßen war. Mit der Alten hatte er hinterher so richtig einen draufmachen wollen, was sich als gravierender Fehler herausgestellt hatte. Er hatte sein Geld nie wiedergesehen.

Ja, Frauen konnten einem Mann das Leben echt zur Hölle machen, da mußte man sich gar nicht groß anstrengen.

Die Rote und die Blonde am Nebentisch waren bestimmt keine Ausnahme, von wegen *Um die Ecke bringen* und *Mitten zwischen die Augen*. Typisch Weiber.

Dann fing er an, die Ohren zu spitzen. Gewisse Informationen sickerten in sein Bewußtsein und fügten sich zu einer vagen Idee zusammen, die sich mehr und mehr herauskristallisierte und am Ende klare Formen annahm. Satzfetzen wie *Schießen* und *Karate* oder *eigene Firma gründen* ordneten sich plötzlich wie von selbst in einem bestimmten Kontext ein; mit einem Mal eröffneten sich ihm bestrickende Möglichkeiten. Plötzlich hatte er wieder die Stimme von Krallwitz im Ohr: *Betrachte es als Verbindlichkeit deiner Firma.*

Verbindlichkeit der Firma ...

Nun, eine Firma ließ sich problemlos auf andere Leute übertragen, nicht wahr?

Er stand auf, nahm sein Bierglas und ging an den Nebentisch.

»Meine Damen«, sagte er, »vor Ihnen steht die Lösung all Ihrer Probleme.«

## Grappa und Größenwahn

Vor ihnen stand ein kahlköpfiger, bierbäuchiger Mann Ende Fünfzig. Sein Gesicht wirkte eigentümlich aufgedunsen und war außerdem von zwei veritablen Veilchen gezeichnet.

»Darf ich mich zu Ihnen setzen?« fragte er eifrig. Er tat es, ohne ihre Zustimmung abzuwarten, dann brüllte er quer durch das Lokal: »Marco, bring sofort 'ne Runde Grappa!« Er wandte sich strahlend an die Frauen. »Gestatten Sie, daß ich mich vorstelle. Mein Name ist Carlo Manzetti.«

Er schob zwei Visitenkarten über den Tisch, für jede eine.

Amanda las laut vor: »Private Ermittlungen ...«

»... und Beobachtungen«, ergänzte Diana.

»Ich bin Inhaber einer Privatdetektei«, räumte Carlo eventuell noch bestehende Unklarheiten aus. »Ein bestens eingeführter, florierender Betrieb. Mit festem Klientenstamm. Und ständigem Auftragseingang. Nicht verzagen, Carlo fragen. Das ist meine Geschäftsdevise. Bin ich immer blendend mit gefahren.«

»Sind Sie Italiener?« fragte Diana.

Marco brachte drei Gläser Grappa und nahm die leere Weinflasche mit. Carlo bedachte seinen hüftschwingenden Gang mit mißfälligen Blicken. »Nö. Mein Vater war Schweizer, daher der Name.«

»Und Sie machen tatsächlich solche Sachen wie Thomas Magnum?« Diana hatte einiges von ihrer Benommenheit verloren und betrachtete ihr Gegenüber mit glänzenden Augen.

Carlo erwiderte argwöhnisch ihren Blick. »Wer ist der Kerl?«

»So was Ähnliches wie Jim Rockford. Nur jünger.«

»Aha«, sagte Carlo, der nicht die geringste Ahnung hatte, wovon sie redete. Er riß sich zusammen und fing an, ihnen von seinen vielen tollen Aufträgen zu erzählen.

Die beiden Frauen himmelten ihn an, das konnte ein Blinder merken. Carlo sorgte dafür, daß sie ihren Grappa intus bekamen, damit er noch dicker auftragen konnte. Das klappte ja wesentlich besser, als er gedacht hatte! Er berichtete von den unzähligen Ehebrechern, die er auf frischer Tat fotografiert hatte, von den vielen Langfingern, die er bei seinen Kaufhausobservationen geschnappt hatte, von den Promis, denen er als Begleitschutz gedient hatte.

Amanda und Diana hingen an seinen Lippen, während er all die aufregenden, frei erfundenen Einzelheiten zum besten gab. Wie er unter Einsatz seines eigenen

Lebens Anneliese Rothenberger (das war der erstbeste Promi-Name, der ihm auf die Schnelle einfiel) vor einem irren Fan beschützt hatte, der ganz plötzlich mit einer Machete auf sie zugestürzt kam. Wie er es mit einem listenreichen Generalstabsplan geschafft hatte, ein vom Vater entführtes Kind aus Libyen nach Deutschland zurückzuholen, sozusagen direkt aus Gaddhafis Hauptquartier.

Als Diana wissen wollte, woher die Veilchen stammten, erklärte er mit breitem falschen Lächeln, daß er bei einer Überwachung aufgeflogen wäre. Ein Fall von Ehemann-Seitensprung. Das observierte Objekt hätte sich nicht nur als untreu erwiesen, sondern auch als unerwartet gewalttätig.

»Ich bin eben nicht mehr der Jüngste«, sagte Carlo treuherzig. »Und Selbstverteidigung war nie meine Stärke.« Er warf einen berechnenden Blick in Dianas Richtung und setzte noch eins drauf, damit ihnen auch ja nicht entging, worauf er hinauswollte.

»Ein Privatdetektiv muß gut mit der Kamera umgehen können«, begann er aufzuzählen, »für den Bereich der Überwachungen und Beobachtungen.«

Er ließ das einwirken. »Und er muß sportlich sein. Er sollte möglichst eine Kampfsportart beherrschen und mit einer Waffe umgehen können. Für den Bereich Begleitschutz.«

Diana saugte jedes seiner Worte auf wie ein Schwamm. Amanda wirkte eher abwesend. Ab und zu sackte ihr Kopf eine Etage tiefer, und schließlich mußte sie ihn mit beiden Händen festhalten, damit er nicht auf den Tisch fiel. Dafür war Diana ganz Ohr.

Carlo überlegte im stillen, daß er eigentlich nicht ungern als Schnüffler gearbeitet hatte, obwohl das Ganze zeitweilig doch eher so nebenher gelaufen war.

Aber das Hemd war ihm nun mal näher als die Jacke. Und am nächsten war ihm die eigene Haut, die Harry die Kralle ihm ohne zu zögern in langen blutigen Streifen abziehen würde, wenn er nicht bald mit den Bildern aufwarten konnte.

*Ein Monat, sonst ...*

Er hüstelte, dann sagte er mit frommem Augenaufschlag: »Wissen Sie, ich hätte mich schon längst zur Ruhe gesetzt, wenn ich für mein Unternehmen einen würdigen Nachfolger gefunden hätte ...«

## Ein Kater und ein Wendepunkt

Sie schläft noch tief und fest«, sagte Marlene, während sie Diana einließ. »Ich glaube, sie muß einen ganz schönen Kater kurieren. Kann es sein, daß ihr zwei gestern ein paar Glas zuviel hattet?«

»Amanda vielleicht, sie verträgt ja nichts.« Diana hauchte ein Küßchen an Marlenes Ohr vorbei. »Was läuft's denn so mit dem Karma?«

»Ich gebe die Hoffnung nicht auf«, sagte Marlene.

Diana sah sich um. »Und wo ist das schönste Geschenk aller Zeiten?«

Hansi hatte sie schon gehört. Er kam mit einem Satz aus der Küche und leckte Diana freudig hechelnd die Hand. Es schien, als hätte er Diana genau verstanden und wäre ihr immer noch dankbar, daß sie ihn als Welpen hierher gebracht hatte. Damals war er nicht größer als ein Damenstiefel gewesen (sein erstes Versteck), und mit seinem zarten Fiepen und den großen feuchten Augen hatte er sofort die ganze Familie für sich eingenommen, einschließlich Nico, der gerade laufen gelernt hatte und der fast übergeschnappt war vor Begeisterung über das neue lebendige Spielzeug.

Diana hatte allerdings nicht bedacht, daß aus dem wonnigen Winzling ein Dinosaurier von Hund mit entsprechendem Appetit und Bewegungstrieb werden würde. Sie hatte ihn einfach nur goldig gefunden und ihn als Geschenk für Amanda gekauft, mit der sie sich damals gerade angefreundet hatte.

Sie bahnte sich einen Weg durch das übliche Durcheinander aus Spielsachen, Klamotten und Schuhen und ging in die nicht minder chaotisch aussehende Küche, um Nico zu begrüßen. Er hatte ein Frühstücksbrettchen vor sich, auf dem er gerade ein Ei in mindestens tausend Teile zerlegte.

»Hallo, mein Goldjunge.« Sie küßte ihn auf den Kopf. »Ein Ei, hm? Dann sag mir doch mal, was du von dem hier hältst.« Sie legte ein Überraschungsei neben das verschmierte Schlachtfeld und erfreute sich an dem kindlichen Gequietsche, mit dem Nico sich auf das Mitbringsel stürzte. Marlene räumte das Brettchen weg, und Diana ging in Amandas Zimmer, um ihre Freundin aus dem Bett zu werfen.

Amanda hatte einen gräßlichen Traum. Sie saß mit Horst Klawuttke im Lokal. Er zog sich aus und wollte ihr gerade seine Prothese zeigen, als der Weinkellner zu ihnen an den Tisch trat und erklärte, Nudismus sei in diesem Restaurant nicht gestattet.

»Wieso, die da ist doch auch nackt«, behauptete Horst

Klawuttke, und tatsächlich, als Amanda an sich herabschaute, mußte sie zugeben, daß sie nicht ein Fädchem am Körper trug.

»Wir wollten gerade mein Implantat einem praxisnahen Test unterziehen«, erklärte Horst Klawuttke. Amanda bestritt das vehement, doch Horst Klawuttke lächelte mit drohend gebleckter Zahnlücke und machte Anstalten, sein Vorhaben in die Tat umzusetzen. Amanda packte das Tischtuch, riß es herunter und warf es über ihre Blößen, doch Horst Klawuttke griff nach einem Zipfel und begann zu zerren. »Gib es zu, du bist auch eine von diesen Nattern, die nur mein Geld wollen!«

»Ich will Ihr Geld nicht!« schrie Amanda in höchster Not. »Lassen Sie das! Hören Sie auf, mir die Decke wegzureißen!«

»Mach doch nicht so 'n Theater«, sagte Horst Klawuttke tadelnd.

Amanda öffnete widerwillig ein Auge und erkannte, daß Klawuttke sich in Diana verwandelt hatte, die ihr gerade die Bettdecke wegzog.

»Du bist gemein«, krächzte sie. In ihrem Mund steckte ein Klumpen Holzwolle, der in einem früheren Leben mal ihre Zunge gewesen sein mußte. Sie quälte sich hoch und hielt sich den Kopf, der sich anfühlte wie ein morscher Holzklotz, in dem jemand das Beil vergessen hatte.

»Was willst du überhaupt so früh hier?«

»Dich abholen.«

»Warum?«

»Um unsere neue Firma zu besichtigen, darum.«

»Hast du sie noch alle?«

Das hatte Diana durchaus. Jedenfalls behauptete sie das. Und zückte dabei eine fettige Serviette mit dem Aufdruck *O sole mio*.

»Das ist eine Serviette«, meinte Amanda.

»Falsch!« schrie Diana triumphierend. »Das ist ein Vertrag!«

Sie klappte die Serviette auseinander, und siehe da, die Innenseite war dicht bekritzelt mit irgendwelchen Klauseln.

»Der Kerl hat natürlich gedacht, daß wir total besoffen wären und er uns locker übers Ohr hauen könnte, aber da hat er sich vertan.«

In Amandas Hirn regten sich dumpfe Assoziationen. »Welcher Kerl?«

»Na, Carlo Manzetti, dieser Privatschnüffler. Wir haben gestern abend seine Firma übernommen. Sag bloß, du weißt nichts mehr davon. Hier, du hast sogar mit unterschrieben.« Diana hielt Amanda die Serviette hin. »Na, dämmert's wieder?«

Es dämmerte nicht, und Amanda schloß die Augen. »Mir wird schlecht.«

Diana riß sofort die Serviette weg und barg sie schützend hinter ihrem Rücken. Amanda schaffte es gerade noch bis zur Toilette. Hinterher betrachtete sie erschüttert die fremde Frau, die ihr hohläugig aus dem Spiegel entgegenstarrte. Schaudernd wandte sie sich ab und wankte in die Küche, wo Marlene, heute im smaragdgrünen Wallegewand, schon mit Kaffee und Alka Seltzer auf sie wartete. Amanda nahm Alka Seltzer, Diana Kaffee. Sie setzte sich an den Tisch und wollte nicht aufhören, von irgendeiner Firma zu quasseln, die sie und Amanda geerbt hätten. Nico öffnete den gelben Behälter aus dem Überraschungsei und schrie frohlockend, daß es ein Happy Hippo wäre, das gäbe es nur in jedem siebten Ei!

Amanda bekam kaum etwas davon mit. Sie mußte sich darauf konzentrieren, nicht von dem Gehämmer in ihren Schläfen taub zu werden.

»Und wir müssen nicht mal was dafür bezahlen!« rief Diana mit blitzenden Augen.

»Umsonst ist der Tod«, sagte Marlene sofort. »Der Kerl hat euch garantiert betrogen.«

Diana schüttelte den Kopf, glücklich wie eine Braut. »Er will einfach bloß, daß sein Laden in gute Hände kommt. Zusammen mit seiner langjährigen Angestellten. Er ist eben noch ein Unternehmer von altem Schrot und Korn.«

»Wahrscheinlich mehr Korn«, sagte Marlene und schnüffelte an der Serviette.

»Eher Grappa«, berichtigte Diana.

Das war das letzte, was Amanda hörte. Sie legte den Kopf auf die Arme und döste ein. Irgendwann wurde sie davon wach, daß Diana sie ins Bad zerrte und ihr den Kopf über den Wannenrand drückte. Bevor sie sich versah, rauschten Hektoliter von eiskalten Wasser über ihren Schädel. Sie kreischte entsetzt und versuchte, sich zu wehren, doch Diana war wesentlich stärker als sie. Schließlich ließ Amanda die Tortur willenlos über sich ergehen und hoffte nur, daß ihr Kopf diese Behandlung folgenlos überstand. Allmählich kam sie zu sich. Der Kälteschock schien zu wirken.

Diana frottierte ihr die Haare und drängte sie anschließend zurück ins Schlafzimmer. »Zieh dich an, wir wollen gleich los.«

»Warum hast du's denn so eilig?« beklagte Amanda sich. »Diese Firma läuft uns doch nicht weg, oder?«

»Sie gehört uns schon. Und zwar mit allen Verbindlichkeiten und Außenständen. Heute ist der Stichtag, den wir in den Vertrag aufgenommen haben. Dieser Manzetti hatte es am Schluß ganz schön eilig mit der Überschreibung. Ich hab sogar schon einen Satz Schlüssel für die Büroräume. Wahrscheinlich hatte er Sorge, wir würden es uns anders überlegen, wenn wir erst drüber geschlafen hätten.«

»Himmel noch mal, ich habe *alles* vergessen!«

Diana schaute verblüfft drein. »Ein echter Filmriß? Das hatte ich noch nie. Was ist das für ein Gefühl?«

»Woher soll ich das wissen? Ich kann mich ja an nichts erinnern.« Amanda nahm einen Kamm und glättete ihre nassen, zerzausten Strähnen. »Ich weiß bloß noch, daß dieser Typ sich zu uns gesetzt und Grappa bestellt hat. Er hatte irgendwie komische Augen, oder? Und hat er nicht gesagt, er wäre mit Anneliese Rothenberger verwandt? Ich hab den Grappa getrunken, das weiß ich noch. Danach ist alles weg.«

Amanda wußte nicht mal, wie sie nach Hause gekommen war (Diana hatte sie in ein Taxi gesetzt), und erst recht war ihr entfallen, daß sie mit Carlo Manzetti ausgemacht hatten, ihn heute in seinem Ermittlungsbüro zu treffen, wo er alles Nähere mit ihnen besprechen wollte.

»Wir sind jetzt Geschäftsfrauen«, jubelte Diana. »Das wollten wir doch! Freust du dich denn gar nicht?«

Amanda streifte sich ein gelb-weiß-gestreiftes Baumwollkleid über und musterte zweifelnd das fettfleckige Serviettendokument, das auf dem Bett lag. »Meinst du, der Vertrag ist überhaupt gültig?«

»Darauf kannst du wetten. Ich hab mich heute früh schon schlau gemacht.«

»Wie denn?«

»Ich hab Papas Anwalt angerufen. Er hat gesagt, es kommt auf den Inhalt, nicht auf die Verpackung an.«

Das leuchtete ein, fand Amanda.

Sie nahmen Dianas Cabrio (zum Glück mußte der Wagen jetzt nicht mehr verkauft werden!), denn damit konnten sie bei dem herrlichen Wetter offen fahren und waren schneller da. Während der Fahrt versuchten sie sich vorzustellen, wie ihre neue Firma wohl aussehen würde. Diana erzählte, daß laut Carlo dort alles bestens lief. Und zwar so gut wie von allein. Die Sekretärin hatte den Laden perfekt im Griff, und die eigentliche Detektivarbeit bestand lediglich darin, ab und zu eine kleine Observation oder einen Begleitschutz durchzuführen. Und dafür eine Menge Geld zu kassieren. Pro Tag zweitausend plus Spesen, das wäre der übliche Satz. Diana war sicher, daß Carlo diese Zahl genannt und dazu gesagt hatte, daß dies der übliche Satz sei.

Das war der Moment, in dem ihre Begeisterung schlagartig auf Amanda übersprang.

Sofort malte Amanda sich mit Entzücken aus, wie sie morgen, an ihrem nächsten Arbeitstag im Fotostudio, vor Arnold hintreten und zu ihm sagen würde, wohin er sich seine sechshundertdreißig Mark und seine Blondinenwitze künftig stecken konnte. Bei diesem Gedanken geriet sie in einen regelrechten Freudentaumel.

Der Fahrtwind vertrieb die letzten Alkoholschwaden aus ihrem Kopf, und langsam begriff sie, daß sich soeben etwas Epochales in ihrem Leben ereignet hatte.

Sie hatte lange darauf gewartet, war ihm hinterhergejagt, hatte ihn herbeizwingen wollen und sich doch umsonst abgestrampelt. Und dann hatte er sich eingestellt, von ganz allein. Herrlich überraschend und unvorhersehbar, wie es sich für eine perfekte Dramaturgie gehörte: Der erste Wendepunkt!

## Ein Schuß in den Ofen

Als sie vor dem angejahrten Zementbunker ankamen, der sich in der hintersten Ecke eines wenig einladenden Stadtteils namens *Industriegebiet Ost* befand, sah Amanda auf den ersten Blick, daß der Wendepunkt ungeahnte Zusatzqualitäten barg. Er war nicht nur völlig überraschend gekommen, sondern zeigte eine deutliche Tendenz zum *schweren Schicksalsschlag*. Das Gebäude wirkte nicht besonders einnehmend. Rechterhand dräute eine wellblechgedeckte Lagerhalle, links gähnte hektarweise Brachland.

Die Fenster im zweiten Stock waren mit schweren Metallrolläden verschlossen. Wer immer dort früher residiert haben mochte, hatte offenbar vorgezogen, dieser ungastlichen Örtlichkeit den Rücken zu kehren.

Einem angelaufenen Messingsschild neben der Eingangstür war zu entnehmen, daß das Ermittlungsbüro sich im Erdgeschoß befand und Sprechzeiten nur nach telefonischer Voranmeldung stattfanden. Ansonsten war der Text derselbe wie auf Carlo Manzettis Visitenkarte.

Diana warf Amanda einen raschen Blick von der Seite zu, bevor sie aufschloß.

»Wollen wir echt reingehen?« fragte Amanda. »Guck doch mal, wie das hier draußen schon aussieht!«

»Das will noch gar nichts besagen«, wies Diana sie zurecht. »Kennst du nicht den Spruch *Außen pfui, innen hui?*«

»Den kenn ich, aber er geht genau andersrum. Wenn du mich fragst, ist das hier ein absoluter Schuß in den Ofen.«

Die Haustür öffnete sich knarrend in einen muffigen, ziemlich schmuddeligen Flur, von da aus ging es weiter zu einem Büro, von dessen Tür die Farbe blätterte. Das Firmenschild war erst beim zweiten Hinsehen zu erkennen, weil es fast genauso stumpf und alt war wie das darunterliegende Holz.

Die Tür war nicht verschlossen. Sie führte in eine Art Empfangsraum, von dem mehrere weitere Türen abgingen; jedenfalls vermutete Amanda, daß es ein Empfangsraum sein sollte, denn mitten im Raum stand eine verwitterte Holztheke, auf der ein Schildchen mit dem Wort *Empfang* stand. Wenn man genauer hinschaute, konnte darunter noch die Aufschrift *Herzlich Willkommen im* lesen, der Rest war mit Filzstift geschwärzt. Vermutlich lautete der fehlende Teil *Vier Jahreszeiten* oder *Intercontinental.*

Abgesehen von dem aus irgendeiner Hotellobby gemopsten Schild gab es auch sonst nichts daran zu deuteln, daß dieser Laden von innen genauso wenig *hui* war wie von außen.

Die Wände waren in einer scheußlichen gelben Ölfarbe gestrichen, die im Laufe von mindestens zwanzig Jahren die Farben von mumifizierten Exkrementen angenommen hatte. Davon konnten auch die Kalenderdrucke aus den Siebzigern nicht ablenken, die in Papprahmen überall hingen und auf denen sogar noch die Datumszahlen unter den Jahreszeitenbildern standen, inklusive Wettervorhersagen nach dem Hundertjährigen Kalender. In einer Ecke stand in einem riesigen Übertopf aus Holzimitat ein Philodendron, von dem aus sich Dutzende brauner Ranken über die Wände verzweigten und wie überdimensionale Spinnententakel unter der Decke entlangschängelten. Amanda suchte nach Grünanteilen in dem ziellos wuchernden Gestrüpp, sah aber nur ein einziges schlappes Blatt, ganz am Ende einer Ranke.

In der gegenüberliegenden Ecke gruppierten sich drei altersfleckige gelbe Vinylsessel um einen niedrigen Tisch, auf dem sich Zeitschriften stapelten, die in etwa aus derselben Epoche stammten wie die Kalenderdrukke.

Der Fußboden war mit stumpfgrauem Stragula ausgelegt, der irgendwann, vor dreißig Jahren vielleicht, einen blauen Farbton gehabt haben mußte. Möglicherweise auch grün, aber das ließ sich heute unmöglich mehr sagen.

Amanda und Diana ließen den ersten Eindruck auf sich wirken. Bei Amanda stellten sich erneut Anzeichen eines Katers ein. Sie spürte auf einmal das dringende Verlangen, rasch nach Hause zu fahren und sich wieder hinzulegen.

Diana dagegen wollte es anscheinend ganz genau wissen. Vielleicht hatte sie auch eine masochistische Anwandlung. Sie ging näher an die Theke heran, hinter der wie erwartet ein Schreibtisch stand. An dem wiederum war nichts Bemerkenswertes, außer daß er möglicherweise noch älter war als der Rest in diesem Raum. Das vorsintflutliche Telefon stand neben einem vorsintflutlichen Anrufbeantworter, auf einem Beistelltischchen befand sich die vorsintflutliche, aber immerhin elektrische Schreibmaschine, und daneben an der Wand ein paar vorsintflutliche Aktenschränke. Blieb nur noch zu wünschen, sinnierte Amanda, daß die Sintflut bald käme und dieses ganze Gerümpel wegspülte.

»Scotty, beam mich hoch«, sagte Diana.

»So kann man es auch ausdrücken.«

»Das Leben ist das«, erklärte Diana bedächtig, »was sich da draußen abspielt, während du gerade andere Pläne machst.«

Das stritt Amanda sofort ab. »*Ich* habe überhaupt keine Pläne gemacht. Im Gegenteil. Ich weiß von rein gar nichts. Wenn jemand Pläne gemacht hat, dann du. Wer kam denn heute morgen in mein Schlafzimmer, hat mir die Decke weggerissen, mir irgendeine dreckige Serviette gezeigt, mir eiskaltes Wasser über den Kopf geschüttet und mich dann hierhergeschleift?«

»Reg dich ab. Das war nur ein Spruch, der gut zu der Situation hier paßt, finde ich.«

»Warte mal. Der war echt gut. Wie hieß das noch ... Das Leben ist was ...? Ich will's mir mal aufschreiben, so was kommt immer gut rüber im Film.«

»Es kam in einem Film vor.«

»Ach so«, sagte Amanda enttäuscht. »Dann kann ich's nicht brauchen. Das wäre Plagiat.«

Diana wies mit der Hand in die Runde. »Deine Mutter hatte recht. Umsonst ist der Tod. Der Kerl hatte ein Rad ab, von wegen zweitausend mit Spesen.«

Durch eine der Türen kam eine Frau mit wildgelockter, wasserstoffblonder Löwenmähne und aufgemaltem Schmollmund, die dralle Figur in Rippenpulli und Ledermini gezwängt. Sie sah aus wie Pamela Anderson, nur doppel so alt und doppelt so dick. Ein Baywatchmuttchen auf Stöckelschuhen und mit Wonderbra. Und umweht von einer Fuselfahne, die ausgereicht hätte, um eine Feuerzangenbowle zu flambieren. Sie wankte näher, ließ sich auf den Drehstuhl hinter ihren Schreibtisch fallen und starrte Amanda und Diana an wie zwei Besucher vom anderen Stern.

»Guten Morgen«, sagte sie mit verwaschener Stimme. Dann fiel ihr Kopf vornüber auf den Schreibtisch, und sie gab keinen Ton mehr von sich.

»Um Gottes willen«, schrie Amanda entsetzt. »Sie ist tot!«

»Nein, sie ist blau«, sagte Diana herzlos. Sie beugte sich über die Frau, fühlte ihren Puls und zog ein Augenlid hoch. Im selben Moment begann die Frau ohrenbetäubend zu schnarchen.

»Sie könnte eine Alkoholvergiftung haben«, gab Amanda zu bedenken.

»Da ist was dran.«

Mit wachsender Unruhe betrachteten sie die Frau, die allem Anschein nach die langjährige Halbtagssekretärin dieses Manzetti sein mußte, die sie zusammen mit der Firma übernehmen sollten. Amanda kam spontan der Gedanke, daß dies die *dringende Verpflichtung* sei.

Diana meinte, daß sie Waltraud Hackspecht hieße. Schluckspecht wäre wohl passender gewesen. Manzetti hatte nichts davon gesagt, daß sie während der Arbeitszeit trank.

Andererseits hatte er auch rein gar nichts davon gesagt, wie marode es hier aussah. Vielleicht war es für ihn ganz selbstverständlich, daß seine volltrunkene Sekretärin in einem abgewrackten Loch von Büro hockte und vor sich hinschnarchte, während er selbst seinen Ermittlungen nachging.

Während sie noch überlegten, ob sie wegen möglicher Alkoholvergiftung eine Ambulanz rufen sollten, öffnete Frau Hackspecht die Augen und rülpste. »Waswollnsedenn«, nuschelte sie.

»Könnten wir bitte Herrn Manzetti sprechen?« fragte Diana höflich. »Wir hatten einen Termin.«

Die Frau gab keine Antwort. Statt dessen schloß sie erst ein, dann das andere Auge und fiel wieder in Tiefschlaf.

»Herr Manzetti?« rief Diana aufs Geratewohl.

Sie öffnete der Reihe nach die anderen Türen und schaute in die dahinter liegenden Zimmer. Amanda blickte ihr über die Schulter und schauderte beim Anblick der Räumlichkeiten: Ein in gräßlich-grüner Ölfarbe gestrichenes Verlies mit einem Klo ohne Deckel, dafür aber einem riesigen Schminksspiegel an der Wand über dem Waschbecken, dann ein schmaler Schlauch von Zimmer mit ein paar uralten Küchenmöbeln und Regalen mit irgendwelchem Gerümpel. Zuletzt öffneten sie die Tür zu einem Büroraum, in dem offenbar Carlo Manzetti residierte. Oder vielmehr residiert hatte. Er war nicht da.

Während Amanda stumm das sperrmüllreife Mobiliar musterte, bestehend aus einem wurmstichigen Rollschrank, einem unbeschreiblich durchgesessenen Sofa, verwittertem Schreibtisch sowie Chef- und Besuchersessel, meinte Diana: »Vielleicht ist er aufgehalten worden.«

»Das trifft sich gut«, sagte Amanda in unheilverkündendem Ton. »Laß uns verschwinden.«

Auf der Rückfahrt schwiegen sie sich die ersten zehn Minuten lang nur an. Jede mußte diesen Reinfall erst mal für sich allein verdauen.

Nach einer Weile sagte Diana: »Wir hätten vielleicht noch fünf Minuten oder so warten sollen.«

»Worauf?«

»Auf den Manzetti. Vielleicht gibt es für das Ganze eine plausible Erklärung.«

»Für diesen Saftladen? Diese Absteige? Diese Bruchbude? Diesen Saustall? Dieses ... Loch? Wie soll er *das* erklären? Sah das vielleicht wie eine bestens eingeführtes, glänzend gehendes Ermittlungsbüro aus?«

»Wir wissen ja nicht, wie so etwas aussieht«, gab Diana zu bedenken.

»*So* jedenfalls nicht.«

Die übrige Fahrt legten sie schweigend zurück.

## Kummertage

Der Wendepunkt war bei Licht betrachtet also gar keiner gewesen. Oder falls doch, dann einer von dreihundertsechzig Grad. Der falsche Fünfziger Carlo Manzetti meldete sich nicht, obwohl Diana ihm an dem Abend im *O Sole mio* ihre Telefonnummer gegeben hatte.

Ist auch besser so, dachte Amanda. Doch ein kleines nagendes Gefühl wollte nicht weichen.

Sie bekam eine Grippe, schleppte sich aber trotzdem zur Arbeit ins Atelier, weil sie es sich nicht leisten konnte, auf einen Teil ihres Einkommens zu verzichten. Ihr Drehbuch blieb als ewiges Fragment in der Schublade liegen, denn bis auf weiteres waren ihr die Ideen ausgegangen.

Marlene zeigte ihr ein ums andere Mal den wunderbar lyrischen Brief von Richard Knöpfel und lag ihr in den Ohren, es doch ein allerletztes Mal mit einem der Bewerber zu versuchen, mehr als reinfallen könne sie schließlich nicht.

»Er schreibt so schön«, jammerte sie, »hör doch nur mal diese Stelle ...«

Aber Amanda wollte weder diese noch eine andere Stelle aus dem Brief hören. Auch keine Stellen aus den anderen Briefen, die inzwischen zusätzlich eingetroffen waren, nebst den dazugehörigen Fotos. Es war sogar noch ein weiterer Brief von Herrn Knöpfel dabei, mit einem Bild von ihm, zu dem er ausführte, dieses sei erst eine Woche alt, er hätte die Aufnahme ja in seinem letzten Brief schon gerne mitgeschickt, aber da sei der Film noch zur Entwicklung weggewesen.

Er sah nicht schlecht aus, das mußte selbst Amanda einräumen, doch sie war nicht die Spur an weiteren *Blind Dates* interessiert und machte es ihrer Mutter nachhaltig klar.

Amanda beschäftigte sich in der folgenden Woche viel mit Nico, immerhin ein Gutes, das der Verlust ihres Nachmittagsjobs mit sich brachte. Sie ging ausgiebig mit ihm und Hansi spazieren, als es ihr gesundheitlich wieder besser ging.

Und sie rang sich zu einem weiteren Besuch auf dem Sozialamt durch, wo sie zwei Stunden auf dem Gang wartete und hinterher, als sie endlich dran war, einen

Antrag ausfüllen mußte, der fast so viele Seiten hatte wie das örtliche Telefonbuch. Danach wurde sie wieder weggeschickt, um die nötigen Belege wie Mietvertrag, Versicherungsnachweise und Bescheinigung des Arbeitgebers zu besorgen (wobei Arnold erwartungsgemäß herumzickte: *Das muß ich aber erst mit meinem Steuerberater abklären!*).

Sie schaffte Dutzende von Nachweisen heran, wartete wiederum (diesmal zweieinhalb Stunden) auf dem Gang und wurde abermals weggeschickt, weil immer noch Unterlagen fehlten. Sie besorgte die restlichen Belege, wartete nochmals (eine Stunde fünfundvierzig Minuten) auf dem Gang und wurde dann dahingehend beschieden, daß ihr monatliche Hilfe zum Lebensunterhalt in Höhe von achtundsiebzig Mark zustehe.

Amanda mußte trotz des Fiaskos in Manzettis Büro oft darüber nachdenken, was sich aus dem Laden eventuell hätte machen lassen. Vor ihrem inneren Auge erstanden Bilder, wie das Büro mit einem neuen Bodenbelag, einem schönen Anstrich und vernünftiger Möblierung ausgesehen hätte. Sicher gar nicht so übel. Vielleicht hätte man auch Geschäftsräume in zentraler Lage mieten können; ein Zweizimmerbüro wäre sicher ausreichend gewesen für diese Art von Betrieb, und man hätte sich die Renovierung gespart.

Nur so, ohne besonderen Grund, forderte sie telefonisch von einer bundesweit operierenden Detektivfirma Informationsmaterial in Form von Broschüren und Leistungsangeboten an, unter dem Vorwand, daß sie Journalistin sei und für einen Artikel recherchiere. Sie schloß aus dem Material, daß es sich tatsächlich um ein recht einträgliches Gewerbe handelte, eine gute Auftragslage vorausgesetzt, und sie fragte sich, ob Manzettis Auftragslage tatsächlich so miserabel war, wie die Ausstattung seines Büros vermuten ließ.

Und ob man da nicht vielleicht was dran hätte drehen können. Mit entsprechender Werbung zum Beispiel. Werbung war doch heutzutage alles. Jedermann kaufte jedweden Schnickschnack, wenn er nur ausreichend beworben wurde. Millionen von Haushalten quollen nur so über von Gerümpel, das kein Mensch brauchte.

Bei Dienstleistungen galt im Prinzip dasselbe. Pausenlos rannten die Leute zu ihren Ärzten, Anwälten, Steuerberatern, Friseuren, Masseuren und sonst wohin, ohne daß es ihnen in nennenswerter Weise geschadet hätte, wenn sie statt dessen daheim geblieben wären.

Heutzutage bestimmte doch das Angebot die Nachfrage und nicht umgekehrt. Allein durch ihre schier übermächtige Präsenz in Branchenbüchern und sonstigen Medien vermittelten die Dienstleistungsbetriebe den zwingenden Eindruck, daß ohne sie nichts mehr ging. Kam dann noch ein bißchen Reklame und Mund-zu-Mund-Propaganda hinzu, lief das Geschäft wie geschmiert. Sogar Arnolds öde, miserabel gemanagte Klitsche trug ihm soviel ein, daß er bequem drei Frauen für sich schuften lassen konnte, während er selbst Däumchen drehte.

Und noch ein Aspekt war zu bedenken: Immerhin galt es in einer Detektei nicht, die Klienten durch schikkes Interieur oder einen blühenden Philodendron zu beeindrucken, sondern durch knallharte Ermittlungsergebnisse. Und die wurden bekanntlich im Außendienst erzielt.

In den regionalen Gelben Seiten fand Amanda zu ihrer grenzenlosen Verblüffung nur zwei Branchen, die mit überdimensionalen, teils sogar ganzseitigen Anzeigen glänzen konnten: Schlüsseldienste und Detekteien!

*Bestimmt* hätte man aus dem Laden was machen können! Die Hackspecht war zwar sternhagelvoll gewesen, aber vielleicht war sie ja, wenn sie nüchtern war, wirklich so ein As, wie Manzetti behauptete hatte. Vielleicht hatte sie sich nur deshalb einen hinter die Binde gegossen, weil der Kummer über den Weggang ihres Chefs sie umbrachte. Das konnte man sich bei so einem Mann wie Carlo Manzetti zwar schlecht vorstellen, doch manche Frauen trugen bekanntlich, was Männer betraf, meterdicke Bretter vorm Kopf.

Alles in allem ließ sich nicht von der Hand weisen, daß sie vielleicht vorschnell die ganze Sache fallengelassen hatten.

Amanda hätte das Thema gern mit Diana erörtert, die fast täglich bei ihr vorbeischaute, doch sie konnte sich nicht dazu durchringen. Ihrer Freundin ging es nicht besonders, und das war noch milde ausgedrückt. Sie war blaß, hatte Ringe unter den Augen und wirkte meist abwesend. War sie doch einmal in der Stimmung für eine Unterhaltung, beschränkten sich ihre Gesprächsbeiträge hauptsächlich auf die Mitteilung, wie beschissen verlogen dieser Manzetti doch wäre und wie beschissen beschissen das Leben an sich. Sie schenkte sich selbst eine CD von Tic Tac Toe, um nonstop solche Lieder wie *Verpiß dich* oder *Ich find dich scheiße* hören zu können, was ihr anscheinend guttat. Amanda zwackte deshalb ein paar Mark von ihrer Sozialhilfe ab und kaufte für Diana noch eine CD, *Ein Schwein namens Männer* von den Ärzten, was bei Diana ebenfalls einen therapeutischen Effekt zu erzielen schien. Sie kannte den Song nach kurzer Zeit auswendig und sang lauthals zusammen mit Nico den Refrain *Männer sind Schweine*, daß die Wände nur wackelten.

In der nächsten Wochenendausgabe der Tageszeitung sollte eine Verkaufsanzeige für ihr Cabrio erscheinen, und je näher der Samstag rückte, desto nervöser wurde sie.

»Es muß was passieren«, klagte sie.

»Was soll denn passieren?« fragte Amanda.

»Keine Ahnung. Einfach nur irgendwas. Damit dieser Scheiß endlich aufhört!«

## Raus, aber schnell!

Diana fiel vor Schreck fast von ihrer Matratze, als der Mann über ihr auftauchte.

Hinter ihm sprang der Greif wie ein Kastenteufel von einem Bein aufs andere, das Gesicht strahlend vor froher Erwartung. Irgend etwas Wunderbares stand bevor, so toll wie Weihnachten und Geburtstag zusammen. Sicher hatte er seit Jahren nicht solchen Spaß gehabt.

»Tut mir leid, daß wir Sie wecken mußten«, sagte der andere Mann, »aber wir haben geläutet.«

»Die Klingel ist kaputt«, krächzte Diana. »Hier drin ist überhaupt alles kaputt.«

Sie kämpfte sich aus dem Bett, wieder mal die Decke um sich gerafft. Sie schlief immer nackt. Und lange, meist bis mittags, weil sie ja nicht mehr arbeiten ging.

»Sie haben nicht geöffnet«, behauptete der Fremde

unbeirrt, »daher habe ich mir mit Hilfe des Eigentümers der Räume Zutritt verschafft.«

Du liebe Zeit, was redete dieser Typ für einen geschwollenen Blödsinn daher? Es klang irgendwie ... Ja, wie? Juristisch?

Der Mann, der mit seinem streng geschnittenen Anzug, der strengen Hornbrille und der streng gemusterten Krawatte tatsächlich einen ziemlich amtlichen Eindruck vermittelte, behauptete denn auch, er sei Gerichtsvollzieher und mit der Vollstreckung eines Räumungstitels beauftragt.

Was soviel besagte, daß sie jetzt rausflöge. Letzteres sagte nicht der Gerichtsvollzieher, sondern der Greif, während er lüstern Dianas nackte Schultern begaffte. Er gab ein glückliches Keckern von sich, als Diana, nachdem sie sich im Bad rasch ein paar Sachen übergeworfen hatte, ihre Schlüssel hergeben mußte.

»Raus, raus, aber schnell!« rief er.

»Es besteht kein Anlaß zur Schadenfreude«, erklärte der Gerichtsvollzieher, während er darauf achtete, daß Diana ihre Siebensachen zusammensuchte.

»Wenn Sie mal kurz weggucken, geb ich ihm eins auf die Nase«, bot Diana an.

Der Greif hielt sofort schützend beide Hände vor die Nase, und der Gerichtsvollzieher erklärte irritiert, daß zu Gewalttätigkeiten kein Anlaß bestehe.

Diana juckte es in den Fingern, doch sie sah ein, daß der Zeitpunkt ungünstig gewählt war.

»Irgendwann krieg ich dich noch«, kündigte sie dem Greif zuversichtlich an, während sie ihren Mantel überzog und den Reißverschluß an ihrer Reisetasche zumachte.

Der Gerichtsvollzieher belehrte sie, daß auch zu Drohungen kein Anlaß bestehe, und falls sie nicht willens und in der Lage sei, ihren Hausrat mitzunehmen, müsse er es tun.

»Was tun?« fragte sie verdattert.

»Den Hausrat mitnehmen.«

»Wohin denn?«

»Wissen Sie das nicht?«

Diana mußte zugeben, daß sie sich darüber bisher keine Gedanken gemacht hatte. Natürlich hatte sie erwartet, daß ihre Tage hier gezählt waren (seit der Zustellung des Räumungsurteils bestand genau genommen an dieser Konsequenz keinerlei Zweifel mehr), doch sie hatte immer angenommen, daß sie ihr Zeug irgendwann nach dem Auszug noch würde abholen können. Zacharias' Bemerkung, ihre Sachen würden auf die Straße geschmissen, hatte sie nicht ernstgenommen. Sie hätte sich zwar inzwischen nach einer neuen Bleibe umtun können, doch ohne Job und ohne Geld war dies leichter gesagt als getan. Also hatte sie es vor sich hergeschoben und das Unausweichliche auf sich zukommen lassen, mit der vagen Vorstellung, kurzfristig bei Amanda unterzuschlüpfen oder, wenn das nicht ging, in Gottes Namen bei ihrem besserwisserischen Bruder.

»Sie wollen doch meine Sachen nicht auf die Straße schmeißen?« fragte Diana entsetzt. Sie besaß zwar nicht viel – sie hatte damals nur das Nötigste von zu Hause mitgenommen, und die Mansarde war ja möbliert –, aber es waren doch immerhin ein paar sehr brauchbare Dinge darunter, zum Beispiel ihre Stereoanlage, ihre CD-Sammlung, ihre Bücher.

»Die verwertbaren Gegenstände werden in einer Aufbewahrungsstelle gelagert und sind nur gegen Zahlung sämtlicher Kosten auszulösen. Der Rest kommt auf die Müllkippe.«

Das Wort Müllkippe löste einen Selbsterhaltungsreflex bei ihr aus. Plötzlich war die schreckliche Lethargie der letzten Tage wie weggeblasen. Sie hatte ja gewußt, daß etwas passieren würde!

»Sekunde, ich telefoniere nur schnell.«

Eine Minute später hatte sie ihren Bruder an der Strippe. »Sag mal, Zacharias, hast du in deinem Fahrzeugverleih auch einen Kombi? Ach, echt? Ist ja toll. Ja, ich bräuchte einen.«

Sie drehte sich zum Gerichtsvollzieher um, der einen zu allem entschlossenen Eindruck machte.

»Ich würde sagen, in höchstens fünf Minuten.«

## Jetzt reicht's

Wie viele Blondinen braucht man, um einen Schokoladenkuchen zu backen?« wollte Arnold wissen. Er kriegte kaum die Frage heraus, weil er so lachen mußte, noch von dem Witz davor, den er so ergötzlich fand, daß er rücklings gegen die Wand gesunken war, um sich abzustützen. Er schnaufte und gluckste und hielt sich den feisten Bauch.

Amanda stand auf dem im hinteren Teil des Ladens befindlichen Podium, wo sie gerade einen Film wechselte. Sie machte sich nicht die Mühe, nach einer Antwort zu suchen. Wozu auch? Schließlich war sie ja blond.

»Hu-huhuhundert!« brüllte Arnold von Lachsalven unterbrochen heraus. »Ei-heine Blohohohondine rühühühürt dehehehen Teiheig, dihihie an-handeren neu-heunundneuzig schähähähälen die Smahahahaharties!«

Eine Kundin betrat den Laden. Sie war ebenfalls blond.

»Guten Morgen«, sagte sie. »Werden hier auch Paßfotos gemacht?«

Diese Art von Situationskomik rief bei Arnold einen sofortigen Zwerchfellkrampf hervor.

»Wahnsinn«, keuchte er, »Wahahahaansinn!«

»Ist er krank?« fragte die Kundin Amanda.

»Ja, und es ist leider unheilbar.«

»Oh, das tut mir leid. Was hat er denn?«

»Er ist ein Mann.«

Wie immer konnte er ihr nicht beim Arbeiten zusehen, weshalb er auch sofort fluchtartig das Weite suchte, als Amanda anfing, die Kundin abzulichten.

Erst als Amanda zwei Stunden später zu einem Fototermin in einem Kindergarten aufbrach, kam er zurück, eine meterlange Bierfahne vor dem Gesicht und eine Tüte mit zwei neuen Boss-Hemden schwenkend.

Amanda überwand sich und fragte ihn, ob sie vielleicht an einem weiteren Vormittag arbeiten könnte, eventuell unter der Hand, worauf er sofort allergisch reagierte. Er wäre doch nicht bekloppt, sich strafbar zu machen, wo er doch alles so toll von der Steuer absetzen konnte. Nein, maximal sechshundertdreißig und Pauschalabgabe hieß die Devise, da gab es kein Vertun und keinen Weg dran vorbei.

Amanda packte zähneknirschend vor Wut die Fotoausrüstung in den Kofferraum ihrer alten Klapperkiste.

Arnold war nicht so empfindsam in Steuerfragen, wenn es seine Einkünfte betraf, insbesondere die aus teuren Hochzeitsaufnahmen *(Brauchen Sie dafür unbedingt eine Rechnung?)*, aber er bekam sofort den Blick eines Märtyrers auf dem Scheiterhaufen, wenn es um ein paar Mark mehr für seine Angestellten ging. Hier handelte er streng nach dem Motto: Beuten Sie dreimal wöchentlich Ihre Leute aus und fragen Sie bei Nebenwirkungen Ihren Anwalt oder Steuerberater.

Die Kindergartenfotos waren eine ergiebige Einnahmequelle für Arnold. Ein normaler Kindergarten hatte in der Regel drei bis vier Gruppen. In jeder Gruppe gab es etwa fünfundzwanzig Kinder im Alter von drei bis sechs Jahren nebst zwei Erzieherinnen. Und alle, alle wollten fotografiert werden.

Oder vielmehr wollte Arnold, daß sie es wollten. Es wurde vorher nicht viel gefragt, sondern einfach geknipst. Das Prinzip war schlicht und entsprach vollkommen den Bedürfnissen einer Überflußgesellschaft, die soviel hatte, daß sie nicht mehr wußte, was sie eigentlich noch brauchte. Hier galt es, zielorientierte Strategien zu entwickeln, die den modernen, erfolgreichen Dienstleister auszeichneten. Sprich, den Leuten mußte buchstäblich vor Augen geführt werden, was ihnen schon die ganze Zeit fehlte, ohne daß sie es gemerkt hatten.

Dementsprechend bestand Arnolds Strategie darin, nicht nur Gruppenfotos, sondern auch von jedem niedlichen Kindergartenkind niedliche Einzelaufnahmen anzufertigen, in vorbildlicher Qualität und einer Vielzahl unterschiedlich großer Abzüge für jede Gelegenheit, eins für Oma und Opa, eins für Tante Helga, eins für den Patenonkel, und die restlichen fünfundzwanzig für alle Fälle. Es gab die Fotos vom Paßbildformat bis hin zu DIN-A5, alles nett angeordnet in einer hübschen bunten Pappmappe und mit einem Plastikschlüsselanhänger als Dreingabe (in den Anhänger paßte auch ein Foto). Die Einzelbilder wurden als fix und fertiges Paket zusammen mit dem Gruppenbild angeboten, zum Sonderpreis versteht sich, und die Eltern schmolzen wie Butter in der Sonne und kauften, kauften, kauften. Wer nicht schmolz, kriegte auch nicht die niedlichen Bilder von seinem Sprößling, die wanderten dann einfach in den Müll, kostenmäßig ein durchaus zu vernachlässigender Ausschuß, denn derart hartherzige Kunst- und Familienbanausen waren die absolute Ausnahme unter den Kindergarteneltern.

Die Gruppenfotos wurden in der Regel draußen aufgenommen, vorzugsweise auf einer schönen Sommerwiese, falls vorhanden.

Der Kindergarten, den Amanda heute besuchte, verfügte jedoch nur über ein Handtuch von Wiese, die zudem auf der einen Seite von einem Klettergerüst begrenzt wurde, das einen riesigen Schlagschatten warf. Weil Wolken aufzogen, beschloß Amanda, rasch die Gruppenfotos zu machen, bevor sie mit den Einzelaufnahmen in der Turnhalle begann.

Kaum hatte Amanda alle Kinder einer Gruppe einigermaßen außerhalb des Schattens neben dem Klettergerüst postiert und angefangen, sie mit dem kichernden Ernie zu animieren, als auch schon zwei der kleinen Racker seitlich ausbrachen, um sich in der benachbarten Sandkiste wegen einer völlig mit Sand einzementierten, angebissenen Milchschnitte zu balgen. Jeder behauptete lautstark, es sei seine.

Frau Gluck-Schenk, die jüngere der beiden Erzieherinnen, eilte hinzu, um den Streit zu schlichten, und augenblicklich nahm die Truppe der bereits sorgsam nach Größe aufgereihten Kinder das zum Anlaß, sich in alle Richtungen zu zerstreuen. Die andere Erzieherin, Frau Weber-Herzog, rannte einigen von ihnen hinterher, doch es waren zu viele.

Es dauerte zehn Minuten, bis alle wieder in Reih und Glied standen.

»Wollt ihr mal was Lustiges hören?« fragte Amanda alias Ernie die unruhig herumhampelnden Kinder.

»Ja!« brüllten ein paar der kleineren Kinder.

»Nein!« schrien ein paar der größeren. Einer von ihnen, der die anderen einen halben Kopf überragte, erklärte geringschätzig, *Sesamstraße* und so'n Scheiß wäre was für Babys, und er fände *Akte X* total cool.

Frau Weber-Herzog erklärte, das Wort mit *Sch...* dürfe man aber nicht sagen.

Wie auf Kommando brüllten die Kinder durcheinander, welche Filme sie toll fänden, es reichte vom *König der Löwen* bis zu *Stirb langsam.*

Es fing an zu nieseln, und Amanda erklärte den Erzieherinnen, jetzt müßten die Kinder sich aber ganz schnell aufstellen, wenn noch was aus den Fotos werden sollte.

»Lara, Jens, Sebastian, Katharina«, rief Frau Weber-Herzog und klatschte in die Hände, »bleibt schön in der Reihe!«

»Maximilian, Julia, Michael, Alexander«, rief Frau Gluck-Schenk und klatschte ebenfalls, »hört auf zu zappeln!«

Aus dem Nieseln wurde Regen, und alle standen still und schauten nach oben.

Amanda rief: »Schaut mal her! Und sagt *Cheeese!*«

Die Kinder schrien *Cheeese* (einige schrien auch *Scheiß*, sie konnten wohl kein Englisch) und hielten dabei schützend die Arme über ihre Köpfe und vor ihre Gesichter.

Amanda fühlte, wie ungeheurer Frust in ihr aufstieg. An Fotografieren war nicht mehr zu denken. Die Kinder wurden wie eine Herde tropfnasser Lämmer zurück in ihre Gruppenräume getrieben.

Aus dem Regen wurde ein Wolkenbruch, weshalb es auch unmöglich war, die Kinder für die Einzelaufnahmen in die etwa hundert Meter entfernte Turnhalle zu bringen. Frau Gluck-Schenk und Frau Weber-Herzog rotierten um die Wette, die Knirpse zu frottieren und umzuziehen.

Die Leiterin des Kindergartens teilte Amanda bedauernd mit, daß der Termin leider auf unbestimmte Zeit verschoben werden müsse.

Amanda klappte das Stativ zusammen, verstaute die Fotoausrüstung, schnappte sich den pitschnassen Ernie und rannte zu ihrem Wagen. Wasser triefte aus ihren Haaren und ihren Kleidern, lief über ihr Gesicht und in ihren Kragen. Regen floß in Rinnsalen über ihr Gesicht, aber es konnten genausogut auch Tränen sein.

# Wo ein Wille ist

Ich hab's satt!« brüllte sie in ohmächtigem Zorn dem Himmel entgegen, der seine Schleusen über ihr geöffnet hatte.

»Ich auch«, sagte Diana. Sie stand völlig durchnäßt neben ihrem Cabrio, das hinter Amandas Wagen geparkt war.

»Was machst du denn hier?«

»Ich hab auf dich gewartet. Der Arnold hat gesagt, daß du hier bist.«

Wortlos half sie ihrer Freundin beim Einladen und stieg dann zu ihr in den Wagen. Sie wischte sich mit beiden Händen über das regennasse Gesicht, dann fingen beide Frauen gleichzeitig an zu reden.

»Wir müssen uns noch mal über die Firma unterhalten ...«

»Ich hab mich erkundigt, und die Chancen, was daraus zu machen, stehen gar nicht so schlecht ...«

»Wir könnten ...«

»Wir sollten ...«

»Erst du«, sagte Amanda.

»Nein, du«, erwiderte Diana.

Wieder fingen beide an.

»Wir könnten Geschäftsräume in der Innenstadt mieten und ...«

»Wir sollten Wurfzettel verteilen ...«

»Einen Kredit aufnehmen ...«

»Ich hab mit der Hackspecht geredet ...«

»Ich hab mich auch schon erkundigt, was man alles so braucht ...« Amanda brach ab. »Du hast mit der Sekretärin gesprochen?«

Diana atmete tief durch. »Ja, ich war da. Sie hat mir einige sehr interessante Dinge erzählt.«

Zuerst gab sie jedoch die aktuelle *Neulich-im-Bett*-Geschichte zum besten, mit dem Gerichtsvollzieher als Überraschungsgast und dem Greif als gehässigem Rumpelstilzchen.

Diana war, so erfuhr Amanda, bei ihrem Rausschmiß aus der Greif-Mansarde von der Erkenntnis erleuchtet worden, daß jetzt Handeln angesagt sei. Als erstes hatte sie ihre Siebensachen bei Zacharias in dessen Souterrain geparkt.

»Erst hab ich überlegt, ich komme zu dir, aber dann dachte ich, daß das wohl eine Kleinigkeit zuviel wäre für dich. Ihr habt ja bloß zwei Zimmer, Küche, Bad.«

»Damit liegst du völlig richtig. Du könntest höchstens mit Hansi im Flur schlafen. Oder mit Marlene auf dem Klappsofa im Wohnzimmer. Oder in der Badewanne. Eventuell auch in Nicos Gitterbett, das ist meist frei, weil er ja bei mir pennt. Hast du dir eigentlich schon mal Gedanken darüber gemacht, wieso dein Drang nach Unabhängigkeit sich nur auf die Mitglieder deiner Familie bezieht? Du hast Probleme damit, zu deinem sympathischen Bruder in dessen Riesenvilla zu ziehen. Statt dessen denkst du ernsthaft daran, deine Zelte in meiner Chaotenbude aufzuschlagen! Da stimmt doch was nicht in deinem Kopf!«

»Das verstehst du nicht«, behauptete Diana. »Findest du ihn wirklich sympathisch? Egal. Ich hab ihm jedenfalls klipp und klar gesagt, daß ich nur ein ganz kleines Zimmer will.«

»Und wahrscheinlich hast du ihm auch befohlen, Miete von dir zu nehmen.«

»Woher weißt du das?« fragte Diana überrascht.

»Keine Ahnung. Jetzt komm zum Thema. Du warst in der Detektei?«

Das war sie, und sie hatte mit Frau Hackspecht geredet, die sogar nüchtern gewesen sei.

»Jedenfalls so gut wie. Man konnte ganz vernünftig mit der Frau sprechen. Sie meinte, sie hätte die ganze Zeit die Stellung gehalten und sich gefragt, wann wir denn endlich mal kämen. Sie hat auch schon versucht, mich anzurufen, aber niemand erreicht – klar, ich bin ja ausgezogen. Der Manzetti hat ihr nämlich mitgeteilt, daß die Firma jetzt uns gehört. Als ich ihr dann sagte, daß wir schon mal dort gewesen sind, als sie weggetreten war, meinte sie ganz schüchtern, daß sie leider an dem einen Tag einen kleinen emotionalen Ausfall gehabt hätte, weil der Manzetti so Knall auf Fall aufgehört hat. Er hätte sie einfach angerufen und ihr gesagt, er kommt nicht mehr, und die Firma gehört ab sofort uns beiden. Da wäre sie dann ziemlich fertig gewesen.«

»Und wo ist der Typ jetzt?«

»Das wußte sie auch nicht. Unbekannt verzogen. Sein privates Telefon ist abgemeldet, und seine Wohnung hat er auch gekündigt. Sie sagt, sie hat keine Ahnung, wo sie ihn erreichen kann.« Diana lächelte schadenfroh. »Ich persönlich stelle mir vor, daß es Ärger mit einem Klienten war. Wahrscheinlich ein eifersüchtiger Ehemann, der beim Anblick der In-flagranti-Fotos von seiner Frau ausgerastet ist und sich jetzt unbedingt am Überbringer der schlechten Nachrichten rächen will.«

»Du hast zu viele schlechte Filme gesehen.«

»Das ist griechischer Tragödienstoff.«

»Von mir aus«, sagte Amanda. »Und was jetzt?«

»Die Firma gehört trotzdem uns. Wir haben ja den Vertrag. Und die Hackspecht meinte, sie würde uns selbstverständlich in allen Fragen zur Seite stehen. Sie weiß über alle Abläufe bestens Bescheid und will uns voll und ganz unterstützen. Sie sagt, sie braucht das Geld.«

»Wer braucht das nicht. *Apropos*«, Amanda blickte ihre Freundin erwartungsvoll an, »hat sie was über die Auftragslage gesagt? Was der Laden so einbringt?«

Das war die Frage aller Fragen. Amanda hielt die Luft an und wartete angespannt auf die Anwort.

Diana hob die Schultern. »Ich hab sie natürlich danach gefragt. Die Firma trägt sich, hat sie gesagt.«

»Was soll das jetzt schon wieder heißen?«

»Nicht gerade das, was der Manzetti behauptet hat. Er hat ganz schön angegeben im *O Sole mio*, von wegen Gaddhafi und Anneliese Rothenberger. Die Hackspecht hat sich kaputtgelacht, als ich ihr davon erzählte. Er hat sich fast ausschließlich auf herkömmliche Ermittlungen und Beobachtungen konzentriert, ab und zu mal ein Begleitschutz. Bei Anfragen, die mit Technik zu tun hatten, mußte er passen. Stichwort Computertechnik, Abhörtechnik, Sicherheitstechnik insgesamt. Davon hatte er keine Ahnung.«

»Wir auch nicht«, warf Amanda ein.

»Nicht schlimm. Die Firma hatte ja ihre Haupteinkünfte mit den normalen Schnüffeleien. Sie wirft jedenfalls genug ab für die Büromiete, das Gehalt der Hackspecht und für den Manzetti zum Leben.«

»Was bedeutet das denn konkret?« beharrte Amanda.

»Woher soll ich das wissen? Dazu müßte man sich die Bilanzen ansehen und so. Jedenfalls ist die Miete nicht allzu hoch, und die Hackspecht arbeitet ja nur halbtags. Aber dann hat sie noch was gesagt, und das hat für mich den Ausschlag gegeben.« Diana machte eine bedeutungsschwere Pause. »Sie meinte, daß der Umsatz enorm zu steigern wäre, wenn jemand sich richtig um die Firma kümmert, jemand, der den Mut zu Innovationen und Investitionen hat. Mit dem richtigen Marketingkonzept könnte man echte Zuwächse erwirtschaften!«

Amanda nickte, glücklich, daß ihre eigenen Erkenntnisse auf diese Weise Bestätigung fanden.

»Sie sagte auch, daß man keine besondere Vorbildung für den Beruf braucht. Es gibt keine gesetzlichen Vorschriften. Theoretisch kann jeder Detektiv werden. Das allerwichtigste ist ein helles Köpfchen, ein Telefon und ein Auto.«

»Gott sei Dank hast du dein Cabrio noch nicht verkauft!«

»Der Wagen taugt nicht viel für den Ermittlerberuf«, schränkte Diana ein. »Zu auffällig.«

»Dann nehmen wir meinen. Der ist so schäbig, der fällt keinem auf!«

»Natürlich braucht man auch ein bißchen Equipment. Fotoapparat, Videorecorder, Handy.«

»Eine anständige Büroausstattung mit PC und Fax und allen Schikanen.«

»Das wird ganz schön was kosten.«

Diana und Amanda sahen einander lange an.

Dann sagte Diana entschlossen: »Wo ein Wille ist, ist auch ein Weg. Hauptsache, wir wollen es. Und das wollen wir doch, oder?«

»Hundertpro wollen wir«, erklärte Amanda im Brustton der Überzeugung. »Man müßte sich halt richtig reinknien!«

»Das unternehmerische Risiko nicht scheuen!« bestätigte Diana.

»Sich vielleicht am Anfang ein bißchen einschränken!«

»Was andere können, können wir auch!«

»Und sogar noch besser!« rief Amanda kühn aus.

Ihr schwirrte der Kopf. Zuviel auf einmal war auf sie eingestürmt, sie wußte gar nicht, wo sie mit dem Nachdenken anfangen sollte!

Doch eins wußte sie mit Sicherheit: Das war er jetzt wirklich, der Wendepunkt!

## Unternehmer unter sich

Dein Bruder kann uns helfen«, sagte Amanda bei ihrer nächsten gemeinsamen Lagebesprechung entschieden. Sie saßen in Amandas Küche beim Tee. Marlene war mit Hansi und Nico spazieren.

»Ich weiß nicht«, gab sich Diana unentschlossen.

»Er ist seit zehn Jahren erfolgreicher Unternehmer, das hast du mir selbst erzählt. Wenn sich jemand auskennt, dann er. Warum sollst du nicht von seinen Kenntnissen profitieren? Kannst du nicht endlich mal deinen blöden Stolz vergessen? Es wäre doch keine große Sache! Es soll doch bloß mit uns zusammen den Laden anschauen und seine Meinung dazu sagen. Na ja, vielleicht noch einen kleinen Blick in die Bücher werfen. Das würde er bestimmt gern tun. Er soll uns doch nur ein paar Tips geben.« Amanda redete mit Engelszungen. »Als Unternehmerin mußt du zweckmäßig denken, Diana. Es gibt sonst nur zwei Alternativen. Eine davon ist, für Unsummen von Geld, das wir nicht haben, einen Wirtschaftsprüfer zu engagieren, der sich alles ansieht und ein Konzept für uns entwickelt. Die andere wäre, rumzuwurschteln, alles verkehrt zu machen und aus unseren Fehlern zu lernen, um es beim nächsten Mal vielleicht besser hinzukriegen. Ich sage: Vielleicht. Vorausgesetzt, wir mußten in der Zwischenzeit keinen Konkurs anmelden.« Amanda ließ diese Bemerkung gehörig einwirken, bevor sie fortfuhr: »Es ist eine erwiesene Tatsache, daß viele Pleiten auf Fehlern beruhen, die schon bei der Gründung einer Firma passieren. Ein hoher Prozentsatz davon müßte gar nicht sein, wenn die Geschäftsinhaber von Anfang an alles richtig gemacht hätten.«

Das magische Wort *Konkurs* überzeugte Diana.

»Na gut«, sagte sie. »Aber nur angucken und Tips. Geld nehmen wir nicht von ihm.«

Amanda stöhnte. »Du redest gerade so, als würde er mit Geld nach dir werfen, wenn du ihn nicht daran hinderst! Wirklich, deine Probleme möcht ich mal haben!«

## Guter Rat ist billig

Zacharias erklärte sich sofort bereit, ihnen helfend unter die Arme zu greifen, als Diana ihn anrief. Diana gefiel die Formulierung nicht, doch sie riß sich um ihrer geschäftlichen Zukunft willen zusammen. Drei Tage später holten sie und Amanda ihn von zu Hause ab (er trug immer noch Gips), und sie fuhren zu dritt ins Industriegebiet.

Amanda, die auf der schmalen Rückbank von Dianas offenem Cabrio saß, kam die Gegend noch trister vor als beim ersten Mal. Zacharias enthielt sich fürs erste der Stimme. Das gefiel Amanda. Er zog keine vorschnellen Schlüsse, gab keine übereilten Urteile ab, sondern wollte sich zuerst einen Gesamteindruck verschaffen. Auch einiges andere gefiel ihr an ihm. Vor allem seine jungenhaft Art zu lachen. Und sein widerspenstiges rotes Haar. Und seine Augen, die noch eine Spur grüner waren als bei Diana. Er war groß und schlaksig, und sein Gesicht war mit Hunderten von Sommersprossen übersät. Er war leger mit Shorts, T-Shirt und Sandalen gekleidet. Kurz: Er war das, was man bzw. frau gemeinhin als sympathischen Typen bezeichnete.

Allerdings offenbarte er wie alle Männer Tendenzen, Frauen zu bevormunden. Vor allem seine Schwester. Er erklärte ihr – wegen des Fahrtwindes laut brüllend – an jeder Ampel, daß sie hier halten müsse *(Paß auf, da vorne ist Rot!)*, er wies auf abknickende Vorfahrten hin *(Da mußt du gleich aber Tempo wegnehmen!)* und legte ihr nahe, nicht so dicht an den rechts parkenden Autos vorbeizufahren *(Mensch, das war aber eben knapp!)*.

Diana schrie gegen die Fahrtgeräusche an: »Möchtest du, daß Amanda fährt?«

»Nein, wieso?« rief er mit ehrlicher Verblüffung.

»Na, weil du vielleicht der Meinung bist, daß ich nicht Auto fahren kann.«

Er lachte gutmütig. »Das ist meine kleine Schwester«, meinte er grinsend über die Schulter zu Amanda.

»Diese ebenso schlichte wie blöde Bemerkung beinhaltet gleich mehrere Unterbotschaften«, beklagte sich

Diana schreiend. »Erstens: *Sie kann's halt nicht besser.* Zweitens: *Dagegen ist man machtlos*. Drittens: *Weiber!*«

»Habt ihr euch immer schon wegen irgendwelcher Lappalien in die Wolle gekriegt?« rief Amanda.

»Immer«, bestätigte Zacharias lächelnd. Er nahm es mit Humor, und auch das gefiel Amanda.

»Lappalien?« fragte Diana beleidigt. »Das nennst du Lappalien?«

»Wir sind da«, lenkte Amanda ab.

Waltraud Hackspecht empfing sie mit strahlendem Lächeln und leuchtenden Augen. Diana stellte Amanda und ihren Bruder vor, und Frau Hackspecht versicherte, wie sehr sie sich freue. Sie war ähnlich aufgedonnert wie beim letzten Mal, nur daß der Minirock diesmal aus Jeansstoff war und eine Doppelreihe riesiger, falscher Perlen ihr großzügiges Dekolleté zierte.

Außerdem hatte sie eine enorme Fahne, und ihre Aussprache klang eine Spur undeutlich. Der *kleine Ausfall* vom letzten Mal war anscheinend keine einmalige Entgleisung, sondern eher Bestandteil eines handfesten Alkoholproblems.

Zacharias humpelte mit Hilfe einer Krücke durch die Räume, ohne eine Miene zu verziehen. Er zuckte nicht mit der Wimper, nicht mal beim Anblick des deckellosen Klos. Amanda konnte kaum fassen, was für eine Selbstbeherrschung dieser Mann an den Tag legte. Das war Pokerface-Technik pur.

Amandas Bewunderung kannte keine Grenzen, bis sie besorgt die Möglichkeit in Betracht zog, daß er vielleicht einfach zu schockiert war, um eine Regung zu zeigen.

Er ließ sich von Frau Hackspecht die Auftragsbücher,

Abrechnungen und Steuererklärungen der letzten drei Jahre aushändigen und setzte sich damit an Carlo Manzettis wurmstichigen Schreibtisch. Während er die Unterlagen durchging, machten Amanda und Diana nähere Bekanntschaft mit Frau Hackspecht. Nein, sagte die mit zartem Erröten, Herr Manzetti hätte sich noch nicht gemeldet, keine Ahnung, wo er steckte, sie hoffte aber, daß es ihm gutging. Dann erzählte sie stolz, daß sie gestern einen Observationsauftrag entgegengenommen hätte.

Amanda fühlte freudige Erregung in sich aufwallen. Ihr erster Auftrag! Das ließ sich ja prächtig an!

Diana schien ihre Freude nicht zu teilen. Beunruhigt blickte sie sich um.

»Kommen die Leute etwa hierher?«

Amanda erschrak. Diana hatte recht! In diesem kackgelben Ambiente mit dem verrottenden Philodendron konnten sie unmöglich jemanden empfangen!

Frau Hackspecht mußte auf der Stelle die neue Klientin anrufen und behaupten, daß sie die Handwerker hätten – was ja demnächst auch stimmen würde – und darum ersuchen, für die Besprechung eine andere Örtlichkeit in Betracht zu ziehen.

Der Frau war das völlig egal, da ihr Mann in der kommenden Woche auf einer Angeltour war und die Besprechung daher bei ihr stattfinden konnte. Sie wollte nur noch wegen eines genauen Termins zurückgerufen werden.

Zacharias kam aus Manzettis Büro gehumpelt, die Unterlagen unter den Arm geklemmt. Er wandte sich an Frau Hackspecht. »Vielen Dank für Ihre Kooperation. Machen Sie vorläufig hier so weiter wie immer. Wir melden uns in Kürze.«

»Oh-oh«, sagte Diana halblaut beim Verlassen des Gebäudes. »Da hat er aber den Boß rausgekehrt!«

Zacharias sparte sich eine Erwiderung. Das, was er den frischgebackenen Unternehmerinnen mitzuteilen gedachte, erforderte seiner Meinung nach ein etwas freundlicheres Ambiente. Und vielleicht einen kleinen begleitenden Imbiß, so eine Art Henkersmahlzeit. Obwohl die Frauen ihn im Wagen mit Fragen bestürmten, erklärte er daher unbeirrt, daß er lieber bei sich zu Hause darüber reden wolle, er bräuchte auf jeden Fall erst mal einen Kaffee.

Er drehte sich um und betrachtete Amanda eingehend. Sie sah so reizend aus mit ihren im Fahrtwind wehenden hellen Haaren und den blauen Augen. Und so hoffnungsvoll. Er überlegte sich, wie er ihr und seiner Schwester möglichst schonend auseinandersetzen sollte, daß sie besser eine Boutique oder sowas Ähnliches eröffnen sollten.

## Frust und Kekse

Der springende Punkt ist der, daß der Kerl ein Gangster ist«, eröffnete Zacharias freundlich die Konversation. Diana war in die Küche gegangen, um Kaffee zu kochen, eine hausfrauliche Pflicht, der sie sich nur zähneknirschend unterworfen hatte, weil Zacharias behauptet hatte, unter Kreislaufbeschwerden zu leiden und ohne Kaffee nicht denken zu können. In Wahrheit wollte er mit Amanda allein sein, und wenn es nur für fünf Minuten war.

Nach den Wochen der erzwungenen Isolation seit dem Unfall war es eine Wohltat, sie nur ansehen zu können. Amanda ihrerseits war völlig abwesend, vertieft in die Betrachtung ihrer Umgebung. Sie sog den Luxus förmlich ein. Fühlte das handschuhweiche Leder des Sessels unter ihren Fingern. Konnte sich nicht satt sehen an der feinen Struktur des kühlen weißen Marmorbodens. Genoß das Sonnenlicht, das durch die große Fensterfront hereinfiel und alles in einen überirdischen Glanz tauchte. Das war also das Haus eines erfolgreichen Unternehmers!

Die in klaren Farben und schlichten Formen gestaltete Einrichtung wirkte formalistisch, fast kalt. Ein paar großflächige Gemälde, abstrakt und knallbunt, bildeten dazu einen interessanten Gegensatz, ebenso wie der allem Anschein nach antike persische Teppich, der vor dem Kamin lag. Alles in allem hätte man das Ganze durchaus etwas freundlicher gestalten können, etwa mit ein paar Pflanzen, überlegte Amanda, oder hier und da ein bißchen Nippeskram. Man merkte, daß dies ein frauenloser Haushalt war, sah man von Dianas erst kürzlich erfolgtem Einzug in das Souterrain einmal ab. Und Diana war nicht die Art Frau, die Nippes oder Blumen aufstellte.

Zacharias räusperte sich. Amanda fuhr zusammen. »Entschuldigung, ich hab nicht zugehört. Was sagten Sie eben?«

»Du.«

»Bitte?«

»Wir können doch *Du* sagen, oder?«

»Wieso nicht. Schließlich sind Sie ... ähm, bist du ja der Bruder meiner besten Freundin.«

»Genau. Wo waren wir stehengeblieben? Ach ja, richtig, ich sagte, der Kerl ist ein Gangster.«

»Äh ... *bitte?*«

Diana brachte Kaffee und Kekse.

»Wer ist ein Gangster?« fragte sie, während sie Kaffee in Tassen goß.

»Carlo Manzetti, der Vorbesitzer eurer Firma.«

Diana ließ die Packung mit den Keksen fallen. »Du spinnst.«

»Nein, ernsthaft. Ich habe mich ein bißchen umgehört, und was ich in den Unterlagen gefunden habe, hat meine Information bestätigt. Die Ermittlungen, die der Manzetti das Jahr über durchgeführt hat, können keine Vollzeitbeschäftigung gewesen sein. Dieser Laden war allem Anschein nach nur eine Art Hobby von ihm. Ein legaler Anstrich sozusagen.«

Amanda, blaß um die Nase, lehnte sich vor. »Was soll das heißen? Ich meine, was hat er denn sonst noch gemacht?«

»Oh, das war ganz verschieden«, sagte Zacharias bemüht locker. Er zog den Saum seiner Shorts ein Stück hoch und schob in einer reflexartigen Geste den Stiel seines Teelöffels unter den Gips. Das Jucken war längst nicht mehr so schlimm, aber das Kratzen war zu einer lieben Gewohnheit geworden. »Früher hat er ein paar Einbrüche begangen. Einmal hat er sogar eine Bank geknackt. In den letzten Jahren wurde er eher mit Hehlereien in Verbindung gebracht. Für das, was man ihm im Laufe der Zeit nachweisen konnte, hat er zweimal gesessen.«

»Und woher weißt du das alles?« Diana starrte ihn an. Ihr war anzusehen, daß sie ihm kein Wort glaubte.

»Von der Konkurrenz sozusagen.«

»Du hast eine Ermittlungsfirma eingeschaltet?« fragte Amanda aufgeregt. »Wie funktioniert das denn so? Ich meine, wie bist du dabei vorgegangen?«

»Ich habe mir aus dem Branchenbuch eine Nummer rausgesucht, dort angerufen, einen Scheck hingeschickt, und heute morgen kam der Umschlag mit den Ermittlungsergebnissen.«

»Also Vorauskasse«, murmelte Amanda. »Ist ja eigentlich völlig logisch. Und Branchenbuch. Ganz wichtig. Wieviel mußtest du für die Info bezahlen? Zweitausend plus Spesen? Nein, bestimmt nicht, das wär zuviel.«

»Moment mal«, protestierte Zacharias, »was dieser Manzetti so treibt, interessiert dich wohl gar nicht!«

»Zumindest wissen wir jetzt, weshalb der Kerl abgehauen ist.« Diana schäumte.

Amanda sprang auf und fing an, im Zimmer auf und ab zu gehen, mit ungewohnt großen Schritten. Hier hatte man zum Herumlaufen viel mehr Platz als bei ihr zu Hause. Sie mußte nachdenken.

Plötzlich hielt sie inne. »Moment. Was ist mit der Hackspecht? Hat sie auch krumme Dinger gedreht?«

»Darüber ist nichts bekannt«, mußte Zacharias zugeben. »Allerdings darf man wohl annehmen, daß ihr gewisse Vorkommnisse nicht verborgen geblieben sind. Schließlich arbeitet sie seit einer Ewigkeit für den Kerl.«

»Daß sie da arbeitet, macht sie noch lange nicht zur Komplizin«, fühlte Amanda sich bemüßigt, ihre Angestellte zu verteidigen.

»Arbeit würde ich das nicht gerade nennen«, meinte Zacharias. »Die Anzahl der Fälle rechtfertigt meiner Meinung nach nicht unbedingt eine Halbtagskraft. Wahrscheinlich liest sie die meiste Zeit Arztromane und trinkt dazu Gin.«

»Das mit den Arztromanen ist eine ganz gemeine Unterstellung!« sagte Diana entrüstet.

»Und überhaupt«, fügte Amanda hinzu, »ohne sie wär für uns der Einstieg dort echt schwierig. Auf die Frau Hackspecht können wir unmöglich verzichten.«

Diana riß die Kekspackung auf und stopfte sich einen Keks nach dem anderen in den Mund, ein typischer Fall von Frustfraß. Zacharias beobachtete sie sprachlos. Nach dem siebten oder achten Keks ging es ihr besser.

»Wißt ihr was?« rief sie plötzlich freudig aus. »Die Frau Hackspecht hatte völlig recht! Sobald man die Sache richtig angeht, *muß* der Laden einfach was einbringen! Wenn der Manzetti das nur so nebenher gemacht hat und trotzdem genug Geld für die laufenden Kosten hatte, was muß dann erst reinkommen, wenn man sich anstrengt!«

»Das stimmt!« sagte Amanda, begeistert marschierend.

Sie wechselte einen Blick mit ihrer besten Freundin.

Wo ein Wille ist, sagten ihre Augen.

Ist auch ein Weg, antwortete Diana ihr auf dieselbe Weise.

Zacharias entging diese stumme und doch beredte Übereinkunft nicht. Er verkniff sich den heißen Tip mit der Boutique. Es war nicht zu übersehen, daß weder das Vorstrafenregister des Vorinhabers noch die mutmaßliche Mitwisserschaft der wichtigsten Kraft (von deren Trunksucht ganz zu schweigen) seine Schwester und ihre Freundin vom Einstieg in diese Firma abhalten konnten.

»Eigentlich hatten wir ja von dir erwartet, daß du uns ein Konzept entwickelst«, fuhr Diana ihn an. »Statt dessen mußt du uns alles miesmachen!«

Amanda war etwas umgänglicher. »Hättest du nicht ein paar gute Ideen für uns? Es gibt doch bestimmt einige allgemeingültige Grundsätze, nach denen ein Unternehmen erfolgreich wird!«

Das überforderte ihn auf die Schnelle. Er konnte sie nur mit schafsähnlichem Blick anstarren.

Diana zerknüllte die leere Kekspackung und warf sie in hohem Bogen in den kalten Kamin. »Ich weiß, was wir machen. Wir gewöhnen der Hackspecht das Trinken ab, schmeißen die Büromöbel auf den Sperrmüll, streichen alles neu, schaffen Equipment an. Und werden die besten Detektivinnen der Stadt.«

## Kredit und Klosett

Dafür mußten zunächst einige Gänge erledigt werden, etwa zwecks Erwerb eines neuen Firmenschildes, Ummeldung von Telefon, Strom und Gewerbe sowie der Eröffnung eines Geschäftskontos (das bisherige Geschäftskonto war zugleich das Privatkonto von Carlo Manzetti gewesen und hatte sich mit diesem zusammen verflüchtigt).

Da sich auf dem neuen Konto zwangsläufig nichts befand, beschlossen Amanda und Diana, daß sie für ihre weiteren Pläne Geld brauchten. Also erörterten sie die Möglichkeit eines Geschäftskredits; jeder vernünftige Unternehmer arbeitete heutzutage mit Krediten, warum nicht auch sie? All ihre Startprobleme wären auf einen Schlag gelöst, wenn sie erst das Geld für ein paar dringend notwendige Anfangsinvestitionen in Händen hatten!

Sie besuchten Amandas Hausbank und besprachen das Thema mit einem Kreditsachbearbeiter, der ihnen interessiert zuhörte und sich dann in der Detektei einfand, um die zur Verfügung stehenden Geschäftsräume zu besichtigen und die Bücher einzusehen. Er blätterte mit spitzen Fingern die Unterlagen durch, schaute sich überall um und verschwand nach einem raschen Blick ins Klosett mit der Ankündigung, ihnen kurzfristig Bescheid geben zu wollen. Schon tags darauf kam die Ablehnung.

»Wir hätten vorher renovieren sollen«, meinte Amanda.

»Wir werden uns das Geld schon irgendwo beschaffen«, sagte Diana kämpferisch.

Ein paar ihrer Vorsätze wurden bereits in den nächsten Tagen in die Tat umgesetzt. Sie orderten einen großen Sperrmüllcontainer und warfen mit Hilfe von zwei kräftigen Muskelpaketen aus Dianas ehemaliger Kampfsportgruppe das ganze alte Mobiliar hinein. Waltraud Hackspecht, die Löwenmähne frisch blondiert und tadellos toupiert, saß derweil hinter ihrer Theke, umklammerte mit beiden Händen einen als Kaffeepott getarnten dreistöckigen Drink und heulte. Vor ihren Augen wurde Stück für Stück ihrer heilen Welt demontiert, an ihr vorbei aus dem Haus geschleppt und auf den Müll geworfen.

Es zerriß ihr schier das Herz. Als die Theke drankam, warf sie ihren Körper schützend darüber und wollte nicht loslassen. Sie hätte sich immer so glücklich gefühlt hier, rief sie schluchzend, und der Chef auch!

»Waltraud«, sagte Amanda sanft (inzwischen waren sie aus Gründen beruflicher und weiblicher Solidarität beim *Du* und beim Vornamen), »wenn wir ganz von vorne anfangen wollen, läßt sich das nicht umgehen. Glaub mir, es wird wunderbar. Du wirst deinen Augen nicht trauen, wenn erst alles fertig ist!« Sie nahm Waltraud die Tasse weg und schüttete den Fusel ins Klo.

Sie hatten Waltraud bereits wegen Manzettis Hauptberuf zur Rede gestellt, und bei Waltraud waren sofort etliche Dämme gebrochen.

»Ich hab versucht, die Augen davor zu verschließen, aber wie konnte ich das, er saß ja im Knast«, heulte sie. »Einmal anderthalb Jahre und einmal drei! Wir mußten vorübergehend schließen! Ich hab keine Stelle in einem anderen Büro gekriegt und mußte die ganze Zeit am Fließband arbeiten, Schrauben und Muttern sortieren! Es war so furchtbar! Was hätte ich drum gegeben, wenn er die Finger von diesen Sachen gelassen hätte! Aber er wollte ja nicht hören! Es lag ihm im Blut! Und das hat er jetzt davon!«

»Moment, soll das heißen, er mußte schon wieder in den Knast?« fragte Amanda.

»Ich hab ihn gefragt, als er anrief, um mir zu sagen, daß er nicht mehr kommt, doch er sagte, das geht mich nichts an«, schluchzte Waltraud. »Da war mir alles klar! Wo soll er auch sonst sein? So Knall auf Fall!«

Amanda und Diana wechselten entgeisterte Blicke. Schon wieder im Knast! Davon hatte Zacharias gar nichts gesagt!

Waltraud tupfte ihr Gesicht mit einem Taschentuch ab

und erklärte, sie rechne es ihrem ehemaligen Chef hoch an, daß er vor dem Antritt der Strafe für den Weiterbetrieb der Firma gesorgt hätte, genausogut hätte er ja alles im Nichts enden lassen können wie die beiden anderen Male, da sei er auch einfach so verschwunden, ohne vorher Bescheid zu sagen, und sie stand jedesmal da und konnte sehen, wo sie blieb. Aber sie habe ja immer gewußt, daß er im Grunde ein gutes Herz hätte. Demnächst, wenn sie sich wieder etwas gefangen hätte, wolle sie sich erkundigen, wo und warum und wie lange der arme Herr Manzetti diesmal einsitzen mußte, und wenn ihre Nerven mitmachten, würde sie ihn vielleicht auch besuchen.

Schließlich gewann sie ihre Fassung wieder; sie rang sich sogar dazu durch, bei der Renovierung Hand anzulegen; sie trug eigenhändig den Philodendron mitsamt dem Tentakeldschungel zum Container und packte die Kalenderdrucke und Zeitschriften zum Altpapier.

Zu dritt rissen sie den widerlichen Stragula heraus und töteten in heroischem Einsatz die darunter hausenden Schaben. Die gräßliche Kloschüssel wurde entsorgt und durch ein zeitgemäßeres Modell mit Deckel ersetzt. Es war ein wunderschönes Designerstück in Kobaltblau, kühn, aber doch ergonomisch geformt. Sie hatten es billig aus einem Konkursposten bekommen.

Sie schrubbten die Fenster, lackierten die Heizkörper, Fußleisten und Türen. Sie tapezierten die Wände mit Rauhfaser, die sie in zartem Sonnengelb strichen.

»Das sieht jetzt aber wirklich schön aus«, sagte Waltraud mit Tränen in den Augen. Sie rannte in die jetzt bis auf den Kühlschrank leere Küche und ertränkte ihre Rührung in Alkohol.

»Gegen ihre Trinkerei müssen wir bald was unternehmen«, sagte Diana zu Amanda.

»Gegen was anderes müssen wir aber vorher was unternehmen«, gab Amanda zurück.

Sie sprach von ihrem chronischen Geldmangel. Nach der Entrümpelungsaktion, dem Erwerb von Tapeten und Farbe sowie der neuen Kloschüssel gingen ihre pekuniären Reserven unaufhaltsam gegen Null. Für Büromöbel war kein Geld da; es langte ja nicht mal mehr für einen neuen Fußbodenbelag. An die Anschaffung von PC, Fax oder sonstiger Bürotechnik war vorerst nicht zu denken, ganz zu schweigen von dem Equipment, das sie für mobile Ermittlungen benötigten. Außerdem rückte unerbittlich der Monatserste näher, die Miete mußte bezahlt werden, und Waltraud erwartete ganz selbstverständlich ihr Gehalt. Sie verdiene sowieso schon unter BAT, erklärte sie würdevoll, und ausbeuten ließe sie sich auf keinen Fall. Nächsten Monat wäre Sommerschlußverkauf, da kämen wieder die Kaufhausüberwachungen herein. Außerdem wäre doch der neue Auftrag da, der brächte sie bis dahin auf jeden Fall über die Runden.

Der neue Auftrag! Über den ganzen Renovierungstrubel hatten sie das beinahe vergessen!

Waltraud hatte bei der Auftragsannahme notiert, daß es sich um eine mindestens eintägige, vielleicht sogar um eine zweitägige Rund-um-die-Uhr-Beobachtung handele. Sie meinte, das könne ganz schön was einbringen. Es war sozusagen ein klassischer Fall: Eine Ehefrau wollte über die Schritte ihres Gatten unterrichtet werden, da sie ihn verdächtigte, fremdzugehen. Geld wäre kein Thema.

Waltraud schärfte ihnen ein, daß die Aufträge solch

großzügiger Klienten niemals schon nach wenigen Stunden endeten. Schon aus Prinzip nicht. Man mußte dem Klienten schließlich einen Eindruck von der harten, langwierigen Ermittlungsarbeit verschaffen, die für die Lösung dieses ungemein wichtigen Falles nötig war. Kam man schon nach einer Stunde oder so mit den belastenden Fotos rüber, bekam der Kunde doch sofort das Gefühl, daß er dieses bißchen auch noch selber hingekriegt hätte, und dann ärgerte er sich schwarz, was ja wohl nicht Sinn der Sache war, klar?

Waltraud instruierte sie auch über andere wichtige Punkte. Sie raffte ihren Minirock über ihre barocken Schenkel, hockte sich im Schneidersitz auf den nackten Betonfußboden und tippte auf ihrer alten Elektro-Adler eine Liste mit wichtigen Fragen an die Klientin und einer Reihe von Merkpunkten. An erster Stelle, dick unterstrichen und mit drei Ausrufezeichen stand:

*Vorschuß bei Zwei-Tage-Nonstop-Observ.: Mindestens 5.000,— DM!!!*

Diana und Amanda würfelten, wer hingehen sollte. Amanda hatte die höhere Augenzahl und gewann, mit anderen Worten, sie durfte die Klientin aufsuchen.

## Saubere Verhältnisse

Das Herz klopfte ihr zum Zerspringen, als sie auf den Klingelknopf drückte. Die Klientin, Frau Ludwig, hatte zuvor telefonisch grünes Licht gegeben, jawohl, ihr Mann sei nicht da, die Besprechung könne heute vormittag stattfinden.

Sie wohnte in einem imposanten Anwesen mit säuberlich gestutzter Buchsbaumhecke, akkurat gemähten Rasenflächen und in exaktem Rund angelegten Blumenrabatten. Das Haus war mit gelben Klinkern verkleidet, die aussahen, als wären sie erst kürzlich blankgeschrubbt worden. An der Haustür befand sich neben der Klingel ein Schild mit der Botschaft: *Trautes Heim, Glück allein*. Darunter hing ein kleineres Schild, auf dem stand: *Bitte Füße abtreten*, und wieder darunter ein drittes, *Vertreterbesuch unerwünscht*.

Amanda warf einen Blick auf den Briefkasten, und ja, richtig: *Bitte keine Reklamepost einwerfen*. Ein Schild mit einer Warnung vor dem Hunde sah sie nicht, wahrscheinlich vertrugen Hundehaare sich nicht mit der Vorstellung der Besitzer vom trauten Heim.

Die Tür wurde geöffnet, und Frau Ludwig erschien.

»Ja bitte?« fragte sie.

»Guten Tag. Mein Name ist Amanda Stegmann. Wir hatten miteinander telefoniert.«

Viola Ludwig war ein Koloß von einer Frau, man mußte buchstäblich zweimal hinsehen, weil sie mit einem Blick gar nicht zu erfassen war, jedenfalls nicht aus dieser Nähe. Sie wog mindestens zwei Zentner. Ihr Haar war tiefschwarz gefärbt und im Nacken zu einem kurzen Pferdeschwänzchen zusammengefaßt. Die Fettmassen ihres Körpers wurden nur unzureichend von einem schweinchenrosa Nylonkittel gebändigt, dessen Knöpfe aus den Nähten zu platzen drohten. Frau Ludwig konnte Amanda nicht die Hand geben, weil sie Gummihandschuhe trug. Außerdem hielt sie eine Flasche Glasreiniger, eine Rolle Küchenpapier und ein Fensterleder. Ganz offensichtlich war sie gerade beim Putzen.

Sie bat Amanda herein *(aber bitte vorher die Füße abtreten)* und ging voraus ins Wohnzimmer, wo Amanda förmlich erschlagen wurde unter der Wucht der schweren, gediegenen, dunkelgrünen Polstermöbel, der noch schwereren Eichenschränke und der ebenfalls ziemlich schwer wirkenden, vielfach gerafften Samtstores.

»Nehmen Sie doch Platz«, meinte Frau Ludwig.

Amanda setzte sich folgsam auf einen der Sessel und plazierte das Aktenköfferchen auf den Knien (eine Leihgabe von Zacharias, da weder sie noch Diana dergleichen besaßen). Frau Ludwig schien nicht vorzuhaben, sich zu ihr zu setzten; sie zog die Vorhänge zur Seite und machte sich daran, die Scheiben abzuledern.

»Ich hatte sie schon geputzt«, erläuterte sie, »aber wie das so ist. Es bleiben immer Streifen.«

»Das kann passieren«, stimmte Amanda höflich zu.

»Man könnte praktisch jeden Tag putzen.«

»Wie das manchmal so ist«, pflichtete Amanda ihr bei.

Sie suchte krampfhaft nach einer möglichst sensiblen Bemerkung, mit der sie den Grund ihres Besuchs zur Sprache bringen konnte, zum Beispiel: *Ich habe gehört, Ihr Mann betrügt Sie.* Oder:

*Gehe ich recht in der Annahme, daß Sie Ihren Mann verdächtigen, außereheliche Beziehungen zu pflegen?*

Sie konnte sich nicht entscheiden und klappte den Aktenkoffer auf. Außer einer Heftmappe mit ein paar leeren Blättern und einem vorgefertigten Auftragsformular befanden sich darin nur ein Quittungsblock, ein Kuli und Waltrauds Spickzettel. Amanda las vorsichtshalber den Spickzettel noch einmal durch, obwohl sie ihn bereits so gut wie auswendig kannte. Leider gab er für einen launigen Gesprächsauftakt nichts her. Wie magisch wurde ihr Blick von der ersten, dick unterstrichenen Zeile angezogen. *Mindestens 5.000,— DM Vorschuß!!!*

Eigentlich war das genausogut wie irgendwas anderes, oder? Warum nicht gleich Nägel mit Köpfen machen?

Sie räusperte sich. »Frau Ludwig, bevor wir zum Grund meines Hierseins kommen, möchte ich nicht versäumen, Sie auf den finanziellen Aspekt des Auftrags hinzuweisen. Sie hatten eine Vierundzwanzig-Stunden-Observierung ins Auge gefaßt, möglicherweise sogar achtundvierzig Stunden rund um die Uhr. Das kann recht kostspielig für Sie werden. Genauer gesagt: Für unsere Tätigkeit in dieser Angelegenheit müssen wir einen Vorschuß in Höhe von fünftausend Mark inklusive Spesen und Umsatzsteuer liquidieren. Ich möchte Ihnen das vorab mitteilen, damit Sie wissen, was auf Sie zukommt.«

Amanda war über sich selbst erstaunt. Das war aber glatt herausgekommen! Als hätte sie es Hunderte von Malen hergesagt! (In Wahrheit war es höchstens ein Dutzendmal gewesen.)

Frau Ludwig lederte und lederte. Die Scheiben quietschten. Frau Ludwigs Oberarme bebten heftig vor Anstrengung und vor überschüssigem Fett. Schweiß rann über das feiste Gesicht und färbte den hellrosa Kittel unter den Achseln altrosa.

»Bar oder Scheck?« rief sie über die Schulter in Amandas Richtung.

Amanda war restlos überrumpelt. »Äh ... ein Scheck wäre schon okay.«

Nein, das war verkehrt! Sie hätte sich am liebsten

selbst eins auf die Nase gegeben. Wie konnte sie nur so dämlich sein? »Bargeld wäre natürlich wesentlich geeigneter!« platzte sie heraus. »Schon aus Gründen besserer Geheimhaltung!«

Während Frau Ludwig den Raum verließ, um Bares zu holen, legte Amanda den Quittungsblock auf den Tisch und zückte den Kuli.

»Fassen Sie bitte nicht mit den Fingern auf die Tischplatte, das gibt schreckliche Flecken, dic gehen so gut wie gar nicht mehr weg.« Frau Ludwig kam zurück, in der einen Hand ein dickes Bündel Geldscheine, in der anderen ein Staubtuch, mit dem sie sorgsam den Tisch abrieb. »Nachher muß ich noch mal mit Holzpolitur drübergehen«, murmelte sie.

Sie blätterte Amanda fünfzig Hunderter hin, ohne eine Miene zu verziehen. Amanda stellte ihr eine Quittung aus und bat sie, das Auftragsformular zu unterschreiben, in das Waltraud die bereits bekannten Angaben eingetragen hatte. Dann klappte Amanda die leere Heftmappe auf und bemühte sich um einen verbindlich-mitfühlenden Ausdruck. Mit raschem Blick auf den Spickzettel fragte sie: »Am besten erzählen Sie mir jetzt einmal von Anfang an, wie es zu dem von Ihnen gehegten Verdacht gekommen ist, Frau Ludwig.«

Doch Frau Ludwig mußte zuerst eine spezielle Bürste mit langem Stiel holen, sie hatte Staubflusen zwischen den Rippen des Heizkörpers entdeckt, das konnte man unmöglich so lassen. Sie kniete sich vor die Heizung und bürstete.

»Die Sache ist die«, sagte sie, ohne ihre Arbeit zu unterbrechen. »Mir gehört alles. Das Haus, der Wagen, das Konto. Natürlich hat Rüdiger eine Kontovollmacht, aber nominell ist alles meins. Das Haus habe ich schon mit in die Ehe gebracht, und vor zehn Jahren kam die Erbschaft von Tante Margot dazu. Ich will keine Zahlen nennen, aber es ist genug, daß ich mein Lebtag nicht mehr arbeiten muß.«

Warum putzen Sie denn dann? entfuhr es Amanda um ein Haar. Sie konnte sich die blöde Frage gerade noch verkneifen, denn es war ja ganz offensichtlich, warum Frau Ludwig selbst putzte. Keine Putzfrau der Welt hätte ihren Sauberkeitsfimmel befriedigen können. Viola Ludwigs Anforderungen an einen gepflegten Haushalt sprengten jedes vernünftige Maß. Sie war schlicht und ergreifend ein Putzteufel. Wahrscheinlich mußte ihr Mann vor dem Sex in Sagrotan baden. *Apropos ...*

»Wenn Ihr Mann über kein eigenes Vermögen verfügt«, meinte Amanda, »geht Ihre Hauptsorge wohl dahin, was er im Falle einer Trennung für sich beanspruchen würde – etwa im Rahmen des Zugewinnausgleichs?«

Amanda war entzückt, die Angelegenheit sofort durchschaut zu haben. Wenn das nicht der Beweis für angeborene Professionalität war!

»Unfug«, meinte Frau Ludwig im Plauderton. »Scheiden lassen würde Rüdiger sich nicht. Er wüßte genau, was ich dann mit ihm mache.«

Die letzten Worte klangen höchst bedrohlich; sie ließen ein unangenehmes Kribbeln über Amandas Wirbelsäule laufen.

»Wenn sich einer scheiden läßt, dann höchstens ich. Aber vorher will ich wissen, mit welcher Schlampe er sich rumtreibt.« Mit flammendem Blick drehte sie sich zu

Amanda um. »UND ICH WILL WISSEN, OB ER IHR MEIN GELD IN DEN RACHEN SCHMEISST!«

Amanda fiel vor Schreck fast vom Sessel. »Ja, also, wenn Sie ihm eine außereheliche Affäre unterstellen ...«

»Die hat er garantiert. Rüdiger ist ein Scheusal, wissen Sie?«

»Gibt es denn bestimmte Anhaltspunkte, aufgrund derer Sie Verdacht geschöpft haben?« las Amanda von ihrem Zettel ab.

»Rüdiger schreibt Briefe. Auf seinem PC in seinem Arbeitszimmer. Und immer, wenn ich reinkomme, schaltet er das Ding ab. Klar, daß da was im Gange ist.« Frau Ludwig schrubbte verbissen. Sie ließ auch das Heizungsrohr nicht aus; mit der freien Hand zupfte sie Staubkörner aus dem Vorhang. Jedenfalls nahm Amanda an, daß es Staubkörner waren. Für das normale Auge waren jedenfalls dort keine Verunreinigungen festzustellen.

»Ich könnte mir seine Dateien mal ansehen«, schlug Amanda kühn vor.

»Das PC-Ding ist immer abgeschlossen«, sagte Frau Ludwig griesgrämig. »Ein deutliches Zeichen, oder? Ich sag ja, er ist ein richtiges Scheusal. Außerdem ist er oft weg. Zu oft, wenn man bedenkt, daß er seit fünf Jahren arbeitslos ist. Offiziell ist er dann immer zum Angeln, aber da kann ich nur drüber lachen.«

»Ihr Mann ist Angler?«

»Sagen wir, er behauptet, daß er zum Angeln geht. Und daß er dafür soviel Geld braucht. Seine Ausrüstung nimmt er natürlich mit, um den Schein zu wahren. Manchmal schleppt er hinterher sogar einen ganzen Sack mit Fischen an, er denkt wohl, ich bin blöd genug zu glauben, daß er tatsächlich geangelt hat. Aber damit kann er mich nicht täuschen.«

»Waren es denn keine frisch gefangenen Fische?« fragte Amanda, um Objektivität bemüht. »Hatten Sie vielleicht den Eindruck, daß er sie irgendwo gekauft hat?«

»Woher soll ich das wissen? Ich will die Biester gar nicht erst sehen.« Frau Ludwig rümpfte angeekelt die Nase. »Die bringt er nach hinten ins Gartenhäuschen, da hat er seine eigene Tiefkühltruhe, ich kann dieses dreckige, stinkige Zeug in meiner Truhe nicht ertragen.«

Amanda vermutete, daß nur dreifach pasteurisiertes und sterilisiertes Gefriergut mit dem Inneren ihrer perfekt sauberen Truhe in Kontakt kam.

Frau Ludwig klopfte die Bürste aus. »Entscheidend ist, daß dieses Scheusal in letzter Zeit zuviel Geld ausgibt. Und er ist schlau. Jedenfalls denkt er das. Er hebt das Geld bar ab, damit ich seine Ausgaben nicht über die Kreditkartenbelege zurückverfolgen kann. Achten Sie also auf jeden Fall genau darauf, wieviel Geld er ausgibt. Und vor allem wofür. Wenn es das ist, was ich glaube ...« Sie ließ das Satzende in der Luft hängen, wiederum auf eine Art, die Amanda frösteln ließ.

»Ich sag Ihnen Bescheid, wenn er zu seiner nächsten Angelei aufbricht.«

»Wie lange dauern solche Touren für gewöhnlich?«

»Das ist unterschiedlich. Meist ist er von morgens bis abends weg, aber manchmal übernachtet er auch irgendwo.« Frau Ludwigs Schweinsäuglein verengten sich mißbilligend. »Ist Ihnen das etwa zu lang? Bei dem Vorschuß dürften ja wohl eine Übernachtung oder zwei drin sein, oder?«

»Zeit spielt keine Rolle«, sagte Amanda entgegenkommend, »wir werden uns an seine Fersen heften.«

»Aber auf keinen Fall so, daß er was merkt.«

»Keine Sorge, darauf achten wir schon.«

Frau Ludwig begann, den Teppich einzurollen. »Ich will gleich noch mal feucht aufwischen. Die ganze Sauerei von dem Heizungsstaub wegputzen.«

»Wir werden Ihren Mann entsprechend observieren«, erklärte Amanda. Ein Blick auf den Zettel, dann: »Eine Liste mit den Orten, an denen er sich häufiger aufhält, wäre von großem Nutzen für uns. Und dann benötigen wir natürlich noch ein Foto von Ihrem Mann.«

Frau Ludwig ließ den Teppich liegen und kämpfte sich ächzend hoch. Ihr Kittel war inzwischen ziemlich feucht und überall altrosa, Ton in Ton mit der Farbe ihres Gesichts.

Die Liste war schnell geschrieben; anschließend ging Frau Ludwig ein Foto holen. Unterdessen griff Amanda in den Koffer und betastete andächtig das Geld. Ihr erstes Honorar! Es fühlte sich fabelhaft an!

Frau Ludwig kam mit einem Foto zurück, sie sagte, es wäre ganz neu, vor kurzem erst aufgenommen. »Sagen Sie mal«, meinte sie zögernd, das Foto umklammernd, als wollte sie es anstelle von Rüdiger zerquetschen, »sind Sie nicht eigentlich ein bißchen zu jung für diese Art von Arbeit?«

»Ich persönlich verfüge über eine Erfahrung von mehreren Jahren«, sagte Amanda glatt. Worin, ließ sie offen. »Unsere Firma besteht im übrigen aus einem bestens geschulten Team von drei Mitarbeitern.«

Frau Ludwig schien überzeugt und streckte Amanda das Foto hin. »Das ist Rüdiger.«

Amanda nahm das Bild und traute ihren Augen nicht. Das gleiche Foto hatte sie zu Hause liegen. Rüdiger Ludwig war niemand anderer als der verhinderte Lyriker Richard Knöpfel!

## Lügner und Löwen

Zu Hause an ihrem Schreibtisch ging sie die beiden Briefe von Richard Knöpfel noch einmal genauestens durch. Sie waren romantisch, aber nicht schwülstig. Seine Worte vermittelten die ehrliche, offene Bereitschaft, mit der Richtigen durch Dick und Dünn zu gehen und sich dabei nicht nach Äußerlichkeiten zu richten.

Er zielte nicht unter die Gürtellinie, sondern mitten ins Herz.

Eine Stelle – es war die, die Marlene ihr andauernd hatte vorlesen wollen – lautete:

*Ich liebe es über alles, im Wald spazieren zu gehen, wenn es regnet. Ich lausche dem Geräusch der Tropfen in den Blättern über mir und rieche die feuchte, dunkle Erde. Das Holz der Bäume ist fast schwarz vor Nässe, und unter meinen Füßen knacken kleine Zweige. Hier an diesem Ort wird mein Herz eins mit dem Universum, und ich finde Frieden in dem Gedanken, einfach nur ein Mensch im Hier und Jetzt zu sein. Ich sage mir in solchen Augenblicken, dies müsse genug sein: mit offenen Augen durchs Leben zu gehen und sich der Schönheit der Natur bewußt zu sein. Aber allzuoft empfinde ich dieses klägliche Gefühl, es fehle etwas ...*

Amanda fand, daß es im Prinzip dasselbe Gesülze

war, das alle draufhatten, nach dem Motto: *Bin vom Leben furchtbar enttäuscht, brauche Anlehnung,* nur etwas elegischer ausgedrückt. Sie fragte sich, ob Viola je in den Genuß von Rüdigers Dichtkunst gekommen war. Eher unwahrscheinlich, denn dafür hätte sie ja eine Putzpause einlegen müssen.

»Oh, du interessierst dich für diesen wunderbaren Herrn Knöpfel!« rief Marlene begeistert aus, als sie Amanda mit dem Brief sah.

»Vielleicht treffe ich mich mal mit ihm«, erwiderte Amanda zerstreut.

In Marlenes Augen trat ein glückliches Leuchten. »Er ist genau der, den ich ausgependelt hatte! Wenn du willst, schreibe ich ihn an und mache einen Termin für dich aus!«

»Ich sag dir noch Bescheid.«

Du lieber Himmel, wie sollte sie diesen Fall bloß lösen? Es war ganz offensichtlich, daß Herr Knöpfel nicht zum ersten Mal auf eine Kontaktanzeige geantwortet hatte. Allein Amanda hatte ja schon zwei Briefe von ihm bekommen. Sicher war sie nicht die erste und nicht die letzte Inserentin, die er angeschrieben hatte. Er hatte keinen Absender angegeben, sondern nur ein Postfach, und zwar im Nachbarort N., was ebenfalls auf einige Routine in diesen Angelegenheiten schließen ließ.

Verständlicherweise hatte er mit keinem Wort seine langjährige Arbeitslosigkeit erwähnt, sondern seinen Beruf ganz allgemein als Techniker angegeben. Die Kleinigkeit, daß er mit einer übergewichtigen, putzwütigen Matrone namens Viola verheiratet war, hatte er logischerweise erst recht unterschlagen. Er schien ein ziemlich skrupelloser Lügner zu sein.

Fragte sich nur, wie weit er im Einzelfall bei seinen außerehelichen Interessen ging. Traf er sich mit den Damen seiner Wahl nur zum Wandern im verregneten Wald? Oder wurde er mit ihnen intim? Machte er ihnen teure Geschenke?

Nico und Hansi krochen unter Amandas Schreibtisch und zerrten knurrend mit den Zähnen an ihren Socken, Nico an einem, Hansi am anderen Fuß.

Nico erklärte, er und Hansi seien Löwen, die gerade aus dem Zirkus ausgebrochen waren.

»Nicht so fest, Schatz«, sagte Amanda geistesabwesend.

Sie zermürbte sich mit der Frage, ob es gegen ihr Berufsethos als frischgebackene Ermittlerin verstieß, daß sie Frau Ludwig nicht augenblicklich über ihr Vorwissen aufgeklärt hatte. Sie hatte ganz einfach das Foto in den Koffer gepackt und war abgezogen.

Doch dann sagte sie sich, daß sie ja für ihren Vorschuß auch etwas Richtiges liefern müsse, ordentliche Erkenntnisse, nicht bloße Verdächtigungen.

»Ich hätte gerne 'nen echten Löwen«, sagte Nico. Er kam unterm Schreibtisch hervor und kletterte auf Amandas Schoß.

»Dafür haben wir keinen Platz«, sagte Amanda, ihre Nase an seinem Hals vergrabend.

Was waren schon Briefe? Nichts als Phantasie! Oder war das Beantworten von Kontaktanzeigen schon eheliche Untreue? Amanda entschied sich nach einigem Überlegen dagegen. Von Geldverschwendung konnte erst recht keine Rede sein, Briefe kosteten bloß Papier und Porto. Nein, sie mußte rauskriegen, was Rüdiger alias Richard wirklich auf dem Kerbholz hatte.

»Der Löwe könnte in meinem Bett schlafen«, schlug Nico vor.

»Das wär 'ne Idee.« Es konnte wirklich nicht schaden, wenn sie sich mal ganz unverbindlich mit diesem Rüdiger traf. Ein Blind Date, aber blind nur von seiner Seite aus. Amanda wußte ja, was für eine Kanaille er war.

»Kaufst du mir einen?« wollte Nico wissen.

»Im Moment müssen wir ganz toll sparen, mein Kleiner.«

## Ohne Moos nix los

Sparen mußten sie wirklich, woran auch der Vorschuß von Frau Ludwig nicht viel änderte. Ohne Dianas Arbeitslosengeld und Amandas Job bei Arnold hätten sie am Hungertuch genagt.

Die Fünftausend von Viola Ludwig schmolzen dahin wie Eis in der Wüste. Es reichte gerade für Waltrauds Gehalt, die Büromiete mit Nebenkosten und einen Laminat-Fußboden.

Amanda und Diana gingen buchstäblich leer aus. Für sie blieb nichts übrig. Statt dessen hatten sie eine Menge Geld verbraucht, das ihnen streng genommen noch gar nicht gehörte, da sie dafür außer einer Vorbesprechung bisher nichts geleistet hatten.

Der nächste Monat mit weiteren Kosten kam bestimmt, was sich von neuen Aufträgen nicht gerade sagen ließ. Der Geschäftsführer eines Kaufhauses hatte angerufen und sich nach freien Überwachungskapazitäten für den Sommerschlußverkauf erkundigt, doch ein konkreter Auftrag war noch nicht erteilt. Waltraud erledigte die wenigen anfallenden Buchhaltungsarbeiten klaglos auf dem Fußboden und vertrieb sich ansonsten die Zeit damit, alte Dossiers in neue Hängeregistraturen umzusortieren; anschließend machte sie es sich bis zu ihrem Feierabend mit einem Gläschen Likör auf einem Kissen gemütlich und las Arztromane.

Im Prinzip gab es für Privatdetekteien durchaus ein breites Betätigungsfeld.

Bei den Segmenten Wirtschaftskriminalität (Industriespionage, Subventionsschwindel, Kreditbetrug, Wettbewerbsverstöße) und technischer Absicherung (Alarm- und Sicherheitssysteme, Meß- und Ortungstechnik, EDV-Computersicherung) mußten Amanda und Diana naturgemäß passen, zumindest vorläufig (was allerdings nicht hieß, daß sie sich nicht weiterbilden konnten).

Blieb jedoch immer noch der große Komplex Observation mit allen Unterarten: Werks- und Betriebsüberwachungen, Begleitschutz, Inkassobetrügereien, Schwarzarbeit, falsche Krankmeldungen, Beschaffung von Beweismaterial für Prozesse, Versicherungsmißbrauch. Und, last but not least, der klassische Aufgabenbereich Ehe- und Familienrecht, aus dem auch der Auftrag Ludwig stammte. Kurz: Gemessen an der Anzahl aller möglichen Fälle hätte es bei ihnen nur so wimmeln müssen von potentiellen Klienten – die indessen nicht in Erscheinung traten.

Werbung tat not, soviel war sicher.

Die Frauen zogen einen protzigen Eintrag in den Gelben Seiten in Erwägung (Manzetti war zwischen all den Giganten nur mit einer mickrigen Dünndruckzeile vertreten), doch abgesehen davon, daß eine Insertion erst im nächsten Jahr dort erscheinen würde, waren die Kosten dafür jenseits von Gut und Böse. Eine Info-Postwurfsendung, gerichtet an alle örtlichen Haushalte, war auch nicht viel billiger.

Dessen ungeachtet würden sie sich bald etwas einfallen lassen müssen, denn dafür, daß es von allein aufwärtsginge, gab es bis jetzt keine Anzeichen.

Amanda nahm Richards alias Rüdigers Briefe mit ins Büro und gab sie Diana und Waltraud zu lesen.

»Dieser Drecksack«, empörte sich Diana. »Männer sind doch alle gleich. Das können sie: Belügen und betrügen, was das Zeug hält! Die arme Frau!«

»Du hast sie nicht gesehen«, gab Amanda zu bedenken.

»Trotzdem ist er ein mieses Schwein«, sagte Diana verächtlich.

»Alle Männer sind Schweine«, verkündete Waltraud ungewohnt selbstsicher. Seit neuestem hatte sie ihre Röckchen gegen Jeans vertauscht und die offenherzigen Tops gegen legere T-Shirts. An diesem Tag war sie sogar, o Wunder, mit flachen Schuhen im Büro erschienen.

Uns mußt du nicht beeindrucken, hatte Diana zu ihr gesagt, und anscheinend hatte Waltraud darüber nachgedacht. Ratschläge zur Reduzierung ihres Alkoholkonsums waren dagegen bislang ungehört verhallt. Ohne Hochprozentiges ging es anscheinend nicht; wenn Waltraud mittags das Büro verließ, hatte sie meist deutlich Schlagseite.

»Wie soll ich vorgehen?« wandte Amanda sich an Waltraud. »Ich dachte, ich treffe mich selbst mit dem Typen und fühle ihm ein bißchen auf den Zahn.«

»Das kannst du immer noch machen, wenn sich sonst

nichts tut«, erklärte Waltraud. »Doch zuerst mußt du ihn beobachten und darüber ein lückenloses Observationsprotokoll erstellen. Das ist übrigens der Vorteil davon, daß ihr zu zweit seid. Für eine Person allein ist eine Vierundzwanzig-Stunden-Überwachung zuviel Streß.«

Der arme Herr Manzetti sei in ähnlichen Fällen teilweise dermaßen auf dem Zahnfleisch gegangen, daß manchmal sogar sie selbst habe einspringen müssen. Jetzt sei sie aber für solche Sperenzchen zu alt, was sie nur für den Fall erwähne, daß eine der Damen auf die blöde Idee käme, sie für so was einspannen zu wollen.

Zacharias ließ sich während der Renovierung ein paarmal blicken und geizte nicht mit guten Ratschlägen (*bei dem löchrigen Boden würde ich an eurer Stelle auf jeden Fall noch mal mit dem Schwingschleifer drübergehen*); körperlicher Einsatz schied leider aus, wegen des Gipsbeins.

Einmal nahm er Amanda und Diana zur Seite und erklärte, er habe für ihr Unternehmen eine Kosten-Nutzen-Analyse und in deren direkter Folge ein Konzept erstellt, das er ihnen nicht vorenthalten wolle.

»Da ihr offenbar entschlossen seid, ohne Fremdmittel durchzustarten, rate ich euch dringend, diese Büroräume zu kündigen, die Sekretärin zu entlassen und die Buchhaltung extern von einem Steuerberater erledigen zu lassen. Damit reduziert ihr eure Kosten auf das unumgängliche Maß. Aufträge könnt ihr genausogut jederzeit und überall selbst entgegennehmen, zum Beispiel per Handy, und zwar über eine Rufumleitung. Das macht euch insgesamt betrachtet wesentlich unabhängiger und verbilligt die ganze Geschichte ungeheuer. Mit den freiwerdenden, verfügbaren Einnahmen könntet ihr Werbemaßnahmen finanzieren. Auf diese Weise könntet ihr Monate, sogar Jahre durchhalten und bräuchtet erst dann auf eine breitere Operationsbasis umzustellen, falls tatsächlich das Auftragsvolumen wachsen sollte.«

So, wie er das sagte, klang es nicht gerade danach, als glaubte er an einen Aufschwung, egal wann.

»Du spinnst«, sagte Diana rundheraus. »Wo sollen wir denn deiner Meinung nach Klienten empfangen?«

»Bei mir«, erwiderte Zacharias prompt. »Das Souterrain ist geradezu ideal. Eins-A-Lage, separater Eingang, gehobene Ausstattung. Ein zweiter Schreibtisch, ein paar Sessel, ein, zwei Regale – mehr braucht es dafür nicht. Es würde euch auch nichts kosten. Ich bin schließlich dein Bruder, oder? Meinetwegen könnt ihr auch ein Schild draußen an die Tür hängen.«

»Und die Hackspecht entlassen? Vergiß es!«

»Auf die Art, wie ihr es jetzt probiert, werdet ihr keine drei Monate durchhalten«, prophezeite er, »denkt an meine Worte.«

»Wie gemein von dir, sowas zu sagen«, rief Diana, den Tränen nah. »Warte nur, bald kriegen wir jede Menge Aufträge, dann können wir das viele Geld gar nicht zählen!«

Sie wollte nichts mehr davon hören, doch Amanda wurde zusehends nervöser; sie nahm das, was Zacharias gesagt hatte, durchaus ernst.

# Noch ein guter Rat

Eines Nachmittags, als sie vom Einkaufen nach Hause kam, fand sie Zacharias in ihrem Wohnzimmer vor, inmitten des dort herrschenden üblichen Chaos.

Er hockte zusammen mit Nico auf dem Fußboden und spielte Memory.

»Oh, hallo«, sagte sie, konsterniert beim Anblick des roten und des blonden Haarschopfs.

»Tag«, sagte er lächelnd und wies auf sein Gipsbein. »Ich darf doch sitzenbleiben, oder?«

Amanda nickte überrumpelt. Sie wußte nicht, was sie davon halten sollte, daß er unangemeldet bei ihr zu Hause auftauchte.

Marlene war in der Küche beim Kaffeekochen. Ihr erhitztes Gesicht, fast so rot wie ihr Kaftan, sprach Bände.

»Dieser Herr Hansen ist aber nett«, zischte sie. »Warum hast du mir nicht erzählt, daß deine Freundin einen so reizenden Bruder hat?«

Sie schwebte förmlich mit dem Kaffeetablett zurück ins Wohnzimmer. »Bleiben Sie nur da unten sitzen«, flötete sie, während sie ihm eine Tasse und ein Schälchen mit Keksen reichte, und: »Überanstrengen Sie bloß nicht Ihr Bein!«

»Ich hab schon wieder gewonnen«, erklärte Nico.

»Im Memory ist er unschlagbar«, sagte Marlene stolz. »Er ist ja *sooo* intelligent! Nur mit dem Töpfchen hapert's noch.«

»Mama kauft mir einen Löwen«, lenkte Nico lauthals ab.

»Wirklich?«

»Einen echten«, bekräftigte Nico. »Er schläft bei mir im Bett.«

»Hast du keine Angst, daß er dich beißt?«

Nico überlegte gründlich, anschließend sagte er mit der unbestechlichen Logik seiner drei Jahre: »Dann beiß ich zurück!«

Zacharias lachte und zauste Nico die Haare. Dann wandte er sich an Amanda. »Ich würde gern mit dir unter vier Augen sprechen.«

Sie blickte sich hilfesuchend um. Große Auswahl hatte sie nicht. Im Flur hatte sich Hansi ausgebreitet. Das Schlafzimmer schied ebenfalls aus; mit der Bettkante in den Kniekehlen ließ es sich nicht gut reden. Das Bad kam nicht in Frage, denn zwischen Klo und Wanne war nicht genug Platz für zwei Personen. Blieb nur die Küche, in der auf allen verfügbaren Flächen noch die Reste vom Frühstück und vom Mittagessen herumstanden. Später würden noch die vom Kaffee und vom Abendbrot dazukommen, bevor unter großem Gestöhn der Abwasch in Angriff genommen werden würde. Marlene war, was das kleine und große ABC der Hauswirtschaft betraf, die reinste Analphabetin, genau wie Amanda.

Vielleicht ein kleiner Bummel draußen im Park, bei dem schönen Wetter? Dann fiel Amandas Blick auf die Krücke neben Zacharias' Gipsbein. Die Idee war wohl doch nicht so gut.

Marlene nahm ihr die Entscheidung ab. Sie faßte Nico bei der Hand.

»Höchste Zeit für unseren Nachmittagsspaziergang«, behauptete sie.

»Wir waren doch schon draußen«, widersprach Nico.

»Frische Luft kann man nie genug kriegen«, belehrte Marlene ihren Enkel.

»Ich will nicht raus! Ich will hierbleiben und Memory spielen!« Die letzten Worte kamen als schrille Schreie heraus. Ein erstklassiger Tobsuchtsanfall bahnte sich an.

Marlene versuchte, ihn zu überzeugen. »Hansi möchte aber raus. Schau mal, er wartet schon an der Tür.« Das traf zu. Hansi, ein kluger Hund, hatte die Worte *Spaziergang*, *draußen* und *raus* sofort richtig eingeordnet und war ohne zu zögern zur Wohnungstür gehechtet.

»Ich kauf dir auch ein Eis!«

Nico dachte nach. »Auch einen Löwen?«

Schweigen. Was nun? Eine Notlüge? Das konnte sich bei Kindern in diesem Alter als Bumerang erweisen. Log man den Kleinen was vor, logen sie bald zurück. Erziehung bestand zu einem großen Teil aus gegenseitiger Ehrlichkeit und Vertrauen. Beides mußte man pflegen. Schließlich galt, es Vorbild zu sein!

»Wenn wir unterwegs einen finden«, redete Marlene sich heraus.

Das war offenbar ausreichend. Nico ließ sich die Sandalen anziehen und mit nach draußen nehmen.

Zacharias stemmte sich mit Hilfe der Krücke vom Fußboden hoch und humpelte zum Sofa, wo er es sich bequem machte. Amanda brachte ihm seine Tasse und goß sich selbst ebenfalls Kaffee ein.

»Nico ist ein cleverer kleiner Bursche.« Er lächelte. »Das ist mir im Krankenhaus schon aufgefallen.«

»Das ist er wirklich«, sagte Amanda wachsam, auf die unvermeidliche Frage wartend, die dann auch prompt kam.

»Wo ist eigentlich sein Vater?«

Zacharias merkte sofort, daß er einen Fehler gemacht hatte. Er sah, wie Amanda sich versteifte und den Mund zu einer ablehnenden Bemerkung öffnete.

»Tut mir leid, das geht mich wohl nichts an«, kam er ihr zuvor. Natürlich hatte er schon vorher gewußt, daß es ihn nichts anging, doch die Neugier war stärker gewesen. Er hatte bereits verschiedentlich versucht, seine Schwester auszuhorchen, doch die hatte merkwürdig abweisend reagiert, als sei ihr die Vorstellung, ihr Bruder könne sich für ihre beste Freundin interessieren, ein absolutes Greuel. Auf die Frage nach Nicos Vater hatte sie unwirsch erklärt, das sei *irgendein Austauschstudent*, der schon vor *der Geburt über alle Berge* verschwunden war.

»Wir haben keinen Kontakt«, sagte Amanda knapp, ihre ganze Haltung ein einziges Signal, daß sie dieses Thema nicht zu vertiefen wünschte. Offenbar war sie allergisch gegen den abgehauenen Kindsvater.

Das konnte Zacharias nur recht sein. Andererseits schien diese traumatische Erfahrung bei Amanda eine Allergie gegen Männer schlechthin ausgelöst zu haben. In seiner Gegenwart wirkte sie alles andere als unverkrampft. Er fragte sich, ob sie dieselbe männerfeindliche Musik bevorzugte wie Diana. Seit seine Schwester unter ihm wohnte, dröhnte permanent einschlägiges Liedgut durch die Decke zu ihm nach oben.

Zacharias und Amanda tranken schweigend ihren Kaffee.

Amanda wußte selbst nicht, warum sie in seiner Gegenwart so nervös war. Er war doch ein wirklich sympathischer Bursche, oder? Keine von den üblichen männlichen Nervensägen, die sonst ausnahmslos ihr Umfeld zu bevölkern schienen.

Diana beispielsweise teilte die Männer in vier verschiedene Kategorien ein.

Die aus ersten Kategorie hielten sich selbst für das kostbarste Geschenk an die Frauen und hatten ihrer Meinung nach gar nicht genug Hände, sich die vielen Weiber, die alle nur das Eine wollten, vom Leib zu halten. An ihre Haut ließen sie nur Calvin Klein und Boss, Porsche und Rolex.

Die Männer der zweiten Kategorie warfen ihre Unterhosen erst nach mehrmaligem Wenden in die Wäsche, fanden Frauen nur entweder in Kittelschürzen oder Strapsen passend gekleidet und gaben auf die Frage nach den drei wichtigsten Dingen in ihrem Leben zur Antwort: *Mein Auto, meine Sportschau, mein Bier.*

Die dritten waren die alternativen Müsli-Freaks, jene Zweifler und gewohnheitsmäßig Depressiven, von denen man nur Statements hörte wie *Du, wir können über alles reden*, während sie in Wahrheit nur ihr eigenes Gejammer loswerden wollten. Diese Männer mochten Fußmassagen und Currygerichte, vorausgesetzt, sie waren diejenigen, die massiert bzw. bekocht wurden.

Die vierten waren einfach nur nett. Zacharias gehörte zu dieser letzten Kategorie, jedenfalls war Amanda davon einigermaßen überzeugt. Und daß er nicht hier war, um Süßholz zu raspeln, sah man ihm deutlich an. Zwischen seinen rötlichen Brauen stand eine Sorgenfalte, also konnte man davon ausgehen, daß er ein ernstes Anliegen hatte.

Er stellte seine Tasse ab. »Ich bin hier, um über eure Firma zu reden.«

Amanda erschrak. Jetzt war die Stunde der Wahrheit gekommen, einer Wahrheit, die sie sowieso schon die ganze Zeit geahnt hatte! Bestimmt wollte er ihr den guten Rat unter Freunden geben, besser sofort Konkurs anzumelden, um das Schlimmste zu verhüten!

»Wir werden pleite machen, stimmt's?« fragte sie mit dünner Stimme.

»Wieso?« fragte er überrascht zurück.

»Deswegen bist du doch hier, oder? Um mir das zu sagen, damit ich Diana schonend auf das Ende vorbereiten kann.«

Er lächelte. »Soweit ist es doch hoffentlich noch nicht. Aber eins ist richtig: Ich möchte dir einen Schritt nahelegen, den du Diana irgendwie schmackhaft machen sollst. Sonst wäre eine Pleite nämlich gar nicht so abwegig. Du mußt wissen, daß die meisten Geschäftszusammenbrüche auf Fehlern beruhen, die schon in der Gründungsphase ...«

»Weiß ich schon«, unterbrach Amanda ihn. »Aber warum dieser Umweg über mich?«

»Auf mich hört sie ja nicht. Sie hat noch nie auf mich gehört, das ist der Punkt.«

»Auf mich hört sie auch nicht besonders oft.«

»Das ist immer noch öfter als bei mir. Ich hab schon diverse Male versucht, das Thema bei ihr anzuschneiden, aber sie schaltet jedesmal sofort auf Durchzug.«

»Worum geht's denn?«

»Ganz einfach: Um eine Finanzspritze.«

Amanda betrachtete unbehaglich den Kaffee in ihrer Tasse. »Sie will kein Geld von dir nehmen.«

»Braucht sie ja auch nicht. Sie soll unseren Vater fragen. Er würde ihr garantiert sofort was geben. Das wäre überhaupt keine Schande, und sie würde sich auch nicht in unerwünschte Abhängigkeit begeben. Ich habe damals auch eine beträchtliche Summe für meinen Einstieg ins Geschäftsleben von ihm bekommen, genau wie er seinerzeit von meinem Großvater. Ein verlorener Zuschuß, sozusagen.«

»Verloren?« fragte Amanda peinlich berührt.

»Das heißt, nicht zurückzahlbar. Eine Art Subvention. Und ein Voraus aufs elterliche Erbe. Sieh es so, Amanda: Es ist doch nur Geld, das herumliegt und das Diana und ich später sowieso bekommen. Warum soll sie nicht dasselbe Recht haben wie ich? Sie würde nur das nehmen, was ihr von Rechts wegen und aus Gründen der Gleichbehandlung der Geschlechter zusteht.«

»So habe ich das noch gar nicht betrachtet«, sagte Amanda. Besorgt fragte sie sich, ob er jetzt in ihren Augen ein raffgieriges Glimmen wahrnahm. Sie *fühlte* sich jedenfalls irgendwie gierig.

»Mit dem Geld könnt ihr die Firma auf solide geschäftliche Füße stellen, sie ordentlich bewerben, Einrichtung und Material anschaffen und nötigenfalls auch eine Durststrecke überwinden. Diese Von-der-Hand-in-den-Mund-Taktik funktioniert nicht. Ohne vernünftige Konsolidierung der Finanzen sieht eure Zukunft rabenschwarz aus, glaub mir.«

»Ich glaub's ja«, sagte Amanda, eine Spur zu eifrig, wie sie fand.

»Und, wirst du mit meiner Schwester drüber sprechen?«

»Ich will's versuchen.«

# Neue Zähne, neue Frau

Wie sich zeigte, rannte Amanda mit der Anregung, eine Familiensubvention in Anspruch zu nehmen, bei Diana offene Türen ein.

Sie habe selbst schon die ganze Zeit überlegt, ob sie ihren Vater fragen solle, meinte Diana, schließlich sei sie ja auch ihr, Amanda, verpflichtet, immerhin sei es auch deren Firma. Da müsse sie halt die Erniedrigung auf sich nehmen, ihren Vater um Almosen anzubetteln.

»Es ist eine Frage der Verantwortung«, erklärte Diana mit hehrem Opfermut. »Stell dir vor, wir würden Pleite machen, da müßte ich mir ja mein Leben lang vorwerfen, daß ich dich mit ins Verderben gerissen habe. Von Waltraud gar nicht zu reden. Die Ärmste müßte wieder in die Fabrik, und das alles nur meinetwegen. Nein, ich kann euch beiden das unmöglich antun.«

»Das ist wirklich nett von dir«, sagte Amanda säuerlich.

So fanden sie sich wenige Tage später mit einem Blumenstrauß in Dianas Elternhaus ein. Das weiträumige Anwesen des Matratzenfabrikanten Leopold Hansen beeindruckte Amanda auch diesmal wieder, obwohl sie im vergangenen Jahr schon einige Male hiergewesen war, als Diana noch die verwöhnte, leichtfertige Tochter aus gutem Hause und ihr Familienleben in Ordnung gewesen war.

Frau Hansen, Dianas Mutter, empfing sie mit geröteten, geschwollenen Augen. Das sonst vornehm gewellte, dunkel getönte Haar hing in schlaffen Strähnen herab, was sie um Jahre älter aussehen ließ. Sie gab ihrer Tochter einen Kuß auf die Wange und reichte Amanda die Hand.

»Wie geht's Ihnen, Amanda?« fragte sie höflich. »Was macht der Kleine? Ist Ihre Frau Mutter wohlauf?«

»Ähm ... ja«, meinte Amanda leicht betreten.

»Mama, was ist denn?« wollte Diana beunruhigt wissen. »Hast du geheult? Ist was passiert? Etwa mit Papa?«

Frau Hansen brach auf der Stelle mit einem Weinkrampf zusammen. Die Blumen fielen auf das makellos polierte Parkett. Gerbera, Iris und Schleierkraut purzelten durcheinander. Diana und Amanda mußten Frau Hansen stützen und ins Wohnzimmer zu einem Sessel schleppen.

»Ist er krank? Jetzt sag doch was!« schrie Diana.

»Er ist ausgezogen«, schluchzte Frau Hansen. »In ein Apartment in der Stadt.«

»Ausgezogen? Wieso denn? Nein, warte, sag nichts, ich ahne es. Er hat eine Freundin.«

Zu Amandas Erschütterung nickte Frau Hansen. Sie war völlig niedergeschmettert. »Er hat gesagt, er müßte erst mal mit sich selbst ins reine kommen, Abstand gewinnen, nachdenken.«

»Das sagen sie alle«, erklärte Diana grimmig. »Und während sie nachdenken, gehen sie auf die Sonnenbank, lassen sich Dauerwelle machen und die Zähne neu überkronen, kaufen sich ein Goldkettchen und Calvin-Klein-Jeans. Wenn's geht, einen Porsche und ein Apartment.« Mit grimmiger Miene warf Diana sich auf einen Sessel. »Hat er schon einen neuen Wagen?«

»Nein, aber ein Motorrad. Und neue Zähne und Jeans. Und braun ist er auch.«

»Dann ist sie mindestens zwanzig Jahre jünger als er«, konstatierte Diana.

Frau Hansen sackte weinend in ihrem Sessel zusammen. »Sie ist ein Jahr jünger als du! *Fünfundzwanzig*!!! Es ist seine neue Sekretärin! Er hat gesagt, so eine wunderbare Erfahrung hätte er noch nie gemacht, es wäre ein ganz neues Lebensgefühl. Nein«, verbesserte Frau Hansen sich sofort, »er sagte nicht Lebensgefühl, sondern *Lebensqualität*. Er meinte, er würde sich so jung fühlen! Oh, Diana! Du ahnst nicht, wie mir zumute ist! Diese Demütigung! Diese Schande! Dieser Schmerz!«

Diana stand auf, ging zum Kamin, nahm das Silberhochzeitsfoto ihrer Eltern vom Sims und bedachte das Konterfei ihres Vaters mit mörderischen Blicken. »Ich sag's ja immer wieder.«

»Was denn?« fragte Frau Hansen matt.

»Daß Männer Schw... Ach, lassen wir das. Führt ja doch zu nichts.«

»Weiß Zacharias schon davon?« fragte Amanda.

Frau Hansen schüttelte den gesenkten Kopf. Sie hatte es nicht über sich gebracht, ihrem Sohn davon zu erzählen, zumal sie geglaubt hatte, das alles sei nur eine vorübergehende Laune ihres Mannes. Doch inzwischen ließ Herr Hansen sich mit der Laune ganz offen in der Stadt blicken, in Restaurants, im Theater, im Schwimmbad, weshalb sie es Zacharias wohl bald anvertrauen müsse, bevor er es aus dritter Hand erfuhr.

»Was hast du jetzt vor?« fragte Diana. »Läßt du dich scheiden?«

»Ich weiß nicht«, flüsterte Frau Hansen hilflos. »Am liebsten würde ich sterben.«

»Sterben ist keine Lösung«, warf Amanda ein. Sie erinnerte sich nur zu gut an eine Zeit, da sie selbst am liebsten gestorben wäre. »Auf jedes Tief folgt ein Hoch«, sagte sie tapfer. »Es wird wieder aufwärts gehen.« Lahm fügte sie hinzu: »Ich spreche aus Erfahrung.«

»Sie wissen ja nicht, wie das ist!« heulte Frau Hansen, ein völlig durchnäßtes Taschentuch gegen ihre Augen pressend. »Wenn ich in den Spiegel schaue, sehe ich eine fünfundfünfzigjährige Frau mit Falten und grauen Haaren. Ich bin so ... *alt!!!*«

»Fünfundfünfzig ist doch kein Alter!« tröstete Amanda sie.

»Aber fünfundzwanzig erst recht nicht«, sagte Diana zähneknirschend.

Ihre Mutter rang aufschluchzend die Hände.

Amanda warf Diana einen indignierten Blick zu.

»Mama, du kannst unmöglich hier hocken bleiben und Trübsal blasen. Du mußt irgendwas unternehmen.«

»Was denn zum Beispiel?«

»Na, zum Anwalt gehen oder so. Du hast immerhin Rechte. Vor allen Dingen finanziell.«

»Um diese Dinge hat sich immer dein Vater gekümmert.«

Sie hatte, wie Diana und Amanda zu ihrem Entsetzen erfuhren, nicht mal eine Kontovollmacht, sondern bekam immer noch das bewährte altmodische Haushaltsgeld. Größere Anschaffungen wie neue Pelzmäntel, Jil-Sander-Kostüme oder Brillantohrringe tätigte sie auf Rechnung, und die betreffenden Beträge wurden dann von ihrem Göttergatten direkt und diskret per Überweisung ausgeglichen.

»Ich werde einen erstklassigen Anwalt für dich suchen, Mama!« Betont forsch legte Diana ihrer Mutter die Hand auf die Schulter, doch Amanda sah, daß die

Finger ihrer Freundin heftig zitterten. »Und wenn dir hier die Decke auf den Kopf fällt, kommst du einfach zu mir!«

## Frauen für Frauen

Unter diesen Umständen kann ich ihm unmöglich vor Augen treten«, erklärte Diana während der Rückfahrt. »Ich hätte zuviel Angst.«

Amanda betrachtete ihre Freundin zweifelnd. »Du und Angst?«

»Angst, ihm seine neuen Zähne einzuschlagen.«

»Das versteh ich. Wenn du ihm eine donnerst, wird er dir kein Geld geben.«

»Er wird mir sowieso nichts geben«, erklärte Diana bitter. »Er wird alles, was er hat, selber brauchen. Für die Scheidung. Für die neue Lebensqualität. Und für die neue Tussi.«

»Deine Mutter tut mir so leid!« sagte Amanda aus tiefster Seele. »Und du auch.«

»Wieso ich?«

»Er ist dein Vater. Ich seh doch, was es dir antut. Mir kannst du nichts vormachen.«

»Ach, Scheiße«, sagte Diana. Sie rieb sich mit dem Handrücken über die Augen, ließ das Wagendach nach hinten surren und legte den Kopf in den Nacken, als der Wind ihr durch das kurze rote Haar fuhr. »Scheiß auf sein Geld!«

Nach einer Weile meinte sie trotzig: »Ich hab übrigens eine super Werbeidee.«

Amanda hinterfragte nicht, wie diese Idee finanziert werden sollte. Jetzt war dafür eindeutig nicht der richtige Zeitpunkt.

Wie sich jedoch zu Amandas größter Zufriedenheit herausstellen sollte, war Dianas Werbeidee nicht allzu kostspielig; genau gekommen kostete sie die Frauen überhaupt nichts, bis auf einige Stunden des Nachdenkens, ein paar Mark für Faxgebühren und etwas Zeit an Zacharias' Computer.

Dianas Einfall sah vor, gezielt Werbefaxe zu versenden. In Betracht kamen vor allem Anwaltskanzleien, die naturgemäß relativ häufig Klienten an Detekteien vermittelten, aber auch andere Firmen, wie Produktionsbetriebe, Kaufhäuser und Inkassounternehmen.

»Entscheidend ist, wie wir das Ganze aufziehen«, meinte Diana bei der nächsten Lagebesprechung im Büro. »Ich meine, mal ganz abgesehen davon, daß wir unbedingt ein attraktives Firmenlogo entwickeln müssen.«

»Und einen aussagekräftigen Briefbogen«, ergänzte Amanda, auf ihrem Hocker wippend. Inzwischen hatten die Frauen festgestellt, daß sie bei der Entrümpelung ein wenig vorschnell zu Werke gegangen waren. Ohne Stühle war es äußerst unbequem, weshalb es nun in dem kahlen Büro einige provisorische Sitzgelegenheiten gab; Waltraud hatte ihre uralte Campingausrüstung entrümpelt und außer einem wackligen Tisch drei Klapphocker mitgebracht, die sie und ihr verstorbener Mann schon vor dreißig Jahren mit nach Jesolo genommen hatten. Die Hocker neigten dazu, bei unbedachten Bewegungen mitsamt Benutzer zusammenzubrechen, aber sie eigneten sich immer noch besser zum Sitzen als der Fußboden.

»Für die Fax-Aktion muß uns was echt Ungewöhnliches einfallen«, meinte Diana entschieden.

»Auf jeden Fall muß es ins Auge stechen«, bekräftigte Waltraud. »Sonst landet es nur im Papierkorb. Vielleicht eine schöne, auffällige Farbe?«

Diana verdrehte die Augen, sagte dann aber in nachsichtigem Ton: »Farblich können wir nichts machen. Faxe kommen immer in Schwarzweiß an.«

Was sofort zu der Frage führte, wie das mit dem Faxen überhaupt funktionierte. Waltraud hatte das immer schon wissen wollen. Wie kamen die Briefe so schnell von A nach B? War das so eine Art Rohrpost?

Amanda und Diana lachten, aber Waltraud ließ nicht locker, und so bemühten die beiden sich nach Kräften um eine Erklärung, mußten aber eingestehen, daß sie die technischen Einzelheiten selbst nicht genau kannten. Rohrpost war es nicht, soviel war klar. Aber was dann?

»Eine Art Fernkopierer?« tippte Diana.

»Oder eher ein Scanner mit Funkvorrichtung?« mutmaßte Amanda.

Amanda erging es so wie vor einiger Zeit, als Nico sie über das Telefonieren ausgehorcht hatte. Kein Mensch war so wißbegierig und dabei so hartnäckig wie ein dreijähriges Kind. Dreijährige fragten, warum der Regen naß und der Himmel blau ist, und sie ließen nicht lokker, bis man es ihnen haarklein und wissenschaftlich korrekt erklärt hatte, nur um abschließend die Frage aller Fragen zu stellen: *Warum*?

Wenn man schon beim Faxen mit der Farbgestaltung niemanden beeindrucken könne, müsse der Inhalt was hergeben, meinte Waltraud.

»Aber inhaltlich bieten die Detekteien doch alle dasselbe an«, wandte Amanda ein.

»Dann müssen wir eben mehr bieten«, folgerte Diana, »oder was anderes als die anderen.«

»Wir können aber nix anderes als die anderen«, beharrte Waltraud. »Und mehr können wir schon gar nicht. Wir dürfen nichts versprechen, was wir nicht halten können.«

»Wir müssen aus dem, was wir haben und was wir sind, einen Vorteil schlagen«, behauptete Diana. »Das ist das Grundprinzip jeder erfolgreichen Werbung.«

»Wir haben nichts«, sagte Waltraud. »Und was sind wir schon? Drei Frauen.«

»Drei Frauen«, echoten Amanda und Diana langsam, wie aus einem Mund. Sie sahen einander an. Eine Idee war geboren und nahm plötzlich Gestalt an.

»Drei Frauen. Wir müssen was für Frauen machen!« rief Amanda.

»Genau!« stimmte Diana begeistert zu. »Ein Fall für drei!«

»*Drei für alle Fälle* klingt besser«, sagte Waltraud. »Und wie wär's mit *Frauen an die Front?*«

»Nein, vielleicht lieber: *Frauen für Frauen.*«

»Das klingt gut. Überschrift: *Drei für alle Fälle – Frauen für Frauen!* Wahnsinn!«

»Wartet, ich hol schnell den Stenoblock!« Waltraud rannte zu der Apfelsinenkiste, in der sie das Büromaterial und das Hochprozentige aufbewahrte, nahm einen raschen Schluck, holte Block und Bleistift und kritzelte eifrig mit.

Ein Vorschlag jagte den nächsten, und das vorläufige Endergebnis ihrer Bemühungen konnte sich nach einer

Stunde eifriger Diskussion durchaus sehen lassen, wie alle drei übereinstimmend fanden:

*Neu – Neu – Neu!*

*Drei für alle Fälle – Frauen für Frauen!*

*Wir sind eine alteingesessene Detektei mit jungem Konzept und hervorragend geschulten Mitarbeiterinnen.*

*Haben Sie Ihr Vertrauen verloren? Wir geben es Ihnen zurück! Möchten Sie Klarheit haben über Familienmitglieder, Schuldner, Mitarbeiter, Stellenbewerber, Kunden? Fürchten Sie sich vor Diebstahl, Erpressung, Betrug? Wenden Sie sich vertrauensvoll an uns, und wir garantieren, daß Sie auch anderen wieder vertrauen können!*

*Vertrauen ist unbezahlbar. Aber nicht bei uns! Wir sorgen dafür, daß Sie es sich leisten können! Erkundigen Sie sich nach unseren speziellen Frauentarifen!*

»Whow!« sagte Diana andächtig, nachdem Waltraud den Text probehalber auf ihrer Adler ins reine getippt hatte und herumgehen ließ. »Das macht was her, stimmt's, Mädels?«

»Was veranschlagen wir als speziellen Frauentarif?« wollte Waltraud wissen.

»Keine Ahnung«, sagte Diana.

»Die Hälfte?« schlug Amanda vor.

»Die Hälfte von was?« fragte Diana.

»Vielleicht vom Durchschnitt?« überlegte Amanda. Anders als in den meisten freischaffenden Sparten existierten im privaten Ermittlungsgewerbe keine Gebührentabellen. Die Preise hingen von den unterschiedlichsten Faktoren ab und waren im übrigen Verhandlungssache. Es gab lediglich bei den Nettostundensätzen gewisse Richtwerte, die zu unterschreiten ruinös gewesen wäre.

»Das wäre Dumping«, erklärte Waltraud denn auch sofort.

»Wir können es von den verfügbaren Mitteln abhängig machen«, meinte Diana.

»Von denen der Frauen oder unseren?« fragte Amanda trocken.

»Alte Unke. Hast du vergessen? Wo ein Wille ist ...«

Amanda und Waltraud ergänzten feierlich: »... ist auch ein Weg!«

## Die Ente im Feuerwehrauto

Tatsächlich tat sich kurz darauf ein neuer Weg auf, oder besser gesagt, war es ein bereits bekannter Weg, nur daß er bisher durch eine Art Umleitung versperrt gewesen war. Die wurde plötzlich weggeräumt, als ein paar Tage später ein Anruf aus Hamburg kam.

Nico nahm ihn entgegen, denn seine Großmutter war in Kontemplation vertieft, so nachhaltig, daß zuerst ihr Kopf auf die Brust und dann ihr ganzer Körper auf den Flokati gesunken war. Die Tarotkarten waren ihr aus der Hand gerutscht, und der bernsteingelbe Stoff ihrer wallenden Bluse blähte sich sanft im Rhythmus ihres Atems. Wenn sie sich auf diese Art konzentrierte, durfte man sie nicht stören, weil das ihre ganzen Schwingungen durcheinanderbrachte.

Das Läuten des Telefons war daher eine willkommene Abwechslung. Nico ließ sein halbfertiges Legoraumschiff stehen und rannte in die Diele.

»Ja, hier Stegmann«, meldete er sich routiniert.

»Hier Krüger von NFZ-Film, Hamburg. Spreche ich da mit Stegmann?«

Nico nickte.

»Ist dort Stegmann?« insistierte Herr Krüger.

Nico nickte abermals, dann fiel ihm ein, daß Herr Krüger ja nicht durch den Hörer gucken konnte, und freundlich sagte er: »Ja, ich bin dran.«

Er lauschte Herrn Krügers Erklärungen, denen zufolge er jetzt zurück sei. Hätte leider etwas länger gedauert, das Ganze, zuerst in Amerika, und dann hätte er ja auch noch nach München gemußt, um da Feuerwehr bei einer Produktionspanne zu spielen.«

»Ich hab auch ein Feuerwehrauto«, berichtete Nico.

Schweigen am anderen Ende der Leitung. Dann: »Wer ist da?«

»Der Nico.«

»Ach so. Wie alt bist du?«

»Drei«, sagte Nico stolz. »Und bald krieg ich 'nen Löwen, der darf bei mir im Bett schlafen.«

»Wer ist dran, Spatz?« fragte Amanda, die gerade zur Wohnungstür hereinkam. Sie schlüpfte aus ihren Slippern und wehrte Hansi ab, der freudig hechelnd an ihr hochsprang. »Puh, ist das heiß draußen!«

»Heißt deine Mama Amanda Stegmann?« fragte Herr Krüger mit wachsender Ungeduld. »Darf ich sie mal sprechen?«

»Ja«, sagte Nico wortkarg. Das Telefonieren wurde langweilig, schon deswegen, weil der Typ am anderen Ende sich nicht für Löwen und Feuerwehrautos erwärmen ließ.

»Gibst du mir mal bitte deine Mama?«

»Ist es Diana?« fragte Amanda. »Sag ihr, ich hab die Visitenkarten abgeholt. Sie sind toll geworden!«

»Sie hat die Visitenkarten abgeholt, und sie sind toll geworden.«

»Ist deine Mama da?«

»Ja, sie hat die Schuhe ausgezogen. Jetzt geht sie gerade aufs Klo.«

»Sag ihr, ich ruf sie gleich zurück«, rief Amanda durch die geschlossene Badezimmertür.

Nico nickte. »Sie ruft dich gleich wieder an.«

»Ich bin aber gerade mit dem Wagen unterwegs.«

»Im Feuerwehrwagen?« fragte Nico wißbegierig.

»Äh ... nein. Aber sie kann mein Sekretariat anrufen und sich zu mir durchstellen lassen.«

»Warum?«

»Wegen des Treatments. Sag deiner Mama, sie möchte mich wegen des Treatments anrufen.«

»Warum?«

»Kannst du dir das merken? Treatment! Treatment! Sag mir das mal nach!«

»Quietschente«, sagte Nico gehorsam.

Herr Krüger legte auf.

Amanda kam aus dem Bad, hob ihren wunderbar selbständigen kleinen Sohn hoch und preßte ihn an sich.

»Das hast aber du schön gemacht. Was hat Diana gesagt?«

»Weiß nich. Da war ein Mann dran.«

Amanda stellte Nico ab und ging in die Küche, um sich ein Glas Milch einzugießen. »Wer denn? Willst du auch Milch?«

»Mit Kaba«, sagte Nico, die Fragen nach Priorität beantwortend.

Amanda rührte Kakao in die Milch. Nico kletterte auf

seinen Stuhl und schlürfte mit Genuß. »Er ist im Feuerwehrauto«, erklärte er.

»Wer?« Amanda setzte sich zu ihm und wischte ihm den Kababart ab. »Schläft Omi?«

»M-m, sie muß sich kon... kon...«

»Aha.« Amanda füllte Hansis Napf mit Trockenfutter, dann schnitt sie zwei Scheiben Brot ab, eine für sich und eine für Nico. »Wer war das denn eben am Telefon? Will er wieder anrufen?«

Nico dachte nach, dann schüttelte er den Kopf. »Er ist im Feuerwehrwagen.«

Amanda lächelte. »Ein Feuerwehrmann. Was wollte er denn?«

»Mit dir sprechen.«

»Und weswegen?«

»Wegen der Quietschente.«

»Quietschente?« kicherte Amanda. Gott, Nico war so süß! Spontan neigte sie sich zu ihm und küßte ihn auf die Wange.

»Ja, er war in Amerika und in Münsen, und jetzt hat er die Quietschente im Feuerwehrauto.«

Amanda blinzelte verdutzt, dann erstarrte sie zur absoluten Reglosigkeit. Das mußte ein Mißverständnis sein!

»Der Mann am Telefon – hieß der vielleicht Krüger?« fragte sie bemüht beiläufig.

Nico nickte gelangweilt.

»Oh!« schrie Amanda entsetzt. Sie raste ins Wohnzimmer an ihren Schreibtisch, stöberte geräuschvoll und unter Flüchen nach ihrem Produzentenjahrbuch, suchte hektisch blätternd die Telefonnummer heraus und preschte an der erschrocken hochfahrenden Marlene zurück in die Diele, zum Telefon. Nach einigem Hin und Her wurde sie tatsächlich von der Assistentin, mit der sie schon einmal gesprochen hatte, zu Krügers Autoanschluß durchgestellt. Marlene, die mit gespitzten Ohren im Wohnzimmer saß, hörte nur die aufgeregten Satzfetzen, die Amanda im Gespräch mit diesem Hamburger Filmproduzenten hervorstieß, und sie erkannte in einer eigenartigen Gefühlsmischung aus Bedauern und Stolz, daß ihre Tochter gänzlich unfähig war, aus ihrem Herzen eine Mördergrube zu machen. Im Leben kam es immer wieder zu Situationen, in denen es angebracht war, sein Gegenüber nicht allzu deutlich merken zu lassen, wie sehr man sich etwas Bestimmtes wünschte, vor allem dann, wenn besagtes Gegenüber es in der Hand hatte, den Wunsch in Erfüllung gehen zu lassen. Oder auch nicht, je nachdem.

Amanda kam ins Wohnzimmer gestürzt, die Augen weit aufgerissen, schwer atmend vor Erregung. »Ich fahre nach Hamburg! Zum Film!«

Freu dich bitte nicht zu früh, hätte Marlene ihre Tochter am liebsten angefleht. Statt dessen nahm sie Amanda in den Arm und sagte inbrünstig: »Ich freu mich ja so für dich, mein Liebes!«

## Faxe und Fixkosten

Amanda und Diana saßen in Zacharias' Arbeitszimmer, wo sie am Bildschirm seines leistungsstarken PCs attraktive Firmenlogos und aussagekräftige Briefkopfmuster entwarfen. Sie entschieden sich für ein stilisiertes Auge mit langen Wimpern als Logo, und für den Briefkopf wählten sie ein Schriftbild, daß trotz der Schlichtheit ausgefallen wirkte. Außerdem scannten sie zusätzlich ihre Unterschriften ein, da sie fanden, daß das bei einem Werbebrief noch vertrauenerweckender und persönlicher wirke.

All das komponierten sie mit dem von ihnen entworfenen Werbetext zu einem gefälligen Ganzen, wechselten mit dem Dokument ins Faxprogramm und gaben die Nummern ein, die sie aus dem Branchenbuch herausgesucht hatten. Ein paarmal auf *Enter* gedrückt, und Dutzende von Firmen erhielten innerhalb kürzester Zeit ihr phantastisches Fax! Ach, wie wunderbar doch alles mit der richtigen Soft- und Hardware klappte!

Sie waren einmütig der Meinung, daß sie demnächst für ihr eigenes Unternehmen unbedingt dasselbe Equipment benötigten (sie würden Waltraud schon irgendwie beibringen, wie es funktionierte, Rohrpost hin oder her), aber fürs erste würden sie sich mit Zacharias' technischer Ausstattung begnügen müssen. Er hatte ihnen großzügig die Nutzung seines Arbeitszimmers gestattet, denn er hatte noch einen Laptop für den mobilen Gebrauch und konnte jederzeit und überall per Modem und integriertem Fax mit all seinen Filialen in Verbindung treten.

Auch so etwas würden sie eines Tages ihr eigen nennen, schworen sich die Freundinnen. Kommt Zeit, kommt Geld, lautete die Devise.

Und Geld würde schon kommen. Insbesondere jetzt, da ein Verfilmungsvertrag in greifbare Nähe gerückt war! Amanda feilte Tag und Nacht an ihrem Treatment und hatte bereits etliche Sequenzen hinzuerfunden; auf keinen Fall wollte sie mit leeren Händen erscheinen. Der große Tag stand kurz bevor, in der kommenden Woche wurde Amanda in Hamburg erwartet.

Sie und Diana steckten in Zacharias' Arbeitszimmer die Köpfe zusammen und rechneten alles genau aus.

»Nehmen wir mal an, ich kriege ein Autorenhonorar von siebzigtausend. Das ist die Untergrenze für ein abendfüllendes TV-Movie von neunzig Minuten.«

»Wahnsinn«, flüsterte Diana ehrfürchtig.

»Ich würde nicht alles auf einmal kriegen«, schränkte Amanda ein. »Es wird normalerweise gedrittelt. Ein Drittel sofort, ein Drittel nach Ablieferung des Drehbuchs, ein Drittel nach Endabnahme, spätestens aber bei Drehbeginn.«

»Ein Drittel von siebzigtausend wäre schon viel. Das sind ... warte mal ...«

»Dreiundzwanzigtausenddreihundertdreiunddreißigdreiunddreißig«, sagte Amanda prompt.

»Das wären mindestens fünf Monate Kostendeckung«, überschlug Diana, »und zwar nicht nur Fixkosten, sondern einschließlich Möbel für den Empfangsraum. Wenn wir nicht allzu toll hinlangen, reicht's vielleicht auch noch für das Besprechungszimmer!«

Jetzt ging es unweigerlich aufwärts!

Ihr Entzücken kannte keine Grenzen, als der Geschäftsführer des Kaufhauses sich wieder meldete und zwei Überwachungskräfte für eine Woche fest buchte.

Und der endgültige Beweis dafür, daß der Wille Berge versetzen kann, wurde erbracht, als Waltraud anrief und frohlockend mitteilte, daß sich ein erster Interessent auf ihr Fax gemeldet hatte, die hier am Ort ansässige Anwaltskanzlei Schröder und Schröder, und ob sich eine der Damen nächste Woche zu einem Besprechungstermin dort einfinden könne, um mit einem der Partner Einzelheiten zu erörtern?

Und ob sie konnten! Zumindest Diana würde können, während Amanda in Hamburg weilte, um erste Filmlorbeeren zu ernten!

Zacharias schob seinen Kopf durch den Türspalt, um seiner Schwester mitzuteilen, daß sich ihrer beider Mutter wieder mal zu einem Ausheulbesuch angesagt hatte; dabei schnappte er das Wort *Hamburg* auf und wurde hellhörig. Dort müsse er zufällig auch nächste Woche hin, für zwei Tage, zu einem Meeting mit seinem dortigen Geschäftsführer und ein paar Experten. Hierzu sei seine persönliche Anwesenheit unverzichtbar, denn es gehe um ein neues Franchisekonzept sowie um wichtige Expansionsfragen, und warum sollten er und Amanda sich nicht für die Fahrt zusammentun? Der Gips sei zwar wieder ab, aber das Bein sei alles andere als belastbar, weshalb er noch nicht über längere Strecken selbst Auto fahren könne.

Zwei Zimmer seien auch schon gebucht, erzählte er, im *Elysée*, eins für ihn, eins für den Fahrer, in dem Falle also Amanda. Für sie selbstverständlich nicht mit Kosten verbunden.

»Ich wollte eigentlich am selben Tag wieder zurückfahren«, sagte Amanda unentschlossen.

»Du könntest dir Hamburg anschauen. Eindrücke für dein Drehbuch sammeln oder so. Ich müßte sonst jemanden aus der Firma als Fahrer abstellen, das wäre nicht nötig, wenn du fährst. Und du würdest gleich zwei Fliegen mit einer Klappe schlagen, weil du keine Fahrtkosten hast.«

»Amanda kriegt ihre Reisespesen von der Produktionsfirma erstattet«, bemerkte Diana herablassend.

Amanda wirkte betroffen. »Davon hat der Krüger nichts gesagt! Und ich hab vergessen, danach zu fragen! Oh, Mist!«

»Na also«, sagte Zacharias. »Wie sieht's aus? Bist du dabei?«

»Willst du tatsächlich eine Frau deinen kostbaren neuen Achthunderter fahren lassen?« lästerte Diana.

»Warum nicht?« fragte Zacharias. »Also, fahren wir zusammen?«

»Warum nicht«, sagte Amanda. Ja, warum sollte sie nicht mit ihm zusammen nach Hamburg fahren, auf dem Weg zum Erfolg?

## Angeltag

Doch vor den Erfolg haben die Götter bekanntlich den Schweiß gesetzt, sprich, harte Arbeit. In Amandas Fall bestand der schweißauslösende Faktor in Viola Ludwigs Anruf. Ihr Mann Rüdiger sei drauf und dran, sich zu seiner nächsten Angeltour aufzumachen, ließ sie über Waltraud Amanda ausrichten. Rüdiger treffe in seinem Gartenhaus bereits die Vorbereitungen wie Köderfliegen basteln, Schnüre aufrollen, Haken sortieren und dergleichen mehr, und morgen wolle er in aller Herrgottsfrühe losfahren.

Amanda ließ sich vorsorglich für den nächsten Fotografiervormittag von Arnold beurlauben, anschließend rief sie bei den Ludwigs an – einmal mußte sie auflegen, weil Rüdiger dranging – und erkundigte sich bei Viola, was *in aller Herrgottsfrühe* bedeutete.

Viola teilte ihr barsch mit, daß sie Hemden einsprengen müsse, und woher, zum Teufel, solle sie wissen, was in aller Herrgottsfrühe sei? Sei sie Hellseherin oder was? Rüdiger habe nur gesagt, *in aller Herrgottsfrühe* wolle er fahren, und damit basta.

Amanda war nach dem Telefonat nicht klüger als vorher. Immerhin schloß sie aus der Information *Hemden einsprengen*, daß Viola heute sicher noch bügeln würde.

Sie dachte über die Parzen des Schicksals nach, die eine Frau dazu trieben, die Hemden eines Scheusals einzusprengen und zu bügeln, und, als würde das noch nicht reichen, einen Haufen von Tante Margots Erbe dafür zu verplempern, das Scheusal beim Angeln bespitzeln zu lassen.

Amanda beriet sich mit Diana, und beide kamen zu dem Schluß, daß *in aller Herrgottsfrühe* auf keinen Fall früher sei als vier Uhr, alles was vorher lag, sei *spät oder nachts*. Nachts war nicht gleich früh, das wußte jeder.

»Hoffentlich schlaf ich nicht ein, bevor er aus dem Haus kommt!« klagte Amanda. Sie war schrecklich besorgt, daß sie gleich ihre erste Observation vermasseln würde.

»Nimm dir eine Thermosflasche Kaffee mit«, riet Waltraud.

Amandas Panik fand sofort neue Nahrung. »Was mach ich, wenn er schneller als hundert fährt? Meine Schrottkarre packt das höchstens bergab!«

»Du nimmst einen von Zacharias' Mietwagen«, beruhigte Diana sie. »Ich hab ihn schon gefragt. Er sagt, es wäre kein Thema.«

Das hatte er zu allem anderen bisher auch gesagt. In jüngster Zeit schien Dianas Akzeptanz, was brüderliche Hilfeleistung anging, pragmatischere Eigenschaften anzunehmen. Sehr zu Amandas Erleichterung, denn ohne Zacharias wären sie in mehrfacher Hinsicht längst aufgeschmissen gewesen. Sie benutzten nicht nur Zacharias' Arbeitszimmer und Zacharias' PC, sondern hatten sich auch sein Diktiergerät, sein Handy und seine Videokamera geborgt, alles unerläßlich für eine erfolgreiche mobile Observation. Praktisch alles, was sie für unterwegs brauchten, stammte von Zacharias, jetzt auch noch das Auto. Nur nicht die Canon Spiegelreflexkamera mit diversen Teleobjektiven – die Fotoausrüstung war eine unfreiwillige Leihgabe von Arnold.

Unter Carlo Manzettis Hinterlassenschaften hatte sich zwar auch ein Fotoapparat befunden, doch der war, man sollte es kaum für möglich halten, noch älter als der von Arnold. Nur um die Blende und die Entfernung einzustellen, brauchte man schon Minuten, zu lange, um jemanden in flagranti zu knipsen – vor allem, so meinte Diana, wenn man bedachte, daß viele Männer in der Hälfte dieser Zeit fertig waren.

Von all dem Gerümpel, das die Frauen in Manzettis Rollschränken gefunden hatten, war der einzig brauchbare Gegenstand ein vorzügliches Fernglas.

Das Verkleidungssortiment stammte von Waltraud; es bestand aus einer absolut entstellenden, dicken, dunklen Hornbrille (Fensterglas), zwei Perücken (dunkelblond bzw. schwarz) und zwei Wendeblazern (außen grau-schwarz und innen schwarz der eine, lila-blau gestreift und blau der andere).

In einer diskret dunkelblauen Ford-Limousine aus Zacharias' hiesiger Filiale fuhr Amanda am nächsten Morgen Punkt vier Uhr vor dem Grundstück der Ludwigs vor und ging in Warteposition. Streifen ersten Dämmerlichts zogen am Horizont auf und durchdrangen allmählich die Dunkelheit. Obwohl Amanda vor lauter Aufregung kaum geschlafen hatte, war sie alles andere als müde. Sie war nervös, und zwar so sehr, daß sie keinen Kaffee benötigte. Im Gegenteil – hätte sie welchen getrunken, wäre sie alle fünf Minuten gezwungen gewesen, sich in Violas akkurat gestutzte Büsche zu schlagen. Auch so, ohne Kaffee, mußte sie zweimal aussteigen, in ständiger Angst, jemand aus der Nachbarschaft könne unter Schlaflosigkeit oder Nachtwandelei leiden und sie dort zwischen Buchsbaum und Rosenrabatten hocken sehen.

Es war fast halb sieben und taghell, als endlich die Haustür aufging und Rüdiger Ludwig ins Freie trat. Amanda musterte ihn aufmerksam, während er mit einer Fernbedienung das Garagentor öffnete. Auf den Bildern hatte er deutlich markanter ausgesehen. Jetzt, mit Schirmkappe, Jeansjacke und Anglerkoffer, wirkte er eher nichtssagend, fast schon langweilig, wie das Paradebeispiel eines durchschnittlichen Enddreißigers ohne besondere Eigenschaften.

»Zielperson verläßt mit Koffer sechs Uhr fünfundzwanzig das Haus und geht in die Garage«, sagte Amanda leise in das Diktiergerät, genau so, wie Waltraud es ihr beigebracht hatte. »Dunkelroter Peugeot der Zielperson verläßt die Garage. Nehme Verfolgung auf.«

Rüdiger ließ kurz darauf die wenig befahrenen Straßen des Wohnviertels, in dem er und Viola lebten, hinter sich und fädelte sich in den einsetzenden Berufsverkehr ein. Die vielen Fahrzeuge erleichterten Amanda einerseits die Verfolgung – Rüdiger würde kaum bemerken, daß jemand hinter ihm her war –, wirkten sich andererseits jedoch auch ungünstig aus, weil Amanda sich stark auf den fließenden Verkehr konzentrieren mußte und bei jedem Wagen, der sich zwischen ihr und der Zielperson einordnete, in Panik geriet, weil sie fürchten mußte, den Peugeot aus den Augen zu verlieren.

Eine professionelle und wirklich absolut unverdächtige Fahrzeug-Observation, so hatte Waltraud sie belehrt, würde in der Regel von drei oder mehr Beschattern durchgeführt, die dem Objekt in lockerem Konvoi folgten, dabei per Funk untereinander in Verbindung standen und sich regelmäßig bei der direkten Verfolgung abwechselten.

Aber mindestens genauso viele Detektive machten es wie Sam Spade, Philipp Marlowe oder Jim Rockford, die waren ja schließlich auch Einzelkämpfer gewesen. Amanda befand sich mit ihrer Methode sozusagen in bester Gesellschaft.

»Zielperson biegt bei Kilometer siebzehnkommafünf auf Feldweg ab«, sagte Amanda zehn Minuten später, als Rüdigers Wagen unweit von einem Wäldchen nach rechts abbog und über einen von Schlaglöchern übersäten Wirtschaftsweg holperte. Jetzt wurde es kritisch. Solange sie Sichtkontakt hatte, konnte sie ihm unmöglich folgen. Ein Blick in den Rückspiegel, und sie wäre ertappt. Was nun?

Sie nahm das Handy von der Ablage und rief Waltraud an, die versprochen hatte, während der ganzen Observation in Rufbereitschaft zu bleiben, sei es zu Hause oder im Büro. Sie meldete sich erst nach mehrmaligem Klingeln, und Amanda hoffte nur, daß der verwaschene Klang ihrer Stimme vom Schlaf herrührte statt vom Morgentrunk.

Amanda schilderte Waltraud ihr Dilemma, und Waltraud empfahl ihr, Rüdiger erst zu folgen, wenn er außer Sicht war.

»Bestimmt siehst du ihn dann irgendwo zwischen den Bäumen auf einem Parkplatz«, beruhigte Waltraud sie.

So war es auch. Waltraud hatte recht gehabt, die gute Seele.

»Roter Peugeot parkt auf Waldparkplatz«, diktierte Amanda leise, »Zielperson nicht in Sicht.«

Amanda parkte in sicherer Entfernung, stieg aus und blieb unentschlossen stehen. Was nun? Sollte sie einfach hier warten, bis er wiederkam? Er würde sich schon nicht in Luft auflösen, jedenfalls nicht ohne Auto. Zu Fuß kam er nicht weit, denn diese Gegend war so einsam, daß im Umkreis von drei Kilometern kaum ein Haus stand. Aber was, wenn er sich mit einer Kontaktanzeigenbekanntschaft zum lauschigen Tête-à-tête im Unterholz verabredet hatte? Was, wenn die zwei, während Amanda nutzlos hier im Wagen herumhing, schon längst auf der feuchten, dunklen Erde eine Decke ausgerollt hatten und eins wurden mit sich und dem Universum?

Ein weiterer Anruf bei Waltraud wurde nötig. Die hörte sich jetzt schon wacher an als vorhin. »Ja, Hackspecht?«

»Waltraud, der Wagen ist da, aber den Ludwig seh ich nirgends«, jammerte Amanda.

Waltraud beschwerte sich, wenn das so weiterging, könnte sie ja gleich die Observation selber durchführen, Amanda sei ja hilfloser als ein Kleinkind. Dann ließ sie sich aber doch zu weiteren Tips herbei.

»Schlag dich in die Büsche, weit kann er ja nicht sein. Wahrscheinlich hockt er an irgendeinem Bach und angelt. Halt nach einem Wasserlauf oder so Ausschau.«

»Aber wenn er mich sieht!«

»Tu so, als würdest du Pilze sammeln.«

»Mit dem Aktenkoffer?«

»Dann bist du eben eine Spaziergängerin oder eine Vogelfotografin, Himmel, stell dich doch nicht so an! Wenn du nicht in der Lage bist, anderen Leuten hinterherzuschleichen, solltest du diesen Beruf lieber gleich aufgeben.«

Damit hatte sie einen Nerv getroffen. Aufgeben? Amanda? Niemals!

Amanda trennte die Verbindung. Sie atmete durch, holte das Fernglas und die Canon aus dem Wagen, hängte sich beides um den Hals und wurde mental zur Vogelfotografin.

Entschlossen nahm sie die Verfolgung auf.

Rüdiger Ludwig saß tatsächlich an einem nahegelegenen Wasserlauf auf einem Klappschemel und angelte. Er hatte die Jacke aus- und dafür hüfthohe Anglerstiefel angezogen. Amanda hätte ihn fast übersehen, so nahtlos fügte er sich mit seinem laubgrünen Hemd und den olivbraunen Stiefeln in die Umgebung ein.

In angemessener Entfernung blieb sie stehen, richtete den Sucher der Canon auf Rüdiger Ludwig, zoomte ihn heran und knipste seine Rückenansicht. Anschließend, nach einem vorsichtigen Positionswechsel, gelang ihr noch eine brauchbare Profilaufnahme. Schließlich sollte Viola was kriegen für ihr Geld!

In den folgenden drei Stunden hockte Amanda hinter dem Baum, den sie als Versteck ausgewählt hatte, und langweilte sich tödlich. Zwischendurch sagte sie Dinge wie: »Zielperson fängt kleinen Fisch, wirft ihn aber wieder ins Wasser«, oder: »Zielperson wechselt Köder«, oder: »Zielperson läßt Leine.« Am aufregendsten war noch: »Zielperson nimmt Schirmkappe ab, fährt sich durchs Haar, setzt Kappe wieder auf.«

Wie konnte ein Mensch, der noch alle beisammen hatte, gern angeln? Es passierte buchstäblich nichts! Man hockte nur tatenlos da, Stunde um Stunde, hielt sich an der Angel fest und starrte blöde ins Wasser. Tolles Hobby. Na ja, Männer.

Dann, gegen halb zwölf, kam Leben in Rüdiger. Er holte die Angelschnur ein und legte die Rute zur Seite. Danach stand er auf. Amanda kämpfte sich auf die Füße stöhnend vor Erleichterung, daß diese Folter ein Ende fand.

»Zielperson hört auf zu angeln«, flüsterte sie aufgeregt in das Diktaphon. Und dann: »Zielperson geht zu dem mitgebrachten Koffer. Holt ein Päckchen heraus, wickelt Papier ab. Es ist ... ein Butterbrot.«

Amanda plumpste zurück auf die Baumwurzeln und beobachtete mit grenzenloser Verbitterung durch das Fernglas, wie Rüdiger der mitgebrachten Verpflegung zusprach. Müdigkeit bemächtigte sich ihrer, und sie merkte, wie sie langsam, aber sicher eindöste, während Rüdiger Brotzeit hielt. Nur ihr knurrender Magen hielt sie noch wach. Die Nervosität hatte ihr letzte Nacht nicht nur den Schlaf geraubt, sondern ihr auch das Essen verleidet. Sie hatte seit gestern abend nicht den kleinsten Bissen zu sich genommen! Und zu allem Überfluß hatte sie auch noch vergessen, sich einen Happen für zwischendurch einzupacken!

Jetzt hätte sie gut einen Schluck Kaffee vertragen können, doch der war in der Thermoskanne, und die lag in Zacharias' Limousine, auf der Rückbank.

Außerdem plagte sie seit einer Weile ein menschliches Bedürfnis. Amanda unterdrückte es eisern und wurde unterdessen mit Schaudern gewahr, daß Rüdiger erneut seine Angel auswarf. Sie hätte heulen können. So ein Mist!

Denk an das Geld, befahl sie sich. Doch auch das half nicht viel, denn die fünftausend waren ja längst verpulvert!

Amanda massierte ihre eingeschlafenen Füße. »Zwölf Uhr«, diktierte sie gähnend. »Zielperson hat Mittagspause beendet. Petri heil!«

In der Folgezeit fielen ihr dann doch die Augen zu. Irgendwann schreckte sie hoch, mit dem deutlichen Gefühl, etwas Wichtiges erledigen zu müssen. Sie hatte keine Ahnung, was es war; weit befremdlicher schien ihr jedoch, daß lauter Bäume um sie herumstanden und Ameisen über ihren ganzen Körper krabbelten.

Als sie sich nach einem desorientierten Rundblick Sekunden später endlich erinnerte, warum sie hier im Wald hockte, mußte sie zu ihrem Entsetzen feststellen, daß Rüdiger verschwunden war. Er war weg! Und es war vier Uhr! Sie hatte mehrere Stunden geschlafen und die Zielperson entwischen lassen! Himmel, was für ein

Debakel! Das war der schlimmste Fauxpas, der einem Detektiv unterlaufen konnte! Ausgerechnet bei ihrem ersten Auftrag verdarb sie alles!

Nur mit Mühe unterdrückte sie einen Aufschrei der Enttäuschung. Am liebsten hätte sie laut losgeheult, sie konnte kaum an sich halten.

Aber dann sah sie zu ihrer ungeheuren Erleichterung, daß der Schemel noch am Bachufer stand und auch der Koffer noch an Ort und Stelle war. Rüdiger war wohl nur mal eben für große Jungs. Aha, da kam er auch schon zurück, einen zusammengelegten Klappspaten in der Hand. Sehr hygienisch, der Gute, er hielt die Umwelt sauber. Man merkte sofort, daß er einem reinlichen Haushalt entstammte.

Anscheinend hatte er jetzt endlich genug von der Angelei; er packte seine Siebensachen zusammen und machte Anstalten, aufzubrechen. Amanda war bereits im Rückzug begriffen.

»Zielperson kommt nach Verrichtung der Notdurft aus dem Wald zurück und bricht Angelaktion ab«, diktierte sie, rückwärtsgehend und mit der freien Hand heftig nach diversen Ameisen schlagend. »Packt Angelzubehör und Spaten in den Koffer. Nimmt Koffer. Bewegt sich in Richtung Parkplatz.«

Sie stolperte über einen Ast und knallte auf den Hintern, doch es gelang ihr, sich hochzurappeln, bevor Rüdiger ihrer ansichtig wurde, und dann erreichte sie ohne weitere Zwischenfälle den Wagen.

# Scheusal mit sieben Buchstaben

Anschließend verbrachte Amanda unter der Tarnung der schwarzen Perücke, der Hornbrille und des schwarzgrau gestreiften Wendeblazers einige weitere, wenig aufschlußreiche Stunden in einer vollbesetzten Ausflugslokalität namens Jägers Ruh, zu der sie Rüdiger Ludwig nach dessen Aufbruch vom Bachufer mit dem Wagen gefolgt war. Unter der Perücke juckte es entsetzlich. Hatte Amanda zunächst gedacht, sie könnte die eine oder andere Ameise übersehen haben, glaubte sie allmählich, es müsse Schlimmeres sein. Zum Beispiel Läuse. Oder Flöhe. Oder Krätze. Oder alles zusammen. Im Geiste stellte sie sich bereits ihre Kopfhaut besiedelt mit allerlei bissigem, blutrünstigem Getier vor, das seit Jahren in der Perücke gehaust und nur auf die nächste Trägerin gewartet hatte.

Trotz der sommerlichen Hitze wagte sie nicht, den viel zu weiten Blazer auszuziehen, so daß sie still vor sich hin dampfte, während Rüdiger, der mit dem Rükken zu ihr allein an einem Ecktisch saß, Kartoffelsalat und Frikadellen zu sich nahm. Amanda hatte auf der Karte nachgesehen, beides zusammen kostete sieben Mark achtzig, ein Betrag, der nicht gerade ein Loch in Tante Margots Erbmasse fraß.

Wenn Amanda nicht höchstpersönlich Rüdigers alias Richards Briefe gelesen hätte, wäre sie spätestens jetzt überzeugt gewesen, daß ihre Auftraggeberin nicht nur an einer weit fortgeschrittenen Putzneurose litt, sondern zudem hochgradig paranoid sei. Weit und breit keine Schlampe in Sicht, mit der das Scheusal Tante Margots Erbe durchbrachte!

Da Amanda in dem gutbesuchten Lokal schlecht in das Diktaphon sprechen konnte, legte sie ihre Beobachtungen schriftlich nieder. Zu diesem Zweck hatte sie vorhin noch im Wagen dem mitgeführten – bisher ungefüllten – Ludwig-Dossier ein leeres Blatt entnommen und unauffällig in ein Kreuzworträtselheft gelegt (auch ein Tip von Waltraud).

*Zielperson gibt Ketchup über die Frikadellen*, notierte sie gewissenhaft. Sie selbst hatte ebenfalls Ketchup über ihr Essen gekippt, weil es anders nicht zu genießen war. Das Schnitzel und die Pommes hatten geschmeckt, als hätte der Koch sie stundenlang in Maschinenöl gesotten.

Amanda sehnte sich nach einem Bad und einem Bett. Sie hätte nie gedacht, daß der Detektivberuf mit so viel lästiger Warterei verbunden war!

Der einzige Lichtblick bei dieser ganzen Observationsaktion war die Tatsache, daß der Abend und damit die Wachablösung näherrückte. Ab acht Uhr war Diana dran; Sie hatten vereinbart, daß eine Vierzehnstunden-Beobachtung das äußerste war, was eine von ihnen hintereinander verkraften konnte.

Amanda hatte ihre Freundin noch vom Wagen aus per Handy informiert, wo sie sich gerade befand, und Diana würde in Kürze hier eintreffen, um die weitere Beobachtung bis morgen vormittag zu übernehmen. Wenn sie Glück hatte, würde Rüdiger gleich nach Hause fahren und sich aufs Ohr legen, damit wäre dann dieser Angelausflug zu Ende. Allerdings war nicht von der Hand zu weisen, daß es, vor allem aus finanzieller Sicht, natürlich weit günstiger war, wenn Rüdiger heute nacht noch eine Sause durchzog, möglichst bis zum nächsten Nachmittag, dann hätten sie mit den Nachtzuschlägen wenigstens ihr Geld verdient und kämen nicht in die Verlegenheit, Viola einen Teil des Vorschusses zurückzahlen zu müssen. Oder, was der Himmel verhüten möge, Rüdiger noch mal einen Tag lang beim Angeln zuzusehen.

*Zielperson bestellt ein zweites Pils*, schrieb Amanda auf das Blatt im Kreuzworträtselheft. Sie konnte der Versuchung nicht widerstehen, ein paar der gesuchten Begriffe in die Kästchen einzutragen. Waagrecht: Grausiges Scheusal mit sieben Buchstaben. Amanda zählte, doch *Rüdiger* paßte nicht, wegen des Umlauts. Amanda tippte auf *Monster* und schrieb es auf. Senkrecht: Veilchen auf Lateinisch mit fünf Buchstaben. Das war leicht. *Viola*. Zusammen bildeten die zwei Begriffe ein perfektes Kreuz. Als Amanda das nächste Mal aufblickte, war Rüdiger weg. Sie sprang auf und starrte wild um sich, nur um betreten zurück auf ihren Stuhl zu sinken, als er drei Sekunden später durch die Tür mit der Aufschrift *Herren* wieder zum Vorschein kam.

*Zielperson geht in Waschraum, kommt wieder zurück*, schrieb sie auf.

Dann widmete sie sich wieder dem Rätsel. Rätsellösen war nicht dasselbe wie Lesen, beruhigte Amanda sich. Lesen zum Vertreib der Langeweile war nämlich streng verboten, fast so streng wie Schlafen, denn dabei konnte es allzu leicht passieren, daß einem die Zielperson mir nichts, dir nichts durch die Lappen ging, vor allem, wenn die Lektüre spannend war.

Endlich war der vereinbarte Zeitpunkt gekommen. Amanda winkte den Ober heran und zahlte; danach verließ sie unauffällig das Lokal, um sich draußen mit Diana zu treffen. Rasch machte sie noch ein paar

Schnappschüsse vom *Jägers Ruh*, mit Rüdigers Peugeot im Vordergrund, dann tauchte auch schon Dianas rotes Cabrio in der Ferne zwischen den Bäumen auf. Nach einem kurzen Lagebericht hinter einem hohen Holzstapel wechselten Ausrüstung und Wagenschlüssel die Besitzerin, und Amanda brauste mit dem Cabrio heimwärts.

## Kleine Männer im Anmarsch

Harald Krallwitz alias Harry die Kralle verstand die Welt nicht mehr. Was war denn hier passiert? Das muffige, dunkle, von staubigen Pflanzenarmen durchwucherte Empfangskabuff von Carlo Manzettis Büro hatte sich in einen weiten, sonnenhellen Raum verwandelt, mit lichtgelben Tapeten und einem glänzenden neuen Fußboden. Daß der Raum bis auf ein paar Klappstühle und Apfelsinenkisten leer war, steigerte den dramatischen Effekt der Veränderung eher, als daß es ihn schmälerte.

Zwerg, der ihm auf dem Fuße folgte und dem die Verwandlung ebenfalls nicht entging, ließ seine Fingerknöchel knacken, seine übliche fatalistische Art, sich mit Überraschungen auseinanderzusetzen.

Daß Carlo Manzetti nicht an diesem auf Hochglanz getrimmten Ort weilte, war auf den ersten Blick zu erkennen, denn alle Türen standen weit offen. Niemand war hier, bis auf die Sekretärin, Waltraud Sowieso, die beim letzten Mal sternhagelvoll auf ihrem Schreibtisch gepennt hatte. Nun, der Monat war um, exakt heute, und Harry die Kralle war hier, um an den Ablauf dieser Frist zu erinnern. Nachhaltig zu erinnern, wenn es sein mußte.

Waltraud saß in einer Ecke vor ihrem klapprigen Campingtisch. Sie wandte den unangemeldeten Besuchern den Rücken zu und traktierte die vor ihr stehende Schreibmaschine mit flinken Fingern. Sie tippte Amandas Observationsprotokoll vom Band ab und trug daher Kopfhörer, weshalb sie auch die Männer nicht hatte hereinkommen hören.

Mit einem Aufschrei des Entsetzens fuhr sie herum, als Zwerg in ihr Blickfeld trat. Dann lächelte sie zögernd, nahm die Kopfhörer ab und beging den üblichen Fehler, den alle Leute machten, die Zwerg zum ersten Mal sahen und ihn wegen seiner zarten Züge und winzigen Statur für einen zurückgebliebenen Konfirmanden hielten.

»Was willst du denn hier, so ganz allein?«

»Er ist ja nicht allein«, sagte Krallwitz mit seiner Reibeisenstimme, während er näherkam. »Und wir sind auch nicht zum ersten Mal hier.«

Waltraud musterte ihn mit aufkeimender Besorgnis. Im Laufe eines langen Berufslebens war sie häufig genug mit gewissen Randexistenzen in Berührung gekommen, um diesen kurzen, kastenförmigen Typ in seinem maßgeschneiderten Zweireiher und der verrückt gefleckten schrägen Brille richtig einordnen zu können, obwohl sie ihn noch nie gesehen hatte.

»Tut mir leid, ich kenne Sie nicht«, erklärte sie steif, während sie aufstand und ihre Jeans glattstrich.

Der Kleine mit dem Kindergesicht kicherte hämisch. »Sie kennt ihn nicht!«

»Was wollen Sie überhaupt hier?« fragte Waltraud, aus ihrer Höhe von einssiebzig bequem auf Harry und seinen noch kleineren Kumpan hinabblickend.

»Wir hatten heute einen Termin mit Carlo Manzetti«, sagte Harry zuvorkommend.

In Waltrauds Gesicht arbeitete es. »Herr Manzetti ist nicht hier«, sagte sie mit bebender Stimme.

»Das sehen wir. Wo ist der Gute denn? Kurz mal rausgegangen?«

Zu Krallwitzens Überraschung fing die Frau sofort an zu heulen. Tränen sprangen aus ihren Augen und zerstörten das Make-up auf ihren verlebten Zügen. »Er ist ...«, schluchzte sie haltlos, »er ... er ist ...« Sie brach mit einem Wehlaut ab und vergrub das Gesicht in den Händen.

»Scheiße, der Kerl ist tot«, sagte Zwerg perplex.

»Wer ist tot?« fragte Diana. Sie kam von draußen, das Gesicht glänzend vor Morgenfrische. Als sie der ungewöhnlichen Besucher ansichtig wurde, bemühte sie sich um einen verbindlichen Gesichtsausdruck, was ihr jedoch schwerfiel. »Willst du mir die Herren nicht vorstellen?« fragte sie Waltraud, die sich gerade schniefend das Gesicht trocknete.

»Geht nicht, ich kenn sie auch nicht. Sie wollen zu Herrn Manzetti, aber der ist ja nicht da.«

»Ah ja«, sagte Diana wachsam. »Meine Herren, vielleicht kann ich Ihnen ja weiterhelfen. Was kann ich für Sie tun?«

»Moment mal«, hob Krallwitz die Hand. »Wo ist Carlo Manzetti? Und ich warne Sie – sagen Sie es mir besser gleich!« Er schob die Hand in die Tasche und beulte drohend den Stoff aus. Diana sah es und zog adäquate

Schlüsse: Mit diesen Kerlen legte sie sich besser nicht an.

»Nun, es ist ja kein Geheimnis, warum sollen Sie es nicht erfahren? Er ist im Gefängnis, meine Herren.«

»Scheiße aber auch«, sagte Zwerg.

»Und was soll dann dieser ganze Kram?« wollte Harry wissen, mit einer ausholenden Armbewegung das ungewohnt frische Ambiente des renovierten Büros erfassend. »Wieso wird der Scheißladen hier neu angestrichen, wenn Carlo im Knast sitzt?«

»Weil dieser Scheißladen, wie Sie es auszudrücken belieben, jetzt mir und meiner Freundin gehört«, erklärte Diana überheblich. Ihr war deutlich anzusehen, was sie von diesen Figuren hielt, die ihrem sicheren Gefühl nach irgendwie mit Carlo Manzettis Hauptberuf zu tun hatten. Möglicherweise waren sie sogar maßgeblich an der Sache beteiligt, wegen der Manzetti jetzt irgendwo im Knast schmorte.

»Scheiße aber auch«, rief Zwerg.

Krallwitz sagte gar nichts. Er mußte nachdenken, und das konnte er nicht, solange diese zwei Hühner ihn anstarrten wie das achte Weltwunder.

»Ich komme wieder«, sagte er daher nur, bevor er sich auf dem Absatz umdrehte und ging.

## Ohrenspitzen und Nasenbluten

Am späteren Vormittag traf Amanda ebenfalls im Büro ein, nachdem sie einen weiteren Kindergartenjob erledigt hatte, bei dem diesmal zum Glück alles glattgegangen war. Waltraud war mit dem Abtippen des Bandes, das Amanda ihr heute morgen vor ihrem Fototermin übergeben hatte, bereits fertig und schrieb nun Dianas Band ab. Die Kopfhörer über den Ohren, hockte sie wieder in ihrer Ecke und tippte grummelnd, gelegentlich den Kopf schüttelnd über die Unprofessionalität der einen oder anderen Formulierung des diktierten Textes.

Amanda und Diana saßen auf den Klapphockern; Diana erzählte zuerst kurz von den ominösen Besuchern (*zwei komische Typen, die zu Manzetti wollten*) und berichtete Amanda dann von ihrer gestrigen Observation.

Amanda hätte nie gedacht, daß Rüdiger am gestrigen Abend noch ein Treffen mit einer fremden Frau in Szene setzen würde, doch genau so war es gekommen. Zähneknirschend dachte sie an die vielen Stunden, die sie mit ödem Nichtstun hinter einem Baum und in einer verräucherten Kneipe verbracht hatte, während Diana, kaum daß Amanda nach Hause gefahren war, einen wahren Krimi erlebt hatte. Alles war da gewesen: Konspiration, Suspense und Action pur. James Bond war gar nichts dagegen. Diana war, aus detektivischer Sicht, voll auf ihre Kosten gekommen. Alles, was sie erzählte, klang wie im Film.

»Stell dir vor, ich hatte mich kaum hingesetzt und eine Limo bestellt, als der Kerl auch schon aufbrach, zu seinem Wagen ging und losbrauste. Ich kam gerade noch hinterher. Und was soll ich dir sagen: Er fährt tatsächlich dreißig Kilometer weit nach S., zum Bahnhof! Da wurde es echt spannend! Mir war klar: Der Kerl hatte was vor!«

»Du hast's gut!« sagte Amanda mit glänzenden Augen.

Sie sah ihre Freundin neidisch an. Doch Diana wehrte ab.

»Ich hab gezittert, daß der Kerl mir entwischt! Kritisch war's vor allem, als ich vor dem Bahnhof keinen Parkplatz fand. Ich dachte sofort, jetzt ist's aus. Bestimmt steigt er gleich in einen Zug und verschwindet, während ich hier nach einem blöden Parkplatz suche. Ich wußte ja nicht, daß er bloß zum Klo wollte.«

»Zum Klo?« wiederholte Amanda töricht.

»Exakt. Ich hab mich einfach ins Halteverbot gestellt. Dann kam ich wie eine Irre in die Bahnhofshalle gestürzt und sah gerade noch, wie er in seiner Anglerkluft und mit einem Köfferchen ins Klo marschierte. Fünf Minuten später kam er piekfein wieder raus, in dem teuersten Anzug, den ich seit langem gesehen habe.«

»Nein!« rief Amanda beeindruckt.

»Doch. Richtig edel sah da der auf einmal aus. Dann stieg er wieder in seinen Wagen und fuhr weiter zu diesem Hotel. Fünf Sterne, erstes Haus am Platze. Ganz lässig ging er zum Tresen und sagte: *Ich hatte gebucht, mein Name ist Hermann.*«

»Noch ein falscher Name«, entfuhr es Amanda. »Wollten die nicht seinen Ausweis sehen?«

»Er erzählte, er hätte zufällig seine Brieftasche mit allen Papieren zu Hause vergessen, und dabei lachte er total dämlich, *hahaha*, nicht mal seinen Führerschein hätte er dabei, eigentlich dürfte er gar nicht fahren, wieder hahaha, aber seine Frau wäre schon unterwegs, ihm alles vorbeizubringen. Ob das jetzt schlimm wäre? Ach wo, macht doch nix, sagte der Empfangschef. Klar, der feine Rüdiger hatte ja zufällig seinen Geldscheinclip dabei, in dem all diese großen braunen und roten Lappen steckten, da darf ein Gast ruhig mal seinen Ausweis vergessen, vor allem, wenn man wie dieser hier gleich im voraus blecht. Jetzt wissen wir auch, wofür er das viele Geld braucht. Der Anzug, das Nobelhotel – das kostet natürlich, und zwar nicht zu knapp. Mir wäre fast die Kamera runtergefallen, als ich sah, wie er das Geld rausholte und die Hunderter für das Zimmer auf den Tresen blätterte.«

»Du hast davon auch ein Foto?« fragte Amanda mißgünstig.

»Worauf du wetten kannst. Ich stand hinter dem Blumenarrangement, direkt neben dem Aufzug. Keine zehn Meter weit von dem lieben Rüdiger entfernt.«

»Whow! Aber ich wußte ja immer schon, wie cool du bist!«

Diana lächelte geschmeichelt. »Rüdiger sagte dem Empfangschef, er würde sein Gepäck später aus dem Wagen holen, wenn seine Frau käme. Dann ging er rüber in die Hotelbar. Du weißt schon, diese ganz bekannte Bar, in der sie die weltberühmten Drinks mixen und wo bis morgens um vier noch die Absacker rumhängen und dem Pianospieler zuhören. Ich bin nur noch schnell ins Damenklo geflitzt, hab die Jacke gewendet und die andere Perücke aufgesetzt, dann bin ich ihm nach. Er saß an der Bar und las *Der Steppenwolf*. Für mich ein klarer Fall: Hesse als Erkennungszeichen.« Diana legte eine kunstvolle Pause ein, dann sagte sie: »Ein paar Minuten später kam die Frau.«

»Ich kann wohl annehmen, daß es nicht Viola war.«

»Nicht, wenn die wirklich so fett ist, wie du gesagt hast. Die von gestern abend wog höchstens die Hälfte. Sie war um die Dreißig, schlank, brünett. Ganz nett, eigentlich. Sie guckte sich kurz um, sah den Hesse, ging auf ihn zu, und der Rest ist Geschichte.«

»Wahnsinn«, flüsterte Amanda. »Hast du sie fotografiert?«

»Logisch. Durch einen Türspalt vom Toilettenvorraum aus. Wie du's mir erklärt hattest. Ich hab den Tausend-ASA-Film genommen. Und die Kamera auf den Waschbeckenrand gelegt, um nicht zu verwackeln. Ich hab die Klofrau mit zwanzig Mark bestochen. Was denkst du – sind das Spesen?«

»Keine Ahnung. Im Zweifel bestimmt. Und dann? Ist er mit der Frau auf sein Zimmer gegangen?«

»Leider nicht«, sagte Diana. Ihre Stimme hatte unvermittelt jeden Enthusiasmus verloren. Kläglich blickte sie auf den nagelneuen Laminatfußboden. Irgend etwas schien ihr grenzenlos peinlich zu sein.

»Was soll das heißen, leider nicht?«

»Ja, weißt du, die Sache ist die: Ich hatte mich nach der Fotoaktion gerade unauffällig an einen dieser winzigen Tische gesetzt, ganz in der Nähe der Bar, praktisch direkt hinter den beiden, und ich spitzte die Ohren wie ein Luchs, weil das Piano so laut war. Ich hörte eben noch, wie der Ludwig sagte: *Ich würde mich sehr freuen, Sie heute nacht ...*, als ich mich plötzlich nicht mehr konzentrieren konnte.«

»Moment. Er sagte also: *Ich würde mich sehr freuen, Sie heute nacht ...* Was denn *Sie heute nacht*? Einzuladen? Nach Hause zu bringen? Abzuschleppen?«

»Ich sagte doch, ich konnte mich nicht mehr konzentrieren!«

»Aber wieso denn nicht, verflixt noch mal?«

»Mein Vater kam rein«, platzte Diana heraus. Röte stieg

in ihre Wangen, und verlegen fuhr sie mit der Spitze ihrer Sandale über den Boden, bis es quietschte.

»Dein Vater kam rein«, echote Amanda dümmlich.

»Er hatte die neue Lebensqualität dabei«, ergänzte Diana. »Sie trug ein rosa Kleid und sah aus wie zwölf. Es war ekelhaft. Der Anblick, wie er mit ihr ... Sein Arm um ihre Schultern ... Es war so ... so ... widerlich!«

Was dann auch sofort und an Ort und Stelle zu einem Familiendrama geführt hatte, wie Amanda als nächstes zu ihrer Bestürzung erfahren mußte.

Diana war mit einem Schwall von Beleidigungen auf ihren Vater losgestürmt, gerade als dieser für sich ein gepflegtes Guinness vom Faß und für seine Sekretärin und Geliebte eine Piña Colada bestellte. Diana hatte ihm entgegengeschleudert, was für ein mieses Schwein er sei, und er, dieser Schuft, hätte sie nur verständnislos gemustert und zu seiner kleinen Schickse gesagt, das da müsse eine Verrückte sein, er hätte diese Frau noch nie in seinem Leben gesehen.

»Ich war natürlich noch verkleidet«, sagte Diana düster, »doch das hatte ich in dem Moment ganz vergessen.«

»Oh!« rief Amanda erschrocken. »Und dann? Du hast ihm doch nicht etwa ...?«

»Nein, das wär ja 'ne Todsünde. Aber dieser kleinen blonden Nutte hab ich.«

Amanda schluckte. »Du meinst, du hast ihr ...«

»Direkt auf die Nase«, bestätigte Diana kühl. »Das Blut floß in Strömen. Eigentlich besagt das nicht viel, Nasenbluten sieht viel schlimmer aus, als es ist. Jedenfalls taumelte sie rückwärts und knallte gegen Rüdiger, übergoß seinen Dreitausend-Mark-Anzug mit ihrem Nasenblut und sagte, *Huch, das tut mir aber leid!* Er stammelte irgendwas von *Macht nix, kann doch jedem passieren*, doch du hättest mal seine Augen sehen sollen, der sah plötzlich ganz schön sauer aus, richtig wild. Mein Vater schaute mich an und sagte: *Diana? Bist du das etwa?*, worauf ich antwortete, *Nein, ich bin Maid Marian und räche die Entnervten*. Dann ging auf einmal alles durcheinander. Der Barkeeper erklärte, er hätte eben die Polizei angerufen, die Herrschaften möchten sich bitte bis zu deren Eintreffen ruhig verhalten. Die Frau, die mit Rüdiger verabredet war, entpuppte sich als Samariterin und schleppte Papas kleine Freundin ins Damenklo. Und als ich mich das nächste Mal zu Rüdiger umdrehte, war der Kerl weg.«

»Wie, weg? Du meinst, er war auf sein Zimmer gegangen?«

Diana schüttelte den Kopf. »Da hab ich später nachgeschaut. Nein, er war ganz einfach abgehauen. Sein Wagen war auch nicht mehr da.«

»Hast du die Frau wenigstens noch interviewt?«

»Nein, wie denn auch? Ich konnte ja schlecht in der Bar warten, bis die Polizei da war. Ich bin ein paarmal um den Block gefahren, hab noch 'ne Weile gewartet, dann hab ich bei den Ludwigs zu Hause angerufen. Da war er dann auch tatsächlich. Ich hatte Viola an der Strippe, die sagte mir, er wäre eben gekommen. Ich fragte sie, ob ihr irgendwas an ihm aufgefallen ist, doch sie meinte, ja, er hätte irgendwie sauer gewirkt, aber ansonsten wäre er wie immer gewesen, wenn er vom Angeln heimkommt.« Diana holte kurz Luft. »Er muß sich also unterwegs umgezogen haben. Dann wollte Viola wissen, was denn passiert wäre, und ich sagte, wir würden ihr spätestens heute nachmittag einen kompletten Zwischenbericht liefern.«

»Wir können ihr natürlich unmöglich die Wahrheit sagen.«

»Zumindest nicht ganz. Ich hab aufs Band diktiert, daß eine angetrunkene Barbesucherin eine Schlägerei anfing, und daß dann in dem allgemeinen Tumult die Zielperson und die Brünette getrennt die Bar verließen.«

Amanda nickte nachdenklich. »Das hört sich plausibel an. Wahrscheinlich ist es so eine Art Betrug an Viola, aber es lag ja im Grunde genommen ein Fall von Notstand für dich vor. Arme Diana, das muß echt schlimm für dich gewesen sein!«

»Freut mich, daß du das so siehst«, sagte Diana dankbar.

»Schade ist bloß, daß wir jetzt gar keinen Beweis für Rüdigers Untreue haben. Die Sache ist die: Er kann genausogut ganz zufällig mit der Frau ins Gespräch gekommen sein.«

»Unmöglich«, widersprach Diana sofort. »Nicht, wie die auf den zugegangen ist!«

»Warte. Sie könnte eine Professionelle gewesen sein.«

»Du meinst eine ...?«

»Genau. Die kommen doch jeden Abend in die Hotelbars und gucken sich die allein trinkenden Männer aus.«

»Wie so eine sah sie aber nicht aus.«

»Das tun heutzutage die wenigsten. Schon gar nicht die in den Nobelbars. Die sehen meist wie Sekretärinnen oder Geschäftsfrauen aus.«

»Woher willst du das wissen?«

»Hab ich mal irgendwo gelesen«, sagte Amanda. »Nehmen wir einfach mal an, ich hätte recht.«

In diesem Fall, so meinte Amanda, sei das Schlimmste, was sie Rüdiger nachweisen könnten, ein quartalsweise auftretender, vorübergehender Hang zum Luxus, dem er unter falschem Namen und dreißig Kilometer weit weg von zu Hause nachging, um es vor seiner knickrigen Frau besser geheimhalten zu können.

»Sie ist nicht knickrig«, widersprach Diana. »Sie hat uns immerhin fünftausend gegeben.«

»In der Tat. Und dafür müssen wir schon ein bißchen mehr liefern als unbegründete Verdächtigungen, findest du nicht? Ich persönlich glaub ja auch, daß die beiden verabredet waren, aber wir brauchen konkrete Beweise.«

»Dann müssen wir bis zum nächsten Angeltag warten.« Dianas Gesicht wurde lang und länger. »Und wir müssen Viola mindestens die Hälfte von dem Vorschuß zurückzahlen!«

»Nicht unbedingt«, erklärte Amanda. »Ich hab da eine Idee.«

## Ein Veilchen wird gepflückt

Amanda und Diana trafen Viola pünktlich um fünfzehn Uhr beim Brunnen im Stadtpark. Wie zufällig nahmen sie nebeneinander auf einer Bank Platz, drei Frauen, die sich nach einem Einkaufsbummel ein wenig von der Hitze erholen wollten und dabei ganz zwanglos miteinander ins Gespräch kamen.

Viola, die aus allen Poren schwitzte, trug ein zeltartiges, vorn durchgeknöpftes Gewand aus blaugeblümter

Baumwolle. Ihre geschwollenen Füße steckten in Gesundheitssandalen. Das schwarze Haar, am Ansatz grau, war straff nach hinten gekämmt und mit einem Haushaltsgummi befestigt. Sie entsprach so vollkommen dem überlieferten Klischee der Putzfrau, daß Amanda im Geiste eifrig Notizen machte. Prägnante Charaktere waren immer gut, um ihrem Drehbuch weitere farbige Akzente und damit Glaubwürdigkeit zu verleihen.

Viola saß zwischen den beiden Freundinnen. Mit zusammengepreßten Lippen blätterte sie in ihrer Ausfertigung des Dossiers, das Amanda zur Tarnung in eine Frauenzeitschrift gelegt hatte.

Viola las es bereits zum zweiten Mal. Sie schien auf perfide Art zufrieden zu sein, daß sich all ihre Vermutungen auf das Übelste bestätigt hatten. Für sie gab es keinen Zweifel, daß Scheusal Rüdiger die Schlampe in der Bar mit allem hatte beglücken wollen, was er hatte, einschließlich einem dicken Batzen von Tante Margots Erbe.

»Wahrscheinlich hat das Scheusal bloß deswegen gekniffen, weil er Blut am Anzug hatte. Bei Blut wird er immer komisch, das verträgt er irgendwie nicht. Für mich ist der Fall klar.«

»Das ist er keineswegs«, widersprach Amanda. Sie brachte dieselben Argumente vor, mit denen sie vorher Diana überzeugt hatte. Dann spielte sie ihren Trumpf aus. »Inzwischen konnten wir weitere Fakten ermitteln, Frau Ludwig. Diese neuen Tatsachen geben uns Grund zu der Annahme, daß der Fall bei weitem nicht gelöst ist.«

Viola hörte gar nicht zu. »Wo er wohl den Anzug versteckt hat?« sinnierte sie. »Seit unserer Hochzeit vor fünfzehn Jahren hab ich ihn nicht mehr im Anzug gesehen. Nicht mal zu Tante Margots Beerdigung hatte er einen an. Bloß eine dunkelgraue Bundfaltenhose und ein schwarzes Polohemd.« Sie schüttelte den Kopf, als würde sie es niemals begreifen. Dann holte sie ein Taschentuch aus den Tiefen ihres monströsen Kleides und begann, imaginäre Flecken von der Sitzfläche der Bank zu wischen. »Was für weitere Fakten?« fragte sie geistesabwesend.

Amanda hüstelte dezent und kreuzte hinterm Rücken die Finger. Das, was sie jetzt erzählen wollte, war zwar keine direkte Lüge, aber die schnörkellose Wahrheit war es auch nicht gerade.

»Wir haben herausgefunden, daß Ihr Mann in N. ein Postfach unterhält. Unter dieser Postfachanschrift korrespondiert er mit Frauen, auf deren Kontaktanzeigen er sich meldet.«

Amanda wartete mit angehaltenem Atem, daß Viola wissen wollte, wie zum Teufel sie das denn so schnell hatten herausfinden können, doch ihre Auftraggeberin schien diese extrem plötzlich auftauchende Zusatzinformation ohne weiteres zu schlucken. »Ich wußte ja, daß er Briefe schreibt. Jetzt ist auch klar, an wen. Kein Wunder, daß er das PC-Ding immer abschließt.«

»Durch Zufall ist es uns außerdem gelungen, eine der jungen Frauen zu ermitteln, auf deren Chiffre-Anzeige hin er sich schriftlich gemeldet hat.«

Amanda holte tief Luft, klappte den Aktenkoffer auf ihren Knien auf und nahm ein Blatt Papier mit einigen getippten Absätzen heraus. »Bitte sehr. Eine Abschrift von Auszügen aus den Briefen, die Ihr Mann verfaßt hat.«

Viola las es, dann betrachtete sie die Fotos, die Rüdiger alias Richard seinen beiden Briefen an Amanda beigelegt hatte. Auf ihrer Stirn bildeten sich tiefe Falten des Unwillens. »Richard Knöpfel. Soso. Sehr einfallsreich, muß ich schon sagen. Und wer ist diese Schlampe, mit der durch den verregneten Wald marschieren will? Wie sind Sie überhaupt so schnell hinter diese Kontaktanzeigen- und Postfachmasche gekommen?«

»Wir mußten ihr Vertraulichkeit zusichern«, antwortete Amanda schnell, bewußt die letzte Frage übergehend, »sonst hätte sie uns die Unterlagen nicht zur Verfügung gestellt. Doch ich kann ihnen eine sehr erfreuliche Mitteilung machen: Sie will uns bei der Überführung helfen! Sie ist ebenfalls sehr daran interessiert, daß diesem Filou das Handwerk gelegt wird.«

»Dann kann sie ja auch die Hälfte von Ihren Gebühren bezahlen.«

»So interessiert ist sie nun auch wieder nicht«, beeilte Amanda sich zu versichern.

»Sie will es aus Überzeugung tun«, meldete Diana sich fromm.

»Was tun?« wollte Viola wissen.

»Sich mit Ihrem Mann treffen«, sagte Amanda mit gesenkter Stimme. »Dabei herausfinden, welches seine Methoden und Ziele sind. Und uns genauestens berichten, damit wir eine ausführliche Zusammenfassung für Sie anfertigen können. Selbstverständlich würde Sie das keinen Pfennig extra kosten. Ihr Vorschuß wäre damit gewissermaßen abgegolten. Bedenken Sie, was für zusätzliche, schwerwiegende Beweise Sie dann im Falle einer Scheidung in der Hand hätten! Wie entlarvend so ein Bericht ist! Solches Material kann für die

Festlegung des Ehegattenunterhalts, den ja schließlich Sie allein zu zahlen hätten, von ganz elementarer Bedeutung sein!«

Amanda und Diana starrten Viola atemlos an. Wenn ihre Auftraggeberin jetzt den Fall für erledigt erklärte und einen Teil ihres Geldes zurückverlangte, könnten sie den Laden dichtmachen!

Viola inspizierte die Lehne der Bank neben Amanda und befand, daß sie reinigungsbedürftig sei. Das Taschentuch wurde ausgiebig bespuckt und trat in Aktion. Ihr nackter Oberarm zitterte wie Wackelpudding, ihr ganzer Körper bebte vor nützlicher Anstrengung.

»Sauber«, sagte sie schließlich befriedigt. Und dann: »Meinetwegen. Tun Sie, was Sie nicht lassen können.«

## Ertappt und Entwischt

Nach der mürrischen Verabschiedung warteten sie, bis Violas elefantöse Gestalt hinter der Fontäne des Springbrunnens außer Sicht geriet, dann gestatteten sie sich ein einmütiges, erleichtertes Aufatmen. »Gerettet!« rief Amanda glücklich.

»Du kannst reden wie ein Buch!« sagte Diana bewundernd.

»Ich übe ja auch fleißig«, antwortete Amanda bescheiden.

»Wie weit bist du denn mit deinem Drehbuch?«

»So gut wie fertig mit dem zweiten Akt«, erklärte Amanda stolz. »Mir fehlt nur noch der nächste wichtige Wendepunkt. Es muß irgendwas ganz Gemeines sein, etwas, das die Hauptfigur total durchbeutelt. Eine echt schwere Prüfung.«

»Dir wird bestimmt noch was Gutes einfallen.«

»Hoffentlich. Ich freu mich schon richtig auf Hamburg!«

»Auch auf die Fahrt mit meinem Bruder?« fragte Diana mit komischem Seitenblick.

Amanda runzelte die Stirn. »Ich hab manchmal das Gefühl, du möchtest Dinge sabotieren, die nur in deiner Einbildung existieren.«

»Bist du sicher?« fragte Diana.

»Hunderprozentig«, gab Amanda zurück, und in diesem Augenblick stimmte das sogar. Sie war nicht erpicht auf männlich bedingte Komplikationen in ihrem Leben, auch nicht auf solche aus der vierten Kategorie. Das, was sie notgedrungen nach wie vor von Arnold sah und hörte, reichte ihr vollkommen. Bei dieser regelmäßigen Überdosis männlicher Ignoranz und Impertinenz konnte sie bestens auf weitere Kostproben verzichten. So gesehen erwies sich sogar Yves' Verschwinden direkt als Segen!

Außerdem begann das Geschäftsfrauendasein ihr Spaß zu machen. Der sterbenslangweilige Angeltag war schon wieder vergessen. Wie aufregend der Ermittlerberuf sein konnte, hatte Diana ja gestern abend erst zur Genüge bewiesen! Hoffentlich hatte sie beim nächsten Mal auch soviel Glück!

Heute vormittag war außerdem ein weiterer Fall für das bevorstehende Wochenende hereingekommen: Ein verkaufsoffener Samstag in dem Kaufhaus, das auch den Auftrag für den Sommerschlußverkauf erteilt hatte. Der angestellte Hausdetektiv hatte einen Trauerfall in der

Familie, weshalb kurzfristig jemand für ihn einspringen mußte. Kaufhäuser brachten zwar weit weniger ein als andere Observationen, waren aber immer noch besser als nichts.

»Du, schau mal, der Typ da drüben!« Diana griff aufgeregt nach Amandas Arm.

»Wo?«

»Da vorn! Jetzt geht er gerade an dem Spielplatz vorbei!«

»Der Dicke mit der Glatze? Was ist mit ihm?«

»Das ist der Manzetti!« rief Diana. Sie sprang auf und setzte sich in Bewegung. Nach wenigen Metern verfiel sie in Laufschritt.

Amanda folgte ihr etwas langsamer, während sie verdattert den kahlköpfigen, beleibten Mann betrachtete, an den sie sich nur sehr diffus erinnerte. Falls von Erinnerung überhaupt die Rede sein konnte. Vermutlich hätte er sie auf der Straße umrennen können, ohne daß sie ihn erkannt hätte.

Diana näherte sich ihm, leichtfüßig wie eine Katze. Ihr Gesicht war für Amanda nicht zu sehen, doch schon ihre leicht nach vorn gezogenen Schultern und der kämpferisch erhobene Kopf verhießen nichts Gutes.

»Warte!« rief Amanda ihr zu. »Bestimmt hast du dich geirrt! Er kann es gar nicht sein! Er ist doch im Knast!«

Bei dem weithin hörbaren Wort *Knast* wandte der Glatzkopf sich um. Er schien keine Schwierigkeiten mit seinem Erinnerungsvermögen zu haben, denn als er die rothaarige, mit Sandalen und Flatterrock bekleidete junge Frau auf sich zukommen sah, nahm er unverzüglich die Beine in die Hand und flitzte los.

Im Normalfall wäre es für Diana, durchtrainiert, wie sie war, kein Problem gewesen, ihn binnen weniger Sekunden zu schnappen, doch das Pech machte ihr in Gestalt einer jungen Mutter einen Strich durch die Rechnung. Sie kreuzte mit ihrem Kinderwagen Dianas Weg, gerade in dem Moment, als diese schon die Hand nach Manzettis Schulter ausstreckte. Amanda stieß einen Laut des Entsetzens aus. Sie sah bereits Mutti, Kinderwagen, Baby und Diana durch die Luft segeln und in einem Wirrwarr geschundener Glieder auf dem Kiesweg der Grünanlage landen.

Diana sah exakt dasselbe. Instinktiv wählte sie die einzige Möglichkeit, dem drohenden Zusammenprall zu auszuweichen: Sie nutzte den ungebremsten Schwung ihres Sprints und wandelte die Energie um in einen gewaltigen, langgestreckten Hechtsprung, mit dem sie dicht an der überraschten Mutti vorbei- und in hohem Bogen über den Kinderwagen hinwegflog.

Amanda blieb mit offenem Mund stehen. Mein Gott, sah das schneidig aus! Diana hätte wirklich in einem James-Bond-Film mitspielen können! Sie war die geborene Stunt-Frau!

Die Landung fiel allerdings weniger elegant aus. Diana versuchte reflexartig, über die Schulter abzurollen, doch sie konnte nicht verhindern, daß ihr Ellbogen in Mitleidenschaft gezogen wurde. Schmerzbetäubt blieb sie für ein paar Augenblicke flach auf dem Rücken liegen und sondierte ihre Befindlichkeiten. Als sie endlich zu der Überzeugung gelangt war, daß sie noch lebte und sogar aus eigener Kraft wieder aufstehen konnte, war Manzetti bereits am anderen Ende des Parks zwischen den Büschen verschwunden. Wie Diana wußte, befand sich dort hinten ein Taxistand. Und eine U-Bahn-Station. Und eine Bushaltestelle. Und die Fußgängerzone war auch gleich um die Ecke, mit unzähligen Läden und Gäßchen.

Außer sich vor Wut kickte Diana mit der Sandale einen Schauer von Kieseln weg.

Die junge Mutter schob eilends den Kinderwagen außer Reichweite und warf, während sie sich in strammem Tempo entfernte, immer wieder schockierte Blicke zurück.

Diana rieb sich den Arm und fluchte ohne Unterlaß. Amanda kam besorgt näher. »Alles in Ordnung? Bist du verletzt?«

»Bloß mein Stolz. Ich hätt' ihn fast gehabt, hast du gesehen?«

Amanda nickte. »Bist du sicher, daß das der Manzetti war?«

»Warum hätte er sonst so schnell verduften sollen?«

»Du hast recht. Also ist er gar nicht im Gefängnis.«

»Sieht ganz so aus.«

»Da er nach einem Monat bestimmt noch keine Bewährung gekriegt hat, muß man wohl annehmen, daß er überhaupt nicht drinnen war. Also hat er uns reingelegt.«

»Er hat nie behauptet, daß er in den Knast muß«, stellte Diana richtig. »Aber reingelegt hat er uns trotzdem. Weil er uns seine Firma angedreht hat, ohne uns zu sagen, was für eine alte Klitsche das war.«

»Wir mußten ihm nichts dafür bezahlen«, sagte Amanda ernst. »Und außerdem hätten wir sie nicht nehmen müssen. Es war unser freier Wille.«

Diana musterte nachdenklich die Büsche, hinter denen Manzetti verschwunden war. »Stimmt. Es war allein unsere Entscheidung. Wieso werde ich dann trotzdem dieses komische Gefühl nicht los, daß der Kerl uns noch mehr verschwiegen hat?«

## Ein Besuch im Zoo

Marlene tat sich merkwürdig schwer, den Brief an Herrn Knöpfel aufzusetzen und abzuschicken, selbst nachdem Amanda ihr ausdrücklich grünes Licht gegeben hatte. Mehr noch, sie hatte Marlene förmlich dazu gezwungen, den Knöpfel schriftlich um ein Treffen zu bitten. Anderenfalls wolle sie es selbst tun. Marlene hatte sich wider besseres Wissen gefügt. Als sie das Kuvert zum Briefkasten trug, schienen Betonklötze an ihren Füßen zu hängen.

Auf das Schicksal war kein Verlaß. Beim Auspendeln eines geeigneten Kandidaten hatte es noch eindeutig in eine bestimmte Richtung gewiesen. Jetzt lieferte es ihr pausenlos Fingerzeige in eine gänzlich andere Richtung. Zum Beispiel in Richtung Flokati, auf dem an diesem Samstagmittag wieder derselbe nette, rothaarige junge Mann wie neulich saß und mit ihrem Enkel phantasievolle Gebilde aus Lego zusammenbaute.

Marlene wußte inzwischen mehr über ihn, nicht nur aus den Runen, sondern auch aus der Zeitung und von einer oder zwei ihrer stets gut informierten Freundinnen. Er war wohlhabend, geschieden (ein kleiner Makel, aber Hauptsache, alleinstehend), er galt als zuverlässig, höflich und humorvoll. Die letzten drei Eigenschaften konnte Marlene bereits aus eigener Anschauung bestätigen.

Zuverlässig: Er hatte seinen Besuch für heute mittag, dreizehn Uhr dreißig angekündigt, und um Punkt halb zwei hatte er geklingelt.

Höflich: Er hatte ihr eine hübsch verpackte Schachtel ihrer absoluten Lieblingsräucherstäbchen überreicht, teuer und ausschließlich über einen Spezialversand zu beziehen (*Bitte sehr, nur eine kleine Aufmerksamkeit!*), und für Nico hatte er einen Plüschlöwen hinterm Rükken hervorgezaubert, noch teurer, da mit Knopf im Ohr (*Hier, mein Kleiner, der paßt in dein Bett und beißt nicht!*).

Humorvoll: Vor einer halben Stunde hatte er Nicos lautstarkes Verlangen nach einer Pampers mit der launigen Bemerkung kommentiert, es sei noch kein Meister vom Himmel gefallen, und als Amanda vor fünf Minuten von ihrer Kaufhausüberwachung nach Hause gekommen und beim Anblick des Überraschungsgastes wie angewurzelt im Türrahmen stehengeblieben war, hatte er mit entwaffnendem Lächeln gemeint, unverhofft käme halt oft.

Dann hatte er – Marlene hatte bei der Erinnerung immer noch Herzklopfen – ihrer Tochter eine Eintrittskarte für *Cats* überreicht! Er selbst habe natürlich auch eine und hoffe, sie würde ihm kommende Woche in Hamburg die Ehre geben, mit ihm hinzugehen. Er sagte tatsächlich *die Ehre geben!* Es war so ... romantisch! Marlene konnte es nicht fassen! Erst recht nicht fassen konnte sie, daß Amanda eher kühl auf Zacharias' Avancen reagierte. Marlene erkannte verärgert, daß sie bei Amandas Erziehung irgendwann im Laufe der Jahre einen gravierenden Fehler begangen haben mußte. Ihre Tochter hatte ausdrücklich nach einem Treffen mit diesem verhinderten Lyriker, Herrn Knöpfel, verlangt, doch wenn ein so gediegener, netter und bestens situierter Mensch direkt vor ihrer Nase saß, schien sie auf beiden Augen blind zu sein.

Immerhin hatte sie Anzeichen ehrlicher Freude gezeigt, als Zacharias weitere Eintrittskarten herausgezogen hatte – die für den Zoo.

»Damit Nico auch mal echte Löwen sieht«, sagte er.

Nico sprang jauchzend durchs Zimmer, ein Signal für Hansi, seinen angestammten Platz in der Diele zu verlassen und kläffend von einer Ecke in die andere zu jagen, bis das Chaos komplett war.

Zacharias kraulte Hansi lachend das Nackenfell. »Tut mir leid, alter Bursche, aber ich fürchte, Hunde lassen sie da nicht rein.«

»Er geht mit mir spazieren«, sagte Marlene. Ihre Augen funkelten.

Und so fanden Amanda, Nico und Zacharias sich kurz darauf im Zoo wieder und bummelten bei herrlichstem Sommerwetter die Wege zwischen den Gehegen entlang. Nico hüpfte aufgeregt von einem Käfig zum anderen und plapperte wie ein Wasserfall. Er war schon früher hier gewesen und kannte die meisten Tierarten, doch es gab auch einige, die ihm heute zum ersten Mal auffielen und über die er sofort alles in Erfahrung bringen mußte.

Amanda und Zacharias kamen kaum dazu, eine ungestörte Unterhaltung zwischen Erwachsenen zu führen, doch das kümmerte Zacharias nicht weiter. Er war ganz vernarrt in den Knirps; außerdem hatte er längst erkannt, daß der Weg zu dieser Frau nicht zuletzt über ihr Kind führte. Na ja, vielleicht auch noch über ihren neuen Beruf.

»Wie ist denn die Überwachung heute im Kaufhaus gelaufen?« fragte er.

Amanda seufzte. »Ach, ich weiß nicht. Ich glaube, das muß ich erst lernen. Die sehen das alles so ... geschäftsmäßig.«

»Inwiefern?«

»Na, es fing schon mit der Vorbesprechung im Büro des Managers an. Er meinte ganz cool, Herr Manzetti hätte immer einen ganz guten Schnitt gemacht. Zwei oder drei pro Schicht müßten schon sein. Ich hatte keine Ahnung, was er meinte.«

»Ich schon. Geschnappte Langfinger.«

Amanda nickte. »Ich hab's dann natürlich auch kapiert. Als nächstes sagte er, ich solle auf die übliche Art arbeiten. Klar, sagte ich, das mach ich immer.«

Zacharias lachte.

»Mit *üblich* meinte er natürlich die besonders vom Klau betroffenen Abteilungen. Parfümerie, Kosmetik, Musik. Aber das hab ich erst später rausgekriegt, über die Verkäuferinnen.«

»Verstehe«, sagte Zacharias. »Vergleichsweise kleine Artikel, die vergleichsweise viel kosten.«

»Genau. Tja, und dann ging's los.« Amandas Gesicht verdüsterte sich. »Ich hätte nie gedacht, daß die Leute so viel mopsen.«

»War's schlimm?« erkundigte Zacharias sich mitfühlend.

Amanda seufzte abermals. Sie nahm Nico auf den Arm und beantwortete eine Salve stürmischer Fragen zu den Giraffen, dann sagte sie zu Zacharias: »Es war ziemlich hart. Ich hab einen Mann geschnappt, der eine CD eingesteckt hatte. Und eine Frau, die eine Flasche teures Parfüm mitgehen lassen wollte.«

»Damit hast du ja wohl den Schnitt erfüllt.«

»Das war aber auch schon das einzig Gute daran.« Amanda schluckte bei der Erinnerung. »Die Frau hat geweint. Es war so schrecklich! Und der Mann – er war fast noch ein Junge – war kreidebleich und hat kein Wort gesagt. Später, bei der Aufnahme der Personalien im Büro des Geschäftsführers erfuhr ich, daß er Polizeianwärter ist. Er wird vielleicht seinen Ausbildungsplatz verlieren.«

Amanda blieb stehen. In dem Gehege vor ihr turnten zwei Paviankinder über die sonnenwarmen Felsen. Die Alten hockten träge im Schatten und lausten einander.

»Dann waren da noch zwei junge Mädchen, vierzehn, fünfzehn vielleicht. Die eine nahm einen Lippenstift, die andere ein Stück Seife. Eine blöde, stinknormale Seife!«

Zacharias ahnte, was als nächstes kam, doch er wartete schweigend, bis Amanda weiterredete.

»Ich hab's nicht über mich gebracht, sie auch noch nach oben zu diesem gefühllosen Manager zu schleppen, nach der Devise: *Jeder Diebstahl wird unnachgiebig zur Anzeige gebracht. Es wird eine Bearbeitungsgebühr von 50,— DM fällig.* Ich bin bloß zu ihnen hingegangen und hab sie gefragt, warum sie sich wegen ein paar Mark ihre Zukunft versauen wollen. Die zwei haben die Sachen ganz still wieder hingelegt und sind gegangen.«

»Du hast den Diebstahl verhindert, das ist doch die Hauptsache.«

»Find ich auch. Aber für das Management ist das nicht Sinn der Sache. Es ist eine Frage von Kosten und Nutzen. Dafür brauchen sie knallharte Fakten in Form von überführten und angezeigten Tätern. Ich versteh's sogar irgendwie. Man muß ja die Leute auch abschrecken, und das funktioniert nicht, wenn die Diebe bloß höflich gebeten werden, das geklaute Zeug wieder ins Regal zu packen! Ach, verdammt!«

»Das sagt man nicht!« krähte Nico. »Krieg ich ein Eis? Da vorne kann man welches kaufen!«

Amanda griff in ihre Handtasche, doch Zacharias war schneller. Amanda sah es mit gemischten Gefühlen. Sie wollte nicht über die Wärme nachdenken, die sich in ihr ausgebreitet hatte, als er ihr die Musicalkarte gegeben hatte, und sie mochte sich nicht eingestehen, welche Freude er ihr mit dem Zoobesuch machte. Sie bemühte sich, ihn nicht allzuoft anzuschauen, weil sie dann seine lachenden grünen Augen gesehen hätte. Sie fühlte sich zurückversetzt in die Zeit vor vier Jahren. Damals waren es blaue Augen gewesen, die sie auf diese Weise angelacht hatten. Nico hatte Dennis' Augen geerbt, das widerspenstige blonde Haar, und immer wieder war die Ähnlichkeit der Auslöser schmerzlicher Erinnerungen an endlose, durchweinte Nächte. Niemals wieder würde sie zulassen, daß ein Mann ihr wehtat!

# Langfinger am Werk

Im Gegensatz zu Amanda genoß Diana ihren Teil der Überwachungsschicht in vollen Zügen. Sie war in ihrem Element. Als sie Amanda heute Mittag abgelöst hatte, war sie beim Anblick ihrer blassen, erschöpften Freundin zunächst innerlich in Furcht erstarrt, daß diese Aufgabe sie restlos überfordern würde. Doch das Gegenteil war der Fall. Eigentlich war dieser Job ein Kinderspiel. Das Geld war schnell und leicht verdient.

Mitleid mit den schwarzen Schafen hatte Diana nicht. Sie erkannte rasch, daß es kaum jemanden gab, der aus echter Geldnot klaute. Die meisten waren einfach nur zu geizig, die Ware zu bezahlen. Warum das sauer verdiente Geld für Dinge ausgeben, die man umsonst haben konnte?

Andere wiederum liebten den Kitzel des Verbotenen. Wurden sie jedoch erwischt, wären sie am liebsten vor Scham und Entsetzen im Boden versunken angesichts der harten Realität, nach der sie sich unleugbar strafbar gemacht hatten.

Der Manager hatte Diana beim Vorstellungsgespräch emotionslos erläutert, wie das System funktionierte. Jeder sei ein potentieller Dieb, erklärte er lapidar. Rein äußerlich, so erfuhr Diana, waren die Klaubrüder von ehrlichen Kunden nicht zu unterscheiden. Sie kamen aus allen Schichten und Altersklassen. Hochschulabsolventen ließen mit derselben Coolness eine CD in ihrer Jacke verschwinden wie die Kids im vierten Schuljahr. Die Sekretärin klaute genauso versiert wie die Hausfrau.

Für viele war Ladendiebstahl so etwas wie ein Kavaliersdelikt, ähnlich wie Steuerhinterziehung. Modernes

Marketing sah eine verlockende *Nimm-mich-mit*-Präsentation vor, was die natürlichen Hemmschwellen herabsetzte. Manch einer sei so abgebrüht, der komme gleich am nächsten Tag wieder, um es erneut zu probieren. Gewisse Pappenheimer kannten alle Detektive und mieden sie, weshalb die Geschäftsleitung auch regelmäßig Überwachung durch Externe anfordere, um den Dieben keine kalkulierbaren Strukturen zu offerieren.

Ein nicht zu unterschätzender Faktor sei ferner der Angestelltendiebstahl, meinte der Manager, der mache etwa ein Viertel aus. Doch darum müsse Diana sich nicht kümmern, dafür gebe es speziell geschulte Maulwürfe.

Diana hielt sich allerdings ebensowenig wie Amanda an die harte Regel, jeden einzelnen ertappten Sünder zwecks Anzeige ins Büro zu schleppen. Sie ging selektiv vor und tat das einzig Naheliegende. Sie beschränkte sich auf Männer. Jungs natürlich ausgenommen: Als sie einen halbwüchsigen Knaben dabei beobachtete, wie er auf stümperhafte Art und mit knallrotem Gesicht ein Videospiel in seine Gesäßtasche zu quetschen versuchte, trat sie nur hinter ihn und raunte ihm zu: »Achtung, hier paßt ein Detektiv auf, ich glaube, der hat dich schon im Auge!«

Das Spiel lag im Bruchteil einer Sekunde wieder im Regal, und der Junge flitzte wie ein Hase die Rolltreppe hoch.

Ein paar Schulmädchen wurden in der Kosmetikabteilung auf dieselbe Weise zur Räson gebracht. Einer schwangeren Frau, die in der Miederwarenabteilung unauffällig eine Umstandsstrumpfhose in eine Einkaufstüte schieben wollte, reichte Diana mit todernstem Gesicht ein Fünfmarkstück. »Hier, damit Sie keine vorbestrafte Mutter werden. Kinder brauchen ein Vorbild, wissen Sie.« Die Frau wurde blutrot und legte die Strumpfhose zurück. Das Geld behielt sie.

Diana quittierte es mit einem Achselzucken und fuhr mit der Rolltreppe nach unten, in die Abteilung für Autozubehör. Dort hielten sich fast nur Männer auf, wie sie mit Genugtuung feststellte. Jungs konnte man noch zurechtweisen, doch bei Männern war Hopfen und Malz verloren. Hier hörte für Diana die Großmut auf. Schließlich war sie nicht Mutter Teresa.

Zu ihrem Leidwesen hatte sie jedoch hier unten einen schweren Stand. Vermutlich hätte der eine oder andere Tüftler ganz gern bei den ledernen Lenkradschonern oder den Ralleyhandschuhen zugelangt, doch die Anwesenheit einer Frau schien sie zu irritieren. Ein flüchtiger Blick über die Schulter zu der rothaarigen jungen Frau, zögerndes Innehalten – und schon wanderte das Objekt der Begierde wieder zurück ins Regal.

Als nächsten Beobachtungsposten wählte Diana daher eine Stelle hinter einer Säule. Leider hatte sie von hier keine optimale Sicht, doch dafür wurde sie gleich darauf durch einen höchst erstaunlichen Anblick entschädigt: Niemand anderer als Ferdinand Greif, ihr ehemaliger Vermieter, drückte sich verschwörerisch vor dem Regal mit den Werkzeugen herum. Diana traute ihren Augen nicht. Nach allem, was sie bisher bei den anderen beobachtete hatte, war er drauf und dran, was von dem Werkzeugangebot einzustecken. Klar, davon konnte er gar nicht genug haben, mit diesem großen schäbigen Mietshaus voller maroder Technik!

Komm, klau was, bettelte Diana stumm. Tu mir den Gefallen!

Greif streckte seine Hand aus, nahm eine Kneifzange, betrachtete sie. Legte sie zurück. Diana stöhnte enttäuscht auf. Hielt die Luft an, als Greif die Zange erneut hochnahm und das Preisschild begutachtete.

*Jetzt!* rief sie ihm im Geiste zu.

Er erfüllte ihren Wunsch. Die Zange wanderte in die Einkaufstüte, und Greif entfernte sich mit frommer Miene vom Tatort. An der Rolltreppe schnappte Diana ihn und stellte sich ihm in den Weg.

»Wen haben wir denn hier?« flötete sie.

Er wurde sofort dreist und drohte ihr mit seinem Anwalt, doch da wußte er noch nicht, in welcher Funktion sie ihn ansprach. Sie mußte ihn am Schlafittchen zur Protokollierung zerren, weil er erbitterten Widerstand leistete. Unterwegs attackierte er sie mit üblen Beleidigungen und noch üblerem Mundgeruch.

Anschließend, im Büro des Managers, ließ er keine Lüge aus. Die Zange war ihm in die Tasche gefallen, die Zange hätte ihm jemand da reingesteckt, die Zange hätte ihm *diese Schlampe da* in die Tasche gesteckt, die Zange brauchte er überhaupt nicht, er hatte Dutzende davon zu Hause. Und überhaupt, das war gar nicht seine Einkaufstüte, die hatte er nur zufällig da gefunden und gerade abgeben wollen.

Als keins der Argumente fruchtete, verlegte er sich auf Drohungen. Sein Anwalt werde diese Unterstellung mit gnadenloser Härte und Schadensersatzforderungen in fünfstelliger Höhe ahnden. Die Presse werde morgen auf der ersten Seite des Lokalteils über diese perfide Gestapotaktik gegenüber unbescholtenen Bürgern berichten. Alle, die es anging, würden von den Machenschaften dieses Saftladens erfahren.

Bei dem Wort *Saftladen* zeigte sich der Manager, der bisher gleichbleibend stoisch zugehört hatte, merklich kühler. Das sei wohl doch eher ein Fall für die Polizei, erklärte er und griff zum Telefon. Greif trat augenblicklich in die nächste Phase ein und fing an zu flehen. Es sei so über ihn gekommen, er wisse selbst nicht, wieso er das getan habe, er müsse eine Art geistigen Aussetzer gehabt haben. Ganz genau, das war es, bestimmt hätte er Alzheimer oder so, er wolle natürlich trotzdem für alle Unkosten aufkommen, wenn's nur dabei bliebe!

Diana unterschrieb das Protokoll und wandte sich zum Gehen.

»Vielen Dank«, rief der Manager ihr nach, »Sie machen Ihre Sache wirklich gut!«

»War mir ein Fest.«

## Wie frau Ekelpakete lieben lernen kann

Amanda, Diana und Waltraud feierten den Aufwärtstrend ihrer Firma im *O Sole mio* bei einem Glas Chianti. Das eine Glas war wörtlich zu verstehen, denn nur Diana hatte Rotwein vor sich stehen. Amanda trank Mineralwasser (sie war mit Fahren dran), und Waltraud Saft (sie wollte trocken bleiben).

Ein eiserner Vorsatz, erklärte sie, gestern erst gefaßt, an ihrem siebenundfünfzigsten. Amanda und Diana gaben sich gebührend beschämt, weil sie den Geburtstag ihrer treuesten und einzigen Angestellten verpennt hatten. Sofort wurde eine neue – alkoholfreie – Runde geordert und gehörig angestoßen, auf die nächsten siebenundfünfzig, die genauso toll werden sollten wie die letzten.

»Wißt ihr«, meinte Waltraud, »damit ist nicht zu spaßen. Wenn man erst mal siebenundfünfzig ist und zurückschaut, sieht man viel Mist. Schaut mich doch an! Was seht ihr?«

»Eine echt nette Person«, rief Amanda.

Waltraud schüttelte den Kopf. »Nein, eine alkoholkranke Person, und zwar eine mit phasenweise auftretendem Rheuma, Gebärmuttervorfall, Ischiasbeschwerden und Migräne. Noch vor acht Jahren dachte ich, ach, hätte ich doch bloß endlich die Wechseljahre hinter mir. Jetzt sind sie vorbei, und ist es besser geworden? Kein bißchen. Im Gegenteil. Vor sechs Jahren ist Otto gestorben – das war mein Mann –, Kinder und Enkel sind auch keine da, der Herr Manzetti wird immer verschrobener und verschlossener, meine Haut immer faltiger. Vielleicht kommt ja noch mal einer, dachte ich. Aber Pustekuchen. Nun, alles eine Frage der Pflege und der Kleidung, denke ich. Ich blondiere und toupiere mich, ich ziehe mich schick an. Doch es schaut keiner hin. Und wißt ihr, wieso?« Sie blickte ihre Chefinnen fragend an. Die schüttelten den Kopf. Sie ahnten wieso, doch das würden sie nicht verraten. Aber was Waltraud dann sagte, überraschte sie dann doch.

»Es muß von innen kommen, wißt ihr. Das, was eine Frau ausmacht, sitzt nicht außen. Es hat nichts mit der Fassade zu tun. Nichts mit der Frisur, nichts mit der Länge der Beine, nichts mit der Anzahl der Falten oder mit den Speckröllchen.« Sie legte die Hand auf die Brust. »Hier drin muß es stimmen. Man muß sich selbst gut sein, ganz tief im Herzen. Dann kann man auch anderen gut sein. Dann ist man auch schön. Nur dann. Sonst nicht.« Sie griff zu ihrem Saftglas und trank. »Sonst niemals.«

»Und Lachen«, fügte Amanda spontan hinzu. »Lachen muß sein.«

»Unbedingt!« rief Diana. »Nur wer lacht, macht andere Menschen glücklich!«

»Meine Mutter lacht in letzter Zeit öfter«, meinte Amanda nachdenklich.

»Ein gutes Zeichen«, erklärte Waltraud.

»Du wirst auch wieder mehr lachen«, behauptete Diana.

Waltraud deutete ernst auf ihr Glas. »Nur, wenn ich das hier schaffe. Ich hasse mich, wißt ihr.«

Amanda und Diana sahen sie erschrocken an.

Waltraud nickte. »Ja, tatsächlich. Ich hasse mich, weil ich versuche, mir was vorzumachen, wie alle Alkoholiker. Nur ein Aperitif. Oder ein Cocktail. Ein Schnäpschen auf das scharfe Essen. Zwei, drei Gläschen in Gesellschaft. Oder mal eins zwischendurch, gegen den Streß. So fängt es an. Und dann: Alkoholismus? Ich? Nicht doch! Die paar Whisky ab und zu! Und immer nur abends! Richtige Säufer stehen doch schon mit der Flasche auf, oder?« Waltraud stellte ihr Glas hin. »Okay, kann schon sein, die Flasche steht nicht neben dem Bett. Aber immer ist sie da, wo man sie findet.«

»Selbsterkenntnis ist doch der erste Schritt zur Besserung«, meinte Amanda. »Wenn du den festen Willen hast, kommst du bestimmt vom Alkohol los«, bestätigte Diana. Verstohlen schob sie ihr halbleeres Chiantiglas ans Ende des Tisches, hinter die senkrecht stehende Eiskarte.

»Vom Alkohol kommt man nie los«, erklärte Waltraud. »Ein Alkoholiker bleibt ein Alkoholiker, bis er stirbt. Er muß zeitlebens absolut trocken bleiben. Das ist das Besondere an dieser Sucht. Ein winziger Schluck, und er ist wieder verloren. Wußtet ihr das nicht?«

Nein, das hatten Amanda und Diana nicht gewußt. Und sie hatten auch nicht gewußt, wie einsam Waltraud war. Daß sie Angst hatte, wieder in die Fabrik zu müssen, hatten sie gewußt, aber nicht, daß sie insgeheim seit ein paar Jahren den Manzetti liebte, hoffnungslos, traurig, schmerzvoll und unerwidert, und es spielte für sie nicht die geringste Rolle, daß er kahl war und zwanzig Kilo zu schwer.

»Alte Hütte brennt lichterloh«, kommentierte sie sarkastisch ihre eigenen Gefühle. Amanda und Diana wußten nicht, was sie sagen sollten. Sie gelangten zu der unausgesprochenen Übereinkunft, Waltraud nichts von dem unverhofften Wiedersehen im Park zu erzählen. Ihre eigenen Sorgen kamen ihnen auf einmal lächerlich vor angesichts dieser geballten Ladung jahrelangen, stillen Leids.

»Wenn ich euch mal einen Rat geben darf«, fing Waltraud an. Doch dann schüttelte sie den Kopf. »Wer bin ich denn, daß ich euch irgendwas raten will. Quatsch!«

»Aber wieso denn nicht?« protestierte Amanda.

»Ja, sag doch«, stimmte Diana ein.

»Na gut. Ich weiß ja, im Moment seid ihr beide solo. Aber der Tag wird kommen, und der Richtige steht vor euch. Ihr werdet glücklich sein wie die Schneekönige. Aber dann ...«, sie machte eine dramatische Pause, »kommt der Tag, an dem ihr euch die Frage stellt, ob der Richtige wirklich der Richtige ist. Versteht ihr, was ich meine?«

»Und ob«, sagte Diana.

»Jetzt steht ihr vor einer Entscheidung, nicht wahr? Liebt ihr ihn, liebt ihr ihn nicht? Oder nicht genug? Das ist die Frage.«

»Das ist immer die Frage«, bestätigte Diana.

»Ich halt mich da raus«, warf Amanda bitter ein. Sie war damals nicht diejenige gewesen, die sich diese Gewissensfrage gestellt hatte. Dennis hatte das getan. Und er hatte sich selbst die Antwort gegeben und war verschwunden.

»Wenn ihr vor dieser Frage steht – irgendwann mal in eurem Leben, wenn die erste rosige Zeit vorbei ist, der Göttergatte Speck ansetzt, lieber die Sportschau als euch anschaut, morgens die Zeitung zerfleddert, heimlich Pornos liest, all diese Sachen eben, ihr wißt schon. Es wird diese Momente geben, in denen ihr glaubt, es niemals, niemals die nächsten zwanzig oder dreißig Jahre mit diesem Ekelpaket aushalten zu können. Und jetzt mein Rat: Es gibt eine Methode, wie ihr eure Liebe trotzdem frisch halten könnt. Sie ist ganz einfach, jede Frau kann sie lernen.«

Amanda und Diana beugten sich vor, gebannt auf die Zaubermethode wartend, mit der frau auch Ekelpakete lieben konnte.

»Nehmt ein Bild von eurem Liebsten mit in euren Schmollwinkel. Ein Bild, das ihn als Kind zeigt, als Dreikäsehoch, als Schulbuben, meinetwegen auch als Tanzstundenjüngling. Schaut euch das Bild gründlich an, wenn ihr glaubt, es geht nicht mehr, wenn ihr sicher seid, daß die Liebe weg ist. Ihr seht das Kind auf dem Bild. Und ihr werdet erkennen, die Liebe ist noch da. Sie ist stärker als je zuvor. Nehmt das Kind von dem Bild in euer Herz, behaltet es dort, und eure Liebe bleibt immer jung.«

»Oh«, flüsterte Amanda heftig bewegt. In ihren Augen standen Tränen.

Marco, der schwule junge Kellner kam an ihren Tisch. »Habte Probleme? Nehmte noch eine, eh?«

»Nein«, sagte Diana, und ganz gegen ihre übliche schnodderige Art klang ihre Stimme zutiefst ergriffen, »wir haben hier alles, was wir brauchen!«

## Ausgebrannt!

Doch schon am Montagmorgen waren Waltrauds gute Vorsätze Schnee von gestern. Amanda fand sie in der Nähe einer völlig ausgebrannten und teilweise mit Löschschaum bedeckten Ruine, in der sich gestern noch ihr Ermittlungsbüro befunden hatte. Waltraud saß zusammengesackt auf einem halbhohen Palettenstapel, der auf dem benachbarten Grundstück lag. Ihre Augen waren glasig, und aus ihrer Handtasche lugte ein Flaschenhals. Sie starrte auf die noch vereinzelt qualmenden Mauerreste und war ersichtlich nicht ansprechbar. Amanda vergaß, die Tür ihres Wagens zu schließen. Langsam, mit schleppenden Schritten ging sie über die Straße und betrachtete wie betäubt das Gewirr aus geborstenen Betonplatten, verkohlten Dachlatten und vom Feuer verbogenen Stahlträgern. Etwas abseits lagen die zerschmolzenen Überreste von Waltrauds Campingmobiliar. Amanda glaubte außerdem, hier und da ein Stück angesengtes Laminat auszumachen. Inmitten eines kleinen Karrees aus rußigen, bröckelnden Mauerstümpfen stand wie ein trauriges Mahnmal das neue, jetzt allerdings absolut unbrauchbare Klo. Die schöne blaue Emailschüssel war geschwärzt, und der kühn geschwungene Deckel hatte sich zu einem blasigen Klumpen verformt.

Komisch, dachte Amanda absurderweise, da hab ich vor ein paar Tagen noch draufgesessen! Heiße Tränen stiegen in ihre Augen, und in ihrer Kehle bildete sich ein steinharter Kloß.

Warum, hämmerte es wieder und wieder in ihrem Kopf, warum denn bloß?

In der Nähe parkte ein Streifenwagen. Dianas Cabrio stand ebenfalls dort. Sie selbst unterhielt sich mit einem Polizisten. Als sie Amanda sah, kam sie zu ihr herüber und nahm sie in den Arm. Die Frauen sagten lange kein einziges Wort. Dann fragte Amanda leise: »Wie ist das passiert?«

»Die Ermittlungen sind noch nicht abgeschlossen, doch die Feuerwehr tippt auf Brandstiftung. Sie sagen, das ganze Haus war praktisch in Benzin gebadet. Es muß gebrannt haben wie Zunder. Bis sie eintrafen, war schon alles zu spät. Die Hausverwaltung ist benachrichtigt, sie wollen jemanden herschicken. Von der Versicherung wird auch jemand erwartet.«

»Das war's ja dann wohl«, flüsterte Amanda. Plötzlich begann sie haltlos zu zittern.

»Reg dich bloß nicht auf«, beschwor Diana sie. Dieselbe Reaktion hatte sie vor einer halben Stunde, als sie angekommen war, am eigenen Körper erlebt, und sie umarmte ihre Freundin, so fest sie konnte. »Es ist nichts, was man nicht ersetzen kann!« sagte sie eindringlich. »Niemand ist verletzt worden! Das da waren nur ein paar Steine und Beton, nichts weiter! Denk dran, der Laden ist nur gemietet! Wir hatten noch keine neuen Möbel da drin, so gesehen haben wir kaum Verluste. Verstehst du? Es wird weitergehen!«

Amanda machte sich los und ging zwei Schritte zur Seite. Sie verschränkte die Hände hart ineinander, damit das Zittern aufhörte. Dann schaute sie hinüber zu der gebrochenen Gestalt auf dem Palettenstapel. »Arme Waltraud. Und sie hatte so fest vor, trocken zu bleiben!«

»Für die werden wir uns noch was überlegen.«

»Und jetzt?«

»Wir machen weiter wie gehabt.«

»Aber wo?«

Diana zuckte die Achseln. »Na, überall. Wir haben schließlich ein Handy, oder? Wir besorgen noch eins für Waltraud und eins für dich. Dafür sparen wir die Büromiete, weil wir diesen abgebrannten Schuppen hier nämlich so schnell wie möglich kündigen werden.« Dianas Stimme wurde immer eifriger. »Überleg doch mal: Das Souterrain wäre geradezu ideal. Wir können sogar ein Schild draußen aufhängen! Wozu sollten wir dann noch extern ein Büro unterhalten? Das wäre rausgeworfenes Geld! Es ist einfach eine Frage von Kosten und Nutzen, verstehst du!«

Amanda kam das sehr bekannt vor. Ihre Mutter hätte

jetzt wahrscheinlich gesagt, das Schicksal suche sich immer seine eigenen Wege zum Ziel, auch wenn es dabei manchmal Haken schlagen muß.

So wie in einer guten Drehbuchstory.

Da waren auch an genau bestimmten Stellen Wendepunkte vorgeschrieben.

Der Brand war zum Beispiel einer, erkannte Amanda nicht ohne eine gewisse morbide Befriedigung. Es sah sogar ganz so aus, als wäre dies der zweite große Wendepunkt, der ihrer Geschichte noch gefehlt hatte. Gerade rechtzeitig vor Hamburg!

Als der Streifenwagen abgefahren war, schleppten Amanda und Diana ihre volltrunkene Sekretärin zu Dianas Cabrio und luden sie unter Mühen auf den Rücksitz. Waltraud schnarchte leise. Auf ihren Wangen trockneten ganze Bahnen tränenverschmierten Mascaras.

»Ich glaube, sie sollte heute lieber nicht allein bleiben«, bemerkte Amanda besorgt.

»Wieso? Hast du Angst, sie fällt ins Delirium tremens?«

»Nein, aber sie könnte sich was antun.«

Diana dachte kurz nach, dann nickte sie widerstrebend. »Du hast recht, man kann nie wissen. Also – zu dir oder zu mir?«

»Fragst du das ernsthaft?«

»Nein.«

Also landete Waltraud wenig später auf einem Sofa in Dianas Souterrainbleibe, die keineswegs das winzige Zimmer war, mit dem Diana sich partout hatte begnügen wollen, sondern ein geräumiges Apartment, bestehend aus modern eingerichtetem Wohnzimmer, Schlafzimmer, voll ausgestatteter kleiner Küche und Bad.

Amanda deckte Waltraud fürsorglich zu. »Sie wird jetzt sicher erst mal schlafen«, meinte sie.

Diana tigerte im Zimmer herum, das Handy am Ohr, um mit allen möglichen Leuten zu telefonieren. Mit der Telefongesellschaft wegen einer automatischen Änderungsansage, mit der Hausverwaltung wegen einer kurzfristigen Kündigung des Büros, mit der Versicherung wegen des zu erwartenden Schadensersatzes. Und schließlich mit der Polizei wegen des Stands der Ermittlungen. Als sie schließlich auflegte, war sie wütend. »Sie sind immer noch nicht weitergekommen in der Täterfrage. Es ist zum Verrücktwerden!«

»Es können alle möglichen Leute gewesen sein. Ich persönlich tippe auf jemanden aus dem Dunstkreis von diesem Manzetti. Da hatte wahrscheinlich jemand ein Hühnchen mit ihm zu rupfen.«

»Womit du sicher hundertprozentig richtig liegst.«

Es klopfte kurz an der Tür, und Zacharias kam herein. Sein besorgtes Gesicht sprach Bände. »Ich hab's schon gehört. Alles in Ordnung mit euch?« Sein Blick fiel auf die alkoholisierte Waltraud. »Arme Frau Hackspecht. Sie hat's wohl am schlimmsten mitgenommen, oder? Kann ich irgendwas für euch tun?«

»Das kannst du wirklich«, sagte Diana kleinlaut. »Wir brauchen nämlich weiterhin dein Arbeitszimmer.«

»Und dein Handy«, warf Amanda ein.

»Und deinen PC«, ergänzte Diana. »Und vielleicht kannst du uns auch vorübergehend deinen Laptop leihen.«

»Oder dein Fax.«

»Und vielleicht müssen wir ab und zu hier mal einen Klienten empfangen.«

»Kein Problem«, sagte Zacharias. Er schien sehr zufrieden mit sich und der Welt. »Mein Haus ist euer Haus. Fühlt euch nur ganz heimisch überall.«

Waltraud richtete sich auf und würgte. »Gibt's hier ein Klo?«

## Schlechte Gesellschaft

Danach erholte sie sich überraschend schnell. Sie wusch sich das Gesicht, kämmte sich und sah bis auf die Blässe und die blutunterlaufenen Augen fast wieder normal aus.

Doch der Schock steckte ihr noch in den Knochen. Als Diana auf den Schreibtisch in der Ecke des Wohnzimmers deutete und erklärte, dies sei aller Voraussicht nach ihr vorläufiger Arbeitsplatz, nickte sie nur stumm. Sie saß für eine Weile mit gesenktem Kopf auf dem Sofa, dann verabschiedete sie sich, um nach Hause zu gehen. Auf Amandas besorgte Frage, ob sie denn wirklich zurechtkomme, erklärte sie, in ihrem Leben sei schon Schlimmeres passiert.

Als Amanda am frühen Nachmittag nach Hause kam, fand sie wieder einen Überraschungsgast vor. Diesmal war es jedoch nicht Zacharias, sondern der vierschrötige kurzgewachsene Typ, der einige Tage vor Yves' Verschwinden die Mappe kommissionshalber in die Galerie gebracht hatte.

Er saß auf dem Sofa und las *Emil und die Detektive*. Gerade schien er an einer besonders komischen Stelle angelangt zu sein, denn er wieherte förmlich vor Lachen und klatschte sich sogar mit der flachen Hand auf den Schenkel. Marlene, die mit entnervter Miene auf einem der Sessel saß und Nico auf dem Schoß hatte, warf ihrer Tochter einen angeödeten Blick zu. Es war offensichtlich, daß sie über den Besucher alles andere als erbaut war. Wahrscheinlich hatte seine Ankunft sie mitten aus einer besonders tiefen Phase der Kontemplation gerissen. Immerhin hatte sie ihm etwas zu trinken angeboten, denn er hatte ein Glas Saft auf vor sich dem Couchtisch stehen.

»Guten Tag«, machte Amanda sich höflich bemerkbar. Dieser Herr Krallwitz sah ein wenig seriöser aus als in der Galerie, wo sie ihn zuletzt gesehen hatte (er hatte die komische Tigerbrille nicht auf), aber irgend etwas sagte Amanda, daß der Typ hier war, um Ärger zu machen. Höchstwahrscheinlich hing sein Auftauchen hier bei ihr zu Hause irgendwie mit der Kommissionsware und Yves' Verschwinden zusammen.

Nico sprang beim Anblick seiner Mutter erfreut von Marlenes Schoß und warf sich in Amandas Arme. Sie drückte ihn mechanisch an sich und musterte mit verengten Augen den Mann, der sein Buch zur Seite legte und sie freundlich angrinste. »Auch guten Tag«, meinte er mit seiner Kratzstimme.

»Er hat 'ne Stimme wie Skeletor«, kommentierte Nico. Skeletor war der schlimmste Feind von He-Man und nebenbei der größte Schurke des Universums. Das personifizierte Böse schlechthin. Seine Stimme war, wenn möglich, noch scheußlicher als sein Outfit.

Marlene räusperte sich. »Herr Krallwitz hat gesagt, er wäre mit dir verabredet. Wegen des Feuers in eurem Büro.«

Amanda fühlte, wie alles Blut aus ihrem Gesicht wich und zum Herzen strömte. Haltsuchend griff sie nach einer Sessellehne, um nicht vor Schwäche zusammenzusinken.

Harry die Kralle feixte. »Heiß«, sagte er.

»Aber zum Glück nicht so warm wie gestern«, erwiderte Marlene arglos, und an Amanda gewandt, fragte sie: »Hat es schlimm gebrannt? Ich war ja so erschrocken! Zum Glück seid ihr versichert! Herr Krallwitz möchte mit dir über den Schadensersatz sprechen.«

»Über den Schadensersatz«, bestätigte Krallwitz. »Der Fall soll möglichst schnell abgewickelt werden.«

»Ein guter Service«, lobte Marlene.

»Mutter, würdest du mit Nico eine Runde um den Block gehen?«

Marlene stand auf. »Natürlich. Wir sind schon weg.« Sie holte die Hundeleine und ging mit Nico zur Wohnungstür, wo Hansi bereits ungeduldig hin und her sprang.

Amanda wartete, bis die Tür hinter ihrer Mutter zugefallen war, dann sagte sie mit eisiger Entschlossenheit: »Ich werde die Polizei rufen. Verlassen Sie augenblicklich meine Wohnung.«

Er tat erstaunt. »Wegen was denn?«

»Das wissen Sie genau.«

»Ach, weiß ich das?« Er nahm das Saftglas und begann, langsam den Inhalt über das Sofa und den Tisch zu gießen. Dann betrachtete er nachdenklich sein Werk. »Ob das reicht?« fragte er besorgt.

»Was soll das?« fuhr Amanda ihn wütend an.

»Zur Vorbeugung«, erklärte Harry die Kralle mit schleimigem Lächeln. »Es könnte ja hier auch mal brennen.«

Im nächsten Augenblick ließ er die Maske der Jovialität fallen und wurde geschäftsmäßig. »Ich weiß nicht, welche Rolle Sie in der ganzen Sache spielen, junge Frau, aber fest steht, daß Sie vorigen Monat noch für den Franzmann gearbeitet haben.«

»Er ist verschwunden«, rief Amanda verzweifelt. Sie begann, die Zusammenhänge zu ahnen.

»Und meine Bilder hat er mitgenommen.«

»Ja, aber was hat das mit ...«

»Mit Ihnen zu tun? Viel, wenn man bedenkt, daß Sie auf einmal die neue Mitinhaberin von Manzettis Schnüffelfirma sind. Ich war neulich schon dort, aber da wußte ich diese Kleinigkeit noch nicht, ich hab nur die Rote mit der großen Klappe gesehen.«

»Sie waren das also«, sagte Amanda tonlos.

»Tja, und Sie ahnen gar nicht, wie überrascht ich war, als ich herausfand, daß Sie mit in der Firma sind!« Er schwieg bedeutungsvoll, bevor er fortfuhr: »Zuerst beim Franzmann, dann beim Manzetti. Und plötzlich sind beide weg! Und Sie sind noch da! Da muß es doch selbst beim Dümmsten klingeln.«

»Das ist alles purer Zufall«, sagte Amanda zornig. »Der Manzetti hat uns damals im *O Sole mio* angesprochen, er hat da mitbekommen, daß wir nach einer Möglichkeit suchten, wie wir uns selbständig machen konnten!«

»Und daß Sie davor für den Franzmann gearbeitet haben, war wohl auch Zufall?«

»Selbstverständlich!« schrie Amanda erbost.

»Na gut, wenn Sie es sagen. Es spielt dafür sowieso keine Rolle.«

»Keine Rolle wofür?« wollte Amanda mißtrauisch wissen.

»Für Ihre Verbindlichkeiten.«

»Moment mal, Sie sagen das so, als ob ...«

»Als ob«, nickte er freundlich. »So ist das bei Firmenübernahmen nun mal. Man erbt die Altlasten mit. Manzetti hat mir den Franzmann wegen der Bilder empfohlen. Der Franzmann ist abgehauen. Da ich ein Menschenfreund bin, habe ich Manzetti einen Monat gegeben, mir mein Eigentum zurückzuholen. Na ja, und dann war der Monat um, und die Bilder sind immer noch weg.«

»Und Sie haben unser Büro abgefackelt!« fauchte Amanda. Ihre Augen loderten vor Zorn.

»Wäre Ihnen Ihre Wohnung lieber gewesen?« fragte Krallwitz verbindlich. »Nicht? Dachte ich's mir doch. Also, bringen Sie mir die Bilder, und ich sage, Schwamm drüber. Weil ich eben ein Menschenfreund bin.«

»Ich zeige Sie an! Sie werden verhaftet und wandern in den Knast!«

»Nur zu«, sagte Krallwitz selbstzufrieden, und da wußte Amanda, daß sie gegen ihn keine Handhabe hatte. Außerdem hatte er sicher überall Komplizen sitzen, die seine schmutzigen Drohungen buchstäblich mit Feuereifer wahrmachen würden, solange er in U-Haft war. Wo er im übrigen sowieso nicht lange bleiben würde, weil sie ihm offiziell nichts nachweisen konnte.

»Was sind das überhaupt für Bilder?« fragte Amanda. Sie ließ sich erschöpft auf einen Sessel fallen und stützte die Stirn in beide Hände. Das, was sich seit heute morgen alles ereignet hatte, war definitiv zuviel, jedenfalls für eine einzige Frau.

Harald Krallwitz stand auf und nahm sein Buch. »Woher soll ich das so genau wissen?« antwortete er liebenswürdig. »Die Bilder sind echt, und alt sind sie auch. Das ist alles, was mich interessiert. Finden Sie den Franzmann, finden Sie die Bilder, mehr will ich gar nicht. Sie kriegen einen Monat, genau wie vorher der Manzetti. Schnüffeln Sie nur fleißig, das ist ja jetzt Ihr Beruf. Und denken Sie immer daran – es gibt Schlimmeres als einen kleinen Brand.«

Als Amanda aufblickte, war er gegangen. An der Stelle, wo er gesessen hatte, lag ein Gegenstand, dessen Anblick Amanda das Blut in den Adern gefrieren ließ: Es war Nicos kleiner Plüschlöwe, von grober Hand auseinandergerissen. Die wolligen Fetzen seines Innenlebens lagen überall verstreut, und aus dem kleinen fröhlichen Gesicht hing eines der Glasaugen häßlich heraus.

Erst jetzt war er wirklich und wahrhaftig da, wie Amanda voller Grauen und mit hellsichtiger Klarheit erkannte: Der wichtige zweite Wendepunkt, und er war noch viel gemeiner als alles, was ihr selbst je hätte einfallen können.

# Schnüffeleien

Amanda wußte nicht, wie lange sie so dagesessen hatte, stumm, unfähig, einen Finger zu rühren. Am liebsten wäre ihr gewesen, sie hätte alles nur geträumt, der Standardwunsch aller durch eine plötzliche Tragödie verstörten Personen. Doch dieser Wunsch blieb ihr trotz mehrmaligen Kneifens unerfüllt. Als nächstes wünschte sie sich, ein kleines Mädchen zu sein und zu ihrer Mutter auf den Schoß zu kriechen. Ach, das würde jetzt so gut tun! Einmal ganz fest umarmt zu werden! So wie früher als Kind! Amanda sehnte sich minutenlang heftig nach ihrer Mutter, doch irgendwann begriff sie, daß das selbstverständlich zu nichts führte.

Niemand konnte ihr in dieser Lage helfen, höchstens sie selbst.

Es gibt nichts Gutes, außer man tut es, sagte Amanda sich, innerlich plötzlich eiskalt.

Yves, dachte sie dann mit aufkeimender Aggression. Das alles hatte sie ganz allein diesem unzuverlässigen, selbstsüchtigen, verbrecherischen Wicht zu verdanken! Wäre Yves nicht abgehauen, hätte Amanda sich nicht beruflich umorientieren müssen und wäre nicht an diesen Manzetti geraten! Hätte Yves die Bilder von diesem Brandstifter nicht geklaut, wäre sie jetzt nicht in dieser Zwangslage! Aber sie würde ihn schon finden! Sie war eine Detektivin, und zwar eine gute! Wenigstens in dieser einen Sache hatte Krallwitz recht: Das Schnüffeln war jetzt ihr Beruf. Sie würde schnüffeln und schnüffeln, wie ein Trüffelschwein, wenn es sein mußte, und am Ende würde sie diesen schmierigen französischen Schleimpilz finden. Und falls es ihr wider Erwarten doch nicht gelingen sollte, würde sie Diana bitten, dem Krallwitz aus zweihundert Meter Entfernung direkt zwischen die Augen zu schießen. BUMM!

Sie schrieb Marlene einen Zettel, daß sie wegen des Brandes noch zu einigen Erledigungen weg müsse, dann fuhr sie zur Galerie. Mit dem Blick eines Racheengels stand sie vor dem immer noch herabgelassenen Gitter und starrte durch die inzwischen schmutzig gewordene Scheibe ins Ladeninnere. Drinnen hatte sich nichts verändert. Wahrscheinlich würde es in ein paar

Monaten immer noch so hier aussehen; solange Yves' Geschäftsbank treu und brav weiterhin jeden Monat die Miete anwies, täte sich überhaupt nichts. Irgendwann wäre das Überziehungslimit erreicht, die Zahlungen würden eingestellt, die Räumungsklage erhoben. Yves war schon lange weg, aber seine Schulden würden sich auf wundersame Weise immer weiter vermehren.

Amanda hatte sich ihre Taktik schon während der Herfahrt zurechtgelegt.

Per Handy informierte sie die Gebäudeverwaltung, daß sie hier ein kleines Problem habe. Sie sei nämlich soeben aus dem Urlaub zurückgekehrt und habe zu ihrem Verdruß feststellen müssen, daß Herr Cacher, der zur Zeit noch irgendwo in Frankreich unterwegs sei, leider versäumt habe, den Schlüssel für das Gitter an der vereinbarten Stelle in seiner Wohnung zu hinterlegen. Nun sei sie im Druck, da bereits für heute nachmittag neue Bilder erwartet würden und sie dafür noch dringende Vorkehrungen im Ausstellungsraum treffen müsse.

Der Geschäftsführer kannte Amanda persönlich, er hatte selbst schon einige Stücke in der Galerie erstanden, und so war es ihm ein Vergnügen, ihr aus der Klemme zu helfen. Keine halbe Stunde später kam ein Bote mit einem Ersatzschlüssel für das Gitter.

Mit ihrem eigenen Schlüssel öffnete Amanda die Eingangstür und betrat den Ausstellungsraum. Der Raum sah genauso aus wie an dem Tag, als sie das letzte Mal hier drin gewesen war, nur war alles wesentlich staubiger. Die Putzfrau, die sonst immer zweimal wöchentlich zum Saubermachen gekommen war, hatte natürlich genau wie Amanda ihren Arbeitsplatz verlassen und verschlossen vorgefunden.

Amanda ging ins Büro. Das Faxgerät quoll über von Papier, und mechanisch ging Amanda die eingegangenen Nachrichten durch. Reklame, zwei, drei Angebote, eine Bitte um Leihgaben für eine Wanderausstellung. Nichts von Belang. Im Postfach der Galerie würde es wahrscheinlich ähnlich aussehen.

Der Anrufbeantworter zeigte sechzehn Anrufe an. Amanda drückte den Abspielknopf.

Sie hörte ihre eigene Stimme: »Hier ist Amanda. Bist du da, Yves? Dann geh doch bitte sofort dran, ja?«

Dann die unverkennbare Stimme von Krallwitz. »Wenn du das hörst, Franzmann, solltest du besser sofort drangehen. Ich gebe dir drei Tage. Sonst ...« Der restliche Satz blieb unausgesprochen, was um so bedrohlicher klang.

Wieder ihre eigene Stimme (sie hatte damals zwei Tage nach ihrem ersten Anruf noch einmal versucht, ihn im Büro zu erreichen), und wieder mit der blöden Bitte, Yves möge drangehen, falls er da sei; wenn nicht, solle er sich bitte unbedingt melden, sobald er wieder ins Büro käme.

Dann wieder Krallwitz: »Die drei Tage sind um. Ich lasse dich suchen.« Mehr nicht. Es hörte sich tödlich an.

Schließlich kamen ein paar Ansagen von Kunden und Bekannten, darunter eine weibliche Zwitscherstimme auf französisch. Amanda verstand davon nur Bruchstükke, Französisch war in der Schule nicht gerade ihre Stärke gewesen. Ein Wort klang jedenfalls wie Hamburg, französisch ausgesprochen: ’ambourg. Unter den restlichen Anrufen war dies der einzige, der privat klang. Die anderen Nachrichten waren geschäftlicher Art, hauptsächlich Anfragen wegen Preislisten, Expertisen, Katalogen, Ausstellungsterminen. Manche Anrufer baten auch einfach nur um Rückruf. Sonst war nichts von erkennbarer Bedeutung auf dem Band. Amanda rief Diana an, die im Alter von sechzehn Jahren als Austauschschülerin in der Provence gewesen war. Sie schwärmte noch heute von irgendeinem Wunderlover namens Jean-Marie und seiner Finesse in Sachen *l'amour*.

»Diana? Du mußt mir einen Gefallen tun. Hör dir das mal an und übersetz es mir.«

Sie hielt das Handy ans Band und ließ die Nachricht der Frau ablaufen.

»Hast du's verstanden?«

»Ja, sie sagt: Hallo, mein kleiner Blumenkohl.«

»Blumenkohl?«

»Ja, so sind halt die Franzosen. Immer ein Kompliment auf den Lippen.«

»Und dann?«

»Dann fragt sie: Bist du immer noch in Hamburg, mein Zuckermaul?«

»Zuckermaul«, sagte Amanda angewidert. Das hätte von Yves persönlich stammen können.

»Weiter sagt sie: Ich konnte dich unter deiner Hamburger Nummer in den letzten Tagen leider nicht erreichen, aber bei der Auskunft warst du außerdem noch unter dieser Nummer gemeldet, da dachte ich, ich probier mal hier mein Glück. Bist du vielleicht jetzt gerade dort, mein Fröschlein?«

»Fröschlein paßt wenigstens auf ihn.«

»Als nächstes sagt sie, daß sie leider dringend und kurzfristig für mindestens drei Wochen nach Chicago muß, zu einem Kongreß, aber danach wäre sie wieder in Aix und würde dort warten auf ihren ... nein, das sag ich lieber nicht. Wer ist sie überhaupt?«

»Keine Ahnung. Ich hab gerade Yves' Band abgehört, und da war sie drauf.«

»Du bist in der Galerie?« fragte Diana mit kaum unterdrückter Besorgnis in der Stimme. »Hast du dafür einen bestimmten Grund?«

»Den hab ich allerdings«, gab Amanda täuschend ruhig zurück. »Ich erzähl's dir nachher.«

Auf dem Schreibtisch fand Amanda anschließend mehrere Dinge, die, jedes für sich betrachtet, nichts Besonderes darstellten, in ihrer Gesamtheit jedoch äußerst aufschlußreich waren.

Nicht zu übersehen war zunächst eine alte Zeitung vom vergangenen Monat. Es war die Ausgabe, in der Marlenes Bekanntschaftsanzeige veröffentlicht worden war. Aufgeschlagen war allerdings die Seite, auf der über die kopflosen Frauenleichen, die wachsende Anzahl von Konkursen bei Kleinunternehmern und Zacharias' schweren Unfall berichtet worden war. Und über den Kunstraub im Landesmuseum. An den Rand dieser Notiz hatte Yves mit nervöser Hand winzige Punkte gemalt, wie er es häufig tat, wenn er ein wichtiges Telefonat führte. Es bedurfte keiner allzu großen Kombinationsfähigkeit, die Hintergründe zu durchschauen.

Die zusammen mit Yves verschwundenen Bilder gehörten mitnichten dem Krallwitz, doch das hinderte ihn leider nicht daran, sich als Eigentümer zu fühlen, da er die Gemälde vermutlich eigenhändig geklaut hatte. Die Museumskuratoren hätten sich sicher sehr über diese Art von Besitzdenken gewundert.

Und Yves hatte der Verlockung allem Anschein nach nicht widerstehen können. Wahrscheinlich hatte er sich ausgerechnet, mit dem – ungeteilten – Reibach aus dem Verkauf der beiden Gemälde bis an sein Lebensende bestens auszukommen. Es mußten wahrhaft meisterliche Werke gewesen sein! Hoffentlich hatte er noch keinen Käufer gefunden! Amanda wußte sehr wohl, daß für geklaute Museumskunst ein hervorragender Markt existierte. Es gab genügend passionierte Sammler, die eisern schwiegen und jeden Preis zahlten. Und Yves kannte sicher nicht wenige von denen persönlich.

Neben dem Telefon lag der Notizblock, das obere Blatt unbeschrieben. Amanda hob den Block gegen das Licht und sah Abdrücke von Zahlen und Buchstaben. Sie holte den Gesichtspuder aus ihrer Handtasche und stäubte vorsichtig etwas davon über den Block. Das Ergebnis konnte sich – buchstäblich – sehen lassen.

Es war eine Firmenbezeichnung und eine Telefonnummer mit Hamburger Vorwahl.

Amanda rief unverzüglich dort an.

»WHR-Immobilienverwaltung, Glaser«, meldete sich eine Frauenstimme.

»Guten Tag«, sagte Amanda höflich. »Mit welcher Firma bin ich verbunden?«

»WHR-Immobilienverwaltung, Frau Glaser«, sagte Frau Glaser ebenso höflich.

»Was verwalten Sie denn?«

»Immobilien«, sagte Frau Glaser, eine Spur weniger höflich.

»Vermieten Sie die auch?« gab Amanda einer Eingebung nach.

»Allerdings.«

»Was denn genau für welche?«

»Häuser, Wohnungen, Apartments. An was hatten Sie denn so gedacht?«

»Äh ... Wie viele Objekte haben Sie denn?«

»Ungefähr dreihundert.« Frau Glaser kicherte. »Wenn Sie die alle mieten wollen, würde Sie das ziemlich teuer zu stehen kommen, Frau ... Wie war gleich Ihr Name?«

»Müller«, sagte Amanda wenig einfallsreich. »Nein, ich bin bloß an einem einzigen Ihrer Objekte interessiert. Wahrscheinlich komme ich noch diese Woche bei Ihnen vorbei. Wo finde ich Sie denn?«

Frau Glaser nannte ihr eine Adresse, und Amanda notierte sie und bedankte sich.

## Gesprächstherapie

Dieses Krallschwein! Ich leg ihn um!« wütete Diana. Sie marschierte mit Riesenschritten durch das Wohnzimmer des brüderlichen Souterrains und schlug ein ums andere Mal mit der Faust in die offene Fläche der anderen Hand. In ihrem ersten Zorn hatte sie sogar einmal brachial gegen ihren (besser: Zacharias') Schreibtisch getreten, mit dem Erfolg, daß sofort eine der Schubladen aus der Verankerung gekracht und zu Boden gefallen war.

»Das Umlegen hatte ich mir eigentlich als ultimative Maßnahme vorbehalten wollen«, meinte Amanda beschwichtigend.

»Bei diesem Verbrecher helfen nur ultimative Maßnahmen«, brauste Diana auf. »Und überhaupt: Warum hab ich den Kerl bloß nicht schon vorige Woche erledigt, als er bei uns im Büro war!«

»Da wußtest du ja nicht, wer er war und was er wollte.«

»Aber ich hätt's ihm ansehen sollen! Ihm und dem komischen Mickerzwerg, den er dabei hatte. Die beiden hatten dieses gewisse Odeur an sich, und ich hab's gerochen.«

Amanda nickte. »Immerhin wissen wir jetzt ganz genau, warum der Manzetti uns den Laden aufgehalst hat. Er wollte, daß wir die Kastanien für ihn aus dem Feuer holen.«

»Womit er sich geschnitten hat!« rief Diana zornig.

Amanda blieb gelassen, zumindest gab sie sich den äußeren Anschein.

»Vorläufig bleibt uns nichts anderes übrig. Als die Kastanien rauszuholen, meine ich. Oder vielmehr die Bilder. Was wir dann damit machen, ist allerdings eine andere Geschichte.«

»Hast du schon Pläne?« wollte Diana begierig wissen. »Brauchen wir dafür 'ne Knarre? Sag mir nur rechtzeitig Bescheid, ich weiß, wo meine Mutter die Zweitschlüssel von Papas Waffenschrank aufbewahrt.« Sie nahm ihren Marsch wieder auf. »Vielleicht sollte ich auf jeden Fall lieber jetzt schon für eine vernünftige Ausstattung sorgen. Die Zweiundzwanziger kann auf keinen Fall schaden.«

»Ich werd mir noch ein paar Gedanken machen«, versprach Amanda. »Erst mal fahr ich übermorgen mit deinem Bruder nach Hamburg, zwei Fliegen mit einer Klappe schlagen, genau wie er gesagt hat. Eigentlich wären es dann ja sogar drei. Ich habe das untrügliche

Gefühl, Yves da irgendwo zu finden. Oder zumindest eine Spur, die uns weiterführt.«

Es klopfte, und Zacharias schaute ins Zimmer. »Kommt ihr mit rauf?« fragte er mitleidheischend. »Mama ist wieder da.«

Die Frauen sahen ein, daß er Verstärkung brauchte, und folgten ihm nach oben in sein eigenes Wohnzimmer. Frau Hansen saß mit versteinerter Miene auf einer der beiden Couches, die Hände um ein Taschentuch gekrampft. Keine Frage, sie war wieder zu ihrer allwöchentlichen Heultherapie erschienen. Amanda schnürte es das Herz zusammen, als sie Dianas Mutter so sah, in ihr scheinbar auswegloses Leid verstrickt, am Ende aller Kraft.

Zacharias setzte sich neben sie und nahm ihre Hand. Diana beugte sich über ihre Mutter, küßte sie auf die Wange und setzte sich an ihre andere Seite. Amanda gab Frau Hansen die Hand und ging zu einem der Sessel.

»Ich bin so froh, daß ich wenigstens euch habe«, setzte Frau Hansen mit erstickter Stimme an, dann stockte sie, und schon begannen die Tränen wieder zu fließen. Das Taschentuch war rasch durchnäßt, und Zacharias sprang auf, um für Nachschub zu sorgen. Diana stand ebenfalls auf und entfernte sich rückwärtsgehend in Richtung Küche, mit der Ankündigung, mal eben Kaffee zu kochen.

Somit blieb es Amanda vorbehalten, sich die näheren Einzelheiten des Hansenschen Trennungsdramas anzuhören.

Die neue Freundin hatte tatsächlich die Stirn besessen, die abgelegte Frau aufzusuchen und Rücksicht einzufordern.

»Stellen Sie sich vor, dieses rotznasige Gör stand vor mir und sagte Dinge wie: *Ich liebe den Leo aber echt, und er mich auch, das hat nichts mit Bett oder Geld zu tun, und ich finde es unheimlich wichtig, daß Sie das verstehen. Oder: Das mit dem Leo und mir geht total tief rein, und eins sage ich Ihnen lieber gleich, ich will ein Kind mit ihm, und es wäre besser für alle Beteiligten, wenn Sie endlich anfangen könnten, loszulassen.*«

Frau Hansen schluchzte und versprühte dabei Kaskaden von Tränen. Zacharias fand anscheinend die Taschentücher nicht, und auch Diana schien mit dem Kaffeekochen nicht voranzukommen. Amanda nahm Frau Hansens Hände und hatte keine Ahnung, wie sie ihr helfen oder sie trösten sollte. Aus Erfahrung wußte sie jedoch, daß Reden immer noch das beste war. Wenn sie damals nach der Trennung von Dennis nicht ihre Mutter gehabt hätte, wäre sie kaputtgegangen, davon war sie überzeugt. Sie wußte auch genau, was Dianas Mutter jetzt hören wollte.

»Diese Geschichte ist doch bestimmt nur ein Strohfeuer!«

Das Schluchzen wurde eine Idee leiser. »Glauben Sie wirklich?«

»Ich bitte Sie. Ihr Mann ist mehr als doppelt so alt. Wie lange, glauben Sie, hält er das wohl durch? Männer brauchen ihre Bequemlichkeit. Irgendwann ist der Lack ab und die Luft raus, dann kommt er zur Besinnung. Oder die junge Dame verliert das Interesse, das kommt doch so häufig vor.«

»Meinen Sie?« fragte Frau Hansen hoffnungsvoll.

Nein, dachte Amanda resigniert, doch das würde sie nicht zugeben. Ehrlichkeit tat in dieser Situation erst recht weh. Dianas Mutter würde mit der Zeit selbst dahinterkommen, daß es vorbei war, doch das würde nur ganz allmählich geschehen, in einem Tempo, das sie verkraften konnte. Wie seinerzeit Amanda würde auch sie die Phasen des Trennungstraumas in der vorgeschriebenen Reihenfolge durchleiden; hübsch hintereinander würde sie die Zeit der Hoffnung, die Zeit des Hasses und die Zeit der Gleichgültigkeit erleben. Dann war der Prozeß abgeschlossen, die Patientin geheilt. Eine andere Methode gab es nicht.

Und wer weiß, überlegte Amanda beiläufig, vielleicht war dieser Fall ja wirklich die Ausnahme, vielleicht bestand tatsächlich noch Hoffnung. Solche Fälle waren nicht gerade häufig, doch es gab sie natürlich. Gelegentlich kam es sogar vor, daß jemand, der aus einer langandauernden Beziehung ausgebrochen war, noch Jahre später wieder zurückkam. Amanda hatte von einem Chefarzt gehört, der Frau und vier Kinder wegen einer Jüngeren verlassen hatte. Mit der Neuen hatte er zehn Jahre gelebt, bis sie an Krebs starb. Danach war er zu seiner ersten Frau zurückgekehrt. Sie hatte die ganze Zeit gewartet, denn sie hatte nie aufgehört, daran zu glauben, daß er wiederkäme.

Frau Hansen gehörte vielleicht auch zu dieser Sorte Frauen. Möglicherweise war loslassen nicht ihr Ding, und sie hielt in Treue fest, bis daß der Tod sie schied.

Immerhin hatte sie inzwischen aufgehört, zu weinen.

Kämpferisch blickte sie auf. »Übrigens hat diese blondgefärbte Rotznase entsetzliche Plattfüße, und schiefe Zähne hat sie auch. Von den langen, schwarzen Achselhaaren will ich gar nicht reden. Ich kann mir nicht vorstellen, wie Leo das aushält. Er haßt Achselhaare. Es *muß* eine vorübergehende Verblendung sein.«

Der Nachmittag war gerettet. Zacharias brachte frische Taschentücher, die jetzt niemand mehr brauchte, Diana kam mit Kaffee und Keksen. Die Restfamilie Hansen saß dann noch einträchtig mit Amanda zusammen; sie redeten über Zacharias' neues Franchiseprojekt in Hamburg und Amandas Drehbuchvorhaben. Der Brand wurde nur am Rande erwähnt; die leicht verschlankte, familienfreundliche Version lautete, daß er das Werk unbekannter Brandstifter war. Über die jüngsten Entwicklungen verloren Amanda und Diana kein Wort.

## Witzfiguren und Männerwitze

Der Mittwoch kam, und Amanda mußte zu ihrem Leidwesen vor der Abreise nach Hamburg noch einmal ins Fotostudio zum Arbeiten. Arnold hatte sich schlichtweg geweigert, der Verlegung auf einen anderen Tag zuzustimmen, und schon wieder Urlaub sei nicht drin, erst recht nicht so kurzfristig und außer der Reihe. Leider konnte Amanda es sich immer noch nicht erlauben, ihm den Job vor die Füße zu werfen. Auf dem Geschäftskonto ihrer Firma befand sich zwar inzwischen dank des verkaufsoffenen Samstags eine kleine Reserve, doch die würde im kommenden Monat für Waltrauds Gehalt mit draufgehen. Amanda verfluchte das kleine Teufelchen, das sich mit Zacharias' Stimme ab und zu in ihrem Inneren meldete und ihr riet, die Sekretärin zu entlassen, da sie sonst nie auf einen grünen Zweig kämen. Sie brachte diese Anwandlungen von Arbeitgebergeiz und unsolidarischer Gemeinheit immer wieder sofort zum Verstummen, indem sie sich vorhielt, daß sie und Diana dringend auf eine Bürokraft angewiesen seien, wenn der Laden erst richtig lief. In Kürze würde immerhin ein schöner Batzen Geld aus dem Sommerschlußverkaufsauftrag hereinkommen, zwei Wochen feste Arbeit für zwei Leute, davon würden sie im kommenden Monat bestimmt schon ganz gut leben können. Außerdem hatte Diana morgen den Besprechungstermin bei der Anwaltskanzlei Schröder und Schröder, die sich auf ihr Werbefax gemeldet hatte; von diesem Gespräch versprachen die Freundinnen sich ebenfalls ein paar neue Aufträge. Und das Drehbuchprojekt war ja auch noch da.

Ihre Lage hätte wirklich vielversprechend sein können, wenn da nicht ein gewisser Störfaktor namens Krallwitz gewesen wäre!

Amandas Stimmung wurde auch nicht gerade dadurch aufgehellt, daß sie vorläufig weiterhin auf den Fotojob angewiesen war. Arnold war an diesem Morgen besonders nervtötend. Er hockte in einer Ecke auf einem Stuhl und folterte seine Umwelt mit den neuesten Blondinenwitzen, während Amanda sich mit dem antiquierten Stativ abmühte, das immer wieder zusammenzubrechen drohte. Auf dem Schemel vor der Fotowand saß Marco, der junge Kellner aus dem *O Sole mio*, der ein Paßfoto brauchte. Arnold war nicht umsonst so sprühender Laune; er kannte Marco und hätte ihn nur zu gern zum Frühschoppen oder mehr eingeladen. Er führte sich auf, als könnte Marco sich in Luft auflösen, sobald er mit dem Witzeerzählen aufhörte. Die Blondinen gingen ihm aus, und er machte mit Ostfriesen weiter. Das sagte Marco nicht viel, zum Glück ließ sein Interesse an den Witzen nach, und Amanda konnte endlich mit dem Knipsen anfangen. Marco war wirklich fotogen. Er lächelte perfekt im perfekten Augenblick, den Kopf im perfekten Winkel erhoben, die schwarze Latin-Lover-Locke perfekt über Stirn. Arnold fiel in seiner Ecke bei dem Anblick fast in Ohnmacht.

»Ich hätt Lust auf ein Bierchen«, sagte er mit begehrlichen Blicken. »Wie wär's? Wollen wir einen trinken gehen?«

»Kleine bißche früh für Bier, eh?« Klang Marcos Stimme eine Spur anzüglich, oder bildete Amanda sich das nur ein?

»Vielleichte besser eine kleine Cappuccino?« meinte er lockend.

Jetzt hatte seine Stimme eindeutig anzüglich geklungen!

Amanda würde nie begreifen, was Menschen (Männer wie Frauen) dazu bewog, auf Typen wie Arnold anders als mit spontanem Abscheu zu reagieren. Trotzdem war er um Freunde und Lover nicht verlegen. Es gab sogar einige, die regelrecht an ihm hingen. Vielleicht hatte er sie alle mit Kinderfotos von sich versorgt, überlegte Amanda in Erinnerung an Waltrauds Tip zum Liebeserhalt.

Marco zog kurz darauf mit Arnold los, auf ein Bier oder einen Cappuccino oder was auch immer. Amanda räumte auf, sortierte und etikettierte fertige Aufträge, schrieb ein paar Rechnungen und Bestellungen, knipste zwischendurch noch drei Kunden und fuhr dann nach Hause, um für Hamburg zu packen.

## Streß und Hormone

Es überraschte sie nicht allzusehr, Zacharias dort bereits vorzufinden; sie hatten verabredet, daß er nach dem Mittagessen bei ihr vorbeikäme, um sie abzuholen.

Er saß auf seinem Lieblingsplatz, dem Flokati, und ließ sich mit stoischem Gesichtsausdruck von Marlene aus der Hand lesen. Marlene, im grüngoldenen Kaftan, hockte im Schneidersitz neben ihm und vibrierte nur so vor positiven Schwingungen. Sie wußte sich kaum zu lassen vor Begeisterung über diese klare, kräftige Lebenslinie. Und erst die ausgeprägten Ausläufer, die für Bindungs- und Liebesfähigkeit bürgten!

Amanda beeilte sich, nach einem kurzen Hallo im Schlafzimmer zu verschwinden, wo sie ihre Reisetasche aus dem Schrank holte. Nico und Hansi folgten ihr auf dem Fuße, und Nico bestand augenblicklich darauf, mitzufahren. Hansi tat es ihm gleich, auf Hundeart. Beide ließen nicht locker. Nico quengelte und Hansi jaulte. Das Geräusch zerrte an Amandas Nerven, genauso wie die erfreuten Kommentare drüben im Wohnzimmer, wo Marlene gerade irgendwo in Zacharias' Handfläche ein wahres Wunder an Familiensinn entdeckt hatte.

»Warum darf ich nicht mit?« rief Nico erbost.

Hansi fiepte zustimmend. Er legte sich auf die Reisetasche und tat so, als sei er sterbenskrank.

»Es geht nicht«, sagte Amanda, deren Geduld sich an diesem Mittag überraschend schnell erschöpfte. »Kinder und Hunde dürfen da nicht mit.«

»Ich bin auch *gaaanz* leise!« brüllte Nico aus Leibeskräften.

Hansi versuchte, in die Tasche zu kriechen.

Amanda zerrte ihn mühsam wieder zurück und schob statt dessen ihre Kladde hinein, zusammen mit drei eng beschriebenen DIN-A4-Bogen, die Reinschrift ihres bisherigen Entwurfs, den sie gestern abend noch rasch abgetippt hatte.

»Ich bring dir auch was mit«, versprach Amanda.

»Was denn?«

»Mal sehen.«

»Ich will's aber wissen.«

»Ich muß mich doch erst mal umschauen«, sagte Amanda verzweifelt.

»Nach was?«

Dieser Streß! Amanda biß die Zähne zusammen. »Das weiß ich dann, wenn ich's finde.«

»Kann ich ein Fahrrad haben?«

»Dafür bist du noch zu klein.«

»Warum?«

»Weil du erst drei bist. Du bist ja noch nicht mal im Kindergarten.«

»Wann komm ich denn da rein?«

»Das weißt du doch. Nächsten Monat, nach den großen Ferien.«

»Bin ich dann groß?«

»Nicht groß genug für ein Fahrrad. Das kriegst du nicht vor vier.«

»Wann bin ich denn vier?«

Amanda stöhnte. »Mutter?« schrie sie dann außer sich. »Kommst du mal bitte?«

Marlene ließ sich Zeit, und als sie endlich kam, machte sie keinen Hehl aus ihrer Befremdung. Wieso Amanda bloß so miese Laune hätte? Gleich würde sie bei herrlichstem Wetter mit einem der nettesten Männer in eine der schönsten Städte fahren, und sie machte ein Gesicht wie sieben Tage Regenwetter!

Amanda schloß mit verdrossener Miene die Tasche. »Meine Laune wäre viel besser, wenn ich mich hier mal in Ruhe fertigmachen könnte.«

Marlene zuckte die Achseln, verstand aber den Wink und nahm sich ihres Enkels an. »Komm, bau noch ein bißchen Lego mit Zacharias.« Nico trottete widerwillig hinter ihr her zurück ins Wohnzimmer, wo er lautstark kundtat, daß er die Simpsons sehen wolle, wenn er schon nicht mit nach Hamburg fahren dürfe.

Amanda zog sich rasch um. Das *Elysée*, so hatte sie erfahren, war eines der besseren Hotels in Hamburg, da wollte sie schon bei der Ankunft nett aussehen und nicht zerknautscht von der Reise. Für die Fahrt wählte sie daher einen knitterfreien, schwarzweißen Wickelrock im Ethnolook mit dazu gehöriger Bluse und schmale, schwarze Schnürsandaletten. Damit würde sie auch rein optisch ganz gut zu Zacharias passen, überlegte sie. Er trug feine Denimjeans und ein teures Poloshirt, dazu handgenähte italienische Mokassins, wie sie vorhin mit einem raschen Blick erfaßt hatte.

Bevor sie ging, umarmte sie Nico, Marlene und Hansi und entschuldigte sich für ihre schlechte Laune.

»Viel Spaß!« rief Marlene ihr und Zacharias nach.

»Bring mir ein Fahrrad mit!« brüllte Nico.

Hansi bellte herzzerreißend zum Abschied.

»Es kommt wohl nicht oft vor, daß du mal allein wegfährst, oder?« fragte Zacharias, während er ihr die Fahrertür seines mitternachtsblauen BMW aufhielt.

»So gut wie nie«, sagte Amanda. Genau genommen war sie seit Nicos Geburt erst einmal über Nacht weg gewesen, letztes Jahr im Sommer, als sie für ein verlängertes Wochenende mit Diana nach London gereist war.

Sie nahm hinterm Lenkrad Platz, überwältigt von der Anzahl der Knöpfe, Hebel und Schalter und Zeichen. Das Ganze glich eher dem Instrumentenboard in einem Düsenjet als der kleinen Anzeigenkonsole in ihrem eigenen Wagen. Sie ließ sich von Zacharias alle Funktionen erklären und vergaß sie sofort wieder. Hauptsache, sie konnte das Lenkrad bedienen und fand die Gänge und Fußhebel. Das war nicht weiter schwierig, und nach fünf Minuten hatte sie bereits das Gefühl, nie einen anderen Wagen gefahren zu haben. Später, auf der Autobahn, genoß sie es regelrecht, wie der Wagen beim leisesten Druck aufs Gaspedal reagierte.

Zacharias beobachtete sie von der Seite. »Klappt ganz gut, oder?«

Amanda strahlte anstelle einer Antwort.

Zacharias konnte die Augen nicht von ihr wenden. Wie kam es nur, daß sie jedesmal, wenn er sie traf, hübscher und begehrenswerter aussah? Der schwarzweiße Stoff ihrer Seidenbluse schmeichelte ihrem hellen Teint und ließ ihre Augen noch blauer wirken. Ihre zarten Fesseln, die unter dem Saum ihres Flatterrocks hervorlugten, zogen seine Blicke magisch an. Schon seit Wochen sann er unablässig über Methoden nach, mit denen er ihr erfolgreich klarmachen konnte, wie unwiderstehlich er als Mann war. Doch seine üblichen Taktiken schienen nicht zu fruchten. Bei Licht betrachtet war er ja nicht mal dazu gekommen, seine üblichen Taktiken anzuwenden! Eine merkwürdige Scheu hielt ihn davon ab, die bekannte plumpe Anmache zu versuchen. Komplimente, tiefe, verlangende Blicke in die Augen,

Hand auf der Schulter, Hand auf dem Rücken, dem Arm, und schließlich auf dem Knie – bei anderen Frauen, die es ihm angetan hatten, war er meist ganz gut damit gefahren.

Nicht, daß er Amanda nicht für sein Leben gern angefaßt hätte (mit seinen Hormonen war alles in Ordnung), doch die klägliche Wahrheit war, daß er es einfach nicht wagte, ihr über eine gewisse Anstandsgrenze hinweg näherzukommen. Er fragte sich, ob sein ungewohnt ritterliches Gebaren damit zu tun hatte, daß seine Schwester vielleicht recht hatte. Amanda war in ihrer Vergangenheit tief verletzt worden, und das letzte, was sie derzeit brauchen konnte, war ein Mann, der ihr erneut Kummer bereitete. Andererseits war nur zu klar zu erkennen, wie sehr sie sich nach liebevoller Nähe sehnte, auch wenn sie es selbst nicht eingestehen mochte.

Fest stand jedenfalls, daß sie keine Frau für eine Nacht war. Auch nicht für dreißig, vierzig, fünfzig Nächte. Wahrscheinlich waren auch tausendundeine Nächte nicht genug für Amanda.

Im übrigen machte Zacharias sich nichts vor. Wenn er mehr von ihr wollte als freundschaftlich-kameradschaftliche Unterhaltung, würde er nicht nur ihre Scheu, sondern auch seine eigene überwinden müssen. Seine Scheidung lag fünf Jahre zurück, aber er spürte die Narben noch. Es tat zwar nicht mehr weh, wenn er seiner Ex mit ihrem Neuen und ihrer inzwischen dreijährigen Tochter in der Stadt begegnete, doch damals, als sie ihn wegen dieses anderen Mannes verlassen hatte, war eine Welt für ihn zusammengebrochen, genau wie jetzt für seine Mutter. Fast ein Jahr hatte er nur gegrübelt, was er wohl falsch gemacht hatte, und schließlich hatte er die

Antwort zu kennen geglaubt: Er hatte sich zu fest gebunden. Zu tief vertraut. Sich ganz und gar einem anderen Menschen gegeben. Kurz: Er war nicht auf der Hut gewesen. Keinen Augenblick lang. Er hatte immer gedacht, daß diese Art absoluten Vertrauens die Liebe ausmache. Doch anscheinend war es nicht genug gewesen und gleichzeitig zuviel.

Das Ärgerliche war, daß er, wenn er jetzt mit Amanda zusammen war, zum ersten Mal seit damals wieder das fatale Verlangen in sich spürte, denselben Fehler wieder zu machen. Er begann sogar zu überlegen, ob es denn tatsächlich ein Fehler wäre, sich erneut mit Haut und Haaren zu verlieren. Amanda und ihre Familie hatten ihn bereits in ihren Bann gezogen. Der Junge, die Mutter, der Hund, diese chaotische, winzige, von Spielzeug und esoterischem Krimskrams überquellende Wohnung – das alles übte zusammen mit Amanda selbst, mit ihrer ganzen Person, ihrem Mut, ihrer Zuversicht, ihrer Kraft einen unwiderstehlichen Reiz auf ihn aus.

Von der Art, wie sie beim Lachen den Kopf zurückwarf und die schlanke Linie ihres Halses entblößte, ganz zu schweigen.

Zacharias seufzte.

»Tut dir dein Bein weh?« fragte Amanda besorgt.

Nein, nur mein Herz, dachte Zacharias. Doch da sie das ganz sicher nicht hören wollte, schüttelte er bloß den Kopf.

# Brainstorming oder der Sturm im Wasserglas

Die restliche Fahrt ging zügig und ohne besondere Vorkommnisse vonstatten. Amandas und Zacharias' Unterhaltung blieb einsilbig; jeder hing seinen Gedanken nach.

Im Hamburger *Elysée* parkten sie in der Tiefgarage und brachten nach dem Einchecken ihr Gepäck nach oben. Sie waren in zwei nebeneinanderliegenden Zimmern untergebracht. Ihnen beiden blieb nicht mehr viel Zeit, sich zu akklimatisieren; Zacharias mußte zu seiner Besprechung, für die er hier im Hotel einen Konferenzraum gebucht hatte, und auch für Amanda wurde es Zeit, sich zu ihrem Termin mit dem Filmproduzenten aufzumachen. Wenn es dort nicht zu lange dauerte, würde sie hinterher noch versuchen, bei der WHR-Immobilienverwaltung Näheres über Yves Cachers Verbleib herauszufinden. Anderenfalls mußte sie sich morgen früh darum kümmern. Über diesen zweiten Grund für ihren Hamburgbesuch hatte sie Zacharias wohlweislich nicht unterrichtet, da sie – ebenso wie Diana – fürchtete, er könne womöglich darauf bestehen, daß augenblicklich die Polizei eingeschaltet würde, wofür es, wie sie fand, kurz vor Ablauf ihrer Galgenfrist immer noch früh genug wäre. Niemand wußte von der Sache außer Amanda und Diana, auch nicht Waltraud, die wirklich schon genug mitgemacht hatte.

Amanda ließ sich an der Rezeption den Weg erklären. Die Empfangsdame gab ihr zur Vorsicht einen Stadtplan mit, und Amanda machte sich mit ihrer Kladde, ihrem ins reine getippten Treatment und einer Menge mulmiger Gefühle auf dem Weg.

Entgegen ihren Befürchtungen hatte sie keinerlei Probleme damit, Zacharias' Nobelschlitten durch den dichten Hamburger Stadtverkehr zu steuern. Die Filmfirma befand sich im achten Stock eines Bürohauses am Rande der Innenstadt und war rasch gefunden. Mit klopfendem Herzen bestieg Amanda den Aufzug nach oben, wanderte durch endlos scheinende Korridore, von Tür zu Tür, bis sie endlich vor dem richtigen Büro stand. Sie klopfte kurz, wartete einen Moment, klopfte erneut und öffnete dann vorsichtig die Tür in einen qualmvernebelten Raum.

Hinter dem Schreibtisch saß die Assistentin, mit der sie bereits telefoniert hatte. Mit der einen Hand preßte sie ein transportables Telefon ans Ohr, mit der anderen schwenkte sie eine übelriechende, filterlose Zigarette.

»Für diese Woche kann ich unmöglich noch jemanden zum Set schicken«, schrie sie erbost in die Sprechmuschel. »Was glaubst du denn, wer ich bin? Superwoman oder was?«

So sah sie nun wirklich nicht aus, fand Amanda, eher wie ein weiblicher Zombie, mit ihrem weiß gepuderten Gesicht und den mit Khol schwarz umrandeten Augen.

»Guten Tag«, brachte Amanda nervös heraus.

Die Assistentin wies nur mit der Zigarette auf eine angelehnte Tür; gleichzeitig brüllte sie ins Telefon: »Wenn du die letzten Filmmuster gesehen hättest, würdest du anders reden! Nein, vergiß es, da kann auch der Schnitt nichts mehr retten, das ist einfach Scheiße hoch drei!«

Amanda starrte erst sie an, dann die Tür. Zögernd

schob sie den Kopf durch den Spalt und lugte in das dahinterliegende Zimmer. Dort fand sie jedoch nicht das erwartete Allerheiligste des Produzenten vor, sondern eher eine Art Wartezone, ein Zimmer mit einem großen runden Konferenztisch und mehreren verstreut stehenden Stühlen. Zwei davon waren mit Frauen besetzt, die sich heftig stritten. Amanda hatte sie nur deshalb vorhin nicht gleich hören können, weil die Assistentin so gebrüllt hatte.

»Warten Sie auch auf Herrn Krüger?« fragte Amanda höflich, nachdem sie sich auf einem Stuhl am Fenster niedergelassen hatte. Doch die beiden war zu sehr in ihr Gezänk vertieft, um Amanda einer Antwort für würdig zu befinden.

»Du hast doch keine Ahnung«, sagte die eine gerade. Sie war ungefähr in Amandas Alter, unglaublich vollbusig und sah mit ihrem knallengen Top und den noch engeren Shorts aus wie Barbies Zwillingsschwester. Amanda hielt sie für eine Schauspielerin.

»Aber du, häh?« zischte die andere. Sie war ein paar Jahre älter, aber nicht minder schrill angezogen. Sie hatte unglaublich lange künstliche Wimpern und die weißesten Zahnkronen, die Amanda je gesehen hatte. Amanda hatte das Gefühl, die beiden zu kennen, doch erst, nachdem sie den beiden eine Weile zugehört hatte, wußte sie, woher: natürlich aus dem Fernsehen, aus irgendeiner Schwestern-und-Ärzte-Soap. In der Sendung redeten sie genauso gehässig daher, vielleicht war dies hier ja sogar eine Probe. Möglicherweise hatten die beiden gleich bei Herrn Krüger einen Vorsprechtermin und übten vorher noch ein bißchen.

»Dir ist der Verstand doch restlos in den Busen gerutscht«, fauchte die Weißbekronte, ein ungalanter Hinweis auf die Silikoneinlage, welche Barbie anscheinend unter ihrem Top versteckte.

»Und wohin ist er bei dir gerutscht?« höhnte Silikonbusen. »In den Busen jedenfalls nicht. Du hast ja keinen.«

Amanda lauschte ihnen sprachlos. Das klang so lebensecht! So gar nicht einstudiert! Offenbar verstanden die beiden was vom Fach. Und vor allem von der Improvisation. Sie waren in der Lage, über eine Viertelstunde hinweg ohne Unterbrechung darüber zu streiten, welche von ihnen beiden blöder sei.

Gerade diskutierten sie erbittert über die schauspielerischen Qualitäten der jeweils anderen.

Silikonbusen sei doch nur als Bettwärmer des Chefbeleuchters in die Serie gekommen, behauptete Weißkrone schonungslos, von Talent könne bei ihr nicht mal im Ansatz die Rede sein.

Die wurde bei dieser Schmähung hochrot und konterte sofort damit, daß Weißkrone die reinste Lachnummer sei, die ganze Nation würde sich noch in zehn Jahren über sie begeiern, weil sie letzte Woche bei der Live-Talkshow in Sachsen-Anhalt die Studiogäste mit *Liebe Sachsen-Anhalter* begrüßt habe anstatt mit *Liebe Sachsen-Anhaltiner.*

Worauf die andere zurückschrie, daß es ja wohl für die Richtigkeit der einen oder anderen Bezeichnung keinerlei Beweis gebe.

An dieser Stelle wurde Amanda von der Assistentin gerettet. Ihr Kopf erschien in einer Wolke aus Qualm im Türspalt. »Frau Stegmann«, brüllte sie, »rüber in die achtachtfünf zum Chef bitte!«

Amanda flüchtete durch das verräucherte Assistentinnengemach hinaus auf den Flur, wo sie ein paar Türen weiter auf das Chefzimmer stieß. Dem Schildchen neben der Tür war zu entnehmen, daß Herr Krüger mit Vornamen Arnulf hieß. Im Jahrbuch war er nur als A. Krüger in Erscheinung getreten. Amanda stellte nicht ohne leises Schaudern fest, daß Arnulf und Arnold recht ähnlich klangen. Hoffentlich war das kein schlechtes Zeichen!

»Herein«, brüllte es von drinnen auf ihr Klopfen.

Amanda ging hinein und erschrak heftig, als sie Herrn Krüger erblickte. Es war doch ein schlechtes Zeichen! Arnulf hätte nämlich ein kleiner Bruder von Arnold sein können. Er hatte dasselbe kurz rasierte Haar, dieselben feisten Hamsterbacken und sogar ein ähnlich abstoßendes Grinsen. Der einzige Unterschied bestand darin, daß er vielleicht fünf Jahre jünger und fünfzehn Zentimeter kleiner war. Kleine Männer waren Amanda von jeher suspekt gewesen (schon lange bevor der zu kurz geratene Krallwitz auf der Szene erschienen war), sie neigten dazu, mangelnde Körpergröße durch Despotismus wettzumachen.

Arnulf Krüger, der ein durchgeschwitztes lila Hemd und bis zu den Knien aufgerollte schmutzigweiße Jeans trug, besaß immerhin die Höflichkeit, hinter seinem Schreibtisch hervorzukommen, Amanda die Hand zu schütteln und sie zu dem Besucherstuhl zu geleiten. Dann fing er ohne Umschweife mit dem üblichen Smalltalk der Produzentenbranche an, welcher darin bestand, daß er seiner Besucherin langatmig auseinandersetzte, welche Projekte seine Firma in den letzten zehn Jahren realisiert hatte. Amanda gewann zunehmend den Eindruck, als wisse er überhaupt nicht, warum sie hier war.

Ihr Verdacht verdichtete sich zur Gewißheit, als er nach etwa fünfundzwanzig Minuten ebenso einseitigen wie belanglosen Plauschens auf die Uhr sah und dann sehnsüchtig zum Telefon schielte.

»Wollen wir dann vielleicht über meinen Stoff reden?« fragte sie tapfer.

»Ihr Stoff?« Er gab sich interessiert, wobei er suchend auf seinem von Papierstapeln und Mappen überquellenden Schreibtisch herumblickte.

»Ja, das Treatment.«

»Das Treatment ...«

»Ja, mein Treatment.«

»Natürlich!« rief er überlaut.

Amanda zuckte zusammen.

»Worum ging es dabei noch gleich?« fragte Arnulf Krüger eifrig.

»Um zwei Frauen, die eine Detektivfirma betreiben.«

»Das hört sich fabelhaft an. Erzählen Sie mal.«

Jetzt war wirklich offensichtlich, daß er keine Ahnung hatte, worum es ging. Wahrscheinlich hatte er ihren Stoff nur mal überflogen und in einem Anfall von Langeweile zum Telefon gegriffen, um sie anzurufen. Oder die Assistentin hatte gesagt, Chef, rufen Sie doch mal die Nummer hier an, vielleicht wäre das was. Und er hatte es getan, weil er gerade nichts Besseres vorgehabt hatte. Wie auch immer, er wußte nicht einmal annähernd, was sie geschrieben hatte.

Amanda holte Luft und trug ihren Stoff vor.

Arnulf Krüger trommelte dazu mit den Fingern auf seinem Schreibtisch herum. »Moment«, unterbrach er. »Also, dieser Franzose dreht den Frauen die Firma an und macht sich dann dünne. Aber wieso?«

»Weil er Ärger mit dem Kunsträuber hat. Und es war nicht der Franzose, sondern der Schweizer, der den Frauen die Firma angedreht hat.«

»Der dann mit den Bildern abgehauen ist, oder?«

Amanda schüttelte den Kopf. »Nein, das ist der Franzose, der aus der Galerie.«

»Sekunde, hat der nicht die Bilder geklaut?«

»Nein, das war der Kunsträuber.« Amanda starrte ihn an. Er wirkte nicht annähernd so, als verstünde er, worum es ging.

»Warten Sie mal, wenn der Kunsträuber und der Franzose verschwunden sind, wieso hat dann der Schweizer das Feuer gelegt?«

Amanda knirschte laut mit den Zähnen.

»Wissen Sie«, mäkelte Arnulf Krüger, »mir gefällt nicht, wie die Person der Gitti angelegt ist. Sie ist so ... banal.«

Eine Gitti kam in Amandas Drehbuch überhaupt nicht vor.

»Meinen Sie die Gisela?« fragte sie, mit Mühe einen hysterischen Aufschrei unterdrückend.

Er wedelte mit der Hand. »Ja, Gitti, Gisela, genau die. Sie hat so wenig weibliche Züge, finde ich. Könnte man die nicht noch besser rauskommen lassen? Wie wär's, wenn sie unter Problemzonen leidet, Sie wissen schon, Cellulite, Hängebusen und dieser Scheiß. Das will sie operieren lassen und fährt in die Schweiz zu einer Schönheitsklinik. Da kommt dann zufällig der Schweizer vorbei. Er könnte ja beispielsweise Chefarzt sein statt Kunsträuber. Das würde doch passen, oder?« Er blickte Amanda triumphierend an.

Amanda zählte im Geiste bis fünf. Nur, um nicht laut zu brüllen.

»Wissen Sie«, sagte sie, während sie langsam aufstand, »eine Gisela kommt in meinem Skript auch nicht vor.«

»Echt?« fragte Arnulf Krüger. »Ich hab manchmal ein ziemlich schlechtes Namensgedächtnis, sorry.«

Das Telefon klingelte, und er hob ab. Nachdem er sich gemeldet hatte, hielt er kurz die Sprechmuschel zu und wandte sich an Amanda, die schon auf dem Weg zur Tür war. »Machen Sie ruhig mal was fertig, Frau Sterkmeier. Auf der Basis, die wir gerade angedacht haben, okay? Danke und Tschau!«

## Immobilienschwindel

Tja, das war's dann wohl mal wieder, dachte Amanda ergeben, während sie das Gebäude verließ und über den Parkplatz zu Zacharias' Wagen ging. Wochen um Wochen Grübelei, ständiges Ringen um authentische Begebenheiten, permanentes Nachdenken über einen stimmigen Plot – und jetzt das! Alles umsonst. Außer Spesen nix gewesen. Und genau genommen nicht mal die.

Wie es schien, wollte nichts so recht gelingen, was Amanda anfaßte. Sie kam sich vor wie Sisyphus, sie stemmte und schob und ackerte und kam doch nie an.

Nein, verbesserte sie sich selbst sofort, das stimmte gar nicht. Es ging vorwärts, aber nicht in dem Tempo, wie sie es gern gehabt hätte. Es war einfach so, als müsse sie bei drei Schritten, die sie vorwärtskam, zwei wieder zurückgehen.

Vielleicht durfte sie nicht zuviel auf einmal wollen,

sinnierte sie während ihrer Fahrt zur WHR-Immobilienverwaltung. Nicht immer alles übers Knie brechen – das hatte ihr Vater oft gesagt. Lieber Papa. Er fehlte ihr immer noch ganz schrecklich. Marlene erzählte Nico oft von seinem Opa, der ihm jetzt vom Himmel aus beim Spielen zusah.

Du hattest so recht, Papa, dachte Amanda traurig. Warum muß ich immer alles übers Knie brechen?

Das Firmengebäude der WHR war ganz in der Nähe, dennoch verfuhr Amanda sich zweimal. Der Stadtplan entfaltete sich unter ihren suchenden Händen zu einer flatternden, an allen Ecken einreißenden, ungefähr vier Quadratmeter großen Fahne, für die selbst Zacharias' geräumiger Wagen zu klein war.

Als Amanda kurz vor fünf endlich ankam, war sie daher zutiefst erleichtert, daß die Bürozeiten noch nicht beendet waren. Das hätte zu ihrem Glück – oder vielmehr Pech – gerade noch gefehlt!

Sie ließ sich vom Pförtner anmelden und nahm die Treppe in den ersten Stock, wo Frau Glaser, eine fröhlich wirkende Mittvierzigerin, sie bereits in einem der Eckbüros erwartete.

»Wissen Sie«, sagte Amanda kleinlaut nach der Begrüßung, »ich interessiere mich eigentlich nicht selbst für eine Ihrer Immobilien. Ich suche eher jemanden, der vielleicht im vergangenen Monat eine angemietet hat.«

Frau Glaser wies auf den Besuchersessel. »Bitte, nehmen Sie doch Platz. Erzählen Sie mal.«

Und Amanda erzählte. Ein Teil ihrer Geschichte war natürlich glatt gelogen. Sie konnte ja schlecht damit herausrücken, daß sie hinter schwindelerregend wertvollen und zudem geklauten Museumsbildern her war, die sich zufällig ihr neurotischer Chef angeeignet hatte, nachdem er sie dem noch neurotischeren ursprünglichen Dieb gemopst hatte. Statt dessen erfand sie die rührselige Story einer Familientragödie. Ihre erfundene Erzählung klang so traurig, daß ihr sogar selbst die Tränen kamen.

»Ich weiß nicht mehr weiter«, flüsterte sie. »Seit Yves weg ist, komme ich einfach nicht mehr zurecht.«

Was ohne Frage stimmte, zumindest in finanzieller Hinsicht.

»Er hat einfach alles stehen und liegen lassen, und nur durch Zufall hab ich rausgefunden, daß er sich möglicherweise hier irgendwo in Hamburg eingemietet hat.«

Was ebenfalls völlig korrekt war.

»Der Kleine fragt ziemlich oft nach seinem Papa«, erzählte Amanda weiter. Sie zog ein Foto von Nico aus ihrer Tasche und zeigte es Frau Glaser. Nico fragte tatsächlich ab und zu nach seinem ihm unbekannten Vater (von dem Amanda zu Nicos unvorstellbarem Verdruß noch nicht einmal ein Foto besaß), so daß selbst das nicht gelogen war.

Amanda zerquetschte eine Krokodilsträne in ihrem rechten Augenwinkel.

»Ich weiß gar nicht, wie ich meinem Kind das alles erklären soll!«

Wieder richtig.

»Yves leidet an einer unheilbaren Krankheit«, murmelte Amanda mit leidend gesenktem Kopf. Stimmte auffallend, litt er doch unter chronischer Selbstüberschätzung und notorischem Schleimdrang.

»Es ist Krebs im Endstadium. Vielleicht dachte er, es wäre das beste so.«

»Das beste?« fragte Frau Glaser, sichtlich erschüttert vom schweren Schicksal dieser alleingelassenen jungen Mutter.

»Mich und den Kleinen nicht damit zu behelligen. Daß es dem Ende zugeht, meine ich.« Die letzten Worte kamen nur als erstickter Hauch heraus.

»O Gott!« rief Frau Glaser. »Wie sagten Sie, heißt Ihr Mann? Yves Müller?«

*Peng!* Das war, so erkannte Amanda, wirklich extrem kurzsichtig von ihr gewesen. Die Namensverschiedenheit war in ihrer erfundenen Story nicht eingeplant. Zu allem Überfluß hatte sie sich am Telefon mit Müller vorgestellt, was auch nicht gerade zur Entwirrung dieser unvermuteten Komplikation beitrug.

»Er ... er heißt Yves Cacher«, stammelte Amanda. Schnell fügte sie hinzu: »Ich habe bei der Heirat meinen Mädchennamen behalten.«

Das durfte frau ja heutzutage. Schwein gehabt.

Frau Glaser knipste sofort ihren PC an und gab den Namen ein, den sie sich von Amanda buchstabieren ließ. Sie blickte auf den Bildschirm, dann schüttelte sie bedauernd den Kopf. »Tut mir leid, kein Cacher dabei. Nicht mal ein Yves.«

»Dann hat er sich bestimmt unter falschem Namen eingetragen!« rief Amanda erbost aus. Frau Glaser blickte irritiert auf, und Amanda setzte rasch mit angemessener Niedergeschlagenheit hinzu: »Sicher wollte er nicht, daß wir ihn finden!«

»Wann, sagten Sie, ist er nach Hamburg gekommen?« wollte Frau Glaser wissen.

Amanda nannte ihr das Datum, und Frau Glaser befragte erneut ihren Computer.

»Um die Zeit herum hatten wir zehn Neuvermietungen. Das war zum Monatsende, da sind es immer ein paar mehr. Was glauben Sie denn, hat er gesucht? Ein Haus? Eine Wohnung?«

»Eine Wohnung«, sagte Amanda prompt. »Eine Dachwohnung, vielleicht auch eine Maisonette. Oder eine Wohnung in einem Hochhaus.«

Bis zu seinem Verschwinden hatte Yves eine schicke Penthousewohnung sein eigen genannt. Er hatte einmal erzählt, wie sehr er es liebte, über die Dächer der Stadt zu schauen.

Frau Glaser sichtete das Angebot auf dem Bildschirm. »Davon haben wir drei vermietet. Ein Objekt im Hochhaus und zwei Dachgeschoßwohnungen.«

»Können Sie mir die Namen sagen?«

»Ich weiß nicht«, zierte sich Frau Glaser. Offenbar war ihr gerade aufgegangen, daß es so etwas wie Datenschutz gab. Amanda hätte ja auch eine verrückte Serienkillerin sein können, die nur darauf aus war, unschuldige fremde Männer in ihren Dachgeschoßwohnungen abzustechen.

So dicht davor! Amanda brauchte sich kaum zu verstellen. Sie fing wie auf Kommando an zu heulen, und als sie erst mal richtig losgelegt hatte, gab es kein Halten mehr. Ihr ganzer Körper zuckte und bebte. Tränen flossen in wahren Sturzbächen über ihr Gesicht, und sie merkte überrascht, wie gut es ihr tat. Jede Frau sollte sich ab und zu richtig ausheulen, dachte sie zwischen zwei Schluchzern.

»Leineweber, Krause und van Rijn«, sagte Frau Glaser schnell. Sie reichte Amanda ein Päckchen Taschentücher über den Schreibtisch und tätschelte begütigend ihren Handrücken. »Na, na, jetzt beruhigen Sie sich mal!«

Doch Amandas Tränen waren bereits versiegt, und zwar exakt in dem Moment, als sie den Namen *van Rijn* gehört hatte.

»Der letzte«, flüsterte sie.

Frau Glaser gab ihr die Adresse.

## Alte Meister

Das Glück blieb ihr hold. Sie fand auf Anhieb die Straße im Stadtteil Uhlenhorst, die Frau Glaser ihr genannt hatte. Das Haus, in dem Yves sich vermutlich versteckt hielt, war ein protziger, fünfstöckiger Kasten, mindestens hundert Jahre alt, aber aufs Feinste saniert. Die gepflegte, rot verklinkerte Fassade war dicht mit Efeu bewachsen, und im Vorgarten wurden die sauber geharkten Wege und die kurzgehaltenen Rasenflächen von Laubengängen voller herrlich blühender Rosen beschattet.

Nicht schlecht, Monsieur, dachte Amanda.

Sie fand einen freien Parkplatz und stieg aus. Jetzt müßte Herr van Rijn auch wirklich Yves Cacher sein, und ihr Tag wäre gerettet. Im Grunde zweifelte Amanda nicht daran. Der Bezug war zu deutlich. Yves war ein fanatischer Rembrandt-Liebhaber. Mit Recht zählte er sich, was den berühmten Holländer Rembrandt van Rijn betraf, zu den Koryphäen der Kunstszene.

Amanda sprach ein stummes Stoßgebet, daß Yves zu Hause sein möge. Und, was viel wichtiger war, daß er die Bilder noch hatte! Mit dem gräßlichen Besuch von diesem Krallwitz und mit ihrem Waterloo bei Arnulf Krüger hatte sie hoffentlich ihr Quantum an Pannen für die nächste Zeit intus. Viel mehr Pech konnte ein Mensch ja kaum haben!

Auf dem Schildchen neben der obersten der fünf Klingeln stand v. Rijn. Amanda zögerte, doch dann straffte sie sich und klingelte. Atemlos wartete sie auf das Geräusch des Türsummers. Doch das kam nicht. Sie klingelte erneut, diesmal anhaltend. Doch es regte und rührte sich nichts.

Die Enttäuschung war fast körperlich zu spüren. Eine entsetzliche Schwere überkam Amanda, ihre Schultern sackten nach vorn, und sie lehnte verzweifelt den Kopf gegen die grünlackierte Haustür. Alles umsonst! Er war nicht da! Die Serie ihrer Pleiten ging nahtlos weiter! Was hatte sie verbrochen, daß sie vom Schicksal derart gebeutelt wurde!

Plötzlich wurde sie wie von einer unsichtbaren Hand nach vorn gezogen und stolperte zwei, drei Schritte vorwärts, in den Hausflur hinein: Die Tür hatte sich geöffnet. Sie stieß mit jemandem zusammen, und eine ärgerliche Männerstimme sagte: »*Merde alors, qu'est-ce que c'est?*«

Amanda starrte den Mann konsterniert an. Vor ihr stand niemand anderer als Yves Cacher.

»Yves!« schrie Amanda überschwenglich. Sie hätte jauchzen mögen, so erleichtert war sie bei seinem Anblick, ja, sie hätte sogar um ein Haar ihre Arme um seine rundliche Birnengestalt geworfen vor lauter Freude darüber, ihn anzutreffen.

Yves musterte sie aus trüben, rotunterlaufenen Augen, dann nickte er langsam und resigniert, wie ein Mann, der soeben sein Todesurteil vernommen hat.

»Ah! Du 'ast misch gefunden, *ma belle amie*«, sagte er. Seine Stimme hatte fast gänzlich den gewohnten Schmelz eingebüßt, wie Amanda sofort hörte. Was hoffentlich ebenso wie seine Triefäugigkeit und Mattigkeit ein Zeichen dafür war, daß er die Bilder noch nicht hatte verscherbeln können.

Anscheinend ging es ihm nicht besonders gut. Sein Gesicht zeigte eine ungesunde Blässe und war übersät von zahllosen leuchtenden Pickeln. Außerdem hatte er abgenommen und wirkte stark vernachlässigt. Nichts erinnerte an den ehemals so herausgeputzten Bonvivant. Ein angeschmuddeltes Hemd hing ihm fast bis zu den Knien. Die Hose war womöglich noch fleckiger und außerdem völlig verknittert, und seine Zehennägel, die vorn aus den Sandalen ragten, hatten pechschwarze Trauerränder.

»Mein Gott, Yves, wie siehst du denn aus?« fragte Amanda bestürzt.

Er zuckte die Achseln, als wäre ihm nichts je gleichgültiger gewesen.

»Bist du krank?« fragte Amanda mit plötzlichem Erschrecken. Womöglich stimmte ja, was sie der netten Frau Glaser vorgeflunkert hatte!

Doch Yves schüttelte nur müde den Kopf und bat sie, mit ihm raufzukommen. Er habe gerade eine Runde um den Block gehen wollen, frische Luft schnappen, doch das könnte er ja später auch noch tun. Sie nahmen den Aufzug, einen schönen, altertümlichen Lift mit bunt bemalten Glastüren, und fuhren ins Dachgeschoß. Yves schlurfte zur Tür seiner Wohnung und schloß auf.

Amanda folgte ihm in einen schattigen, langen Flur, an dessen gegenüberliegendem Ende eine Doppeltür offenstand. Die rechts und links vom Flur liegenden Zimmer, an denen sie vorüberkamen – es waren drei oder vier – wirkten beinahe geisterhaft in ihrer weißen, kahlen Leere. Amanda sah nirgends auch nur das kleinste Anzeichen, daß hier jemand lebte. Nur in der Küche entdeckte sie im Vorbeigehen Spuren des Bewohners; ganze Batterien von geöffneten Konservendosen standen dort auf dem mit Mosaiken gefliesten Boden. Milchtüten lagen zerknüllt daneben, ebenso wie aufgerissene Verpackungen von Schokoriegeln und leere Getränkedosen. Es sah ganz danach aus, als hätte Yves, Gourmet aus Leidenschaft und aus Überzeugung, sich wochenlang aus Büchsen, Tüten und Dosen ernährt, ohne sich auch nur die Mühe zu machen, etwas von dem Inhalt zu erwärmen.

Hinter der Doppeltür am Ende des Flurs lag das größte Zimmer. Sonnenlicht flutete in breiten, flimmernden Bahnen durch die großen, tiefgezogenen Dachfenster herein und bestrahlte eine gespenstische Szenerie. Auch dieser Raum war völlig leer, bis auf eine beeindruckende Ausnahme: Auf dem staubigen Parkett stand eine Staffelei, und auf dieser Staffelei ruhte ein Bild. Es war ein provisorisch gerahmtes Ölgemälde, ein etwa siebzig mal fünfzig Zentimeter messendes niederländisches Landschaftsbild aus dem siebzehnten Jahrhundert, bestechend in seiner meisterhaften Ausführung. Amanda trat näher und bewunderte das unnachahmliche Wechselspiel zwischen Licht und Schatten, das dem Kunstwerk sein besonderes Gepräge gab. Typisches, klassisches Rembrandt'sches Helldunkel; das war seine Schule, keine Frage. Zweifellos war dies hier eins der beiden Bilder aus dem Landesmuseum.

Argwöhnisch wandte sie sich zu Yves um, der sich hinter ihr im Schneidersitz auf dem Fußboden niedergelassen hatte und in stummer Verzückung das Gemälde betrachtete.

»Wo ist das andere?« fragte sie.

Er wies nachlässig in eine Ecke, wo ein Gegenstand lehnte, den Amanda erleichtert als die übergroße Mappe wiedererkannte, die der Krallwitz seinerzeit mit in die Galerie gebracht hatte.

Yves schöpfte zitternd Atem. »Siehst du das Lischt dieses 'immels?« flüsterte er.

»Ja, es ist sehr schön, aber du bist wirklich zu weit gegangen«, schalt Amanda ihn. »Zum Glück hast du die Bilder noch. Ich weiß nicht, was der Krallwitz sonst als nächstes verbrannt hätte.«

Damit erregte sie vorübergehend seine Aufmerksamkeit. »'at der Kerl disch etwa belästigt, *ma petite?*« fragte er besorgt.

»So könnte man es ausdrücken«, sagte Amanda trokken. »Er hat mir für die Wiederbeschaffung der Bilder einen Monat Zeit gegeben, bevor er meine Wohnung mit allem, was drin ist, niederbrennt.«

Yves schnalzte voller Abscheu mit der Zunge. »*Mon Dieu!* Dieser Kretin!«

Anschließend wollte er wissen, wie sie ihn gefunden hätte. Sie erzählte es ihm und fragte, wer die Französin sei, die auf den Anrufbeantworter gesprochen hatte.

»Ah, das war Marie«, sagte Yves in sehnsüchtigem Tonfall. Marie, so erfuhr Amanda, war eine Jugendliebe von Yves. Er habe sich hier in Hamburg so allein gefühlt, so völlig verlassen von der Welt, da habe er sie einfach angerufen, der alten Zeiten wegen. Schon am Telefon hätten sie das frühere Feuer wieder entfacht, Marie sei nämlich zufällig auch gerade solo und habe ihn in die Provence eingeladen, morgen früh wolle er bereits fahren.

Amanda stieß einen abgrundtiefen Seufzer aus. »Was für ein Glück, daß ich dich noch erwischt habe!«

Er ließ niedergeschlagen den Kopf hängen. »Isch wußte, daß isch ein Spiel auf Zeit spiele«, murmelte er. »Aber isch konnte nischt anders!« Mit dramatischer Gebärde deutete er auf das Gemälde. »Verstehst du? Isch mußte es 'aben! Für misch ganz allein! Und wenn es nur für eine kurze Weile war! Ich wollte es anse'en können, Tag und Nacht! Immer!«

»Warte mal. Soll das heißen, du willst es gar nicht verkaufen?«

»Isch weiß, ich 'abe eine dubiose Vergangen'eit, schon oft 'abe isch mit Bildern ge'andelt, ohne groß zu fragen, wo'er sie kommen. Aber dieses 'ier? Niemals!« Yves Augen glitzerten fanatisch. »Einen Rembrandt verkauft man nischt!«

»Rembrandt?« Amanda trat näher an das Bild heran. »Du spinnst. Es ist nur ein Bild aus seiner Schule.«

*»Mais non«*, sagte Yves müde. Er stand auf, trat hinter Amanda und berührte mit dem Zeigefinger die Signatur. »Er selbst 'at es gemalt, kein anderer«, erklärte er schlicht.

Amanda wußte wie jede halbwegs gebildete Galerieassistentin, daß es bei keinem anderen niederländischen Maler so viele Zuordnungsprobleme gab wie bei Mijnheer Rembrandt Harmensz van Rijn. Die Signaturen besagten nicht viel. Seit Generationen stritten Kunstkenner aus aller Welt darüber, welche Werke von seinen Schülern stammten oder eigenhändig vom Meister geschaffen worden waren. Selbst der *Mann mit Goldhelm* wurde in jüngerer Zeit einem Schüler Rembrandts zugeordnet.

Nun, Yves verstand etwas von der Materie, doch das wollte nicht zwangsläufig heißen, daß er bei dieser Landschaft mit seiner Expertise richtig lag. Über dieses Thema konnten sich vermutlich viele Sachverständige mindestens ebenso viele Jahre lang trefflich streiten.

Zumindest hatte Yves' Beurteilung den positiven Nebeneffekt gehabt, daß er das Gemälde behalten hatte.

»Was ist mit dem anderen Bild?« fragte Amanda neugierig.

Yves schnaubte wegwerfend. »Ein Schüler, aber nischt der beste. Isch 'ätte es demnächst losgeschlagen, es gibt schon einen oder zwei Interessenten.«

»Nun, die kannst du vergessen«, sagte Amanda entschlossen. »Du wirst mir beide Bilder mitgeben, mein Freund, damit ich auch in einem Monat noch ein Dach überm Kopf habe.«

Yves stellte sich schützend vor die Staffelei. »Du wirst es nischt diesem Verbrecher zurückgeben! E'er will isch sterben!«

»Ich aber nicht«, gab Amanda zurück. Sie schob ihn zur Seite und untersuchte vorsichtig die Spannvorrichtung, mit der Yves die Leinwand auf leichte Latten aufgezogen hatte.

»Du darfst es nischt diesem Monster geben!« jammerte Yves.

»Wer sagt denn, daß ich das vorhabe? Jetzt hilf mir mal, ja?«

Während Yves sich daran machte, das Gemälde behutsam aus der Halterung zu lösen, erläuterte Amanda ihm ihren Plan, der eine Art kontrollierte Rückgabe vorsah.

»Kontrolliert?« fragte Yves.

»Von der Polizei kontrolliert«, sagte Amanda ungeduldig. »Der Krallwitz muß es in der Hand halten, verstehst du, damit er auf frischer Tat erwischt werden kann! Sonst ist ihm doch niemals nachzuweisen, daß er es geklaut hat und alle möglichen Leute erpreßt, weil er es wiederhaben will!«

Yves zeigte sich leicht beruhigt, brach dafür aber kurz darauf in haltloses Schluchzen aus, als das kostbare Landschaftsbild zwischen Tüchern in der Mappe verschwand.

»Isch ertrage es nischt! *Quel malheur!*« brach es stoßweise aus ihm heraus.

Amanda ließ sich dazu hinreißen, ihn tröstend in den Arm zu nehmen und ihm ein ums andere Mal zu versichern, daß dies für alle Beteiligten das beste wäre, vor allem für ihn.

»Du kannst das Bild doch jederzeit im Museum besuchen! Was willst du denn damit in Aix? Stell dir doch bloß mal vor, was die Marie sagen würde, wenn du immer bloß das Bild anglotzt! Und wie du dich gehenläßt! Die ganze Zeit dieser Büchsenfraß! Und sieh doch nur mal deine Klamotten an! Das paßt doch überhaupt nicht zu dir! Du warst doch sonst immer so picobello gepflegt, ein richtiger Gentleman!«

»Findest du?« schluchzte er.

»Hundertprozentig«, bekräftigte sie.

Diese neue Art der Intimität zwischen ihm und seiner

ehemaligen Angestellten spornte Yves sofort dazu an, in sein altgewohntes Charmeurgehabe zurückzufallen. Schlimmer noch, er fing augenblicklich an, Amanda zu begrapschen und abzuknutschen, während er wilde Beteuerungen der Leidenschaft in ihren Kragen stammelte.

»Ah, isch 'abe gewußt, daß isch dir nischt gleischgültig bin, *ma petite fleur blonde!*«

»Okay, okay«, wehrte Amanda ihn ab, »heb dir das lieber für Marie auf. Aber geh vorher mal unter die Dusche.«

»Du wirst mir fehlen, *chérie*«, rief Yves, mannhaft um Beherrschung ringend.

»Du kannst mir ja 'ne Karte schreiben.«

»Wirst du misch auch vermissen?«

Amanda brachte es nicht fertig, das hoffnungsvolle Glänzen in seinen Augen zu zerstören. »Auf jeden Fall«, sagte sie. »Ich hatte mich gerade an dich gewöhnt.«

Das stimmte ihn so froh, daß er es sogar über sich brachte, sie und seinen herrlichen Rembrandt nach unten zu begleiten. Er stöhnte zwar wie ein waidwund getroffener Hirsch, als Amanda die Mappe im Kofferraum des BMW verstaute und den Deckel zuwarf, bewies dann aber beim anschließenden Abschied eine Contenance, die sein vorangegangenes Gejammer fast vergessen ließ. Er kämpfte seine Rührung nieder und preßte heftig ihre Hand.

»Ich werde disch nie vergessen, *mon amie allemande!*«

»Ich dich auch nicht«, erwiderte Amanda, und das war wirklich die reine Wahrheit.

# Katzen und Ratten

Auf der Rückfahrt zum Hotel hielt Amanda bei einem McDonald's-Lokal, um sich Hamburger und Pommes zum Abendessen zu holen. Zacharias hatte gesagt, daß er sicher nicht vor halb sieben Uhr mit seiner Besprechung fertig werden würde, deshalb würden sie ohnehin nicht zusammen zu Abend essen können, weil sie sich ja auch noch für den Musicalbesuch zurechtmachen mußte.

Amanda vertilgte ihren Big Mac im Auto und zerbrach sich dabei den Kopf, welche Sicherheitsvorkehrungen sie wegen der Bilder treffen sollte, solange sie noch hier in Hamburg war. Sie zog in Erwägung, die Mappe im Hotelsafe zu deponieren, ließ den Gedanken aber rasch wieder fallen. Selbst wenn die Innenmaße des Safes für das Format der Gemälde ausgereicht hätten (was Amanda bezweifelte), war keineswegs gewährleistet, daß nicht eine eifrige Empfangskraft zufällig einen Blick in die Mappe warf und stutzig wurde. Amanda entschied daher schweren Herzens, die Bilder einfach im Kofferraum zu lassen. Der Wagen war mit einer Alarmanlage und einer Wegfahrsperre ausgestattet, außerdem befand er sich in einer gesicherten Tiefgarage, das mußte reichen. Zur Vorstellung von *Cats* würden sie und Zacharias heute abend mit dem Taxi fahren, das war schon besprochen.

Sie hatte es eilig, auf ihr Zimmer zu kommen und Diana anzurufen, um ihr die frohe Botschaft zu übermitteln. Noch zehn Minuten danach klingelten Amanda die Ohren von Dianas Freudenschrei. Nicht mal der Reinfall mit dem Drehbuch vermochte die Euphorie ihrer Freundin zu dämpfen. Amanda solle sich deswegen bloß keine grauen Haare wachsen lassen, riet sie, Produzenten gebe es schließlich wie Sand am Meer.

Amanda wünschte Diana Glück für ihr morgiges Gespräch mit den Anwälten Schröder und Schröder, und Diana empfahl ihr im Gegenzug, sich heute abend gut zu amüsieren.

»Aber nicht *zu* gut«, konnte sie sich nicht verkneifen, hinzuzufügen.

»Was soll das jetzt wieder?« fragte Amanda.

»Du weißt schon. Keine *Neulich-im-Bett*-Geschichte mit meinem Bruder.«

»Wieso bist du eigentlich so dagegen?« erkundigte Amanda sich frei heraus.

»Ich will bloß nicht, daß ihr euch mal gegenseitig wehtut.«

Amanda war gerührt. Das war wahre Freundschaft und Geschwisterliebe!

»Es gibt da nämlich eine Sache, auf die ich null Bock habe«, erläuterte Diana. »Wenn ihr was miteinander hättet, würde ich im Krisenfall mitten im Sperrfeuer zwischen den Fronten stehen. Und dann würde ich die volle Breitseite von dem ganzen Hickhack abkriegen, wetten?«

Das fand Amanda nicht freundschaftlich, sondern ziemlich egoistisch.

Der Abschied fiel daher recht kurz aus; Amanda meinte, sie müsse jetzt leider noch baden und sich umziehen, dann legte sie auf.

Für die Aufführung hatte Amanda ein Kleid eingepackt, das sie erst einmal getragen hatte. Sie hatte es vor über vier Jahren in einem Anfall von übermütiger Verschwendungssucht gekauft, als sie erfahren hatte, daß sie schwanger war. Sie hatte für Dennis besonders schön sein wollen, wenn sie ihm ihre Überraschung mitteilte. Sie war dann auch tatsächlich sehr schön gewesen, fand Amanda. Und Dennis sehr überrascht. Erst überrascht, dann weg. Aus, bye-bye Darling, tut mir leid, Daddywerden ist nicht mein Ding.

Danach war das Kleid in die hinterste Ecke ihres Schranks gewandert, und Amanda hatte seitdem nie mehr das Gefühl gehabt, schön zu sein.

Heute abend, da sie es wieder trug, war sie geneigt, ihre Meinung zu ändern. Das Kleid hatte nichts von seiner zeitlosen Eleganz eingebüßt. Es war aus weich fließendem, türkisblauem Seidenstoff in Crash-Optik und schmiegte sich bis über die Hüften an den Körper wie eine zweite Haut, ab da fiel es wie ein Wasserfall bis auf die Füße. Der Schnitt ließ einen Teil des Rückens und die Schultern frei; das Kleid wurde durch ein eingearbeitetes, leicht gesmoktes Bustier gehalten. Das Dekolleté war recht großzügig geschnitten, und eine feige Sekunde lang bildete Amanda sich ein, daß es viel zu gewagt wäre. Doch der Impuls verflog so schnell, wie er gekommen war. Sie parfümierte, schminkte und kämmte sich mit akribischer Sorgfalt, und als sie sich anschließend im Spiegel betrachtete, fand sie nicht den kleinsten Makel, von der tröstlichen Gewißheit durchdrungen, daß Schönheit entgegen Waltrauds Meinung nicht nur von innen, sondern auch aus Schränken und Tuben kommt. Niemand, der sie nachher in diesem Kleid, mit diesem Make-up und dieser Frisur an Zacharias' Seite durchs Operettenhaus flanieren sah, würde ernsthaft daran zweifeln, daß sie eine wirklich attraktive Frau wäre. Sie trug das Haar straff nach hinten gekämmt und im Nacken zu einem Knoten geschlungen. Der Effekt war dramatisch, fand Amanda. Ihre Züge wirkten eher streng als lieblich, wie bei einer unnahbaren Königin. Vervollständigt wurde ihre Garderobe durch ein paar dreieckige Ohrklipse aus Lapislazuli und einem dazu passenden Halsreif aus Silber, in den vorn ein einzelner, dreieckiger blauer Stein eingelegt war.

Die hochhackigen Pumps, auch türkis, aber dunkler als das Kleid, hätten eine Idee bequemer sein können, doch dafür harmonierten sie vom Farbton her wunderbar mit der Fransenstola aus glänzendem Chenille.

Amanda nahm ihr Abendtäschchen, ging nach nebenan und klopfte. Zacharias öffnete ihr, selbst sehr edel gewandet im mitternachtsblauen Zweireiher und mit blau-goldener Krawatte, die vorzüglich zu seinem roten Haar und den grünen Augen kontrastierte. Es war, als hätte er sich in seiner Farbwahl bewußt auf Amanda eingestellt.

»Von mir aus können wir«, sagte sie.

Zacharias hatte es sichtlich den Atem verschlagen. »Äh ... was denn?« krächzte er.

Amanda sah seinen Adamsapfel hüpfen und lächelte. »Losfahren.«

Er nickte nur und kam sich selbst schafsdämlich dabei vor, weil er wie ein pubertierender Jüngling reagiert hatte. Allerdings, so sagte er sich, hatte er vorher auch noch nie eine so umwerfend schöne Frau gesehen. Jedenfalls nicht von so nah. Wäre er ein Hund gewesen, hätte er jetzt angefangen zu sabbern. Es war beschämend. Er dachte an das Lied von den Ärzten, das seine Schwester von früh bis spät hörte, wenn sie zu Hause war. Eine Zeile kam darin vor, die er besonders gehässig fand: *Männer sind Ratten, begegne ihnen nur mit List, sie wollen alles begatten, was nicht bei drei auf den Bäumen ist ...*

Zugegeben, vielleicht gab es bei einigen wenigen Männern wirklich solche Augenblicke, in denen dieser Rattentheorie ein Fünkchen Wahrheit anhaftete. Wenn überhaupt.

Soweit es allerdings Zacharias betraf, war dies ganz eindeutig einer jener Augenblicke. Er warf einen sehnsüchtigen Blick in Amandas Ausschnitt, dann auf das riesenhafte Kingsize-Bett in seinem Zimmer, das gleich da hinten stand ...

»Jetzt sollten wir aber langsam los«, mahnte Amanda.

»Natürlich«, erwiderte Zacharias heiser. »Worauf warten wir noch?«

Im Taxi mußte er sich mehrmals räuspern, um endlich die Frage stellen zu können, an die er vorhin nicht im entferntesten gedacht hatte, weil er viel zu sehr damit beschäftigt gewesen war, Amanda mental die Kleider vom Leib zu reißen.

»Wie ist es heute bei dem Produzenten gelaufen?«

»Es war ein Reinfall«, versetzte sie knapp. Es war eindeutig, daß sie dieses Thema nicht zu vertiefen wünschte. Auch gut, dachte Zacharias und befaßte sich lieber wieder mit den verschiedenen Möglichkeiten, wie er sie nach der Vorstellung in sein Bett locken konnte.

»Und wie ist die Besprechung mit deinen Geschäftspartnern gelaufen?« fragte Amanda höflich.

»Sehr gut«, sagte Zacharias zerstreut. In Wahrheit hatte die Unterredung alles andere als zufriedenstellend geendet, und er hegte Zweifel, ob die morgige Fortsetzung der Verhandlungen daran noch etwas würde ändern können.

»Das freut mich«, meinte Amanda. »Dann wirst du ja sicher morgen dein Ziel erreicht haben.«

»Hoffentlich«, murmelte Zacharias mit begehrlichem Seitenblick auf ihre bloßen Schultern.

Das Operettenhaus am Spielbudenplatz war fast vollbesetzt, obwohl dies ein Wochentag war. Sie hatten gute Plätze, und der Musicalabend wurde, Andrew Lloyd Webber sei Dank, ein rundum gelungenes kulturelles Erlebnis. Amanda und Zacharias genossen die Musik, die phantasievollen Kulissen und Katzenkostüme.

Nach der Vorstellung ergab es sich wie von selbst, daß sie noch auf einen Schlummertrunk in der Hotelbar landeten. Sie redeten über das Musical, über Lloyd Webbers andere Erfolge, über Hamburg, den Hamburger Verkehr, das Hamburger Wetter, das heimische Wetter. Dann kamen sie zu Nico, der immer ein sehr ergiebiges Gesprächsthema war und über den zu reden wirklich Freude machte, Amanda ebensosehr wie Zacharias.

Amanda fühlte sich wohlig entspannt und zufrieden. Ihr dritter Cocktail – wie die beiden vorangegangenen ein ziemlich gehaltvolles, sehr leckeres Gebräu von sattblauer Farbe – versetzte sie in eine friedfertige, träumerische Stimmung. Ohne müde zu sein, fühlte sie sich auf angenehmste Weise matt. Unter gesenkten Lidern hervor betrachtete sie Zacharias, der mit übergeschlagenen Beinen in dem Sessel ihr gegenüber saß. Er hielt ein Glas Whisky in der Hand und wirkte sehr männlich und sehr selbstsicher. Seine Augen waren ganz eigenartig grüngolden und geschlitzt, wie bei einer Raubkatze auf der Lauer. Aber das lag sicher nur an der Beleuchtung.

Amanda wäre überrascht gewesen, wenn sie gewußt hätte, wie treffend ihr Eindruck war. Zacharias ließ Amanda tatsächlich nicht aus den Augen. Er registrierte aufmerksam jeden einzelnen Schluck, den sie zu sich nahm, und nach einer exakt kalkulierten Berechnung winkte er im passenden Moment dem Barkeeper und bestellte Nachschub. Als sie eine gute halbe Stunde später die Bar verließen, war Amanda sehr anlehnungsbedürftig. Sie beschwerte sich über den wellenschlagenden Teppich und den auf- und abwippenden Fußboden und kicherte, als Zacharias anbot, sie festzuhalten. Sein Arm lag um ihre Schultern, ihre nackten Schultern, denn die Stola schleifte sie achtlos hinter sich her, weil ihr so heiß war. Zacharias' andere Hand, stark, fest und warm, lag stützend unter ihrem Rippenbogen, damit sie nicht vornüber kippte.

Im Aufzug mußte er sie dann noch fester halten, da sie wirklich sehr unsicher auf den Beinen war. Und weil sie sich so gut anfühlte.

»Amanda«, murmelte Zacharias an ihrem Hals. »Du riechst so gut!«

Sie klammerte sich an den Aufschlägen seines Jacketts fest. »Du riechst auch gut.«

»Das freut mich.«

Er küßte vorsichtig an der Linie ihrer Schulter entlang nach oben, dann glitten seine Lippen über ihren Hals. Sie ließ es aufseufzend geschehen und bog sich ihm sogar entgegen. Mehr Aufforderung brauchte Zacharias nicht. Er hatte den Eindruck, in einer Welle von Hitze und Verlangen zu explodieren. Vage, ganz am Rande seines Bewußtseins, tauchte absurderweise das Bild einer bis drei zählenden männlichen Ratte auf, in der Nähe von ein paar Bäumen, doch das riß ihn nicht aus diesem verrückten Taumel, der ihn plötzlich ergriffen hatte, ebensowenig wie das laute Knirschen von Stoff, der sich unter seinen zupackenden Händen teilte wie das Rote Meer. Oder vielmehr wie das Türkise Meer.

Wie durch dichten Nebel nahm Amanda wahr, daß Zacharias im Begriff war, sie hier im Aufzug flachzulegen. Er stöhnte und keuchte unkontrolliert in ihr Ohr, drückte sie gegen die Kabinenwand, verschlang sie förmlich mit Küssen, und seine Hände wanderten mit fieberhaften Bewegungen über ihren ganzen Körper. Es war beinahe, als hätte er vier Hände. Oder acht, wie ein Oktopus. Nicht, daß es ihr unangenehm gewesen wäre. Es war ein herrliches Gefühl! Überall in ihr stieg eine wunderbar schmelzende Wärme auf. Wie gut es tat, so richtig fest von ihm umarmt zu werden und seine zahlreichen, streichelnden Hände zu spüren! Und erst diese wilden, heißen Küsse! Nicht mal sein zügelloses, fast archaisches Verlangen konnte diesem lange vergessenen, machtvollen Zauber etwas anhaben, denn sie wußte instinktiv, daß er ihr mit seinen etwas zu groben Zärtlichkeiten nicht weh tun wollte.

Ja, dachte sie, ja, ja, ja! Sie konnte es kaum erwarten, mit ihm im Bett zu liegen und mehr davon zu erleben. Wie hatte sie nur so lange übersehen können, wie sexy dieser Mann war? Und wie hatte es passieren können, daß sie jahrelang auf diese aufregend heißen Wallungen verzichtet hatte, die sie jetzt wie Stromstöße durchliefen?

»Äh ... Verzeihung«, sagte eine pikierte weibliche Stimme. Amanda blinzelte über Zacharias' Schulter hinweg zu der Matrone mit Pudellocken, die in Abendgarderobe vor der jetzt offenen Aufzugtür stand und das derangierte Paar in der Kabine mit ungläubigen Augen anstarrte.

Amanda wollte etwas sagen, doch Zacharias hatte noch seine Zunge in ihrem Mund, so daß nur ein ersticktes Gurgeln herauskam.

»Unerhört!« sagte die Matrone entrüstet. »Im Fahrstuhl!«

Zacharias kam schlagartig zur Besinnung. Mit einem Aufschrei fuhr er herum, als er merkte, daß sie nicht allein waren. Dann wurde er gewahr, was er mit Amanda angerichtet hatte. Ihr Kleid war vorn zerrissen, eine Brust war vollständig entblößt. Ihre hübsche Frisur hatte sich zu wüst herabhängenden Strähnen aufgelöst, ihr Silberhalsreif baumelte offen über einer Schulter, ihr ganzes Make-up war verschmiert, ihre Lippen geschwollen von seinen Küssen.

»O nein!« stieß er in panischem Entsetzen hervor. Was hatte er getan! Wie konnte er nur! Wie hatte das passieren können? In einem Aufzug!

Die Matrone legte einen empörten Abgang über den Flur hin, und Zacharias faßte Amanda stützend bei den Ellbogen. »Ich ... ich hab ...«, stammelte er, »ich meine, ich wollte nicht ...«

Während er sie im Eiltempo zu ihrem Zimmer führte, überschlug er sich mit Entschuldigungen und Erklärungen. »Das war unverzeihlich«, erklärte er mit zitternder Stimme, »noch nie hab ich ...« – er rang nach Worten und fand keine. »Ich will damit sagen, daß ich nicht diese Art von Ratte ... äh, Mann bin ...«

Wie betäubt hörte Amanda seinen Beteuerungen zu. Die Hitze von vorhin hatte sich in ein unangenehmes Schwindelgefühl verwandelt. Die Wände des Korridors begannen, sich um sie zu drehen.

»Mir ist schlecht«, hörte sie sich sagen.

»Das ist nur meine Schuld!« rief Zacharias verzweifelt. Er nahm ihren Schlüssel aus dem Abendtäschchen und schloß ihr Zimmer auf. Amanda schaffte es gerade noch bis zur Toilette. Zacharias stolperte händeringend hinter ihr her und nervte sie mit seinen tölpelhaften Bemühungen, ihr den Kopf zu halten oder die Stola in Sicherheit zu bringen, bevor sie ins Klo fiel.

»Ich komm jetzt allein zurecht«, würgte sie.

»Wirklich?«

»Wirklich.«

Er wollte es nicht glauben, und sie mußte es mehrmals wiederholen. Das letzte Mal brüllte sie ihn an, damit er endlich kapierte, daß sie allein sein wollte. Schließlich räumte er mit hängenden Schultern und niedergeschlagenen Augen das Feld. Amanda zog das ruinierte Kleid aus, warf es zusammen mit der besudelten Stola in die Ecke des Badezimmers, wusch sich Gesicht und Hände, putzte sich die Zähne und fiel anschließend schlaff ins Bett, wo sie fast augenblicklich einschlief.

## Katzenjammer

Am nächsten Morgen wachte sie erst gegen zehn Uhr auf, mit einem gewaltigen Brummschädel, der sie davon abhielt, zum Frühstück etwas anderes als schwarzen Kaffee zu sich zu nehmen. Zacharias sah sie nicht; allem Anschein nach war er bereits bei der nächsten Besprechung.

Amanda ging zu Fuß in die nahegelegene Einkaufzone und besorgte ein paar Mitbringsel für ihre Familie. Für Nico fand sie einen neuen Stofflöwen – nicht so teuer, da ohne Knopf im Ohr, dafür aber größer und haariger. Das Fahrrad mußte bis zum Frühjahr warten. Für Marlene kaufte sie einen besonders farbenprächtigen Kristall mit vielen blitzenden Facetten. Nach ihrem Bummel fühlte sie sich ein wenig besser, aber nicht viel. Sie wagte immer noch nicht, etwas zu essen. Statt dessen ging sie auf ihr Zimmer, um zu packen, anschließend setzte sie sich in die Lobby, las eine Illustrierte und trank dazu Tee.

Gegen elf Uhr tauchte Zacharias auf. Er hatte seine geschäftliche Unterredung beendet, nicht allzu erfolgreich, wie seine mißmutige Miene vermuten ließ, als er sich ihr gegenüber an den Tisch setzte. Er sah blaß und übernächtigt aus, offenbar hatte er nicht gut geschlafen.

»Wie fühlst du dich?« fragte er.

»Gut«, sagte Amanda zurückhaltend.

Beinahe gleichzeitig sagten sie: »Wegen gestern abend ...«

Schweigen, dann meinte Zacharias zögernd: »Ich wollte nur noch mal sagen, wie leid es mir tut, ich hätte niemals ...«

»Mußt du dich eigentlich andauernd entschuldigen?« fiel Amanda ihm gereizt ins Wort. »Ich hab schon mitgekriegt, daß du es eigentlich gar nicht wolltest. Vergessen wir die ganze Sache einfach, ja?«

»Bist du sicher?« fragte er zweifelnd.

»Hunderprozentig. Ich denk schon gar nicht mehr dran.«

In Wahrheit konnte Amanda an nichts anderes denken. Es hatte so schön angefangen! Hatte er es nun gewollt oder nicht? Oder, schlimmer noch, hatte etwa *sie* sich ihm an den Hals geworfen, und er hatte nur aus einer Whiskylaune heraus für einen Moment die Beherrschung verloren? Sie wußte es nicht mehr so genau. Sie erinnerte sich aber, zu ihm gesagt zu haben, daß er gut roch, und dann hatte sie sich ziemlich aufreizend an ihn gedrückt. Also war es wohl ihre Schuld. Jetzt war ihm das alles verständlicherweise peinlich, weshalb er sich auch pausenlos entschuldigte. Vermutlich, damit sie nicht auf die Idee käme, falsche Erwartungen zu entwikkeln.

Sie konnte ja nicht wissen, daß Zacharias sich in Selbstvorwürfen zerfleischte und keine Ahnung hatte, wie er seine vermeintliche Missetat ausbügeln sollte.

Die Rückfahrt verlief in tiefem Schweigen.

## Das alte Spiel

Diana war aufgeregt, als sie zu ihrer Unterredung zur Anwaltskanzlei Schröder und Schröder fuhr. Sie hatte ihr bestes Kostüm angezogen, ein dezentes Make-up aufgelegt und ihr Haar mit Wet Gel zurückgestrichen, ganz die erfolgreiche, junge Geschäftsfrau.

Das Büro der Sozietät war in einer beeindruckenden Walmdachvilla in bester Lauflage der Innenstadt untergebracht. Empfang und Warteraum waren teuer und funktionell eingerichtet, das Personal – Diana sah drei Sekretärinnen – liebenswürdig und professionell. Eine der Anwaltsgehilfinnen verließ ihren Platz hinter der geschwungenen, weißen Empfangstheke und begleitete

Diana zu einer von Grünpflanzen umrahmten Sitzecke in einem Nebenraum, mit der Bitte, sich noch einige Minuten zu gedulden.

Kurz darauf erschien ein Mann um die Dreißig, lächelnd, braungebrannt, mittelgroß und schlank. Seine dunklen Haare waren an den Schläfen bereits ergraut, und seine Augen waren von einem warmen, dunklen Braun. Diana war mehr als angetan von seinem kräftigen Händedruck und seinem bezwingenden Blick.

»Guten Tag«, sagte er mit seiner sonoren Stimme, die augenblicklich ein seltsames kleines Gefühl der Schwäche in Dianas Kniekehlen auslöste.

»Mein Name ist Jochen Schröder. Schröder Junior, der andere Schröder hier in der Firma ist mein Vater. Ich freue mich, Sie kennenzulernen.«

»Ich mich auch«, murmelte Diana mit trockenem Mund.

»Hätten Sie gern eine Tasse Kaffee? Tee? Oder lieber Saft oder Wasser?«

»Kaffee bitte.«

Sie folgte ihm wie auf Wolken in sein Büro, wo er sie zu einem Besuchersessel geleitete, über seine Sprechanlage Kaffee orderte und dann ihr gegenüber hinter seinem Schreibtisch Platz nahm. Diana beobachtete intensiv sein ausdrucksstarkes Mienenspiel und seine gepflegten Hände, als er ihr bei einer Tasse Kaffee erläuterte, wie er sich ihre Zusammenarbeit vorstellte. Durch ihr Werbefax sei er auf ihr Ermittlungsbüro aufmerksam geworden. Die Kanzlei hatte nämlich immer wieder Mandantinnen, die dringend detektivische Hilfe in Familienangelegenheiten benötigten, aber nicht von dubiosen Firmen abgezockt werden sollten.

»Frauen in Trennungssituationen zum Beispiel«, sagte Jochen Schröder ernst. »Sie rechnen häufig mit jeder Mark, wissen Sie.«

»Dafür haben wir ja unsere speziellen Frauentarife«, sagte Diana glücklich.

Darüber wollte Jochen mehr wissen, und Diana improvisierte eifrig, indem sie irgend etwas von verfügbaren Mitteln und Ratenzahlungmöglichkeiten stammelte.

»Nun, das könnte Ihnen eventuell ein Wettbewerbsproblem bescheren«, gab Jochen zu bedenken.

»Das wäre ja dann unser Problem«, sagte Diana kühn, während sie ihm direkt in die Augen sah.

»Da haben Sie allerdings recht«, räumte Jochen ein.

Sie lächelte, strahlend, ein wenig atemlos. Ihr Lang- und Kurzzeitgedächtnis mit den zahlreichen Männerdebakeln hatte soeben einen Totalausfall aller Speicherfunktionen erlitten. »Ich bin sicher, daß wir ganz hervorragend zusammenarbeiten werden!«

Eva pflückte den Apfel, polierte ihn auf Hochglanz und überreichte ihn Adam.

Er erwiderte ihr Lächeln ohne zu Zögern. »Ja«, sagte er, »das glaube ich auch!«

Adam hatte angebissen, und das älteste Stück der Menschheitsgeschichte begann aufs neue.

## Alte und neue Freundschaften

So kam es, daß sowohl Amanda als auch Diana am folgenden Tag bei ihrem Zusammentreffen in Dianas Souterrainwohnzimmer, das ja jetzt auch ihr gemeinsames

Büro war, mit ihren Gedanken weit weg waren und eine Weile brauchten, um wieder miteinander warm zu werden. Männer waren bekanntlich seit jeher die größten Störfaktoren in Frauenfreundschaften.

Amanda mußte sich mit wachsendem Verdruß alle möglichen Schwärmereien über diesen tollen Jochen anhören, und Diana registrierte mit einem einzigen Seitenblick, daß in Hamburg zwischen Amanda und Zacharias etwas schiefgelaufen war.

»Habt ihr oder habt ihr nicht?« fragte sie.

»Wir haben nicht«, sagte Amanda böse.

»Und das ärgert dich.«

»Ja, verdammt noch mal, wenn du's schon genau wissen willst.«

»Was ist passiert?«

»Er wollte mich auf einmal nicht mehr«, klagte Amanda.

Diana starrte sie ungläubig an. »Das ist nicht dein Ernst! Er und dich nicht wollen? Das kannst du jemand anderem erzählen, aber nicht mir!«

»Es ist aber so. Frag ihn doch.«

»Darauf kannst du wetten. Sobald ich ihn wieder zu Gesicht kriege.«

»Jetzt laß uns über was anderes reden«, sagte Amanda mißmutig. »Zum Beispiel über die Bilder, die ich aus Hamburg mitgebracht habe.«

»Was gibt's da groß zu reden? Wir machen es so, wie du es dir ausgedacht hast. Wir bestellen den Krallwitz irgendwohin, warten da mit den Bildern, und im Gebüsch sitzt jemand von der Polizei und schnappt ihn.«

»Du stellst dir das so einfach vor«, wandte Amanda ein. »Ich hab noch mal über die ganze Sache nachgedacht. Was ist, wenn die von der Polizei nur an den Bildern, aber nicht an dem Krallwitz interessiert sind?«

»Das kann ich mir nicht vorstellen.«

»Und wenn doch? Schließlich sind das umgerechnet ein paar Millionen Mark! Was passiert denn, wenn wir die Kripo verständigen und die sich sofort mit großem Tamtam die Bilder unter den Nagel reißen? Vielleicht läßt der Krallwitz uns ja sogar beobachten! Dann sind die Bilder weg und wir diesem Kerl schutzlos ausgeliefert.«

»Ich weiß, was wir tun«, trumpfte Diana auf. »Wir lassen uns fachkundig beraten!«

Das konnte natürlich niemand so gut wie ein gewisser Anwalt namens Jochen Schröder, den Diana trotz aller Einwände von Amanda noch am selben Tag anrief und in einer äußerst dringenden Angelegenheit um einen Termin bat, den sie dann auch prompt für den nächsten Vormittag erhielt.

Amanda holte Diana tags darauf kurz vor dem vereinbarten Kanzleibesuch ab und stellte verärgert fest, daß ihre Freundin sich wie eine flatterhafte Gans benahm. Sie hatte sich mit Parfüm betupft und Unmengen von Lipgloss aufgelegt. Sie trug Schuhe mit lächerlich hohen Absätzen und einen funkelnagelneuen Wonderbra unter ihrem weit ausgeschnittenen giftgrünen Seidentop, das den Farbton ihrer Augen zu einem hexenhaften Glitzern vertiefte.

Waltraud, die an diesem Morgen wieder zur Arbeit erschien und immer noch keine Ahnung von den ganzen Zusammenhängen hatte, wurde von Diana mit fröhlichem Geträller und Küßchen auf beide Wangen empfangen.

Doch Waltraud ließ sich von der ungewohnt strahlenden Laune ihrer Chefin nicht anstecken. Sie erklärte verwirrt, daß sie ein Problem habe. In den letzten Tagen, genauer gesagt seit dem Brand, habe sie mehrmals das Gefühl gehabt, beobachtet zu werden, gerade auf dem Weg hierher auch wieder.

»Es ist komisch«, sagte sie, »wenn ich nicht genau wüßte, daß der Herr Manzetti im Gefängnis sitzt, hätte ich schwören können, daß er's war.«

»Vielleicht ist er ja wieder draußen«, sagte Amanda diplomatisch.

»Dann würde er sich aber doch mal melden!«

»Möglicherweise hat er ein schlechtes Gewissen«, schlug Diana vor.

Waltraud war nicht überzeugt und erklärte, sich endlich in den Haftanstalten nach seinem Verbleib erkundigen zu wollen, das hätte sie ohnehin vorgehabt. Außerdem hatte sie ein weiteres Anliegen, das sie nur drucksend vorbrachte. Sie habe sich schon vor längerer Zeit für eine Entziehungskur angemeldet, weil sie doch endlich mit dem Trockenwerden Ernst machen wolle, und jetzt sei kurzfristig ein Therapieplatz freigeworden, heute morgen habe jemand von der Krankenkasse angerufen. Ob es sehr schlimm sei, wenn sie nächste Woche schon in Kur ginge?

»Nein!« riefen Amanda und Diana einstimmig aus.

»Diese Chance mußt du doch nutzen«, erklärte Amanda.

»Ja, Amanda hat recht«, setzte Diana eifrig hinzu, »was soll denn daran schlimm sein?«

»Na, ich dachte bloß, wegen der Lohnfortzahlung und so.«

Diese Information Waltrauds sorgte für einigermaßen betretene Gesichter bei ihren Arbeitgeberinnen und mußte erst mal verdaut werden. Während der Fahrt zur Kanzlei – sie nahmen wegen des schönen Wetters das Cabrio – meinte Diana: »Erinnere mich nachher daran, daß ich Jochen frage, wie das mit dieser Lohnfortzahlung funktioniert.«

»Wieso kannst du nicht selber dran denken?«

Doch Amanda wurde rasch klar, warum – spätestens als sie mit ansehen mußte, wie Diana bei Jochens Anblick zu einem willenlosen weiblichen Wachsklumpen mutierte. Dem Anwalt ging es jedoch nicht viel besser. Es schien ihn ebenso erwischt zu haben wie ihre Freundin. Er brachte kaum genug Konzentration auf, Amanda einigermaßen höflich zu begrüßen, so sehr war er von Dianas Anblick in Wonderbra und Stöckelschuhen gebannt.

Amanda wettete mit sich selbst, wie schnell die beiden im Bett landen würden. Vielleicht schon an diesem Wochenende. Spätestens nächste Woche.

Er hörte sich aufmerksam Amandas und Dianas Geschichte an, dann schüttelte er ernst den Kopf. »So funktioniert das nicht, meine Damen. Das hier ist kein Krimi, wissen Sie. Mit der Methode, die Sie sich ausgedacht haben, klappt es vielleicht im Film, aber nicht im wirklichen Leben.«

»Was raten Sie uns?« fragte Diana schmachtend. Amanda hätte ihr am liebsten den Ellbogen in die Rippen gestoßen.

»Schalten Sie unverzüglich die Behörden ein. Was Sie mir gerade berichtet haben, ist für eine Festnahme und Verurteilung dieses Krallwitz mehr als ausreichend, glauben Sie mir. Aber wenn Sie wollen, werde ich das durch ein Telefonat mal schnell verifizieren. Ein sehr guter Freund von mir ist Oberstaatsanwalt. Wenn Sie mich kurz entschuldigen wollen.«

Er nickte ihnen lächelnd zu und verschwand im Nebenraum.

»Verifizieren«, hauchte Diana. »Hast du gehört, wie er das gesagt hat?«

»Dich hat's ja wohl schwer erwischt«, meinte Amanda bloß.

Diana nickte verträumt. »Bist du böse?«

»Nicht, wenn du mir versprichst, daß unsere Firma nicht darunter leidet.«

Diana war empört. »Wie kommst du denn darauf? Die Firma ist mir unheimlich wichtig!«

Damit mußte Amanda sich wohl fürs erste zufriedengeben.

Jochen Schröder kam zurück und erklärte, es verhalte sich ganz so, wie er schon gesagt hatte. Sie sollten sich umgehend mit den Behörden in Verbindung setzen und ihre Aussage zu Protokoll geben, die Kripo hätte Krallwitz ohnehin bereits seit längerer Zeit in Verdacht, für den Museumsdiebstahl verantwortlich zu sein.

»Würden Sie mich über den Fall auf dem laufenden halten?« bat er Diana. Sein Blick war so eindringlich, daß sie nur überwältigt nicken konnte.

Amanda trottete verdrossen hinter den beiden drein, als er darauf bestand, sie unbedingt noch mit Schröder Senior bekannt zu machen (*Vater, darf ich dir die reizende junge Ermittlerin vorstellen, von der ich dir erzählte – ach ja, und ihre Kollegin),* einem distinguierten, weißhaarigen Herrn um die Sechzig, an dem Diana sich über die Maßen interessiert zeigte, als sie von Jochen erfuhr, daß sein Vater der führende Experte für Scheidungen am Ort sei. Sie warf einen zweiten und dann einen dritten Blick auf den ansehnlichen Senior und bat dann kurzfristig um einen Gesprächstermin für ihre Mutter.

Jochen Schröder hielt es nicht für unter seiner anwaltlichen Würde, sie in Hemdsärmeln nach draußen auf den Parkplatz zum Cabrio zu begleiten, wo er fast schüchtern fragte, ob man sich vielleicht einmal in etwas privaterem Rahmen treffen wolle, wogegen Diana aus naheliegenden Gründen nicht das geringste einzuwenden hatte.

Auf der Rückfahrt schob Diana die neueste Kuschelrock-CD in ihre Stereoanlage und warf glücklich summend den Kopf zurück, um den Fahrtwind und die laute Musik zu genießen.

Amanda nahm stirnrunzelnd zur Kenntnis, daß der Musikgeschmack ihrer Freundin sich über Nacht geändert hatte. Es schien Lichtjahre her zu sein, daß Diana geschworen hatte, von Männern die Nase voll zu haben.

»Ist das nicht wunderbar?« rief Diana mit strahlenden Augen. »Wir sind aus dem Schneider! Der Jochen hat gesagt, nächste Woche hat er wahrscheinlich schon den ersten Auftrag für mich! Er sagt, er hätte sogar einen Mandanten, der sich vielleicht für stundenweisen Begleitschutz interessiert, irgendsoein schwerreicher Industrieller. Das bringt richtig Geld!«

»Toll«, sagte Amanda ohne große Begeisterung.

»Freust du dich denn gar nicht? Begreifst du überhaupt, was du geleistet hast? Du allein hast geschafft, wozu die Polizei vielleicht Jahre gebraucht hätte! Du hast rausgefunden, wohin der Yves Cacher abgehauen ist, und wie raffiniert du dabei vorgegangen bist! Das war eine wahre detektivische Meisterleistung, Amanda! Wenn es so was wie eine Prüfung für diesen Beruf gibt, hast du sie mit Glanz und Gloria bestanden!«

»Findest du?« fragte Amanda, wider Willen geschmeichelt.

»Klar doch! Die Bilder kommen zurück ins Museum, der Krallwitz wandert in den Knast, was wollen wir mehr? Jetzt ist doch endlich alles geregelt!«

Doch damit lag sie leider falsch. Als Amanda und Diana fünf Minuten später Zacharias' Souterrain betraten, mußten sie feststellen, daß sie mal wieder unerwarteten Besuch bekommen hatten.

## Coiffeur mit Klebeband

Harald Krallwitz saß auf dem Sofa, vertieft in *Hanni und Nanni sind immer dagegen*. Der Zwerg hatte es sich auf der Schreibtischkante gemütlich gemacht. Neben ihm lag ein aufgeklapptes Rasiermesser, das Krallwitz dort vorhin unter Waltrauds entsetzten Blicken deponiert hatte.

Waltraud saß auf dem Drehstuhl, durch etliche Meter Klebeband wirkungsvoll am Reden und Aufstehen gehindert. Zwerg betrachtete sie nicht unfreundlich und lockerte knackend seine Finger. Waltrauds Blicke zuckten unablässig zwischen dem Messer und den knackenden Fingern hin und her. Die Augen quollen ihr förmlich aus dem Kopf. Harry die Kralle hatte ihr anschaulich erläutert, was ihr alles abgeschnitten würde, falls ihre Chefinnen nicht kooperierten.

Amanda und Diana erfaßten beim Betreten des Raums die Lage mit einem Blick. Sie blieben wie angewurzelt stehen und sagten kein Wort. Diana verfluchte sich stumm dafür, daß sie die Zweiundzwanziger ihres Vaters im Kofferraum des Cabrios verstaut hatte statt in ihrer Handtasche.

»Hallöchen, die Dämchen«, sagte Krallwitz aufgeräumt. Er nahm seine getigerte Brille ab und rieb sie lässig mit einem Taschentuch sauber, bevor er sie wieder aufsetzte. »Ein Vögelchen hat mir gezwitschert, daß inzwischen ein Päckchen aus Hamburg in unserer schönen Stadt eingetroffen ist.«

»Woher wissen Sie das?« fragte Diana.

Er legte das Buch zur Seite und langte unters Sofa, einen winzigen metallischen Gegenstand hervorholend.

»Eine Wanze«, sagte Amanda fassungslos.

»Damit lernen Sie auch noch umzugehen, wenn Sie in Ihrem Gewerbe konkurrenzfähig bleiben wollen, junge Frau.«

Er stand auf, schlenderte durch den Raum zum Schreibtisch, nahm das Rasiermesser und betrachtete es angelegentlich. »Bleibt nur noch zu klären, wo ihr beiden Hübschen die Sore versteckt habt, nicht wahr? Das habt ihr leider bisher nicht erwähnt.« Mit Daumen und Zeigefinger zupfte er eine Strähne von Waltrauds gebleichten Haaren aus der Klebebandumschlingung und schnitt sie ab.

Waltraud stöhnte hilflos unter ihrem Knebel.

»Wißt ihr, ich finde es kein bißchen nett, daß ihr

mich in eine Falle locken wolltet«, sagte Krallwitz. Eine weitere Strähne fiel über Waltrauds verschnürte Schulter, dann noch eine. Es verursachte häßliche, ziepende Geräusche, als ihr Haar vom Klebeband weggezerrt wurde.

Diana bedachte Amanda mit einem beschwörenden Blick. Amanda begriff auf Anhieb, daß ihre Freundin ihr etwas Bestimmtes zu verstehen geben wollte, aber was das sein sollte, überstieg ihr Vorstellungsvermögen.

Jetzt glitten Dianas Blicke immer wieder zu dem Zwerg, der auf dem Schreibtisch hockte wie ein unartiges Kind und sich an den Coiffeurkünsten seines Chefs begeisterte.

Diana blickte von Amanda zu dem Zwerg und wieder zurück zu Amanda. Dabei zog sie bedeutungsvoll ihre Brauen hoch.

Amanda runzelte die Stirn und zuckte unmerklich die Achseln. *Ich versteh dich leider nicht*, sollte das besagen.

»Ich warte«, erklärte Krallwitz, eine weitere Strähne absäbelnd. »Aber nicht mehr lange. Ich meine, womit machen wir weiter, wenn die Haare erst weg sind, hm? Mal überlegen. Vielleicht hiermit?« Er griff nach Waltrauds rechtem Ohr.

»Die Bilder liegen drüben im Schlafzimmer unterm Bett«, sagte Diana schnell. Ihr Gesicht war kreidebleich.

Krallwitz gab Zwerg einen Wink, worauf dieser behende vom Schreibtisch hüpfte und hinüber ins Schlafzimmer ging.

Diana stöhnte unterdrückt und taumelte einen Schritt nach vorn, wobei sie die Hand auf den Magen preßte. »Mir ist schlecht! Ich muß mich übergeben.«

Krallwitz musterte sie mit Interesse. »Tun Sie sich keinen Zwang an.«

Diana griff nach dem Papierkorb, der neben dem Schreibtisch stand und würgte effektvoll hinein.

Dann passierten mehrere Dinge gleichzeitig.

Der Zwerg kehrte mit der großen Mappe aus dem Schlafzimmer zurück (die Bilder hatten tatsächlich dort unterm Bett gelegen), die Spannbreite seiner Arme reichte kaum aus, um das sperrige Ding zu halten.

Diana schmiß den Papierkorb gegen Krallwitzens Kopf und rammte ihm im selben Moment mit einem martialischen Brüllen die Spitze ihres neuen Schuhs in den Schritt; Sekundenbruchteile später machte seine Nase unter vernehmlichem Knacken Bekanntschaft mit ihrem hochgerissenen Knie und sein Nacken mit ihrer in vielen Trainingseinheiten gestählten Handkante. Die schrille Brille zerbrach, das Rasiermesser flog in hohem Bogen durch die Luft und landete klirrend irgendwo auf dem Boden.

Nun begriff Amanda auch endlich, welche Botschaft ihr Diana vorhin so dringlich hatte übermitteln wollen. Es mußte etwas in der Art gewesen sein wie: *Paß auf den Zwerg auf!* oder wie: *Kümmer dich um den da!*

Diese Erkenntnis kam leider einen Lidschlag zu spät, denn während Diana noch damit beschäftigt war, Krallwitz auszuknocken, warf der milchgesichtige Winzling die große Mappe wie ein überdimensionales Frisbee von sich und griff in sein Jackett. Seine Hand kam mit einer Pistole wieder zum Vorschein, die fast so groß war wie er selbst.

Amanda musterte voller Grauen die Waffe, die sich langsam in Dianas Richtung hob. Anscheinend hatte der kleine Bösewicht sofort erkannt, welche seiner beiden Kontrahentinnen die gefährlichere war.

»Das würde ich schön bleiben lassen«, sagte eine ruhige Männerstimme von der Tür her. Dort stand breitbeinig, drohend und eine langläufige Schrotflinte im Anschlag der Mann, den sie alle am wenigsten als Retter in letzter Sekunde erwartet hatten: Carlo Manzetti.

Zwerg fuhr herum und schaute direkt in die gewaltige Doppelmündung; mit gebührendem Respekt ließ er die Pistole zu Boden fallen.

Waltraud verdrehte die Augen und sackte ohnmächtig in ihrem Stuhl zusammen. Ob sie das Bewußtsein aus Erleichterung über den glimpflichen Ausgang dieses Friseurtermins verlor oder aus Schreck über Manzettis unvermutetes Auftauchen, wußte sie später nicht mehr zu sagen. Amanda erwachte aus ihrer Erstarrung, eilte zum Telefon und wählte eins eins null.

Diana sperrte Zwerg bis zum Eintreffen der Polizei ins fensterlose Bad. Krallwitz, der besinnungslos und aus Mund und Nase blutend am Boden lag, würde frühestens im Krankenhaus wieder zu sich kommen, wie sie ohne erkennbare Gemütsregung erklärte, und da hätte er noch Glück gehabt, denn wenn sie das Knie voll durchgezogen oder ihm unter die Rippen statt zwischen die Beine getreten hätte, wäre er jetzt tot.

Amanda schauderte, als Diana diese recht unbarmherzige neue Seite ihres Charakters offenbarte.

Sie hatte ihre Freundin noch nie richtig kämpfen sehen. Zwar hatte sie Diana ein paarmal zu Turnieren begleitet, doch im sportlichen Karatewettstreit touchierten die Gegner einander nur leicht, anderenfalls gäbe es dort reihenweise Tote.

Manzetti hatte die Flinte weggelegt und befreite Waltraud von ihren Fesseln. Dabei ging er überraschend sanft vor, sichtlich bemüht, ihr nicht wehzutun.

»Herr Manzetti«, weinte Waltraud, kaum daß ihr Mund wieder frei war.

»Sie sind zurückgekommen!«

»Und gerade rechtzeitig«, sagte Manzetti. Schweiß perlte über seinen kahlen Schädel, und er holte ein Taschentuch hervor, aber nicht, um sich die Glatze abzuwischen, sondern um behutsam Waltrauds Tränen abzutupfen.

»Es tut mir so leid, Waltraud«, sagte er, während er ihr mit der Hand über den verunstalteten Kopf fuhr. »Ich war ein Schwein. Aber ich will es wiedergutmachen.«

Jetzt weinte Waltraud erst recht.

Draußen ertönten Polizeisirenen.

Amanda umrundete den immer noch reglosen Krallwitz, ging zu der Mappe und hob sie auf. »Ich würde sagen, *jetzt* ist alles geregelt.«

## Es ist was Ernstes

Was soll das heißen, du weißt nicht, wo sie ist!« sagte Zacharias ärgerlich zu seiner Schwester.

»Das soll heißen, ich weiß nicht, wo sie ist«, gab Diana gleichmütig zurück. Sie drehte sich in ihrem neuen rükkenfreien Kleid vor dem Spiegel in ihrer kleinen Diele hin und her und warf sich selbst feurige Blicke zu. Zacharias sah es mit Mißfallen. Seit letzter Woche zog sie Abend für Abend mit irgendeinem Jochen um die Häuser, und tagsüber war sie genau wie Amanda vollauf damit ausgelastet, Dutzenden von Pressefritzen Interviews zu geben oder mit den zuständigen Behördenmenschen die Einzelheiten der spektakulären Aktion widerzukäuen, die sich zu Zacharias grenzenloser Überraschung letzten Freitag im Souterrain seines eigenen Hauses abgespielt hatte.

Jetzt war es bereits Dienstag, und er war noch immer nicht dazu gekommen, mit Amanda zu reden. Er hatte nicht unbedingt den Eindruck, daß sie ihm auswich, aber er schaffte es einfach nicht, ihrer habhaft zu werden, weil ständig Leute um sie herumwimmelten. Seit dem Wochenende glich sein Haus einem restlos überfüllten Rummelplatz, und jedesmal, wenn er Amanda zu Gesicht bekam, war sie gerade vertieft in irgendein Gespräch. Bei ihr zu Hause konnte er auch schlecht eine Aussprache herbeiführen, höchstens mit Marlene, dem Kleinen und dem Hund als aufmerksamem Publikum, und danach stand ihm nicht gerade der Sinn. Beim nächsten Mal wollte er es richtig machen, von Anfang an. Er wollte sie nicht verführen, sondern überzeugen. Nicht Alkoholisierung und Vergewaltigung im Fahrstuhl standen auf dem Programm, sondern verständnisinnige Blicke, liebevolles Händchenhalten, allenfalls noch ein sanftes Streicheln des Handrückens. Keinesfalls würde er wieder so rücksichtslos über sie herfallen wie in Hamburg. Für den geplanten neuen Anlauf mußte er allerdings erst in ihre Nähe kommen, was sich als zunehmend schwierig erwies.

Balkendicke Schlagzeilen wie *Mutige junge Detektivinnen machen Kunsträuber dingfest* oder *Zwei für alle Fälle – vor allem für Frauen* hatten Amanda und Diana eine Menge teils willkommener, teils unerwünschter Popularität eingetragen. Zacharias' Fax spuckte meterweise Anfragen von potentiellen Klientinnen aus und sämtliche Handys klingelten ohne Unterlaß. Eine Selbsthilfegruppe von mißhandelten Frauen wollte Diana als Dozentin für einen Workshop zu dem Thema *Treten und schlagen, aber richtig* gewinnen, ein Firma, die *Reizwäsche für sie und ihn* herstellte, hatte Interesse an einer Werkschutzberatung bekundet. Und ein bekannter Romanautor wollte unbedingt eine Option auf die Story erwerben. Allem Anschein nach waren die beiden Frauen viel gefragt und auf Wochen hinaus ausgebucht.

Draußen fuhr dieser Jochen in seinem angeberischen Daimler vor, und Diana wandte sich freudestrahlend zur Tür.

Zacharias hielt sie fest. »Warte mal. Bitte sprich mit mir, ja? Es ist diesmal was Ernstes!«

»Das ist es wirklich, Bruderherz.« Durch den Glaseinsatz der Haustür beobachtete sie mit sehnsüchtigen Augen, wie Jochen ausstieg und aufs Haus zukam.

Irritiert folgte er ihren Blicken, dann schüttelte er den Kopf. »Nein, ich meine nicht ihn, sondern mich. Mich und Amanda.«

Diana nickte. »Das weiß ich doch, du Dummer. Für sie ist es auch sehr ernst.«

»Ja, aber wieso ...«

»Sie hat sich eingebildet, du willst sie nicht. Weil du sie zurückgestoßen hast oder so.«

»WAS?« schrie er.

»Ich war sicher, daß es ein Mißverständnis ist, aber das mußt du schon selber aufklären. Ich wünsch euch beiden wirklich das Allerbeste.« Sie lächelte. »Weißt du, irgendwie war es mir von Anfang an klar. Ich hab euch immer schon zusammen gesehen.«

Zacharias musterte sie mißtrauisch. »So kommt mir das im nachhinein aber nicht gerade vor.«

»Man kann seine Meinung ja ändern, oder? Jetzt muß ich aber wirklich los. Tschüs!«

»Moment mal«, hielt er sie zurück, »ich hab gerade eben bei Amanda zu Hause angerufen, und da hat ihre Mutter gesagt, daß sie nicht da ist. Irgendwas an der Art, wie Marlene das sagte, kam mir verdächtig vor. Also hab ich sie rundheraus gefragt, ob Amanda etwa heute abend mit einem anderen Mann zusammen ist. Sie wollte erst nicht mit der Sprache heraus, aber dann gab sie es zu. Und als sie schon dabei war, sagte sie mir auch gleich wo und mit wem. Dann fing sie an zu heulen und meinte, alles sei nur ihre Schuld, sie hätte ihn für Amanda ausgependelt, und sie hätte ja nicht ahnen können, daß ihre Tochter so verblendet sei, diesen Menschen mir vorzuziehen. Wie auch immer. Ich bin sozusagen schon auf dem Weg zu dem Hotel, wo sie ihn heute abend trifft. Aber vorher will ich noch eins von dir wissen.« Er hielt bedrohlich inne, dann fragte er langsam und überdeutlich: »Wer – ist – Richard – Knöpfel?«

Es klingelte, Diana riß die Haustür auf und warf sich dem überraschten Jochen in die Arme.

»Guten Abend, Liebling«, rief sie glücklich.

»Kannst du mir vielleicht eine Antwort geben?« brüllte Zacharias außer sich.

Jochen streckte ihm an Dianas Taille vorbei die Hand entgegen. »Angenehm. Schröder.«

Zacharias erwiderte mechanisch den Händedruck. »Hansen.«

»Ich weiß. Warum gibst du deinem Bruder keine Antwort, Liebes?«

»Worauf? Ach so, diese Sache mit dem Knöpfel. Der heißt übrigens gar nicht Richard Knöpfel, sondern Rüdiger Ludwig. Das ist ein Auftrag, nichts Privates. Ich hatte ganz vergessen, daß der Termin heute abend ist. Kein Grund zur Aufregung. Wenn sie ihn scharfmacht, dann nur dienstlich. Sie muß ja schließlich einen Bericht darüber schreiben.« Sie himmelte Jochen verliebt an und hängte sich bei ihm ein. »Wollen wir?«

Als Zacharias endlich seine Verblüffung soweit überwunden hatte, daß er fragen konnte, was das für ein Auftrag war und was, zum Teufel, Diana mit *scharfmachen* meinte, fielen auch schon die Autotüren zu, und seine Schwester und ihr neuer Lover brausten davon.

## Angelnacht

Amanda langweilte sich tödlich. Sie hatte keineswegs den Eindruck, daß sie Rüdiger Ludwig in irgendeiner Form scharfmachte. Sie saßen nebeneinander an der Bar des Hotels (ein anderes Nobelhotel in einer anderen Nachbarstadt), in dem Rüdiger nach derselben Methode eingecheckt hatte wie von Diana nach dem letzten Angeltag geschildert. Amanda hatte sich darüber Gewißheit verschaffen können, weil sie bereits eine Stunde vor dem vereinbarten Treffen ins Hotel gekommen war und sich – getarnt mit dunkler Perücke und lilablauem Streifenblazer – in der Lobby auf die Lauer gelegt beziehungsweise gesetzt hatte. Nachdem Rüdiger in Richtung Bar verschwunden war, hatte sie sich rasch in der Damentoilette umgezogen und war ihm gefolgt. Bis jetzt hatte alles ganz problemlos geklappt. Sie hatten sich miteinander bekannt gemacht, ihre Drinks geordert und sich dem Small talk hingegeben.

Richard alias Rüdiger wirkte treuherzig und wohlerzogen bei allem, was er sagte. Kenntnisreich sprach er mit ihr über einen neuen Film, einen neuen Bestseller und eine neue Steuererhöhung. Fragen nach seinem Privatleben beantwortete er allerdings ausweichend und falsch, mit einer gewissen Glätte, die auf Übung im Lügen schließen ließ.

Er sei seit drei Jahren geschieden und lebe allein. Von Beruf sei er Computertechniker. Er lebe in einer Dreizimmerwohnung in der Innenstadt.

Das alles klang im Gegensatz zu seinem gefühlvollen Briefstil nicht gerade romantisch. Auch sonst machte Rüdiger keinerlei Anstalten, ihr näherzukommen. Amanda begann sich zu sorgen. Wenn er nun überhaupt keine ehebrecherischen Absichten hegte? Wie sollte sie das bloß Viola begreiflich machen?

Amanda überlegte, ob sie vielleicht ein bißchen nachhelfen sollte. Nichts Plumpes, das auf keinen Fall. Aber vielleicht nur mal kurz ihr Knie gegen seines, wie aus Versehen ... Nein, das wäre schlicht und ergreifend Betrug.

Gerade war sie zu der Überzeugung gelangt, daß ihr Bericht über diesen Abend sich leider auf den Satz *Zielperson ist außer Lügen nichts nachzuweisen* beschränken würde, als Rüdiger einen etwas intimeren Ton anschlug.

»Sie sind eine sehr attraktive Frau, Amanda. Ich darf doch Amanda zu Ihnen sagen, oder?«

»Aber sicher, Rü ... ähm, Richard!« sagte Amanda wie aus der Pistole geschossen.

Ein mildes Glühen trat in seine Augen. »Finden Sie mich auch attraktiv?«

Na also, dachte Amanda. Geht doch, oder?

»Ja, natürlich! Sie sind ein gutaussehender Mann!«

»Sie sind sehr vorsichtig, oder?«

»Wieso?« fragte Amanda verdutzt.

»Nun, weil Sie mir in Ihrem Brief so rein gar nichts über sich privat geschrieben haben. Nichts von Ihren Gefühlen oder Gedanken als Frau.«

Was auch nicht Sinn der Sache gewesen war. Amanda hatte Marlene strikte Anweisung gegeben, sich auf eine Terminvereinbarung zu beschränken.

Das Glühen in seinen Augen wurde stärker. »Hätten Sie denn gern, daß wir uns ein wenig näher kennenlernen?«

»Aber ja!« rief Amanda froh.

Rüdiger zuckte zusammen und schaute sich dann pikiert nach allen Seiten um. Anscheinend hatte sie für seinen Geschmack ihre Begeisterung eine Idee zu laut herausposaunt.

»Nun, in dem Fall würde ich Sie sehr gern heute nacht mit auf einen Mondspaziergang nehmen. Sie wissen ja, daß ich gern spazierengehe.«

»Vor allem im Regen«, bestätigte Amanda.

»Leider regnet es heute nicht«, bedauerte Rüdiger.

»Wir können trotzdem spazierengehen«, schlug Amanda eilig vor.

»Das wäre mein Vorschlag.«

»Wo? Im Wald?«

»In der Tat. Der Wald ist meine Welt.«

Den Eindruck hatte Amanda am letzten Angeltag auch gewonnen. Nun, wenn er in den Wald wollte, war die Sache klar. Damit war der Fall so gut wie gelöst. Im Wald würde Rüdiger alle Hemmungen ab- und den Arm um ihre Schultern oder ihre Taille legen. (Amanda hatte bereits für sich beschlossen, daß genau dies die Grenze sei, an der die Freundschaft und ihr Auftrag endeten.)

Viola hätte endlich die Information, für die sie bezahlt hatte, und alle Beteiligten wären zufrieden. Na ja, fast alle. Rüdiger würde sicher ganz schön verschnupft reagieren, wenn sie ihm sagte, daß sie es sich anders überlegt hätte und lieber wieder nach Hause wollte.

»Wo haben Sie ihren Wagen stehen?« fragte Rüdiger auf dem Weg zur Tiefgarage.

»Warum?«

»Ich dachte, wir könnten vielleicht mit Ihrem Auto fahren. Mein Auspuff ist nicht in Ordnung, ich hab's leider heute abend erst bemerkt.«

»Von mir aus«, sagte Amanda.

»Wunderbar.« Beschwingt nahm er neben ihr auf dem Beifahrersitz Platz.

Sie durchfuhr nach seinen Angaben zwei, drei Ortschaften.

»Hier ist aber doch schon überall Wald«, meinte sie, angestrengt nach rechts und links in die Dunkelheit starrend.

»Ich kenne eine ganz besonders schöne Stelle. Es ist nicht mehr weit.«

Nach einigen Kilometern kam ihr der Weg, den sie nahmen, bekannt vor. Anscheinend hatte er vor, mit ihr zu seinem bewährten Angelplatz zu fahren. Um so besser, hier würde er bestimmt noch schneller aus sich herausgehen.

Sie parkte an derselben Stelle wie beim letzten Mal, stieg zusammen mit Rüdiger aus und stapfte neben ihm her durch den Wald.

Rüdiger hatte eine leistungsstarke Taschenlampe dabei. Und er trug ein Köfferchen, das ihr vorhin gar nicht aufgefallen war. Mit einer Decke drin?

Amanda hörte das Murmeln des Baches linkerhand. Da drüben war die Stelle, wo er neulich mit seinem Schemel gesessen und geangelt hatte, und hier, wo Rüdiger gerade eben vor ihr durch die Büsche streifte, hatte er seine Sitzung mit dem Klappspaten eingelegt.

»Wir sind da«, sagte er.

»Wo?«

»An meiner Lieblingsstelle.« Stille Verzückung klang aus seiner Stimme, und als er sich zu Amanda umwandte, sah er völlig verändert aus. Seine Augen glommen wie von innen heraus, und Amanda fragte sich besorgt, ob er sich überhaupt mit einem schlichten Nein zufriedengeben würde, falls ihn derart intensiv nach Zärtlichkeiten gelüstete.

Er stellte die Lampe auf den Waldboden, legte den Koffer daneben und klappte ihn auf. Amanda trat näher und sah mit einem Blick, daß gar keine Decke darin war. Und daß Rüdiger auf etwas ganz anderes aus war als Zärtlichkeiten. Im Licht der Taschenlampe blitzte es metallisch aus dem Koffer, und Amanda wurde mit plötzlich sehr trockener Kehle gewahr, daß sich darin ein Instrumentarium befand, welches einem erfahrenen Chirurgen Ehre gemacht hätte. Von der Säge bis zum feinen Skalpell war alles vertreten. Außerdem gab es einige eher profane Gegenstände: eine Flasche WC-Reiniger, eine andere, die Scheuermilch enthielt, ein paar Topfkratzer, eine harte Bürste. Und ein paar zusammengerollte Müllsäcke. Die waren vermutlich für dasjenige, was von Amanda übrigblieb, sobald Rüdiger mit ihr fertig war.

Sie trat einen Schritt zurück, dann noch einen. Noch hatte sie nicht richtig begriffen, was los war, aber sie war ganz dicht dran. Die Erleuchtung kam eine Sekunde später, als sie die flache, mit dem Klappspaten ausgehobene Grube hinter sich sah, in die sie beim Zurückweichen um ein Haar gefallen wäre.

Das also waren Rüdigers Angeltage. Außer dem Angeln und dem Ausheben einer passenden Grube sahen sie noch ein buntes Abendprogramm vor, eine Angelnacht sozusagen, in deren Verlauf er die Damen seiner Wahl mit seinem Sortiment an Haushaltsreinigern, Skalpellen, Sägen und Topfkratzern bekannt machte. Im Anschluß daran befreite er sie dann von ihren Köpfen, welche er vermutlich in seiner privaten Tiefkühltruhe im Gartenhaus neben seinen Fischen zur ewigen Ruhe bettete. Aber vorher würde er mit ihrem Wagen zurück ins Hotel fahren, um zu duschen und sich umzuziehen. Keine Spuren in seinem Wagen, keine Spuren auf ihm selbst. Auf seine Art war er gewiß ein ebensolcher Reinlichkeitsfanatiker wie Viola. Ein Scheusal war er in jedem Fall, Viola hatte völlig recht. Ein grausiges Scheusal mit sieben Buchstaben!

Das Monster Rüdiger richtete sich auf, ein blinkendes Skalpell in der Rechten. Sein Gesicht war von heiligem Eifer erleuchtet. Seine Stimme kam in hohem Singsang.

»Jetzt lernen wir uns endlich näher kennen!«

Eigentümliche Gefühle durchdrangen Amanda, es war, als würde sie durch Watte atmen. Oder in Wasser schweben. Sie spürte ihren Körper nicht mehr. Ihre Hände, Füße und Beine waren fremde Anhängsel, die nicht zu ihr gehörten.

So ist das also, wenn man dem Tod ins Auge sieht, dachte sie seltsam unbeteiligt. Morgen würde ihr Kopf neben den Häuptern der beiden anderen Unglücklichen liegen, deren Rümpfe man bereits im Wald gefunden hatte. Vielleicht waren es ja sogar schon ein paar mehr. Bloß die Frau, die vor ihr dran gewesen wäre, die hatte es gut gehabt. Diana hatte unwissentlich vereitelt, daß Rüdigers Barbekanntschaft von neulich ihn näher kennenlernte.

So nah, wie Amanda ihn jetzt kennenlernen würde.

»Amanda!« brüllte es schräg hinter ihr aus dem Wald. »Wehe, du läßt dich von dem Kerl anfassen!«

Amanda erwachte aus ihrer komatösen Lethargie. Das war Zacharias! Was hatte der denn hier zu suchen.

Rüdigers Kopf zuckte hoch, er sog witternd wie ein Tier die Luft durch die Nase ein.

»Bleib, wo du bist!« schrie Amanda in die Richtung, aus der Zacharias Stimme ertönt war.

»Das hättest du wohl gerne!« In einem Schauer zerberstender Äste brach Zacharias aus dem Dickicht und näherte sich mit Riesenschritten. »Da hab ich auch noch ein Wörtchen mitzureden!« Aufs Höchste erbost kam er herangestapft. »Ich hab euch gerade noch abfahren sehen! Eins sag ich dir, Amanda: Wenn hier einer mit dir in den Wald geht, dann ich, klar?«

Rüdiger starrte den Mann an, der da so unerwartet

hinter Amanda zwischen den Bäumen aufgetaucht war, dann verdrehte er die Augen, bis nur noch das Weiße zu sehen war und warf sich mit einem unartikulierten Aufschrei dem Angreifer entgegen.

Zacharias blieb verblüfft stehen.

Amanda handelte, ohne nachzudenken. Reflexartig trat sie vor und stellte Rüdiger ein Bein, im selben Moment, als er an ihr vorbeigestürzt kam. Mit einem dumpfen Laut der Überraschung stolperte er über ihren Fuß und flog mit ausgebreiteten Armen vorwärts, direkt in die Grube, wo er verkrümmt und reglos liegenblieb.

»Amanda!« Zacharias kam herbeigeeilt und stellte sich schützend zwischen sie und die dunkle Gestalt in der Grube. Doch seine Vorsicht war unbegründet. Rüdiger würde nie mehr aufstehen. Er hatte sich, ohne es zu wissen, sein eigenes Grab geschaufelt. Seine Halsschlagader war säuberlich durchtrennt, von ihm selbst aufgeschlitzt, da ihm beim Versuch, mit den Händen den Aufprall abzufangen, das Skalpell in die Quere gekommen war.

Amanda schlotterten die Knie. Lichter und Muster wirbelten vor ihren Augen und bildeten ein wildes, verrücktes Durcheinander.

»Was zum Teufel war hier los?« Zacharias beugte sich über die Grube, dann warf er einen Blick auf den Inhalt des Koffers und stellte Zusammenhänge her. Er wollte etwas äußern, doch die Stimme versagte ihm. Er räusperte sich und versuchte es abermals, doch es klappte wieder nicht.

Dann eilte er hinüber zu Amanda, die gerade auf die Knie fiel und sich heftig erbrach. Diesmal zeigte er sich völlig unbeeindruckt von ihren herausgewürgten Behauptungen, daß sie allein zurechtkäme. Er hob sie auf und trug sie zum Parkplatz, wo er sie in seinen Wagen legte und danach mit seinem Handy die Polizei benachrichtigte. Anschließend setzte er sich zu Amanda in den Wagen und zog sie an seine Brust.

»Amanda«, sagte er mit zitternder Stimme. »Ich muß dich etwas fragen. Ich weiß, daß dies vielleicht nicht gerade der passende Augenblick ist, aber wenn ich es jetzt nicht sage, werde ich sicher wieder wochenlang nicht an dich rankommen, das spüre ich. Nein, ich *weiß* es.« Mit nicht minder zitternder Hand deutete er in den Wald, in Richtung Grube. »Du wirst nämlich aus dem Erklären gar nicht mehr rauskommen.«

Amanda preßte ihren Kopf an Zacharias' Schulter. Ihr war immer noch schlecht, und in wenigen Augenblikken würde sie sich erneut übergeben müssen.

»Dann frag mich lieber sofort«, brachte sie mühsam heraus.

»Könntest du dir vorstellen, die nächste Zeit mit mir zu verbringen?«

»Die nächste Zeit?«

Er tastete nach ihrer Hand und streichelte – ganz sanft – ihren Handrücken. »Ja, die nächsten dreißig oder vierzig oder fünfzig Jahre.«

Amanda nahm seine Hand und drückte sie. Sehr fest. Dann atmete sie tief durch und antwortete mit einer Gegenfrage: »Hast du ein schönes Kinderfoto von dir?«

»Jede Menge. Warum?«

»Das erklär ich dir in fünfzig Jahren.«

# Danach

Viola Ludwig erwies sich als nicht allzu traurig, dafür aber sehr fleißige Witwe; sie putzte sechs Wochen lang Tag und Nacht, bis garantiert kein Barthaar und kein Fingerabdruck ihres dahingeschiedenen serienmörderischen Gatten mehr ihr Anwesen befleckte.

Waltraud kündigte nach ihrer Entziehungskur ihre Stelle bei Amanda und Diana und flog mit Carlo Manzetti gen Süden, nach Mallorca, wo die beiden seitdem als Hausmeisterpaar das Anwesen eines Deutschen betreuen, der sein Geld mit Sauerkraut- und Wurstkonserven verdient und gern auf Carlos gelegentliche Tips in Sicherheitsfragen zurückgreift. Von Waltraud kommt ab und zu eine Karte. Sie schreibt, sie sei trocken und auch sonst ziemlich gut drauf.

Über Yves Cacher liegen keine Informationen vor, man darf aber annehmen, daß er seine Jugendliebe Marie in der Provence wiedergetroffen hat. Vielleicht besucht er ja sogar gelegentlich das Gemälde im Landesmuseum, über dessen Zuordnung bei den Experten immer noch keine Einigkeit herrscht.

Arnold, der Fotograf, hat nach Amandas Kündigung sofort eine neue Teilzeitkraft eingestellt, die allerdings wegen eines nervlich bedingten Magenleidens häufig fehlt.

Frau Hansen, Dianas Mutter, begab sich auf Anraten ihres Anwalts, Schröder Senior, in psychologische Behandlung. Sie überwand ihre Scheidung von Leopold Hansen überraschend schnell, vor allem, als sie begriff, welch große finanzielle Unabhängigkeit ihr der Zugewinnausgleich bescherte. In letzter Zeit wird sie, frisch geliftet und frisch therapiert, häufig in Begleitung ihres zwanzig Jahre jüngeren Friseurs gesehen.

Diana und Schröder Junior sind immer noch ein Paar, dem Verlauten nach sogar ein ausgesprochen glückliches.

Marlene, Nico und Hansi folgten Amanda in Zacharias' geräumiges Haus, genau, wie er es sich vorgestellt hatte. Der Marmorfußboden ist seither ein bißchen stumpfer geworden, das Designermobiliar hat die ersten Kratzer, und Besucher fallen häufig über Runen- und Legosteine. Doch die Räume sind von Leben und Lachen erfüllt. Marlenes Karten lassen nur das Beste für ihrer aller Zukunft erwarten, und Nico hat sich daran gewöhnt, daß nachts bereits ein männliches Wesen im Bett liegt, wenn er zu Amanda unter die Decke krabbelt. Wenn es eng wird, rücken sie einfach alle ein bißchen zusammen.

Die Ermittlungsfirma im Souterrain gibt es noch, und sie floriert wie kaum eine andere Detektei im näheren Umkreis. Amanda und Diana sind fest entschlossen, die Publicity zu nutzen, die ihnen die Überführung eines Kunsträubers und die Liquidierung eines Serienkillers eingebracht haben. Es soll auf keinen Fall nur ein Hobby sein, belächelt von ihren erfolgreichen Männern.

In ihrer Freizeit entwirft Amanda weiterhin neue Drehbuchkonzepte. Neulich haben zwei Produzenten angerufen und um ein Brainstorming gebeten. Amanda ist sicher, daß sie kurz vor dem Durchbruch steht, denn ihr Glaube an ihr Talent ist unerschütterlich. Ihr und Dianas gemeinsames Motto *Wo ein Wille ist, ist auch ein Weg* hat nichts von seiner Gültigkeit eingebüßt. Hinzugekommen ist lediglich die biblische Weisheit, daß jegliches Ding auf Erden seine Zeit hat.

Zacharias findet, daß Nico eine Schwester braucht, und Amanda ist alles andere als abgeneigt. Marlene hat das Kind schon in den Runen gesehen, und Amanda stellt dieses Karma nicht in Frage. Einen guten Rat wird sie der Kleinen geben, später, viel später, wenn ihre Tochter anfängt, Männer interessant zu finden:

Glaube an dich selbst und an die Liebe. Aber halte im Zweifel immer ein paar Taschentücher und Kinderfotos parat.

**Eine Karrierefrau mit Kinderwunsch kriegt gerade noch die Kurve**

Josefine hat es geschafft. Als Agenturchefin ist sie erfolgreich im Beruf und noch dazu eine glückliche Ehefrau. Und dennoch – der Kalender mit den roten Herzchen läßt ihr keine Ruhe. Josefine will ein Kind um jeden Preis. Und das stürzt alle um sie herum in ein Chaos. Allein ein Mann für den Dreizehnten kann die Lage schließlich noch retten. Josefine und ihre Freundin Karla haben auch schon einen Kandidaten ins Auge gefaßt. Doch als ein kleiner Junge auf Abwege gerät, erkennt Josefine, daß es vielleicht doch noch Wichtigeres gibt, als alles haben zu wollen ...

ISBN 3-404-16177-7

BASTEI LÜBBE

Ministerialratsgattin Susi hat ein Liebesleben nach Fahrplan, zwei nervende Söhne und eine geistig verwirrte Großmutter. Außerdem liebt ihre Schwiegermutter Wagner, und der Familienhund Tannhäuser pflegt eine geradezu fetischhafte Fixierung auf Omas Gebiß.
Was könnte da noch fehlen? Ein toter Briefträger im Vorgarten, erstochen mit der angefeilten Luftpumpe von Susis fünfjährigem Sohn, zum Beispiel! Jetzt schnüffelt auch noch der mißtauische Kommissar Bohrer im Haus herum, und das ausgerechnet heute, wo doch Ministers persönlich zum Essen kommen wollten!
Am Ende legt Susi als Detektivin wider Willen ganz nebenbei einer Rauschgiftbande das Handwerk, der Ministerialrat hat putzen gelernt und ist jetzt auch mit Sex auf dem Küchentisch einverstanden.

ISBN 3-404-16183-1

BASTEI LÜBBE

Mit 30 Jahren ist es an der Zeit, daß die »Neue Frau« ein Resümee ihres bisherigen Lebens zieht.
Für Felicitas lautet das Fazit: Den Traummann hat sie noch nicht kennengelernt – um ehrlich zu sein, nicht mal einen richtigen Mann, sie hat nur Till, der leider ewig nur ein »Schlaffi« bleiben wird. Warum, zum Teufel noch mal, kann sich ihre Freundin damit brüsten, wenigstens einen erfolgreichen Ehemann eingefangen zu haben? Ist Bescheidenheit angesagt, oder darf Felicitas noch hoffen?
Als sie Erik begegnet, kann sie das nicht für einen Zufall halten. Nur dumm, daß gerade eine Laufmasche ihre Strümpfe ruiniert hat. Doch immerhin hat Erik ihre Beine gesehen – und das läßt Felicitas hoffen ...

ISBN 3-404-16178-5

BASTEI LÜBBE